SÂNGE ȘI TRANDAFIRI

~Roman~

Corinne Wandenburg

Motto: Etiamsi omnes, ego non!
Matei, XXVI, 35

*Favoritelor mele: Ariana, Raluca, Alessia, Anastasia, Raisa, Bianca,
Ioana și Brianna*
*Fruntea să vă fie întotdeauna luminoasă ca acum în dulcea voastră
copilărie!*

INFAROM
office@infarom.ro
http://www.infarom.ro

ISBN 978-973-1991-74-0

Editura: **INFAROM**
Autor: **Corinne Wandenburg**
Editor-corector: Dr. Florina Dima
Design copertă: Liping Wang

Descrierea CIP a Bibliotecii Naţionale a României
WANDENBURG, CORINNE
   Sânge şi trandafiri / Corinne Wandenburg. - Craiova :
Infarom, 2014
   ISBN 978-973-1991-74-0

821.135.1-31

PARTEA I-A

CAPITOLUL 1

Versailles, noua curte a Franței, precum și măreața viziune a lui Ludovic al XIV-lea. Începuse de câtva timp să-și mute aici politica, femeile, vasalii și pe toți cei care îl urmau de bunăvoie sau nu. Mărețul rege dorea să arate lumii strălucirea Franței, măreția care cădea în raze strălucitoare deasupra celestului său cap. Nicicând Franța nu a luminat mai puternic Europa ca în acea vreme, iar Ludovic era mândru de acest lucru. Era înconjurat de femei frumoase, care mai de care mai îndatoritoare.

De regină nu-i păsa, aceasta îl urmase mai mult forțată în noul și impunătorul palat. Știa că n-o putea aștepta nimic bun. Totul era amar pentru ea. Tinerețea îi trecuse de multă vreme, iar plictiseala și singurătatea o transformaseră într-o ființă mai plinuță, ciocolata fiind singura ei consolare. Văzuse prea multe de când își părăsise tatăl pentru a se căsători cu Ludovic. Prefera să stea în apartamentele sale și să se roage, dar parcă și asta o speria din cauza atitudinii regalului său soț.

Avea 42 de ani în iarna anului 1680, iar strălucirea domnea peste tot. Frigul nici nu se simțea, poate doar în casele triste ale protestanților. Îi părea rău pentru ei, dar nu avea ce face. Era mulțumită că ultima favorită îi arăta respect și se purta bine cu ea. Vorbeau mereu una cu cealaltă, se sfătuiau, iar regina avea prilejul să afle despre afacerile soțului său. Uneori uita că Madame Maintenon era amanta soțului ei, Ludovic.

Era mai bine s-o aibă prietenă, ținând cont de ce trăise în trecut cu celelalte două amante favorite și, apoi, Maria Teresa știa că Madame Maintenon nu mai dorea copii. Fiecare bastard îi brăzdase fața cu o urmă de neșters. Regina păstra tăcerea când metresa regelui se înverșuna împotriva religiei protestante și o lăsa să-și depene gândurile.

- Regele trebuie să facă ordine, este capul Bisericii în Franța. Toți trebuie să fim catolici, comenta metresa înfierbântându-se, în timp ce regina doar ofta și ridica puțin din umeri.

Era catolică, credincioasă, dar nu-i plăcea sângele, iar umilinţa ei o făcea să înţeleagă umilinţa altora. Ştia că de aproape douăzeci de ani hughenoţii erau strâmtoraţi în credinţa lor. Era de-a lor prin umilinţa ei zilnică. Nu se întâmplase nimic grav care să escaladeze situaţia până acum şi asta o făcea să spere la linişte.

- Şi ce doreşte regalul meu soţ să facă acum? întrebă regina, fără a lăsa să i se vadă vreo urmă de interes cu privire la acest subiect.

- Să fie mai dur cu această naţie pierdută a Franţei.

- Să-i omoare? întrebă regina.

- Să-i reconvertească la unica religie recunoscută, cea catolică, iar de nu...

- Să-i omoare? repetă regina cu ochii mari, uimiţi, în timp ce mâinile ei dolofane încercau să-şi aşeze dantelele de la rochie.

- Da, Majestate, cred că da, zise Madame Maintenon cu glas stins.

În timp ce aceste doamne vorbeau una cu cealaltă, într-o altă parte a clădirii, în două cabinete diferite, două personaje stăteau la masă gânditoare, cu capetele în mâini. Fiecare se gândea febril la vizita pe care regele avusese onoarea să le-o facă.

Unul era bătrân, obosit de atâta muncă şi aproape ruinat de boală, celălalt încă semeţ şi avid după putere. Cei doi erau Colbert şi Louvois, banul şi spada Franţei, amândoi credincioşi regelui şi susţinători ai lui. De fapt, cine îndrăznea să-i stea împotrivă regelui?

Louvois, strălucitor, îmbrăcat semeţ şi încrezător în trecerea lui pe lângă rege, bun ministru, admirat şi temut, găsise soluţia: o nouă poliţie special creată pentru a prinde hughenoţii şi a-i forţa să redevină credincioşi catolici. Îi trebuia banii lui Colbert, precum şi catolici tineri şi înfocaţi pentru a-şi realiza planul.

- Totul depinde de bătrânul Colbert şi toanele sale, vorbi marchizul singur. Trebuie să-l văd neapărat, îşi spuse el scărpinându-se. Dar e târziu, plec acum, somnul îmi va fi un sfetnic bun.

Şi Colbert, în cabinetul lui, îşi dădu seama de acest lucru. Încercă să râdă, dar nu-i ieşi decât o grimasă de durere. Era bolnav şi ştia asta. Finanţistul conştientiza că, fără banii lui, Louvois nu va putea face nimic şi-i va pune în spatele lui totul. „Hughenoţii ăştia" îşi spuse el, „religia e mai rea decât ciuma", continuă el, „dar dacă regele vrea muzică şi dans, sigur va fi bal. Să vedem ce putem face."

Se ridică de la masa de lucru şi se duse încet către fereastră. Auzi în depărtare clopotele unei biserici. Oftă lung de durere şi de plictiseală. Steaua lui apusese de multă vreme, însă el trebuia să muncească la fel, regele nu-l va cruţa. Era bătrân, dar încă nu lăsa pe nimeni să-i plângă de milă, măcar nu în faţă. Trăise destul, iar durerile pe care le avea îi sugrumau sufletul.

4

- Ştiu ce am de făcut! E o idee excelentă şi nu tocmai păguboasă. Ţara e la pământ din cauza taxelor de tot felul pe care le strâng de ani de zile. Banii pentru marchiz nu pot veni decât de la victime, adică de la protestanţi. Sărmanii de ei... iar Colbert începu să râdă până se înecă şi începu să tuşească. Atunci, uşa se deschise şi secretarul său veni iute să-l ajute să-şi revină.

- Ce s-a întâmplat, maestre? Să vă ajut, spuse acesta deschizând fereastra şi apoi îl ajută pe Colbert să se aşeze. Îi dădu puţină apă, iar acesta păru să-şi mai vină în fire.

- Stai liniştit, Jean, copilul meu, nu mor acum, mai am de adunat nişte taxe pentru rege. Mă simt mai bine. Du-te acasă, e târziu şi, pe deasupra, eşti aşteptat de o femeie frumoasă.

Cel ce răspunse la numele de Jean oftă, îi plăcea de maestrul său. Era unul din puţinii care nu gândeau rău despre inimosul, ajuns acum bătrân, care-şi slujise regele cu atâta sârg.

- Mă voi duce, dacă vă este într-adevăr mai bine. Cred că ar trebui să plecaţi şi dumneavoastră.

- Am să plec curând, mă simt mai bine, dragul meu, spuse ministrul luându-i mâinile tânărului. Dar tu, du-te. Nu ai cu ce să mă mai ajuţi. Am găsit ceea ce căutam, de aceea râdeam.

- Cum doriţi, răspunse secretarul dus pe gânduri. Deja se gândea la scumpa lui soţie, frumoasa lui, cu care era unit doar de câteva luni prin sfânta căsătorie. Colbert le fusese naş. Se înclină şi plecă.

Colbert îşi întorsese capul spre fereastra care rămăsese deschisă. Se făcuse frig. Se ridică încetişor, cu paşi măsuraţi şi închise fereastra. Deschise uşa de la cabinet şi văzu că Jean plecase. Sună, iar un lacheu se duse repede după trăsură. Şi el dorea să meargă acasă, acum când ştia ce avea să facă. Cu siguranţă că Louvois va fi încântat, iar regele va râde în hohote. Ştia că în viaţa lui lungă călcase ca pe ouă, dar acum, de când era atât de bolnav, aproape că nu-i mai păsa.

Când trăsura fu gata pregătită, Colbert părăsi palatul pe o uşă dosnică. Se urcă în trăsură şi porni spre casă. Ştia că îl aştepta aceeaşi cină fadă care îl dezgusta, dar îi prelungea viaţa, cum spunea doctorul, pe care nu-l credea defel, dar pe care îl suporta de dragul soţiei şi a lui Jean, fiul său mai mare. Era un martir, până la urmă un om, nu doar un inventator de impozite de care toată lumea trăgea ca de o draperie, când înainte, când înapoi.

CAPITOLUL 2

A doua zi aduse un soare aducător de speranță pentru acel decembrie al anului 1680. Louvois veni la palat puțin preocupat și plin de speranță. Trebuia să aibă acea întrevedere cu Colbert, de la care spera să afle soluția. Nu avea nicio milă față de protestanți, iar dacă regele dorea o singură religie, al cărei cap dorea să fie, trebuia să se facă. De câțiva ani la rând, hughenoții suportau tot felul de oprelişti, însă acum soarta le era pecetluită.

O poliție specială era cu totul altceva decât unele drepturi interzise acestor oameni, e drept, francezi, dar încăpățânați și deci buni de pedepsit și puși la plată. Nu-l interesa pe marchiz de ce regele uita mereu că toți sunt francezi și se lega doar de religia lor diferită. Bunicul său, Henric al IV-lea, fusese protestant, trecut la liturghie pentru liniştea țării, însă nepotul era încăpățânat și dorea un exemplu care să arate lumii întregi dorința de a-i aduce la ordine pe protestanți și că el este căpetenia tuturor, prin drept divin.

Pe drum, oamenii treceau nestingheriți, dându-se la o parte din fața trăsurii, fără să bănuie ce foc domnea în capul ministrului. Unde soarele bătuse mai puternic, pământul se transformase într-un noroi gros și vâscos, cu care parizienii erau obişnuiți la vremea aceea. Forfota străzii îi plăcea marchizului; bineînțeles dacă era protejat și în siguranță de unde o observa. Îi plăcea să se uite la tinerele cu obrajii îmbujorați de frigul începutului de zi, care-şi strigau îndeletnicirile sau care mergeau iute către vreun atelier de dantelărie, unde câştigau atât cât să trăiască și să-şi plătească chiria.

Louvois zâmbea acestei lumi naive, instinctuale, a cărei bucurie era o cină săracă într-o tavernă obscură de cartier. Nici nu-şi dădu seama când se opri în fața uşii lăturalnice pe unde avea obiceiul să intre pentru a evita plictiseala celor care doreau de la prima oră să-i înmâneze câte ceva sau, mai rău, să-i ceară o audiență imediată. Avea noroc cu secretarul lui care o scotea la capăt cu toate lucrurile acestea pe care uneori nu le putea ocoli.

Coborî din trăsură şi spuse parola la care ofiţerul care stătea la uşa aceea se înclină adânc, lăsându-l apoi să urce treptele până la cabinetul său. Era cu adevărat binedispus pentru că nu întâlni pe nimeni şi intră deci în anticamera unde îl aştepta Pierre, secretarul său, fluierând. Trecu pe lângă el, uimindu-l, neţinând cont de semnele pe care acesta le făcea pentru a-l opri. De obicei marchizul nu fluiera şi era tot timpul serios pentru că avea un stăpân direct care nu-i prea dădea răgazul unei destinderi. Fluieratul i se opri când deschise uşa cabinetului său. Înăuntru se întrerupse o discuţie: Madame Maintenon, aflată pe scaunul său, vorbea aprins cu ministrul de finanţe, care stătea aplecat peste masă în fotoliul din faţă.

Louvois făcu o grimasă de nemulţumire, aproape insesizabilă, pe care totuşi vulpoiul de Colbert o surprinse, îşi drese glasul, apoi îşi puse zâmbetul pe faţa lui încă plăcută şi se îndreptă spre cei doi.

- Ce surpriză plăcută, doamnă şi domnule, zise el înclinându-se adânc şi luându-i mâna metresei regelui, dar gândindu-se în sinea lui că această doamnă este cu adevărat o băgăcioasă cum celelalte înaintea ei nu fuseseră în aşa mare măsură. Cu ce vă pot ajuta? continuă el.

- Domnule marchiz, vă cerem scuze că v-am invadat cabinetul, dar treburi grabnice şi îngrijorătoare ne-au făcut să ţinem un sfat aici, aşteptându-vă pentru a fi părtaş. Cei doi bărbaţi se înclinaseră unul în faţa doamnei, celălalt în faţa colegului său, zâmbind fără a deschide gura.

- E o plăcere nemaipomenită, doamnă, într-adevăr este ceva tare important dacă nu aţi putut aştepta şi v-aţi deranjat la o oră la care frumoasele doamne încă nu s-au dat jos din pat. „Nu este cazul aici" gândi marchizul pentru sine.

- Să lăsăm asta, zise Madame Maintenon, simţind începutul unei linguşeli care o dezgusta, ştiindu-se nu tocmai frumoasă sau măcar în floarea vârstei; Avem de vorbit, domnule.

Louvois se înclină încă odată, aşteptând să audă din gura aceea încă frumoasă ceea ce bănuia deja, iar figura plictisită a lui Colbert îi întărea bănuiala. Nici Colbert nu era în largul lui dând explicaţii unei femei, unei amante, şi nu direct regelui.

- L-am atras aici în cabinetul dumneavoastră şi pe domnul Colbert, aşteptându-vă să discutăm un subiect pe care îl cunoaşteţi şi pentru care regele vrea un răspuns, o soluţie rapidă. E vorba de afurisiţii ăştia de protestanţi. Regele doreşte formarea unei poliţii pentru a-i strânge mai tare în chingi. Pentru asta trebuie bani şi catolici înfocaţi, care să nu şovăie la îndeplinirea unor fapte în numele Domnului şi a Sacrei Liturghii. Domnul Colbert are un plan ingenios, care mie mi-a plăcut. Banii pentru această acţiune vor fi luaţi prin jaf chiar de la cei despre care este vorba. Li se vor scotoci casele, vor fi alungaţi şi casele vândute dacă nu se reîntorc la credinţa cea dreaptă. Vor rămâne liberi sub cerul albastru, hăituiţi şi fără scăpare. În final, Domnul îi va întoarce la El întru gloria Lui.

Trebuie să spunem că femeia se aprinsese şi cei doi bărbaţi nu scoteau nicio vorbă. Se ştia că era o catolică care-şi ducea credinţa până la extrem. Tonul vocii ei, ridicat, răsuna în camera mare cu draperiile încă trase. Îl şocase pe marchiz care se uita nedumerit către Colbert. Acesta zâmbea înciudat, veninos am spune, poate îl apucase o criză, cine poate şti sau aduce vreo dovadă. Doamna tăcu brusc, aşteptând răspunsul ministrului de război care veni iute.

- Doamnă, suntem cu totul de acord, mă voi ocupa chiar eu de recrutarea de oameni care vor îngroşa rândurile acestei armate pe zi ce trece. Ideea domnului Colbert este genială, să-i omorâm cu propriile lor arme! Nu vom cheltui bani mulţi dacă îi vom jefui pe unii dintre protestanţi, sunt destul de bogaţi.

- Aceasta este o operaţiune secretă pentru început, imprevizibilă şi neaşteptată care se va abate asupra lor, domnule marchiz.

- Ştim asta, altfel găsim coteţul gol. Mă voi îngriji ca oamenii însărcinaţi cu asta să-şi ţină gura.

- Iar Franţa şi iubitul nostru rege vor triumfa, zise metresa şi se ridică brusc. Mă duc la rege să aranjăm lucrurile.

„De fapt, se duce să obţină frişca de pe munca altora", gândi Louvois înclinându-se. Plecă fără să observe plecăciunile celor doi oameni inteligenţi şi profesionişti în munca lor. Doamna iubea să aibă ultimul cuvânt. După ce uşa se închise, ministrul de război merse şi trase draperiile, apoi se aşeză în faţa lui Colbert.

- Cum mai stai cu sănătatea, dragă Colbert?

- Cum nici duşmanilor nu le doresc, dar încă pot să îndeplinesc sarcinile care mi se dau, zâmbi acesta.

- Ca de exemplu cea de dinainte?! zise râzând Louvois.

- Da, ca asta şi ca altele ce vor să mai vină. O să mor cu pana în mână. Ce părere ai despre ideea mea cu privire la cererea de finanţare?

- E o idee bună, însă mai trebuie totuşi nişte fonduri iniţiale, zise marchizul.

- Da dar nu foarte mari şi le am, adică pot face rost de ele, zise Colbert ridicându-se. Sper că începeţi cu Parisul şi încet, cruţându-i prima dată pe hughenoţii săraci şi lovind în cei bogaţi mai întâi pentru a avea fonduri. Vezi şi tu că războaiele adevărate nu se mai termină.

- Da, ai dreptate, domnule Colbert. Plecaţi?

- Da, trebuie să mai şi lucrăm astăzi, dacă stăm de poveşti, unde vom ajunge? Regele va fi încântat să afle de la Madame Maintenon rezultatul întâlnirii. E mai plăcut, nu crezi? zise Colbert retrăgându-se cu o înclinare scurtă a capului şi făcându-se nevăzut pe uşă.

Louvois se aşeză din nou şi sună din clopoţel. Secretarul său veni şi îşi primi sarcina: trebuia să vadă cât de catolici erau soldaţii din garda regelui, cât de secretoşi şi cât de zeloşi în a urma dorinţa regelui. Marchizul îşi dorea să înceapă cu o elită care se va mări în timp.

CAPITOLUL 3

Parisul plin de mizerie şi mocirlă pe alocuri nu avea habar întru totul de ce plănuiesc şi fac guvernanţii săi. Unii dintre locuitori nu ies din mahalaua lor chiar dacă se presupune că într-o viaţă de om ar avea timp să o facă de cel puţin câteva ori. Povestea noastră nu se va ocupa însă de aceşti ignoranţi fericiţi care se mulţumesc cu un univers infim, dar pe care-l cunosc foarte bine.

Într-o casă retrasă, dar mai răsărită, o scenă de o duioşie melancolică tulbura liniştea acesteia. Un bărbat stătea la căpătâiul unui bolnav cu mâna acestuia într-a sa. Erau tată şi fiu şi purtau acelaşi nume: Jerome Martin. Bătrânul sufla greu şi încerca să vorbească. Glasul lui, abia auzit, îi spunea fiului:

- Nu va veni fiule, nu mă mai salvează de data asta. Nu poate, cu câte piedici are în cale... Îşi poate pierde viaţa, iar familia lui va fi distrusă.

- Va veni tată, spuse fiul, te iubeşte prea mult.

- Tocmai de aceea nu vreau să vină, spuse glasul cel stins. Vreau să-i fii credincios, e un om bun. E cel care te-a adus pe lume. Să nu ai gânduri dintre acestea noi care distrug ceea ce Domnul a creat. Mama ta a murit în braţele lui când te-a născut.

- Niciodată nu voi face diferenţă între un hughenot şi un catolic, tată! Am să-l ajut mereu. Toţi aparţinem Domnului, însă trebuie făcut altfel, ne paşte ştreangul şi, apoi, e unchiul meu.

În timpul acesta o trăsură de piaţă oprea în faţa casei, iar din ea coborî un bărbat la vreo 45 de ani, dar care încă impunea prin statura lui şi aerul de simplă nobleţe pe care îl degaja orice gest al său. Plăti birjarului care se înclină şi plecă. Hainele acestui bărbat erau sobre, închise la culoare, croite dintr-un material scump de bună seamă, însă lipsite de vreo bijuterie sau accesoriu inutile, atât de iubite în vremea aceea şi de care nimeni nu se lipsea.

Bărbatul descuie uşa cu o cheie potrivită şi intră făcându-i pe cei de sus să tresară de bucurie. Era cel pe care-l aşteptau, era salvatorul lor dintotdeauna, era medicul Lucien Corday, cel ce nu mai avea dreptul de a-şi exercita profesia, cel ce nu mai avea dreptul să salveze vieţi sau să aducă pe lume copii. Era un proscris de când regele dorea pe toată lumea de aceeaşi religie cu el, catolică, şi se ostenea din ce în ce mai mult să-şi ducă până la capăt represiunea. Medicul urcă repede scara până la uşa unde zări palpitând lumina unei lumânări.

- Ai venit, Lucien, zise bătrânul. Am crezut că nu ai să poţi.

- Am reuşit, dar, vezi bine, doar noaptea. Cum te simţi? Lucien începu să-şi intre în meseria lui cu fiecare întrebare. Îl ascultă pe bătrân la spate, îl palpă cu mâinile sale fine pe stomac şi apoi îl culcă la loc cu ajutorul fiului.

- E grav? întrebă tânărul Jerome.

- Este, dar cu multă atenţie şi osteneală îşi va reveni. Nu mă îndoiesc că îl vei ajuta şi îi vei da reţeta pe care i-o voi prescrie. Nu voi putea veni întotdeauna, niciodată nu voi mai fi sigur de ziua de mâine, zise medicul cu un oftat. E greu pentru mine să nu pot fi liber să-mi văd prietenul şi fratele. Uite reţeta! Cu cât te duci mai repede s-o iei cu atât mai bine. Te aştept.

- Lucien, zise bătrânul, cred că mă voi duce la sora ta Alice în curând.

- Eu nu cred asta, îi răspunse cumnatul său. Ai făcut rău că te-ai dus pe ploaie până la mormânt, dar o să te faci bine dacă mă asculţi şi urmezi tratamentul. Ştiu că a fost ziua în care a murit iubita mea soră, iar omagiul tău este unul nobil, dar asta nu înseamnă că, drept răsplată, Domnul nostru te va lua la el.

- Mă bucur să aud asta, chiar dacă mă simt atât de rău, zise Jerome bătrânul.

- S-ar putea să plecăm din ţară, zise medicul cu un oftat. Deja se văd zorii unor chinuri mai mari pentru noi. Vom fugi cumva peste graniţă, vom găsi cumva o cale. Familia mea e înspăimântată de soarta ce ne poate aştepta. Am ceva bani puşi deoparte şi ne vom descurca. Întâi ne vom opri la Nancy, de acolo vom trece graniţa. Poate că acolo vom găsi proprietatea soţiei mele în regulă, iar lumea mai puţin plină de ură decât aici la Paris. Primarul îmi este prieten, sper să-l conving să-mi dea acte false. De aceea e nevoie să trăieşti, Jerome.

- Da, ştiu că e grav şi e mai rău, răspunse tânărul care intră şi închise uşa, dându-i medicamentele unchiului său care le luă şi începu să le prepare. Lângă casa noastră stă un ofiţer de la palat. E un catolic

11

înverşunat căruia îi place să bea. Aşa am aflat de ceva zvonuri noi care circulă la Curte. E ales într-un fel de nouă poliţie, special creată şi instruită împotriva protestanţilor, însă regele spune că luna asta, fiind decembrie, va fi ca liniştea dinaintea furtunii. Vrea să arate lumii că e un catolic bun de Crăciun. Mai degrabă cred că într-o lună strânsura asta de blestemaţi va fi gata să sfâşie şi o vor face pe bază de listă, să nu mai rămână nimic în Franţa decât catolici. Vor începe cu Parisul. Nu e rea ideea să plecaţi de aici.

Unchiul său îi dădu medicamentele bolnavului care adormi şi începu să transpire uşor.

- Îşi va reveni, să ai grijă de el, zise Lucien fără să atingă subiectul.

- Unchiule, cred că trebuie să ne fie teamă de un nou Sfânt Bartolomeu.

Medicul îşi ridică privirea blândă şi frumoasă spre Jerome cel tânăr şi îi răspunse oftând că va încerca să vină a doua zi spre seară pe la ei.

- Încearcă şi mai trage-l de limbă pe ofiţerul acela şi vezi dacă mai poţi afla noutăţi.

- Mâine dimineaţă iese din gardă, aşa că îl prind şi îi dezleg limba din nou.

- Trebuie să plec acum, ne vedem mâine seară.

- Salută-le pe mătuşa şi pe verişoara mea.

- O voi face, poate nu o să ne mai vedem niciodată, zise medicul.

- Nu vorbi aşa! Iar dacă este vreo modalitate de a vă salva, nu trebuie irosită de slăbiciuni. Voi avea informaţii mâine şi veţi pleca. Asta nu e viaţă, să umbli doar noaptea ca păsările funeste.

- Bine, fiule, plec acum. Ne vedem mâine seară, aşa cum am mai spus. Rămâi cu tatăl tău. Voi lua o trăsură de la colţul străzii.

Medicul mai merse odată la patul bolnavului şi fu mulţumit. Se îmbrăcă apoi şi, aşa cum venise, plecă încuind uşa după el. La colţul străzii găsi o trăsură şi porni spre casă. Nu coborî drept pe strada lui, ştia că e mai sigur aşa de când îşi practica meseria pe care o iubea pe întuneric şi nu cum ar fost firesc la lumina zilei.

Soţia lui, o femeie încă frumoasă, blândă şi cu o voce scăzută, parcă mai mereu vorbind în şoaptă, îl aştepta în salon împreună cu unicul lor copil, o fată. Doamna, să tot fi avut vreo 35 de ani şi care răspundea la numele de Charlotte, stătea într-un fotoliu lângă fereastră. Tânăra fată, cam de 15 ani, Amelie, arăta ca un boboc de trandafir, proaspătă, chiar dacă un pic palidă. Cele două femei nu prea ieşeau, iar asta se vedea într-un aer de melancolie pe care-l afişau. Amelie stătea pe scaunul din faţa pianului, pe care nu-l mai încercase de când viaţa lor parcă devenea prea grea din cauza religiei pe care o recunoşteau.

Doamna se ridică la auzul uşii care se închisese iute şi coborî scările. Era îmbrăcată în negru, singurul accesoriu fiind dantela albă de la gât şi manşetele. Purta la gât un lănţişor de aur cu un medalion şi inelul de cununie. Amelie făcu mai mult zgomot coborând iute scările şi sărind de gâtul tatălui său. Mama ei nu o certă pentru zgomot, bietul copil se plictisea amarnic.

- Tată, ai venit! Te aşteptăm de atâta vreme. Ce fac rudele noastre?
- Unchiul tău îşi va reveni. Mă voi mai duce şi noaptea ce va veni. Nu trebuia să iasă afară. Are plămânii slabi, dar am speranţe.
- Să mâncăm ceva, spuse şi doamna când veni lângă cei doi. Te-am aşteptat!
- Desigur, dragele mele, am lucruri noi să vă spun, doar cât să mă dezbrac de hainele astea şi să mă spăl. Unde este Emilie?
- Servitoarea a plecat, spuse încruntându-se doamna Corday, ştii că era catolică. Spune că nu vrea să aibă necazuri şi că a găsit de lucru la o familie înstărită de confesiune adevărată. A pregătit cina, însă de mâine ne vom descurca noi două.
- Ştiu că eşti tristă, Charlotte, dar viaţa ni se va schimba în curând. Am să vă povestesc după cină. E foarte important!
- Cum zici tu, Lucien, noi nu avem nicio putere, ne putem doar ruga şi cam atât, spuse soţia sa luându-i pentru un moment mâna. Coboară imediat ce eşti gata, noi vom aşeza masa. Vino, Amelie, scumpa mea!
- Acum, mamă, spuse tânăra devenită sobră şi tristă, sătulă să stea închisă în casă şi să vadă lumea doar de după perdele. Tinereţea îşi cerea drepturile, însă terenul nu era fertil. Nu pentru ea. Mâine e Sfântul Nicolae, continuă ea, oare ce voi primi?
- Poate vei primi libertatea, Amelie, zise tatăl care urcase deja scările. Vă voi vorbi la masă.

Cele două femei se apropiară una de alta şi îşi zâmbiră.

- Libertatea, mamă? Să mă plimb, să pun mâna pe o floare din parc, să mă aşez pe o bancă, e un vis.
- Cine ştie ce vrea tatăl tău să-ţi spună. O să-l urmăm negreşit în tot ceea ce face. Poate că are dreptate, cine ştie?

Cele două femei intrară în sufragerie unde începură în curând să se audă sunete de farfurii, tacâmuri şi pahare. Dar masa nu mai conta pentru ele, ci veştile pe care domnul Corday trebuia să le împărtăşească la masă. Când toţi se strânseră la lumina singurului sfeşnic de pe masă, începură să mănânce încet, cel puţin cele două femei abia înghiţeau. Medicul îşi dorea ca subiectul cel important să fie discutat după masă, astfel că le îndemnă pe cele două să mănânce ca să nu se îmbolnăvească.

- Veţi avea nevoie de putere pentru a trece peste toate obstacolele care vi se vor ivi în cale. În seara aceasta, continuă el, după cum ştiţi, am

13

fost la Jerome, fratele meu prin căsătoria cu sora mea, să-i fie somnul liniştit acolo unde este. Am ajuns la timp, nu se simte bine, e drept, dar medicamentele îl vor ajuta să-şi revină. Îl iubesc pentru devotamentul către sora mea din toţi aceşti ani. În viaţa lui s-a hrănit doar din cele 12 luni de adevărată iubire cu sora mea, îndreptându-şi ochii doar către fiul lor. Minunat om. Dar nu asta vreţi să auziţi. Verişorul tău, dragă Amelie, are un prieten care e în soldă la curte şi căruia îi place să bea. Jerome l-a tras de limbă în acest mod. Regele a înnebunit şi ne pasc poveri şi dureri nebănuite. Acesta s-a hotărât să formeze o poliţie specială împotriva celor care nu sunt catolici şi refuză convertirea. Ni se vor lua casele, banii, femeile noastre vor fi batjocorite şi lăsate sub cerul liber. Iar toate astea de luna viitoare pentru că regele e mărinimos şi ne acordă un Crăciun în familie. Mâine nepotul meu se întâlneşte iar cu acest beţivan flecar şi vom mai afla amănunte. Se pregătesc oameni special pentru această mârşăvie, se vor numi dragoni. M-am gândit mult şi am hotărât să plecăm cu tot ce putem lua mai de preţ la Nancy, iar apoi peste graniţă. Vă cer să strângeţi lucruri puţine, dar de preţ. Casa i-o vom lăsa lui Jerome, se va ocupa el de ea, poate o va vinde şi ne va trimite banii la Nancy. Asta este izbăvirea ta, Amelie. Faptul că ştim şi putem pleca. Vei uita curând umilinţele prin care am trecut cu toţii. Slavă lui Dumnezeu că avem ceva pus deoparte, iar bolnavii mei vin fără să fie văzuţi şi la fel merg şi eu la ei.

- Te iubesc sărmanii, spuse Charlotte cu ochii în lacrimi. Pentru ei nu conteaza religia ta, ei ştiu că există doar un Dumnezeu deasupra capetelor noastre. Vom începe să strângem câte ceva. Bine că la Nancy vom avea un acoperiş deasupra capului, măcar pentru puţin timp. Când crezi că vom pleca?

- Mâine seară voi afla noi ştiri, iar după aceea oricând. Trebuie să vă mişcaţi repede, zise medicul oftând. Cred că e timpul de culcare, vom avea nevoie de tot curajul şi de toată tăria pentru a pleca.

- Da, ai dreptate dragul meu. O să strângem aici şi apoi ne vom culca. Este o cauză bună, o şansă pentru noi şi fiica noastră.

Medicul se ridică de la masă, le sărută pe cele două şi urcă. Era ostenit şi preocupat. Ştia că destinul se rupsese în două în seara aceea şi porniseră deja pe alt drum. Femeile aranjară totul la loc, stinseră lumânarea şi urcară pe întuneric. Mama îşi conduse fiica în camera acesteia, apoi o sărută pe frunte.

- Noapte bună, scumpo, gândeşte-te ce ai putea lua de aici şi uită de tot ce nu poţi lua, zise mama oftând.

- Te iubesc, mamă! Noapte bună! Când uşa se închise, Amelie se aşeză pe pat şi dădu ochii roată. Se maturizase mai repede decât îşi doriseră părinţii ei.

Când doamna Corday intră în camera spațioasă pe care o împărțea cu soțul ei, îl văzu pe acesta stând abătut pe pat cu o armă în mână. Se înfioră, dar nu zise nimic.

- Vom avea nevoie de ea, scumpa mea Charlotte. Cine știe în ce mă voi transforma curând. Femeia se așeză pe pat lângă sotul ei și îi luă capul în mâini.

- O să facem exact așa cum te-ai gândit. E o idee bună pe care o aprob întru totul, zise ea sărutându-i ușor fruntea înfierbântată. Nu suntem făcuți să pribegim sau să ne ascundem, cum o facem de câteva luni. Vom pleca pentru a ne găsi locul. De fapt, astăzi am primit o scrisoare de la Nancy, mi-a scris sora mea. Acolo e încă liniște, dar se simte în aer mirosul unei noi umilințe. S-au săturat și ei de viața de noapte. Îmi scrie că, după războiul de 30 de ani, Prusia primește protestanți de toate națiile pentru a se reface. Crezi că e o soluție bună? Vei profesa și ne vom întreține cumva. Domnul va fi cu noi! Bărbatul își ridică spre ea chipul frumos și îi spuse:

- Mulțumesc că te am, că ai acceptat să fii a mea. Ce minte clară ai, ce viziune întocmai ca a mea. Sunt fericit că vă am. Vom pleca, vom fi fericiți!

Charlotte își îmbrățișă soțul și apoi se duse să sufle în lumânare. Trebuiau să doarmă. Iar somnul veni peste acești oameni care nu făcuseră decât bine în jurul lor și care considerau că toate religiile sunt egale între ele, drept dovadă neîmpotrivirea medicului la căsătoria scumpei sale surori cu un catolic.

15

CAPITOLUL 4

Dimineaţa veni repede pentru nişte oameni care erau obişnuiti să se trezească devreme. Cei doi soţi merseră la bucătărie unde Charlotte încercă să încropească un mic dejun. Doar Amelie încă visa alături de pisica ei care se obişnuise să doarmă într-un coş lângă pat. Aripile viselor încă mai fâlfâiau pentru această tânără nevinovată.

- Lucien, aş vrea să mergem la adunare astăzi. E zi mare.
- Eu te conjur să nu o faci. Am o presimţire. Dacă e să plecăm, trebuie să fim văzuţi cât mai puţin. De discreţie se leagă totul. Trebuie să fugim de aici pentru Amelie. Merită o soartă mai bună. Nu te supăra, draga mea, dar trebuie să înţelegi. Ceva mă opreşte, am o greutate în piept când mă gândesc la slujba asta.
- Bine, iubitule, cum zici, dar am obosit să nu mai ies. Copilul nostru nu mai cântă la pian şi e palidă de atâta stat în casă.
- Tocmai de aceea nu trebuie să ne expunem. Vom pleca în curând şi o să ne liniştim undeva. Cred în asta, zise Lucien.
- Amelie, zise mama cu un strigăt. Te-am trezit! Nu am vrut, iartă-ne că ne-ai auzit.
- Nu m-aţi trezit. Pisica a fost, e neliniştită şi miaună altfel. Simte ceva. A sărit pe pat şi m-a trezit. Cred că e mai bine să nu ieşim. Tata are dreptate, ne vom ruga acasă toţi trei. Ceva nu e bine.

Deodată, liniştea casei fu distrusă de câteva bătăi puternice în uşă. Femeile, una în alta, îşi strângeau şalurile groase tremurând de frică. Medicul avu o tresărire scurtă şi mai apoi merse către uşă. Degeaba încercară femeile să-l oprească, el deja întreba cine este.

- Suntem pierduţi, ziseră femeile într-un glas, însă Lucien le făcu semn să tacă.
- Deschide uşa, doctore, strigă cineva care părea disperat. Sunt contele de Nevers şi am gânduri bune. Medicul deschise uşa, iar înăuntru

16

năvăli un nobil cu servitorul său. Iartă-mă că dau buzna lipsit de maniere, îmi cer scuze doamnelor, făcu nobilul frângându-şi mâinile. Lucien făcu un semn ca aristocratul să continue, căci asta nu avea importanţă. Vin în numele unei mame îndurerate, soţia mea. Fiul nostru, tânărul nostru moştenitor, vomită într-una şi are febră. Medicul meu nu-i dă de capăt bolii.

- De când asta?

- De aseară. A fost la râu, iar servitorul nu l-a supravegheat cum trebuie.

- Domnule conte, vii în casa unui proscris. Sunt hughenot, zise oftând medicul.

- Eu vreau să-mi salvezi copilul, ştiu din anumite surse că eşti foarte bun. Îmi pare rău pentru ce se întâmplă din cauza lui Dumnezeu. Şi pentru mine a fost compromiţător să vin, dar copilul trebuie salvat. Dacă îl salvezi, îţi promit să te ajut să pleci de aici. Se pregăteşte o cină cu carne de hughenoţi, nu e bine să fii carne de tun pentru ei.

- Bine, voi veni. Aşteptaţi-mă până îmi iau geanta. Aruncă o privire profundă celor două şi le linişti. Staţi în casă până mă voi întoarce. Nu ieşiţi. Femeile înţeleseseră că nu puteau să se împotrivească datoriei bărbatului, iar după ce închiseseră bine uşa văzură că nobilul chiar se compromisese, venise cu trăsura cu blazon. Cred că tânărul a înghiţit apă murdară, domnule conte. E bine că a vomat, dar cred că ar trebui să se oprească şi să mănânce nişte supă de pui.

- Nu poate înghiţi nimic, spuse oftând contele.

- Va înghiţi iar în câteva zile, va fi pe picioare. Îl vom salva.

- Dacă vei reuşi asta, voi fi un tată norocos.

- Sunteţi deja, dacă aţi mai fi întârziat câteva zile, aţi fi bătut degeaba la uşa mea. Şi eu încerc să-mi salvez familia, va trebui să plecăm de aici.

- Vei pleca după ce copilul meu se va face bine. Ştiu că par egoist, dar nu poţi face altfel, zise contele.

- Sunt în mâna monseniorului, zise Lucien înclinându-se.

- Am să te ajut şi eu pe tine, zise contele, vei primi bilete de trecere. Unde vrei să pleci?

- La Nancy, la o casă a soţiei mele şi apoi poate peste graniţă în Prusia.

- Înţeleg. Fă-mi copilul sănătos şi vei primi o trăsură şi scrisori de recomandare pentru primarul din Nancy. Îmi este prieten şi dator vândut. Contele nu mai spusese că este fratele său.

- Să vedem întâi ce are copilul, spuse doctorul, auzind o poartă deschizându-se şi pavajul făcând zgomot la trecerea trăsurii.

Imediat ce trăsura se opri, uşile acesteia se deschiseseră parcă la comandă. Doi servitori se înclinară şi le făcură loc să intre. Cei doi ocupanţi ai trăsurii urcară scările pregătite de gală, contele era înainte şi parcă alergând, parcă nu mai avea timp. Medicul, în urma acestuia, urca grav şi hotărât să salveze acest copil. Când ajunseră în camera copilului, mama lui era plânsă şi aştepta izbăvirea din ochii şi mâinile doctorului, se gândea să renunţe la balul de numire al soţului său.

- Domnule doctor, salvaţi-mi copilul! Spuneţi-mi de ce aveţi nevoie, zise ea.

- Am nevoie să mă spăl puţin şi vreau să-l chemaţi pe cel care l-a însoţit pe tânărul bolnav la râu, vreau să-l întreb câteva amănunte.

Contesa, o femeie frumoasă şi foarte fină, care nu dusese lipsă de nimic în viaţa ei, făcu un semn cu capul servitorului care aştepta la uşă.

- Cheamă-l pe Denis aici imediat, spuse ea ferm.

Servitorul se înclină şi dădu fuga în camera pe care o împărţea cu nefericitul Denis şi unde acesta tremura de spaimă. Medicul se apropie de pat şi dădu învelitoarea la o parte. Începu să-l examineze pe copil care stătea liniştit cu ochii ţintă la mama lui.

- Stai liniştit, fiule, Domnul o să te facă bine. Lucien începu să-i ridice cămăşuţa de noapte apoi îl întrebă pe copil dacă a băut apă, apoi voi să ştie unde a alunecat. Acesta îi răspunse că nu înghiţise apă printr-un semn negativ făcut cu mâna. Dar, continuă Lucien, ai alunecat, te-ai înţepat în ceva, te-ai lovit? E iarnă, iar Sena nu e îngheţată.

Copilul încuviinţă că da, iar Lucien îşi îndreptă mâinile spre picioare, mai bine zis spre tălpi. Denis apăru tremurând ca varga cu căciula în mână şi cu cealaltă trăgând de haină.

- Spune, nenorocitule, povesteşte doctorului, zise contele frângându-şi mâinile.

- Eram cu tânărul meu stăpân la râu, începu tremurând omul, eu mă aşezasem, iar băiatul se plimba. Totul era liniştit, mai fusesem acolo, când deodată aud un ţipăt şi domnişorul Noel vine către mine fără sânge în obraji. Era apă puţină acolo unde s-a prăbuşit. L-am adus acasă fără cunoştinţă, apoi a venit un medic care l-a readus la viaţă fără să-i oprească această febră şi vomă. A spus că trebuie să se sfătuie cu alţi colegi pentru că nu mai văzuse un asemenea caz.

- Mulţumesc, poţi pleca, spuse doctorul.

- Faceţi-l bine, domnule, îl iubesc mult pe tânărul meu stăpân, spuse Denis ieşind afară din cameră.

- Domnule conte, medicul care a venit aici, l-a analizat pe copil?

- Nu, domnule, a spus să stea la pat şi să încerce să mănânce. L-a luat doar de mână de câteva ori şi i-a dat un medicament.

- La asta înseamnă că nu s-a uitat cu siguranță, după care medicul arătă către talpa piciorului, roșie și umflată. A călcat în ceva care i-a înțepat pantoful subțire. Are ceva înăuntru care trebuie scos imediat. Vreau apă caldă și doamna să plece din cameră. Nu e de văzut. Tatăl însă poate rămâne, mă va ajuta cu siguranță, a văzut destule, cred. Contesa încercă să se împotrivească, dar, blând, contele o scoase afară.

- Poruncește draga mea pentru apă caldă și pregătește-te de bal.

- Și pentru bandaje curate, adăugă doctorul care deja prepara un calmant ușor pentru a-l adormi pe tânărul moștenitor. Un cearșaf curat tăiat fâșii e suficient. Lucien îi dădu copilului poțiunea la care acesta se strâmbă. Știu că e tare amară, dar nu vei simți cum lucrez eu la talpa piciorului tău, tinere nobil. Micuțul bolborosi ceva și adormi imediat. Vedeți, domnule conte, în umflătura aceea e un ciob care trebuie scos imediat și apoi trebuie curățată rana. Băiatul va călca rău o vreme până se va vindeca, dar apoi va uita totul, este în creștere. Nu trebuie să vă mai faceți griji, va trece dacă veți respecta ceea ce vă prescriu, eu nu voi mai fi aici ... Voi sta câteva zile până copilul va fi în afară de orice rău, iar apoi voi pleca.

- Vă voi ajuta și eu, vă promit, spuse contele, dar să începem, nu cred că mai putem aștepta.

- Așa este, spuse Lucien.

În mai putin de un sfert de ceas, din rana umflată și roșie, medicul a scos un ciob, pricina suferinței micuțului.

- Vedeți, domnule conte, dacă aseară medicul ar fi analizat piciorul copilului și ar fi scos acest ciob, acesta nu se lăsa în carne așa de adânc, provocând astfel această adâncitură urâtă care trebuie să se vindece în mai mult timp și cu multe menajamente. Aceste prafuri trebuie date de trei ori pe zi cu un pahar de apă, iar piciorul uns cu alifia aceasta. Dacă veți dori, voi mai veni câteva zile, dar mă veți lua de acasă, nu-mi permite legea să circul sau să profesez. Copilul e salvat și febra ar trebui să scadă. Acum să bandajăm puțin piciorul, doar astăzi. Piciorul trebuie lăsat gol, să se vindece rana la aer mai rapid. Uneori bandajele adună boli mai rele, dar aerul face minuni. Contele dădu să-i mulțumească medicului, însă acesta îl opri. Îmi veți mulțumi peste câteva zile. Pot rămâne o oră până se va trezi și îi vom da primele prafuri ale zilei, apoi o supă va fi binevenită.

- Multumesc, totuși, doctore. Să trecem în cabinetul meu de lucru. Vreau să vă vorbesc. Am s-o chem pe soția mea să stea cu copilul nostru, de altfel ne pregătim și de balul de la Curte.

Aceasta, lipită de ușă, atât aștepta. Intră în cameră și se așeză într-un fotoliu tras lângă pat în timp ce o servitoare strângea totul. Cei doi bărbați intrară într-o cameră somptuos mobilată, unde contele își rezolva de obicei afacerile.

- Domnule Corday, spuse contele plimbându-se prin cameră, religia pe care o aveţi vă condamnă, presupun că nu veţi renunţa la ea.

- Niciodată, domnule conte.

- Mă gândeam eu, spuse nobilul zâmbind. O poliţie specială s-a format, iar eu îi sunt comandant.

- Dragonii, ştiu, am aflat din întâmplare. Se recrutează catolici fervenţi, iar de la anul, chinurile pe care le-am trăit le vom numi blândeţuri.

- Din întâmplare? Asta trebuia să fie un secret de stat aproape. La balul din această seară se oficializează ideea aceasta.

- Băutura dezleagă limbile, domnule conte. A fost o întâmplare fericită pentru mine, un semn divin.

- Înţeleg. Dar acest an nou are o avangardă, dacă îmi permiteţi domnule doctor. Ziua de azi!

- Ziua de azi? Ce este cu ea? E Sfântul Nicolae, zise doctorul sărind de pe scaun.

- Comanda mea începe de la anul, însă cineva, o doamnă, vrea să le mai dea un avertisment celor care nu au religia ei. Pricepeţi despre ce doamnă este vorba? Una puternică în faţa căreia regele nu este decât un copil mare.

- Pricep, nu trebuie să daţi nume, zise Lucien palid. Le-am poruncit soţiei şi fiicei să nu iasă afară. Sper că vor fi în siguranţă.

- Dacă vor asculta porunca, da, însă dacă vor dori să meargă la adunarea aceea care se strânge clandestin şi de care regele ştie, nu pot garanta pentru nimic.

- O vor asculta, întotdeauna o fac, mai povestiţi-mi.

- Nu va fi un nou Sfânt Bartolomeu, dar ceva din ziua aceea se va repeta la această adunare. O să vă duc acasă, fiţi fără grijă! Locul de adunare al hughenoţilor este oricum departe de casa dumneavoastră. Spuneţi-mi vă rog ce doriţi ca răsplată?

- În mod normal aş refuza vreo răsplată, dar nu pot s-o fac. Îmi doresc să-mi daţi provizii de hrană, noi ieşim foarte greu din casă, chiar deloc sau poate doar noaptea. Se spune că această doamnă ar avea tată protestant, nu înţeleg cum este ea catolică!

- Este adevărat că se zvonesc multe, dar răul este şi va fi făcut.

Discuţia continuă pe aceeaşi temă până când o servitoare intră spunând că soţia contelui îl cheamă în camera copilului. Cei doi se ridicară imediat şi o urmară pe femeie. Copilul se trezise.

- Febra i-a scăzut precum am spus, zise medicul. Acum, tinere, îţi vom da primele prafuri pe care le vei lua de trei ori pe zi, apoi vei mânca o supă caldă ce te va ajuta să te refaci. Voi sta lângă tine. Mâine dimineaţă îţi voi scoate bandajul şi nu îţi voi mai pune altul, te voi unge doar cu alifia de pe scrin şi vei lăsa rana la aer. După ce vei mânca, voi pleca acasă la mine şi sper să nu fie nevoie ca tatăl tău să mă cheme până mâine când oricum va veni după mine. În câteva zile te vei înzdrăveni.

Copilul, mai vioi deja, mâncă supa din mâinile fericitei sale mame, apoi adormi. Toate medicamentele aşteptau pentru a fi luate. Nimeni nu observă disparţia contelui care se duse şi porunci să se umple trăsura cu mâncare. Într-un coş pusese şi o pungă cu bani pe care era încuviinţat că doar doamnele o vor găsi, medicul nici pomeneală. Îl plăcea pe acest Corday împotriva opreliştilor, ştia că îl va ajuta cu sprijinul fratelui său vitreg.

Să lăsăm pentru câteva momente această familie revenită la fericire şi la speranţă şi să ne întoarcem în casa medicului unde femeile luaseră masa tremurând pentru viaţa lor şi a omului pe care se baza toată speranţa lor.

- Vom sta în casă, mamă, cum a spus tata, zise Amelie.

- Aşa vom face, zise doamna Corday. Vom aştepta să se întoarcă, vom citi ceva din bibliotecă şi vom pregăti prânzul. Uneori cred că e mai bine că nu mai avem servitoare. Era catolică şi bănuitoare. Putea să spună tot felul de minciuni pentru un pumn de monede. E deja ora 9. Slujba a început. Ne vom ruga de acasă. Tatăl tău are două ore de când e plecat. Ce vor zice toţi când îşi vor da seama că lipsim?

- Nu te mai frământa! Totul va fi cum va dori Domnul nostru.

- Dar ce se aude? zise Amelie sărind la o fereastră, însă fără a da la o parte perdeaua.

- Vine dinspre strada unde se întâlnesc ai noştri, continuă mama speriată.

- Să aşteptăm, vom afla curând.

Cele două femei stăteau amândouă acum la fereastra acoperită cu o perdea groasă şi păzită de un grilaj de fier care le oferea o oarecare siguranţă. La fel ca şi uşa de la intrare şi poarta destul de înaltă. Prin gardul de fier al casei puteau urmări forfota lumii care umbla de colo până colo de dimineaţă până seara. Deodată, un vuiet prelung se auzi, iar ţipetele umpleau deja strada. La fereastră cele două femei se ţineau una de alta înspăimântate.

- La liturghie cu voi! Reveniţi la adevărata credinţă, vrăjitorilor, striga mulţimea împingându-i pe cei găsiţi la locul adunării protestante. Ostaşi călare loveau în stânga şi în dreapta în nefericiţii oameni care doreau să se roage la Sfântul Nicolae.

Copiii din braţele mamelor ţipau şi îşi ţineau mânuţele pe feţele pline de lacrimi. Cărţi sfinte ardeau peste tot. Un fum gros se ridica în zare căci ardea clădirea unde hughenoţii îşi ţineau întâlnirile. Strigătele pline de ură nu mai conteneau. Ostaşii păreau că aveau o ţintă: să-i ducă pe oameni

21

în prima biserică romano-catolică întâlnită în cale. Biciul se învârtea ca într-un târg de vite. Nu aveau voie să îi bruscheze şi să-i omoare. Era doar o lecţie. Trebuiau forţaţi să intre în Sfânta Biserică şi, cum Parisul este plin de ele, fu aleasă prima ieşită în cale unde deja clopotele băteau nebune din locaşurile unde erau aşezate. Ca nişte animale, oamenii erau împinşi de la spate şi înghesuiţi în Biserica Sfântului Eustaţiu. Nu se puteau împotrivi fiind zdrobiţi, scuipaţi şi înjuraţi de cei ce aparţineau dreptei credinţe.

Cele două femei erau nebune de durere. Zăreau chipuri cunoscute în mulţime, de câteva ori Amelie făcu eforturi disperate să o ţină pe mama ei de a nu se duce la uşă şi s-o deschidă. După câteva încercări, doamna Corday căzu fără vlagă într-un fotoliu.

- Mamă, te rog să respecţi cuvântul tatei. Nu vom ieşi şi nu vom deschide!

Deja lumea era cu totul în biserică, doar armata nu îndrăzni să intre. Lucrul lor se încheiase, lecţia şi avertismentul fuseseră date, iar gloatele înnebunite ale Parisului care ies parcă din pământ provocând un scandal din te miri ce, făceau restul, adică ţineau protestanţii la liturghia catolică de la ora 10. Parohul acestei biserici îşi ţinea slujba uimit de o aşa mare audienţă care avea privirile bulbucate şi pline de ură. Părintele era cu inima plină de teamă ca nu cumva aceşti pătimaşi plini de ură să distrugă ceva din biserică. Încerca să-şi ţină firea uitându-se mai mereu la ceasornicul care parcă se târa ca melcul. Feţele protestanţilor îi provocau milă, aceştia stăteau forţat în genunchi, cu călăii de cealaltă religie în picioare. Copiii adormiseră în braţele mamelor care priveau mai mult pavajul bisericii. Când slujba se termină, preotul coborî de la altar şi, plin de demnitate, luă cuvântul:

- Acum lăsaţi-i pe aceşti oameni să plece. Au ascultat slujba şi au făcut ce aţi dorit voi. Nu întinaţi lăcaşul Domnului! Mergeţi cu toţii în pace la casele voastre. Este o sărbătoare mare astăzi, nu greşiţi lăsându-vă purtaţi de mânie.

După aceasta catolicii le făcură loc hughenoţilor care ieşiră împreună, îndreptându-se spre casele lor. Gărzile care aşteptaseră până acum despărţiră cele două tabere. Cine ştie cum ajunseră acasă nenorociţii năpăstuiţi, însă acest avertisment îi îngrozise şi îl înţeleseră perfect. Mai trăiseră şi înainte situaţii limită, dar de locul lor de rugăciune nu se atinsese nimeni.

Când contele ieşi cu doctorul în trăsura de pe care luase blazonul, disperarea lui de tată trecuse. Liniştea acoperise străzile pe care le străbăteau. Se apropiau de ora prânzului când fiecare îşi găsea un culcuş, o alinare, dacă nu le avea.

- Mulţumesc, doctore! Am să trimit după dumneavoastră mâine seară. Sper să fiţi mulţumit cu ce am pus în cele trei coşuri, este destulă mâncare şi, aşa cum v-am mai spus-o, veţi ieşi viu din Paris şi din Franţa.

Doctorul se înclină şi intră în curtea lui cu cele trei coşuri pline. Cele două femei îl aşteptau, iar când fu în casă îi mulţumiră la Dumnezeu din toată inima. Povestiră şocul pe care îl avuseseră cu privire la întâmplările din acea dimineaţă.

- Ştiam, dragele mele, vom pleca. Copilul acestui nobil e salvat şi ne va ajuta. Îl cred şi ştiţi că eu nu mă înşel niciodată. Voi mai merge câteva seri la rând, iar din această cauză vom întârzia plecarea, dar nu am ce face. Vom obţine bilete de trecere, paşapoarte şi tot ce ne trebuie pentru a trece graniţa. E fratele primarului din Nancy!

- Ce de mâncare, spuse Amelie scotocind prin coşuri. Şi o pungă de ludovici de aur! Ne va folosi la drum.

- Ce pungă? Contele acesta ..., râse Lucien. I-am spus să-mi dea de mâncare şi el mi-a dat o avere. Dar e voia Celui de sus şi Îi vom mulţumi. Ne vom folosi de ei. Diseară merg la Jerome, îi voi da cheile şi-l voi ruga să aibă grijă de casă, însă până atunci să mâncăm ceva.

- Bună idee, spuse doamna Corday. Pe lângă supa noastră merge bine şi altceva. Sunt încrezătoare. Vom reuşi!

Seara, la cumnatul său, nepotul îi confirmă înfiinţarea acestei poliţii.

- Ştiu mai multe decât îţi închipui, zise medicul, mă bucur că tatăl tău e mai bine şi a mâncat. Am adus cheile de la casa noastră. Să aveţi grijă de ea după ce vom pleca. Se va întâmpla cât de curând. Poate o să ne putem scrie.

- Unchiule, ai auzit grozăvia cu casa în care se adunau acei bieţi oameni?

- Da, fiule, am auzit, iar doamnele mele m-au înştiinţat cu toate amănuntele.

- Frate, se auzi o voce mai întremată.

- Ce e, Jerome, bătrâne?

- Lucien, asta e o despărţire?

- Da, aşa e, vă las casa în grijă. Tu o să te faci bine, iar noi vom zbura unde cuibul nu o să ne fie doborât. V-o las pe sora mea, Alice, să aveţi grijă de mormântul ei. O voi purta mereu cu mine în inima mea. Dacă aş fi fost singur, poate aş fi rămas, dar aşa, ce viitor are Amelie? Niciunul aici, vedeţi bine.

- Ai dreptate, e mai bine aşa, zise cumnatul.

După ceva timp îşi luară rămas bun cu multe îmbrăţişări şi speranţa că această situaţie avea să se termine repede, iar revederea să se facă lesne şi curând. Timpul însă avea să dovedească că nu se vor mai vedea niciodată.

Contele îl răsplăti regeşte pe doctor, înţelegând cu fiecare zi prin ce primejdie trecuse fiul său. Un copil moare repede de la o infecţie. Nobilul tată îi interzisese fiului său cu fermitate să mai meargă la râu sau descult pe undeva, iar Denis, servitorul, mulţumi că scăpase aşa ieftin şi promise atenţie sporită.

Corday obţinu o trăsură simplă care nu bătea la ochi şi acte pentru călătoria până la Nancy. Avea de asemenea scrisorile de recomandare pentru primarul de acolo. Acela va face paşapoarte şi tot ce e necesar pentru trecerea graniţei în deplină siguranţă.

Doamnele nu aleseseră multe, dar ce luaseră era valoros. Sperau că se vor întoarce curând, însă aveau cu ele coşurile contelui pline cu hrană. La Nancy nu-i aştepta nimeni cu masa. Nu spuseseră nimănui de planurile lor, iar contele îi ajutase, totul ţinându-se în umbră, la distanţă. Era comandantul dragonilor, viitoarea poliţie. Lucien fu de o discreţie teribilă nespunându-i contelui că primarul din Nancy îi este prieten. Era mai bine să aibă scrisorile contelui pe lângă prietenia fratelui acestuia. Se întâlniseră la şcoală, erau amândoi medici şi aveau aceeaşi vârstă.

CAPITOLUL 5

Francoise d'Aubigne, căci la ea ne vom referi mai mult în acest capitol, era pe atunci o femeie de 45 de ani. Prima tinereţe îi trecuse, iar Curtea nu înţelegea prea bine ce văzuse regele, mai tânăr cu trei ani, la ea. Doamnele de vârsta marchizei erau indignate că nu-şi puteau împinge fetele spre patul regelui şi, deci, spre glorie din cauza acestei femei despre care se spunea că era cea mai catolică dintre toate credincioasele catolice din Franţa. De ce oare? Vom înţelege depănându-i puţin viaţa acestei femei strălucitoare care-l subjugase pe rege, care îi era fidel şi nu mai călca strâmb „din greşeală".

Fata unui protestant, Constant d'Aubigne se născuse la închisoarea Niort unde acesta fusese închis, prins fiind conspirând împotriva lui Richelieu. Mama ei, în condiţiile date, nu putea fi decât fata temnicerului care se căsătorise cu acest nebun aventurier pe care bătrânul Agrippa d'Aubigne aproape îl renegase. Prieten cu Henric al IV-lea, acesta fusese scandalizat de pornirile fiului său care conspira când într-o parte când în alta, neţinând drumul drept al credinţei într-un singur rit.

Jeanne de Cardillac, mama acestei fetiţe, o botează în credinţa catolică dar o crescu respectând regulile religiei protestante întru totul. Astfel că fata era cam retrasă şi deci reţinută în tot ce avea de făcut. La 16 ani Francoise se căsători cu Paul Scarron care însă o lăsă văduvă la 25 de ani. Îi fusese acestuia cea mai bună infirmieră şi cam atât. Ea a fost într-un fel mulţumită, poetul o iubise, iar ea îi oferise tinereţea ei proaspătă şi vitalitatea de care el, bolnav fiind, avea atâta nevoie. Se bucura, trăia prin ea.

Ajunsese la Curte printr-o împrejurare fericită, iar mai târziu, culmea ironiei, devenise guvernanta copiilor regelui făcuţi cu marchiza de Montespan. Intrată în această situaţie cu totul deosebită, Francoise nu-şi pierduse capul. Rămăsese la fel de reţinută şi de retrasă, însă regele tot o observă. Se spunea că discuțiile dintre cei doi erau foarte interesante, legate mai ales de creșterea copiilor, de care marchiza de Montespan nu era interesată.

Regele era uimit de câte afla despre copiii săi și poate că aici pierdu mama copiilor, nedându-le atenție acestora. Ea dorea să placă regelui ignorându-i pe copiii pe care guvernanta îi considera importanți, minunați și demni de atenție. Uneori aceasta îi scria scrisori lungi regelui povestindu-i despre pățaniile acelor copii, îi explica momente din procesul de creștere, vreo durere din cauza dinților și câte și mai câte. Francoise scria pe un ton firesc, adresându-se mai mult unui tată, uitând că acesta era rege. Ludovic era uimit și vădit interesat de copiii lui, lăsați mai mult decât trebuia fără mama lor. Cred că de aici a început sâmburele de nemulțumire al regelui pentru marchiza de Montespan. Și mai era ceva, această femeie îl surprinsese prin tonul direct pe care îl afecta în scrisori, fără a fi impresionată de poziția destinatarului scrisorilor.

Ludovic avea momente când se trezea gândindu-se la vreo durere pe care copiii lui o încercaseră. Această situație era unică în felul ei. El nu acorda atenție progeniturilor în general, poate doar delfinul îi mai stătuse în minte, restul copiilor reginei își dormeau cu toții somnul liniștit în criptă. Ce să mai vorbim de copiii amantelor sale? Nici gând până la aceste scrisori pline de căldură și destul de hazlii uneori. Nimeni nu-l tratase atât de direct și, în același timp, nevinovat, iar lui începuse să-i placă asta. Aștepta cu înfrigurare vești de la Francoise Scarron, îl încânta prin scris mai mult decât o făcea o femeie în carne și oase.

Când marchiza de Montespan își încheie jocul ei de favorită și părăsi Curtea, distanța dintre rege și această Francoise, același nume ca și al marchizei, dar altfel fără nicio coincidență, se micșoră, însă noua favorită păstra aceeași reținere în manifestări câștigând prin comportamentul ei o autoritate pe care celelalte nu o putuseră avea asupra lui Ludovic.

Francoise, noua și matura favorită, avea un comportament plin de respect față de Maria – Tereza care o făcu pe regină, dacă nu fericită, măcar împăcată. Deveniseră oarecum prietene, iar regele era mulțumit. Îl obosise atitudinea sfidătoare și poruncitoare a marchizei de Montespan. Găsise la această femeie liniștea și parcă regina, soția lui, îi mulțumea pentru lipsa scandalurilor care înainte o umileau și o terorizau cumplit.

Favorita știa cumva mai bine unde îi este locul și că nu va putea fi niciodată regină, de altfel nici copii nu dorea. Era mulțumită așa. Trăgea ițele acolo unde se putea, discret, fără prea mult zgomot în urma ei. Era nevăzută, dar totuși pretutindeni, iar curtenii trebuiau să-și înghită nemulțumirile și cam atât. Nu puteau s-o prindă cu nimic, nicio intrigă nu se țesea pentru că noua favorită era o femeie cu doi pași în spatele reginei, deci retrasă ca o perlă în scoica ei. Fuseseră nevoiţi s-o accepte şi s-o respecte aşa cum era, fără să mai poată face nimic, mai ales că regina o plăcea nesperat de mult. Interesele lor nu mai puteau fi potrivnice pentru că Francoise nu avea o curte a ei ca metresele de dinainte, prefera să stea în apartamentul ei şi să se roage, devenise o catolică înverşunată alături de regele ei drag. Făcea vizite reginei care se obişnuise şi începuse să o placă după ce uimirea trecuse.

Mai mare uimirea, deci, când marchizul de Louvois o găsi la el în cabinet cu câteva zile înainte. După ce plecase, urcă în apartamentul ei şi deschisese o uşă secretă care ducea pe un coridor spre o altă uşă, de data aceasta la apartamentele regelui. Ludovic, când auzi resortul, tresări, dar ştia că nu putea fi decât marchiza de Maintenon. Îi arătase uşa secretă spunându-i s-o folosească doar în cazuri urgente.

- Doamnă! spuse regele.

- Majestate, zise marchiza, închinându-se adânc, vin din cabinetul domnului Louvois. Acea poliţie se va face, domnul Colbert are deja banii şi o metodă minunată de a obţine mai mult. Vom distruge protestantismul cu proprii lui bani. Vom acţiona întâi la Paris, la casele bogate, iar apoi, având bani, peste tot. Comandant va fi contele de Nevers.

- E minunat, draga mea Francoise, îţi mulţumesc pentru veşti! Şi eu am noutăţi pentru tine, le vom da acestor hughenoţi îndărătnici o lecţie micuţă chiar de Sfântul Nicolae. Vom râde, iar de contele de Nevers ştiam, sunt mulţumit.

- Nu vom râde, Sire, vom plânge până nu se vor întoarce la unica religie care e cea adevărată. Regele nu se sătura să fie uimit de această femeie.

- Ai dreptate, draga mea, zise regele luându-i mâinile frumoase în mâinile sale, de o mie de ori eşti înţeleaptă. Sper ca dragonii să dea roade în curând. Anul se termină în curând, deci putem începe.

- Mai venisem pentru ceva, Sire, spuse marchiza zâmbind. Francoise nu-i dădu voie regelui să vorbească şi continuă. M-am gândit la un bal de Sfântul Nicolae. Sărbătorile de iarnă sunt minunate, mă gândesc la el de două săptămâni.

- Adică vrei să spui că îl organizezi de atunci, râse cu poftă Ludovic. Hughenoţii la liturghie şi noi la bal!

- Cam aşa ceva, Sire, râse şi Francoise, mă ajută şi regina.

- Atunci vreau şi eu o invitaţie, continuă Ludovic încântat şi din ce în ce mai binedispus.

- Sunteţi invitatul meu, majestate, iar invitaţia v-o fac verbal. Toată lumea a primit invitaţia, doar că le-am cerut discreţie. Vor fi cadouri multe pentru toţi copiii, mici şi mari.

- Şi eu ce voi primi? întrebă Ludovic.

- Poate că mă veți primi pe mine drept cadou, Sire, zâmbi Francoise retrăgându-se ușor și furișându-se spre ușa secretă cu un surâs pe buze și cu mâna întinsă a salut. Rămânând singur, regele începu să râdă ca un copil.

- Femeia asta mă domină, o admir pentru inteligența ei, e nemaipomenită!

Ludovic își părăsi apartamentele, dar nu pe coridoare secrete, binedispus pentru câteva ore de lucru în cabinetul său. Aștepta balul care era aproape. Sfântul Nicolae era așteptat de toată nobilimea cu mare interes, cu greu puteau să țină secret totul. De dimineață servitorii agățau ghirlande, puneau lumânări groase în candelabre, la bucătărie totul era numai o forfotă. Se știa că va fi o petrecere minunată. Exista și un favorit, contele de Nevers, un înverșunat catolic care va prelua comanda noii poliții. Toți așteptau s-o vadă pe contesă, mai ales că aflaseră de pățania fiului lor și vroiau s-o felicite pentru starea mai bună a acestuia. Vroiau ca medicul să le fie recomandat și lor. De fapt despre conte se vorbea de mai multă vreme că ar putea prelua o armată care să facă ordine, doar că de-abia acum secretul șoptit la ureche se transforma în realitate odată cu lecția dată hughenoților de dimineață.

La ceasurile opt ale serii primele trăsuri începură să sosească. Scările de onoare erau împodobite cu făclii care ardeau puternic la fiecare treaptă. Doamne minunate, ajutate de companionii lor, coborau galeșe și fericite din trăsurile împodobite și însemnate cu armele familiei. Caii fornăiau nervoși dând din copite și scuturându-și coama care lucea puternic în lumina făcliilor. Lacheii țineau ușile trăsurilor împopoțonați în livrelele diferitelor case, mândri ca niște păuni. Peste tot străluceau diamante la gât sau urechi, iar diademele pur și simplu îți luau ochii.

Era o seară mare pentru tinerele care-și făceau intrarea pentru prima dată la Curte, purtând bijuteriile familiei cu acordul unor mame care le cedaseră pline de speranțe și parcă mai emoționate decât la propria lor înfățișare la Curte cu mulți ani în urmă. Intrau cu toții și discutau în grupuri, așteptau intrarea regelui și a reginei. Era o formalitate.

Marchiza de Maintenon, frumoasă prin simplitatea ei, își știa locul. Ea venise ca un fel de gazdă. Purta o rochie de culoarea fildeșului care îi evidenția carnația încă frumoasă. Avea la gât un colier de perle care se completa excelent cu cerceii și brățara pe care o purta cu o eleganță deosebită. Colierul se termina cu o cruce mare din aceleași perle. Părul lung îi era aranjat conform modei de atunci și o prindea bine. Avea o talie subțire care o întinerea. Nu născuse niciodată, cum de altfel trebuia să fie? Stătea de vorbă cu prietena ei, baroana de Lordeux, care era singura în fața căreia putea să-și descarce inima. Această doamnă știa totul despre marchiză, însă era un monument de tăcere. Oricâte șiretlicuri foloseau curtenii pentru a afla ceva, toate erau de prisos, baroana răspundea lamentabil la fel: dând din umeri.

Cele două discutau în şoaptă de întâmplarea de dimineaţă când arsese acea casă unde se adunau cei rătăciţi, cum spunea marchiza. Baroana era întru totul de părerea ei. Era catolică şi nu ştia să fie decât blândă şi să cedeze mai tot timpul. Era o doamnă de aceeaşi vârstă cu Francoise, însă căsătorită şi cu copii mari. Era încă drăguţă, dar farmecul ei era fără tăgadă zâmbetul şi blândeţea nevinovăţiei sale. Soţul său se purta şi acum cu ea ca şi cu o copilă. Încerca să nu o supere nimic în jur, era ca un porţelan scump şi fragil pentru toată familia. O câştigase definitiv pe marchiză cu zâmbetul şi bunătatea ei. Baronul era uimit de această atracţie dintre cele două, dar stătea la o parte, fericit de fericirea soţiei sale şi bucuros că această nouă favorită nu semăna defel cu celelalte de dinaintea ei.

Nu prea înţelegea tenacitatea marchizei de a-i doborî pe nefericiţii de altă religie, dar îşi păstra pentru sine propriile păreri, preferând să schimbe elegant subiectul când acasă baroana amintea de el. Aveau doi copii, un băiat şi o fată şi erau destul de bogaţi. Baronul nu fusese niciodată risipitor, iar de când soţia sa era prietena favoritei, parcă nu mai cheltuiau deloc. Baroana luase ceva din spiritul amicei sale. De altfel, Dumnezeu o binecuvântase pe Ines târziu, ea născând primul copil la 30 de ani, fiind considerată o minune venirea pe lume a băiatului. De atunci legăturile cu biserica deveniseră mai strânse, fericirea fusese deplină când fetiţa familiei se născuse la doi ani diferenţă. Apoi nimic, dar era suficient. Mulţumeau Domnului pentru aceşti copii care se dovediseră mai târziu cei mai buni fraţi, legăturile dintre ei fiind foarte strânse.

Pe de altă parte, marchiza de Maintenon îi iubea pe aceşti copii, îi plăcea această familie în care râsetele răsunau de peste tot. Cunoştea păţaniile copiilor din povestirile mamei lor şi parcă îi venea şi ei să zâmbească.

Această minunată discuţie fu întreruptă de trompeţii care anunţau cuplul regal. Cei doi intrară minunat îmbrăcaţi, Ludovic falnic şi făcându-i pe toţi să uite de scundeţea sa prin şiretlicul cu tocurile la pantofi şi peruca înfoiată, iar soţia sa ştearsă, cu aceeaşi figură melancolică şi un mic zâmbet de paradă. Ştia că soţul o va duce la fotoliul ei, se va înclina şi va pleca la marchiza pe care, culmea, nu o putea urî.

După ce acest scenariu se adeveri, iar marchiza primi complimentele regale, balul începu. Se aflau şi conţii de Nevers în sala de bal. Nu dansau, stăteau liniştiţi pentru că marea spaimă prin care trecuseră se îndepărta cu fiecare lingură de medicament pe care copilul o înghiţea. Erau melancolici de atâta tulburare. Se treziră când marchiza de Maintenon îi întrebă de copil. Contele, înclinându-se, răspunse:

29

- Suntem pe dumul cel bun, doamnă, se va însănătoşi. Nu mai vomită şi a început să mănânce.

- Faptul că tânărul mănâncă e semn bun, copiii sunt atât de greu de stăpânit, dar ne fac fericiţi.

- Într-adevăr, doamnă, confirmă şi contesa.

- Vă mulţmesc că aţi venit în această seară. Ştiu că a fost greu, cel puţin pentru doamna, să îşi lase copilul.

- L-am lăsat pe mâini bune, zise contesa înclinându-se.

- Nu puteam lipsi de la acest eveniment minunat, continuă contele. Şi apoi, dacă se întâmplă ceva cu starea băiatului, cineva va veni să ne anunţe. Suntem fericiţi că nu vine nimeni. Doctorul l-a mai văzut odată în seara aceasta.

- Înţeleg, domnule conte. Numirea dumitale este semnată, iar regele te va felicita în curând. Permiteţi-mi s-o fac eu prima. Veţi îndrepta conştiinţa acestor dezertori spre adevărata credinţă. Va fi o luptă, dar sunt sigură că veţi avea forţa de a izbuti. Regele are încredere în calităţile dumneavoastră de militar , zise marchiza înclinându-se a rămas bun.

Şi într-adevăr, cam la jumătate de ceas distanţă, veni regele cu marchizul de Louvois. Îl felicitară la rândul lor şi îi cerură fermitatea victoriei.

- Nu ne putem permite, domnule conte, să avem rebeli de-ai lui Calvin în ţară. Capul Bisericii sunt eu! Şi asta va fi până la capăt, spuse înţepat regele. Contele se închină adânc şi sărută mâna întinsă şi plină de inele a regelui. Nevers, zise Ludovic, dacă vrei, poţi să te retragi mai repede, ştiu de păţania fiului tău. Servitorul ar trebui biciuit, dar bine că se însănătoşeşte, e bun pentru moral.

Şi fără a mai aştepta răspunsul contelui regele se învârti pe tocurile sale înalte şi dispăru alături de Louvois. Contele de Nevers se înclină gândindu-se că nimeni nu observase vizita lui la doctorul protestant. Fusese o imprudenţă majoră, dar nevăzută, deci onoarea lui nu era ştirbită cu nimic. Corday îi salvase copilul, iar vizitele lui la palat vor fi făcute fără ca el să-l mai însoţească. Ce cumpănă trecuse peste familia lui în doar o zi! Înainte de a pleca la bal Corday venise şi îi examinase băiatul, contele nu ar mai fi putut aştepta până a doua zi. Era mulţumit şi asta îl relaxase întrucâtva şi pe conte. Spusese că în câteva zile umflatura va dispărea şi-l dăduse cu acea alifie lăsându-i piciorul gol. Doctorul, care nu fu uimit de această a doua vizită de Sfântul Nicolae, îi mulţumise nobilului pentru hrană, dar şi pentru o anumită pungă cu monede minunat de sclipitoare şi promisese să vină în seara imediat următoare, adică după bal, sau oricând e solicitat, oricum copilul era pe drumul cel bun. Balul fusese un succes al organizării, dar ca orice lucru minunat trecu repede, iar conţii de Nevers îşi aşteptau cu nerăbdare trăsura.

- Dragul meu, eşti în graţiile marchizei de Maintenon, spuse contesa când ajunseră acasă, apoi o zbughi în camera copilului unde Denis tresări din somnul în care căzuse din cauza veghii prelungite.

- Stăpână, l-am mai uns pe micul meu stăpân cu alifie. Umflătura cedează, cred că până mâine seară când va veni doctorul nu va mai fi nici atât de roşie. Mă voi ruga la Dumnezeu şi-I voi mulţumi. Acest doctor e un maestru şi crede în Dumnezeu.

- Bine o să faci, Denis, spuse contesa înmuiată de căldura cuvintelor lui Denis şi de sentimetele ei materne.

Contele o găsi dormind în genunchi pe marginea patului copilului. Nu o trezi. Pur şi simplu se aşeză în fotoliul în care stătuse Denis, pe care-l trimisese la culcare.

Nu mai fu nevoie decât de cinci vizite nocturne ale lui Corday. Copilul era deja foarte bine, se putea da jos din pat şi putea merge sprijinit de bunul lui Denis. Nu putea călca încă pe talpă şi nu avea voie să încalţe pantofi pentru a nu-i jena rana. Doctorul îi prescrisese noi medicamente şi îi dăduse doamnei încă două cutii cu alifii tămăduitoare.

Pe 12 decembrie fu convenită ultima vizită. Cei doi soţi se despărţiră cu greu de acest medic care le salvase copilul. Îi umplură trăsura dăruită cu hrană, iar fiecare coş avea punga lui cu bani. De asemenea scrisorile necesare erau deja procurate de conte. Nu aveau să se mai vadă niciodată. Începea războiul, iar armistiţiul părea să se termine curând, dar contele îşi rezervă o părticică din inima lui acestui inimos hughenot. Ştia că doctorul pleca în zorii dimineţii următoare din Paris şi din viaţa lor, însă amintirea sa va rămâne în mintea lor şi în cicatricea de pe piciorul fiului său.

CAPITOLUL 6

Cum spuneam, contele îşi respectă promisiunile, astfel că familia Corday putea pleca. Doctorul avea inima strânsă, cine ştie ce îi va mai aştepta apoi, părăsea Parisul, locul unde se născuse el şi fata lui. Lăsa în urmă mormântul Alicei în grija minunatului ei soţ şi a nepotului, fiul acesteia. Nu putea să nu fie trist privind casa în dezordinea datorată femeilor care nu ştiuseră ce să ia. Până la urmă se lăsaseră păgubaşi şi luaseră coşurile cu hrană şi banii contelui, iar gratitudinea acestuia îi onorau.

În sfârşit, pe 13 decembrie, de ziua Sfintei Lucia, lăsară în urmă porţile Parisului. Cele două doamne stăteau în trăsură privind într-o muţenie de catedrală gotică peisajul de iarnă. Lucien era pe capră şi mâna caii. Fiind discreţi, nu voiau să-i ajute nimeni. Se descurcau. De altfel, şi contele îi sfătuise să călătorească doar ei trei. Era mai sigur.

Afară nu era frig, dar sentimentele făceau ca natura să arate dezolant. Totul era gri, copacii de pe marginea drumului erau fără frunze, arătau că pierduseră bătălia cu iarna, dezertaseră până la venirea primăverii. Lucien se gândea că şi el fugise, poate că ar fi trebuit să înfrunte războiul acesta religios, dar alungă imediat aceste idei în fundul inimii sale. El nu era făcut pentru aşa ceva, nu era o fire războinică şi apoi Charlette şi Amelie îi erau încredinţate lui. Poate că primăvara lui nu ar mai fi apărut în Paris. Oftând, doctorul mâna caii care parcă îl înţelegeau, erau de-ai lui, din echipa lui în această bătălie fără sens, dar atât de reală. Din Paris plecaseră pe întuneric, ieşiseră la drumul spre Nancy pe la ceasurile şase ale dimineţii când totul încă doarme, mai ales iarna. Un gardian somnoros îi luă actele pe care i le dădu mai apoi îndărăt plictisit ducându-se să moţăie în ghereta lui lângă foc. Asta îi confirmă lui Lucien că totul este în regulă.

Făcuseră un popas pentru a mânca ceva şi pentru ca tatăl să se mai încălzească. Puseseră pe cai două pături groase şi le dăduseră şi lor fân din lada agăţată în spatele trăsurii. Plecaseră din Paris de patru ceasuri, sperau să ajungă pe înserat la Nancy. Se bazau pe aceeaşi discreţie a nopţii pentru a intra în oraş, însă cu băgare de seamă la timpul de închidere a porţilor oraşului. Porţile se închideau la ceasurile opt ale serii. Soarele parcă surâdea şi el planurilor lor, ieşise şi topea chiciura de pe pământul acela gol şi plin de corbi în căutare de hrană.

Amelie îşi luase şi pisica pe care o înfofolise şi o culcase într-un coş. Se trezise doar odată să roadă dintr-o aripă de pui delicioasă. Era plictisită şi nu înţelegea de ce nu este la căldură lângă şemineul din salon. Tot drumul până la Nancy nu se prea opriră decât să schimbe caii. Nu doreau să fie cunoscuţi, iar rândaşii aveau aceeaşi dorinţă de a sta lângă sobă. Nu circula prea multă lume pe drumuri. Toată lumea aştepta Crăciunul când petrecerile se ţineau lanţ până de Anul Nou. Casele pe unde treceau stăteau închise, nu era nimeni pe afară, doar fumul care ieşea din hornuri arăta că erau oameni înăuntru. Câte un câine ici colo mai lătra în adăpostul său din care scârţâitul roţilor îl trezise, dar cum nu se întâmpla nimic adormea la loc.

La Nancy ajunseră frânţi de oboseală aproape de închiderea porţilor. Aici însă nimeni nu le ceru actele astfel că, încet, fără nicio grabă, îşi continuară drumul spre casa doamnei Corday. Era născută la Nancy. Ducatul de Lorena fusese casa ei multă vreme, copilărise într-o familie cu trei copii, însă în Nancy rămăsese doar sora mai mare. Văduvă de doi ani de zile, aceasta trăia din câteva rente alături de fiul ei de 15 ani. Celălalt frate dorise să meargă în Paris, chiar dacă sora lui mai mare se împotrivise. Aici îşi tocase averea şi apoi se bătuse într-un duel cu sfârşit tragic pentru el şi familie. Casele celor două surori se aflau aproape de biserica Sfântul Sebastian, biserică construită de Carol al II-lea, Duce de Lorena. Aici, în acest edificiu, nu se mai făceau slujbe, bătrâna biserică fiind şubrezită de câte trecuseră peste ea, păcat că nu avea gură să vorbească.

Cele două surori despărţite de cele 50 de leghe se iubeau la fel de mult, chiar dacă anii, grijile şi greutăţile veneau în fiecare zi peste ele. Îşi scriau regulat, astfel că moştenirea Charlottei era pregătită să-i primească pe cei trei fugari fără să mai punem la socoteală pisica şi cei doi cai. Florance, căci aşa o chema pe mătuşa Ameliei, era fericită. Nu prea ieşea, chiar dacă regimul era mai permisiv simţindu-se graniţa pe aproape şi sângele prusac alături. Uneori fiul ei, Marc, mai ieşea la pescuit pe râul Meurthe, însă pentru ea moartea soţului mult iubit o debusolase. Venirea surorii ei o făcea fericită. Erau mai mulţi şi, mai presus de asta, era şi un bărbat cu capul limpede: Lucien.

Doamnei Corday nu-i veni să creadă că revenise acasă nici când Lucien întoarse cheia de două ori şi deschise porţile. Până soţul ei le închisese la loc doamna descuie uşa unde în salon era pusă masa. Florance scrisese un bilet prin care îi poftea la masă şi la căldură şi la o vizită în dimineaţa următoare. Camerele erau pregătite pentru somn, focurile erau făcute în şeminee, totul îi aştepta. Scrisoarea o făcu pe Charlotte să zâmbească.

- De ce zâmbeşti? întrebă Lucien care dusese caii în grajd unde fânul pregătit era binevenit.

- Florance a rămas aceeaşi. Locuim de acum la două case distanţă, dar nu-şi poate omorî teama de a ieşi noaptea din casă. Ne-a pregătit totul, dar o vom vedea dimineaţă. Îi este frică de întunericul şi liniştea nopţii. Draga mea soră! E ca pe vremuri, doar că au trecut anii. Mai spune că Marc o aşteaptă pe Amelie cu nerăbdare.

- Au amândoi 15 ani, aşa-i? întrebă Lucien.

- Da şi nu s-au mai văzut de trei ani. Oare cum e acum? Cred că un bărbat adevărat, zise doamna Corday.

- Mai degrabă pescar, zise Amelie. Îmi aduc aminte de un pescuit aici.

- Să nu mai zăbovim, să ne schimbăm, să cinăm şi apoi să ne culcăm, restul rămâne pe mâine dimineaţă.

Cei trei mâncă ce le pregătise Florence şi apoi merseră în cele două camere pe care aceasta le pregătise deja pentru ei. Somnul veni imediat în aşteptarea zilei următoare. Dimineaţa veni repede, iar micul dejun îl luară tot din coşurile contelui. Totul în casă era pregătit ca şi cum casa ar fi fost locuită permanent.

- Sora mea s-a îngrijit foarte bine de casa aceasta. De fapt, întotdeauna a fost o perfecţionistă, uneori este o calitate, alteori este doar o oboseală în plus, sesiză doamna Corday. De-abia aştept să-i văd pe ea şi pe Marc!

- Şi eu de-abia aştept, însă eu vreau s-o întreb de situaţia actuală din oraş şi când pot să dau de camaradul meu, fratele contelui. Ce coincidenţă! Lui Nevers nu i-am spus nimic! Sunt fraţi din căsătorii diferite, dar cred că se înţeleg minunat şi poate că Nancy va fi mai îngăduitor cu hughenoţii prin faptul că primarul e frate cu comandantul acestei blestemate poliţii, zise Lucien.

- Dar nu ne putem baza pe asta, dragul meu, doar pe noi. Mă întreb dacă Florance va accepta să vină cu noi peste graniţă. Întotdeauna a fost mai singuratică.

- Daca va simţi cuţitul la os, cu siguranţa o va face, zise soţul ridicându-se şi dând perdeaua de la fereastră. Măcar aici nu te mai ascunzi după cârpe şi e lume pe stradă. Nu se uită nimeni la nimic, poate pentru că au sânge amestecat şi îşi văd de treaba lor, neinteresaţi de soarta celorlalţi. Graniţa schimbă comportamente, cine ştie?

- Să mergem la mătuşa Florance şi la verişorul Marc, să nu-i facem să ne aştepte, interveni şi Amelie pe care drumul şi aerul proaspăt o înfloriseră. Ce bine e că nu mai sunt sufocată între pereţii aceia, dar păcat că nu avem un pian aici.

- Are mătuşa Florance, zise mama zâmbind. Să ne pregătim atunci. Nu facem decât doi paşi, vom merge pe jos să ne mai dezmorţim.

- Să ne îmbrăcăm şi să mergem atunci. Aici e mult mai frig decât la Paris dar măcar ne putem plimba după prânz.

Scumpa Florance îi primi fericită şi vorbind continuu ca de o minune.

- Ai mai crescut, Amelie, spuse ea.

- Şi Marc e mai mare acum, zise Lucien. Tinere, mai prinzi peşte?

- Acum nu, căci e iarnă, dar astă vară am făcut-o chiar dacă nu de multe ori, din păcate. Suntem protestanţi. Mă bucur să te văd, Amelie, spuse el simplu zărind-o pe verişoara lui studiindu-l pe furiş.

- Te-ai schimbat, zise aceasta. Eşti mai înalt şi mai drăguţ, observă Amelie roşind şi neînţelegând ce are, doar era acelaşi care o udase acum trei ani la râu.

- Şi tu eşti frumoasă, draga mea verişoară, şi părul aranjat te prinde foarte bine, îi dădu el replica privind-o drept în ochi şi fără să roşească, făcând-o pe Amelie să nu-şi mai afle locul şi să-şi lase privirea în jos.

- Să mergem în salon, salvă sora doamnei Corday situaţia. Aţi mâncat?

- Da, mulţumim pentru tot. A fost minunat să găsim aseară totul perfect aranjat în aşteptarea noastră. Dar mai ales scrisoarea, zise cumnatul său.

- Ştiţi că nu ies noaptea niciodată, zâmbi Florance, dar un ceai şi nişte prăjituri cred că nu pot fi refuzate dacă tot aţi luat masa.

- Nu te refuzăm, vrem să stăm de vorbă, să aflăm despre situaţia de aici, cât am mai putea rămâne şi dacă vii cu noi, continuă Lucien.

- Of, trebuie să mă gândesc la Marc, doar pe el îl am de la iubitul său tată. Dacă va fi nevoie, voi pleca şi eu cu voi. Slavă Domnului, Saint Claire e un primar împăciuitor. Nu s-au ars biblii în centrul oraşului sau mai ştiu eu ce alte mârşăvii. Am primit doar o misivă prin care eram informaţi că situaţia s-a schimbat şi că trebuie să fim mai discreţi până la noi ordine. Am ceva strâns pentru viitorul lui Marc, astfel că nu o să stau aici să treacă năpasta asta peste mine dacă se poate face ceva.

- Saint Claire e prietenul meu şi am scrisori de recomandare de la fratele lui, contele de Nevers. Acesta va comanda dragonii şi-mi spune că după 1 ianuarie totul se va schimba pentru noi. Cred că va fi ultimul Crăciun în Franța, draga mea Florance, spuse Lucien.

- Ești un mare norocos, dragă cumnate, dacă ai așa ceva la mână de la înfocatul acela.

- I-am salvat copilul de la o posibilă infecție. A fost schimb pe schimb, viață pentru viață. O afacere până la urmă.

Cei doi tineri nu luau parte la discuție, stăteau pe o canapea aproape de foc, oarecum retrași de restul lumii care se afla în centrul salonului. Marc îi adusese Ameliei albumul lui cu fluturii strânși toată vara la Meurthe.

- Ce bine de tine că poți avea așa frumoase ocupații. Eu nu am putut face asta la Paris, iar în ultima vreme nici la pian nu mai cântam. Cred că o voi ruga pe mătușa să mă lase să exersez aici, măcar cât vom mai rămâne, zise fata oftând.

- Da, dar vezi bine că viitorul meu e legat de al tău. Nu cred să mai apuc să fac vreo plimbare la Meurthe, dar am să iau albumul cu mine.

- Cred că o să te ajut la împachetat, sunt pricepută în a tăia de pe listă fără milă. Nu am luat mare lucru din ce îmi aparținea. Sper ca unchiul Jerome să aibă grijă de casă, să fie ocolită de mizerabilii ăia. Nimeni nu o să mai stea în foișorul din spatele casei, se va transforma într-o ruină.

- Nu fi tristă, gândește-te la o altfel de viață. În curând va începe un an nou, să-l primim cu speranță.

- Ai dreptate, dragă Marc. Ești înțelept. Sunt doar lucruri materiale, sufletul trebuie să ne rămână curat și încrezător. Adulții vorbeau despre vizita pe care Lucien trebuia să i-o facă a doua zi medicului Saint-Claire.

- E un om de treabă, nu s-a schimbat prea mult. Cred că a rămas ca pe timpul studiilor tale, spuse Florance.

- Vom vedea mâine, îi răspunse Lucien, dar nu mă îndoiesc de asta.

- Rămâneți la masă, bucătăreasa face mâncare pentru toată lumea. E fericită că are prilejul să-și etaleze talentele. Eu nu primesc niciodată și se cam plictisește de când soțul meu, contele Langarde, a plecat în lumea păcii și a liniștii, acolo unde nu există protestanți sau catolici.

- Nu te necăji, surioară, ne ai pe noi toți, zise Charlotte îmbrățișând-o pe sora ei care, chiar dacă avea cu cinci ani mai mult, când se pomenea de soțul ei, devenea micuță și melancolică.

De altfel, contesa era mai scundă decât Charlotte, iar îmbrăcată în negru părea un punct în salonul acela spațios. Marc îl moștenise pe tatăl său, era înalt, blond și cu niște ochi mari negri care sfredeleau tot ce priveau. Era un băiat frumos, cam iute și încăpățânat uneori, dar exista putința unei toleranțe la toată lumea. El trecuse mai ușor peste moartea tatălui său, chiar dacă îi simţea lipsa. Când se afla în asemenea momente îi privea portretul şi îşi revenea. Tatăl lui avea putere de dincolo de moarte şi îl va ajuta şi în exilul ce-l va urma. Cu toţii ştiau limba aşa că acomodarea putea fi mai lesne, iar cu un asemenea înger erau siguri de reuşită.

Prânzul fu minunat şi după multă vreme toţi reuşiră să fie veseli, mai ales copiii care râdeau din te miri ce. Amelie era încântătoare când îşi arăta perlele strălucitoare odată cu zâmbetul ei larg şi minunat. Hotărâră să vină în fiecare zi la prânz, atât cât le vor mai îngădui vremurile să locuiască în Nancy, în rest discreţie şi odihnă. Viitorul le-o cerea.

Se despărţiră aşteptând toţi prânzul şi veştile de la vizita pe care Lucien trebuia să i-o facă primarului Antoine de Saint-Claire. Amelie era încântată de vărul ei, era o companie plăcută pentru o fată ca ea. Nu sperase să găsească un tânăr atât de chipeş, dar care tot mai pescuia... E drept că seara, înainte de a adormi, Marc avea în cap doar imaginea verişoarei sale, zâmbetul ei minunat... Îşi aduse aminte cum aceasta răsfoia albumul lui cu fluturi, cât de fină îi era atingerea paginilor, era fermecătoare. Şi când îşi aduse aminte că se speriase cu ani în urmă de peştii pe care el îi pescuia în Meurthe... Adormi.

CAPITOLUL 7

Dimineaţa următoare se arătă senină, soarele strălucea minunat în ferestrele acestei case renăscute la viaţă. Pisica se ridică din culcuşul ei şi se urcă lângă Amelie. O rază de soare furişată printre draperiile trase se juca în părul frumoasei fete. Pisica nu era interesată de aceasta, nici nu băgă de seamă gingăşia acestei scene. Se furişă lângă mâna stăpânei sale unde se ghemui începând să toarcă. Nici ea nu era obişnuită cu noua casă, avea nevoie de protecţie şi o găsea lipindu-se de Amelie, însă fata nu se trezi la atingerea pisicii sale, continuă să doarmă somnul dulce şi odihnitor de dimineaţă şi parcă fasciculul de lumină se oprise din joaca lui în părul fetei. În acest timp, cei doi soţi stăteau la bucătărie unde doamna Corday pregătea micul dejun.

- De-abia aştept să merg la Saint-Claire să vedem ce zice, spuse Lucien deschizând pentru prima dată în această dimineaţă subiectul.

- Poate că fratele lui i-a scris deja, zise doamna.

- Şi eu mă gândesc la asta. Cu atât mai bine, zise Corday, uite, e cineva la poartă, continuă el. Să mă duc să văd. Stai liniştită, nu e nimic, nu te tulbura din nimic Charlotte.

Lucien îşi puse repede ceva pe el şi ieşi deschizând poarta. Era un curier şi îi aducea o scrisoare.

- Nu vroiam să o las în cutie pentru că aici de obicei nu e nimeni, spuse omul justificându-se.

- Nu-i nimic, zise medicul. Poţi să-mi faci un serviciu?

- Da, desigur, spuse curierul gândindu-se la o recompensă.

- Aşteaptă-mă aici. Mă întorc imediat, zise medicul. Când se întoarse avea o monedă într-o mână şi o carte de vizită în cealaltă. Du-i te rog asta domnului primar şi adu-mi răspuns grabnic. Poftim pentru osteneala ta. Bărbatul luă cartea de vizită şi moneda şi se înclină adânc.

- Imediat mă duc, domnule, spuse el. Casa primarului este în drumul meu, oraşul nu e prea mare, mă voi întoarce în fugă la

38

dumneavoastră. Spuse asta fericit că primise banul frumos strălucitor, de altfel o luă la fugă pe stradă, lăsându-l pe Lucien să admire acea dimineață singur.

Acesta închise poarta şi merse lângă Charlotte care terminase de pus masa. Între timp coborâse şi Amelie somnoroasă, cu părul rămas desfăcut întinzându-se drept ca şi prietena ei care primise deja farfurioara cu lapte şi o bucăţică de carne de pui.

- Bună dimineaţa, somnoroaso, o întâmpină tatăl aducându cu el şi un curent rece de la uşă.

- Bună dimineaţa, tată, spuse Amelie sărutându-l şi trecând mai departe la mama ei pe care o sărută învârtind-o.

- Amelie, râse Charlotte, stai cuminte să vedem ce are tatăl tău în mână.

- Nu am mai fost aşa de mulţumită de mult, zise Amelie aşezându-se la masă.

- E o scrisoare de la nepotul nostru, Jerome, constată tatăl. Scrie că a fost la casa noastră şi că e totul în ordine. „Liniştea este în oraş stăpână. Nu s-a mai întâmplat nimic. E acalmia dinaintea furtunii. Sper că sunteţi cu toţii bine. Mi-ar plăcea mie şi tatei un răspuns la această scrisoare, dar poate nu este tocmai bine.”

Scrisoarea a fost scurtă, dar nu asta era important, ci faptul că cineva în Paris se gândea la ei. Amintirile veniră peste ei tăvălug şi-i făcu pe cei trei melancolici.

- Nu e bine să-i răspundem, să aşteptăm întâi vizita la Antoine. Poate ştie mai bine ce trebuie făcut. În poartă se auzi un ciocănit.

- A... e curierul, s-a întors cu veşti, zise Lucien ieşind. Se întoarse imediat cu cartea marchizului de Saint-Claire. Sunt aşteptat la prânz, zise Lucien. Veţi merge singure la Florance la masă. Mă veţi aştepta amândouă acolo, voi veni sigur cu veşti de oricare ar fi ele. Acum să mâncăm şi să ne liniştim. Vom vedea diseară ce vom face. Nu avem voie să ne încărcăm minţile cu temeri nefondate încă pe ceva real. Amintiţi-vă ce a spus şi Jerome, va începe în Paris întâi, poate vom avea răgaz, chiar şi o săptămână contează.

Cei trei începură să mănânce aşteptând vizita lui Lucien la marchizul de Saint-Claire. Mai era cineva sub masă care înfuleca de zor bucăţelele pe care Amelie le scăpa „din greşeală” în farfuria pisicii.

După masă, Lucien se îngriji de hainele pe care trebuia să le poarte în vizita pe care o aşteptau cu toţii. Charlotte îl ajută şi aleseră un costum frumos care-i venea foarte bine. Amelie descoperi biblioteca de unde îşi alese o carte pe care s-o răsfoiască până plecau la mătuşa ei la masă, însă gândurile îi zburau la verişorul ei. Nu prea avusese parte de cunoştinţe masculine, probabil asta era explicaţia înclinaţiei către el, dar trebuia să alunge aceste gânduri. Cine ştie ce îi mai aştepta în viitor în drumul pe care porniseră. Pisica, parcă simţind-o, îi sări în braţe. Mângâind-o începu să se liniştească, rămaseîn bibliotecă cu gândurile departe până când mama ei o chemă să se pregătească să iasă. Şi Lucien era aproape gata. Îşi propusese să le conducă pe doamne şi apoi să plece la prietenul lui. Ieşiră într-un soare plăcut care încălzea totul în jur foarte plăcut. Intrăă la Florance veseli de ziua aceea senină.

- Bună ziua, draga noastră Florance! Cum te simţi astăzi? întrebă sora sa.

- Mulţumesc, bine, spuse aceasta veselă.

- Eu plec acum, să nu întârzii. Voi veni să vă iau mai târziu, spuse Lucien sărutând doamnele şi ciufulindu-i părul lui Marc.

- Cu bine, dragule, zise Charlotte, te aşteptăm pline de emoţie.

- E o întâlnire importantă, adăugă cumnata lui, să vedem ce se hotărăşte.

Lucien coborî scările casei în curte, apoi închise poarta fără zgomot şi ieşi în stradă. Nu-l mai văzuse pe Antoine de ceva vreme şi, pe lângă situaţia pe care şi-o dorea rezolvată într-un fel, dorea să se bucure şi de revederea unui bun prieten. Astfel că merse hotărât spre casa acestuia unde era aşteptat. Un servitor se înclină şi îl pofti să intre în salon după ce îi luă hainele cu care venise.

- Lucien, strigă celălalt medic ridicându-se din fotoliu, dragul meu prieten! Mă bucur că eşti aici! Marchizul se repezi la Lucien şi îl îmbrăţişă cu putere apoi, râzând amândoi, merseră în faţa unei doamne. Soţia mea Louise! spuse Antoine. Doamna se înclină zâmbind cald şi îmbietor.

- Mă bucur să vă cunosc personal. Soţul meu vorbeşte mereu despre dumneavoastră, spuse femeia minunat de frumoasă.

- Lucien, această doamnă mă va face la vârsta mea pentru prima dată părinte. Sunt tare fericit!

- Da? Felicitările mele atunci, zise Lucien zâmbind.

Doamna, roşie toată şi zâmbind parcă a dojană soţului său, se ridică şi spuse că merge să verifice dacă totul e în regulă cu poruncile date servitorilor.

- Am să vă las singuri, parcă aveţi din nou douăzeci de ani, spuse ea. Ne vedem la masă.

- Bine, scumpa mea, răspunse soţul său îndrăgostit până peste urechi, după care ea ieşi din salon toată numai zâmbet. Lucien, frate, sunt atât de îndrăgostit şi minunea asta care a apărut după cinci ani mă face să întineresc. Louise are şi ea treizeci de ani.

- Nu-ţi fie teamă, e tânără, fericită, te iubeşte şi doreşte şi ea acest copil, zise Lucien.

- Mama, care locuieşte cu noi, aproape că o roagă pe iubita mea să stea doar în pat. Îşi doreşte acest nepot foarte mult. De fapt ţi-am spus, aşteptam de mult timp un copil, va fi un răsfăţat. Ele două se înţeleg de minune.

- Când îi este sorocul? întrebă Lucien.

- Peste patru luni, spuse Antoine fericit, însă vezi bine că niciodată nu te poţi baza pe date fixe.

- Asta aşa este, răspunse aprobator celălalt.

- Of, Lucien, eu te învălui cu fericirea mea uitând de negura asta care s-a abătut asupra ta. Iartă-mă prietene, a trebuit să-ţi laşi casa şi toată lumea care te cunoştea la Paris, inclusiv un mic pacient plin de energie pe care l-ai salvat în ultima clipă. Contele, fratele meu, mi-a trimis o scrisoare. Te aşteptam deci de două ori. Philippe, micuţul lui băiat, e bine acum. Mama lui spune că alifia aceea e un miracol. Mi-a mai scris că talpa s-a dezumflat de tot, iar rana s-a cicatrizat. E doar cafenie şi urâtă ca aspect. Contele e bucuros şi zâmbeşte pentru că acum fiul său e cuminte, nu poate alerga de teamă să nu i se deschidă iar rana, păşeşte cu atenţie şi stă mai mult jos, uns cu alifie de servitorul lui credincios. Într-adevăr, nu poartă ciorăpei, aşa cum i-ai recomandat, iar Denis nu-l mai lasă deloc. Culmea, Philippe îl ascultă, sunt buni prieteni. Nepotul meu îl învaţă pe Denis să scrie şi să citească, iar acesta din urmă îl unge cu alifia prescrisă şi îl dădăceşte până la exasperare. Fratele meu îţi mulţumeşte încă odată.

- Nu credeam că o să-ţi scrie şi despre asta, zise Lucien zâmbind.

- Suntem catolici, Lucien, dar oameni în fond. I-ai salvat viaţa fiului său şi, când mă gândesc că înaintea ta a venit un maestru într-ale medicinei şi nu a văzut nimic, îmi zic că viaţa e nedreaptă cu tine. Tu umblai noaptea pentru a face consultaţii, asta pot să bănui cunoscându-te, iar alţii stau în lumină şi distrug tot. De altfel, dragul meu, Louise s-a născut protestantă. S-a convertit la catolicism prin căsătorie. A fost un fel de exemplu pe care l-am dat tuturor, toţi aparţinem lui Dumnezeu. Care a vrut să înţeleagă a înţeles, mulţi m-au văzut ca pe mântuitorul sufletului Louisei, dar astea sunt lucruri care se spun doar în acest salon şi nu în afara lui. Încerc să ţin liniştea în Nancy, dar se pare că munca mea se termină la 31 decembrie.

- Ce vrei să spui Antoine?

Însă discuţia fu întreruptă când Louise şi mama marchizului intrară invitându-i la masă.

- Veţi continua după prânz ce aţi început. Nu vă umpleţi capul cu mizerii când o mâncare aşa de bună vă aşteaptă, zise bătrâna doamnă încă aprigă şi plină de vitalitate adresându-se foarte direct celor doi. La cafea puteţi s-o faceţi liniştiţi.

41

Cei doi bărbați le urmară pe femei într-o încăpere minunată unde scaunele tapițate în verde se asortau cu tapetul care era în aceeași nuanță. De fapt, toată sufrageria era o minunată combinație între alb și verde. Un foc sănătos ardea în șemineu și te îmbia parcă la o moleșeală plăcută. Ferestrele erau înalte, iar perdelele albe încadrate în draperii verzi, totul era încântător și îmbinat într-un stil tineresc, totul îl încântă pe Lucien, dar îi arăta și reversul, el nu putea avea așa o frumusețe simplă la el acasă.

Masa a fost într-adevăr delicioasă, udată de un excelent vin de Saumur. Mâncarea era prea multă, iar Lucien, care îi ceruse contelui mâncare pentru familia lui, se rușină în mintea sa. „Acești oameni nu au suferit niciodată cum a suferit Amelie a mea. Jur că va avea și ea la fel. Trebuie!"

După masă doamnele urcară în camerele lor, doamna mai în vârstă convingând-o pe cea mai tânără să se întindă puțin. Copilul mișca deja, iar Louise trebuia să stea liniștită, spunea viitoarea bunică. Tânăra, obișnuită și potolită totodată își luă rămas bun și urcă în cele din urmă la ea. Cei doi bărbați ieșiră din sufragerie și reveniră în salon.

- Ai avut un moment de uitare, Lucien, zise marchizul. Știu la ce te-ai gândit, dar viața nu e dreaptă și de obicei balanța este echilibrată cumva. Nu o să-i salvezi tu pe protestanți cum nici eu nu pot s-o fac. Gândește-te la Louise, părinții ei sunt protestanți. Ce poate face un om când Ludovic este Statul, capul divin al Franței?

- Ai dreptate, mi-ai citit gândurile ca pe vremuri, zise Lucien zâmbind. De ce ai spus că la 31 decembrie liniștea se termină și aici în Lorena?

- Pentru că Sebastien își intră în drepturi. După ce am primit scrisoarea de la fratele meu, am început să redactez actele pentru a pleca din Franța... pentru familia ta, a soției mele și pentru văduva contelui de Langarde. Soția mea încă nu știe, Lucien, am făcut-o pe ascuns, dar cu acordul rudelor sale bineînțeles. După 1 ianuarie viața protestanților se va schimba și aici în Lorena. Aerul ăsta de semilibertate dat de apropierea graniței nu va mai exista. Am ordine clare pe care nu ți le voi dezvălui din respect. Sunt mizerabile. Acum este bine, pot citi din cărțile lor, pot discret să se întâlnească în vreo casă, dar avem un sistem de represiune foarte bine pus la punct. Vor fi catolicizați cu forța, iar de nu, vor fi uciși.

- Și care este drumul, următorul pas? întrebă Lucien plimbându-și mâna prin păr.

- Ți-am spus că actele sunt gata, au data de 25 decembrie 1680, deci ziua de Crăciun o veți petrece cu toții aici. Până veți pleca veți face cunoștință cu familia Louisei, părinții și un frate. Planul este că doar două trăsuri vor ieși peste graniță. Deci tu și rudele tale vă veți înghesui puțin, dar puteți pune din bagaje în cealaltă trăsură. Familia Misard este tare de treabă şi cumsecade. Pleacă liniştită pentru că au încredere în mine. Ştiu cu toţii cât o iubesc şi cât de devotat îi sunt soţiei mele, fiica lor.

- Nu este problema de înghesuială, uiţi că avem doi copii, ei nu ocupă loc, îi răspunse Lucien. Am sperat însă, plecând din Paris, că măcar aici la Nancy vom avea un mic moment de tihnă, dar ne-am înşelat cu toţii.

- Da, aşa este, zise Antoine. Voi veţi pleca cu trăsura fratelui meu, iar familia Misard cu a lor. Peste graniţă nu vă va deranja nimeni. Friedrich Wilhelm de-abia aşteaptă oameni care să-i repopuleze teritoriile şi să le refacă şi economic. Întotdeauna vor avea nevoie de medici. Trebuie să vă consideraţi norocoşi. Astea sunt lucruri secrete, niciun protestant din Nancy nu cred că se gândeşte că după sărbători viaţa i se va schimba atât de mult în rău. Am s-o rog pe contesa de Langarde să primească mâine familia Misard la prânz pentru a vă înţelege şi a face planurile corect pentru a nu avea vreo neplăcere. Să vă hotărâţi de asemenea la bagaje, dacă veţi dori să puneţi ceva şi la ei. Domnul Misard este comerciant, însă şi-a lichidat afacerile pentru a putea pleca, de altfel ştiu că şi Florance e pregătită. Voi avea eu grijă de casele voastre. Promit asta. Nu o să lipsească nicio cărămidă.

- Doamne, Antoine, tu ai pregătit totul pas cu pas?

- Da, m-a sfătuit Sebastien. Te respectă enorm şi vrea să scapi. Trebuie doar să ascultaţi ceea ce spune el. De Crăciun totul este mai lesne, e sărbătoare şi se mai aşteaptă Noul An, când voi veţi fi departe peste graniţă. Chiar puteţi să-mi confirmaţi că sunteţi bine până în 31 decembrie.

- Referitor la scrisori, cum aş putea trimite una la Paris la cumnatul meu? Am primit o scrisoare în dimineaţa aceasta de la el, mai adăugă Lucien.

- Poţi s-o trimiţi, o va primi sigur. E acalmie acum, nu o va intercepta nimeni. Poliţia aceasta nouă încă doarme. Capul sus, prietene, nu eşti singur, îl îmbărbătă primarul pe prietenul său îndreptându-se spre un scrin aflat în minunatul salon. În această seară şi familia Louisei va primi ce primeşti tu acum, iar marchizul cu o cheie pe care o scosese din buzunar deschise un sertar şi scoase actele pe care le pregătise. Sunt pentru tine şi contesa de Langarde. Ia-le şi ai grijă de ele. Sunt hârtiile care îţi deschid calea spre libertate. Sincer, îmi pare rău că pleci, ai fost colegul meu cel mai bun de şcoală, iar pe parcursul anilor sfaturile tale minunate mi-au folosit întotdeauna.

- E un discurs de despărţire, Antoine?

- Da, din păcate. Îţi mulţumesc pentru tot, inclusiv pentru nărăvaşul de Philippe. Trăieşte datorită ţie.

- Nu ne vom mai vedea până pe 26? întrebă Lucien.

- Nu, mă doare sufletul să ţi-o spun, dar drumurile noastre se despart. Mâine vă veţi întâlni toate familiile la Florance. Salut-o, fiţi

43

discreţi şi pregătiţi-vă. Plecaţi cu noaptea în cap. Ai aici o hartă până la Potsdam. Acolo e cel mai bine să mergeţi, curtea lui Friedrich e în acest oraş, iar Berlinul e la o aruncătură de băţ. Să ne despărţim până nu încep să devin melancolic peste măsură. Gândeşte-te ce o să-i spun Louisei. Va înţelege, dar o va durea cu siguranţă.

- Antoine, cu bine atunci! Mulţumesc pentru tot ce ai făcut pentru noi şi te rog nu mă conduce.

Cei doi bărbaţi se îmbrăţişară, iar peste câteva momente Lucien ieşi de la primar într-un vânt stârnit de te miri de unde. La familia cumnatei sale masa se luă într-o linişte înfrigurată. Toată lumea aştepta sosirea lui Lucien. Dar aveau de aşteptat. Ştiau asta. Vizita la primar nu putea fi făcută repede, ci lăsată de la sine în voie. Până şi cei doi tineri erau tăcuţi şi puţin speriaţi. După masă cei patru trecură în salon şi se puseră pe aşteptat.

- Amelie, draga mea, nu mai sta în fereastră, nu e bine să fii văzută, spuse Charlotte.

- Copii, zise şi Florance, găsiţi-vă ceva de lucru. Marc, arată-i ceva verişoarei tale. E neliniştită şi o s-o doară capul, continuă pe acelaşi ton contesa. Arată-i colecţia ta de monede.

- Bună idee, mamă. Vrei, Amelie? zise Marc deodată dezmorţit.

- Orice e mai bine decât să-l aştept pe tata fără să fac nimic. După ce ei plecară, doamnele se puseră pe aşteptat.

- Le este greu şi lor, dar şi nouă, zise Florance.

- Surioară, vom pleca cu toţii curând, zise Charlotte visătoare. Ceva mă face să presimt asta. Nu voi fi surprinsă când Lucien va intra pe uşa aceasta. Voi şti doar privindu-i ochii.

- Charlotte, eu voi merge cu voi, dar mă doare sufletul. Nu mi-am părăsit casa niciodată. Tu ai mai făcut-o acum câteva zile. La noi aici nu a fost nimic murdar, de ce s-ar putea schimba?

- Habar nu am, dar vom pleca, Florance dragă. Şi curând, vei vedea!

Cele două femei oftară şi aşteptară o mişcare la uşă. Lucien ajunse la casa contelui mai repede, poate şi din cauza vântului care-l biciuia şi îl obliga să meargă mai repede. Când auziră uşa, cele două femei ieşiră în holul clădirii.

- Lucien, strigă Charlotte repezindu-se la doctor şi luându-i mâinile. Te aşteptam cu nerăbdare.

Se vede treaba că toată lumea aştepta acest moment pentru că se înfiinţară cu toţii în hol pentru a-l primi pe medic. Ajunşi în salon, Lucien se aşeză alături de ceilalţi patru membri ai familiei sale. Scoase de la piept hârtiile pe care bunul său prieten i le dăduse şi începu să vorbească.

- Nancy se va transforma, ca de altfel toate oraşele ţării, într-un nou Paris, adică să fiu mai clar, îşi drese Lucien glasul, de la 1 ianuarie 1681 liniştea şi toleranţa nu vor mai exista. A primit o scrisoare de la fratele său, Sebastien de Nevers, care i-a dat ordine clare. Am aici actele noastre de libertate pentru toţi cinci, cu drept de trecere în 26 decembrie 1680. Vom pleca alături de familia soţiei sale, e vorba de familia Misard. Louise este acum catolică şi închipuiţi-vă că nu ştie nimic. Este însărcinată şi atât de fericită acum, dar i se va spune curând. Vom petrece Crăciunul nevăzuţi aici la tine, Florance, pentru că în ziua de 26, cu noaptea în cap, vom pleca cu toţii. Doar două trăsuri. Antoine te roagă ca mâine să îi inviţi pe cei trei membri ai familiei Misard la masă. Trebuie să ne sfătuim. Şi pentru ei sunt actele pregătite, probabil Louisei i se va spune când vor intra în posesia lor, în rest nu avem decât să aşteptăm.

- Nu am niciun comentariu, zise Florance, deci e grav şi suntem alungaţi din Lorena.

- Casele vor fi în siguranţă, continuă Lucien. Antoine promite asta pentru noi şi copiii noştri. Îi putem încă scrie lui Jerome la Paris, e linişte şi pace totală până pe întâi ianuarie. Îi voi scrie şi ne vom lua astfel adio. O să-l rog să nu mai scrie, s-ar compromite. De casa din Paris nu-mi este teamă, vor avea grijă de ea cei doi, iar revoluţiile nu au fost niciodată pe strada aceea liniştită, nu au fost pagube după ce prietenii noştri au ascultat slujba la biserica cea dreaptă şi catolică. Marc, cel care ascultase cu atenţie până atunci, se adresă mamei sale:

- Mamă, mă duc eu la Georges Misard, e prietenul meu, mesajul trebuie transmis acum, poate diseară vor cina la primar să-i spună doamnei Saint-Claire veştile astea nefericite.

- Atunci fugi, băiete, cheamă-i mâine la prânz aici să ne sfătuim, îl încurajă mama lui.

După plecarea lui, liniştea se aşternu peste ei. Se uitau unii la alţii cu mare tristeţe. Amelie rupse tăcerea spunând că ar trebui să ţină într-un fel sau altul Crăciunul.

- Şi aşa, mătuşă Florance, vom dormi aici, servitoarele sunt angajate până în 20 decembrie să slujească, deci nu vom avea parte de ochi indiscreţi. Noi avem o Biblie, apoi putem căuta vâsc. E trist Crăciunul dacă-l petrecem doar acoperind mobila sau făcând bagaje şi provizii. E ultimul în Franţa. Trebuie să fim mândri că suntem protestanţi.

- Amelie are dreptate, vom face în aşa fel încât să nu uităm acest ultim Crăciun petrecut aici în Franţa, spuse Florance ridicându-se şi păşind către fereastră. În curând se va întoarce şi Marc, da, îl zăresc deja la colţ. Familia Misard stă pe o stradă paralelă cu a noastră, e uşor de ajuns la ei. Mama îi făcu un semn discret fiului său care îi răspunse la fel intrând în curte şi închizând poarta. Imediat intră în casă.

45

- Am avut dreptate, mamă, spuse Marc scoţându-şi pelerina. Erau invitaţi la cină la primar. Un pic mai lipsea şi îi pierdeam. Vor veni mâine la noi.

- Probabil că vor primi actele în seara aceasta şi nu se vor mai vedea niciodată, spuse Lucien. Nici eu nu pot să-i mai fac vizite marchizului, s-ar compromite. Mi-a dat toate actele, iar obligaţia lui a încetat. Cu siguranţă va cerceta dacă vom pleca în 26 decembrie şi apoi îşi va vedea de ordinele primite de la fratele său.

- Oare de ce nu mă pot bucura de privilegiile acestea? izbucni Florance. Am să fug din casa mea ca o hoaţă noaptea pe ascuns! Dar nu am voie să vărs o lacrimă, totul se va face pentru copii. Trebuie! I-am promis soţului meu pe patul de moarte, când i-am sorbit disperată ultima răsuflare, că voi face totul pentru Marc al nostru. Este moştenitorul lui, este conte. Trebuie să ducă mai departe familia noastră, continuă mama frângându-şi mâinile de emoţie. Nu neg, am aşteptat până în ultima clipă o izbăvire care nu va mai veni niciodată. Am sperat că nu vom pleca, dar trebuie să mă consolez şi să-mi strâng lucrurile, puţine câte am şi pe care le pot lua. O cunosc bine pe Anne Misard, îi va frânge inima despărţirea de fiica sa şi de nepotul pe care cine ştie dacă îl va vedea vreodată. Regele e tânăr, poate trăi destul cât să murim la Berlin sau te miri pe unde.

- Florance, zise Charlotte, nu te mai necăji, nu ai nicio şansă să schimbi ceva.

Cele două se îmbrăţişară şi se aşezară pe canapea una lângă alta. Marc, aflat lângă Amelie, nu mai vorbea. O privea pe draga lui verişoară care trăgea de faţa de masă de pe măsuţa alăturată. Era nervoasă. Lucien se uită la ceas şi propuse să plece la ei să se liniştească.

- Florance, vezi de caută ce vrei să iei cu tine, ne vom vedea mâine la prânz. Suntem cu toţii sfârşiţi de emoţie, e mai bine să plecăm şi să ne liniştim căci ne trebuie minte limpede şi mult noroc.

- Ai dreptate, Lucien, spuse Florance. Nu trebuia să mă zbucium atât de mult.

Când familia Corday ajunse acasă se hotărâră să-i scrie unchiului Jerome la Paris . Scrisoarea nu a fost lungă, dar fiecare dintre cei trei au scris câte ceva. Lucien îl imploră să aibă grijă de el şi de nepotul lui şi să nu-i scrie niciodată. S-ar fi compromis inutil. Îl mai rugă să sărute piatra de pe mormântul surorii lui şi să nu o lase singură. Să fie cu gândul la ei căci vor pleca pe 26 decembrie, vor părăsi Franţa aşa cum ei nu au visat niciodată.

„Aveţi grijă unul de altul pentru că doar voi vă mai aveţi pe lume. Nu ştim când ne vom revedea, dacă se va mai întâmpla aceasta. Ne simţim rău de atâta dor. Ne este greu să lăsăm totul în urmă. Cât încă suntem aici în Franţa parcă amăgirea asta ne mai linişteşte, însă când veţi primi scrisoarea, cine ştie dacă vom mai fi pe tărâmul Franţei..." Această scrisoare ajunse la Paris chiar în ajunul Crăciunului, iar Jerome s-a dus cu ea la scumpa lui soţie, la mormântul ei şi i-a citit-o şi acesteia cu lacrimi în ochi. „Adio, frate, adio!"

A doua zi, salonul doamnei contese de Langarde deveni neîncăpător. Aceasta cunoştea familia Louisei, astfel că nu fu nimic stânjenitor. Cunoştinţele se făcură firesc, iar dialogul nu avea nimic protocolar. Doamna Misard povestea cu lacrimi în ochi cum seara trecută se despărţise de unica sa fiică.

- Nu vă puteţi închipui ce durere pe noi toţi când Antoine, soţul scumpei mele fiice, ne-a predat actele şi a făcut-o să înţeleagă pe Louise că nu o să ne mai vadă. Mă gândesc la faptul că voi muri şi nu o voi mai vedea vreodată, poate doar fratele ei Georges, dacă va mai avea acest prilej. Şi acum când aşteaptă acest copil pe care viaţa îl dă atât de târziu acestui cuplu minunat. M-a lăsat să-i pun mâna pe pântec simţindu-i zvâcnirea vieţii din el. A trebuit să fim cu toţii tari şi s-o consolăm pe Louise în această stare delicată. Are mare noroc cu mama marchizului care este o femeie foarte protectoare. Într-un final ne-am liniştit cu toţii, ne-am consolat împreună. Louise este pe mâini bune, iar asta e o mare uşurare pentru mine. Mă doare totuşi că nu-mi voi mai vedea nepoţelul, nu voi participa la naşterea lui şi nici măcar nu voi şti când îi va fi sorocul. Este îngrozitor pentru o mamă.

- Biata de tine, dragă Anna, spuse oftând contesa. Să te rupi în două aşa cum viaţa îţi desparte acum copiii. Louise îşi va reveni, copilul acesta dorit de atâta vreme îi va da forţa de a trece peste toate, poate o vei mai revedea, chiar dacă nu mai eşti atât de tânără. Cine ştie cât va continua acest Dieudonne al Fraţei asuprirea unor oameni nevinovaţi. Îl înţeleg şi pe marchiz, nu se poate compromite. A făcut totul pentru noi, mai mult nu s-ar putea, ar risca Bastilia. Ce s-ar face Louise atunci?

- Ai dreptate, draga mea Florance, zise doamna Misard, ne vom obişnui cu toţii. Nici înainte nu o vizitam prea des pe fiica mea, doar seara şi atunci cu precauţie.

Discuţii despre această tristă plecare aveau loc şi între doctor şi domnul Misard, acesta din urmă era un om foarte plăcut care la cincizeci şi cinci de ani ca vârstă arăta încă foarte bine. Cei doi conveniră să petreacă Crăciunul la contesă şi să plece de aici împreună peste graniţă.

- E mai simplu, domnule Misard, nu ne vom mai aştepta dimineaţa unii pe alţii şi vom pleca cât de repede se poate. Nu mai punem că mai avem de trezit şi copiii.

- Tată, interveni Georges de lângă ceilalţi doi tineri, noi ne vom trezi cât se poate de repede, nu ţineţi cont de noi, de altfel am hotărât ca Marc să meargă în trăsura noastră. Vom fi patru în trăsuri. Doamna contesă nu trebuie să se înghesuie cu familia ei. Ce părere aveţi, domnule, întrebă el adresându-se medicului?

    - E o idee bună, spuse Lucien.

    Toată lumea fu de acord cu această împărţire. Prânzul se termină, iar familiile plecară să mai adune, să se mai gândească. De altfel, era ultima zi cu servitori în casa Langarde. Era 20 decembrie, iar servitoarele plătite pe toată luna puteau pleca după această masă. Plângând, acestea îşi luară rămas bun după atâţia ani de trai tihnit pentru toată lumea. Aveau să se mai scurgă încă patru zile până când toată lumea va ocupa casa conţilor Langarde pentru ultima dată. Aşteptau Crăciunul, un zâmbet palid pe o faţă aspră de nelinişte.

CAPITOLUL 8

După ce contesa se văzu cu casa goală doar cu fiul său, rămase tăcută pe canapeaua ei multă vreme. Nu-i venea încă să creadă că tot ce dădea la o parte din minte, alungând ca pe ceva imposibil, se va îndeplini. Trebuia în aceste zile să strângă atât cât să nu bată la ochi, dar nici să nu plece cu mâna goală. Era destul de riscant, dar aveau documente de trecere.

Oftând începu să se plimbe prin casa ei, să-și rememoreze întâmplări din trecut. Fiecare colțișor trebuia reținut în mintea ei, fiecare parte a casei păstra o amintire. Când intră Marc încărcat cu lemne sparte, tresări. Fiul ei! Totul pentru micul ei conte! Acesta zâmbi și plecă să stivuiască lemnele la bucătărie, lăsând-o pe mama lui să-și continue plimbarea prin casă. Deodată contesa tresări și intră în camera soțului ei unde nu intra aproape deloc. Închise ușa după ea și se apropie de un scrin din lemn de nuc a cărui cheie o purta la gât. Cu multă precauție deschise sertarul din mijloc și scoase de acolo mai multe casete de catifea și le puse pe pat. Erau bijuteriile conților de Langarde. Din cutii ieși la iveală diadema cu care se căsătorise, colierul și brățara pe care le purtase atunci. „Trebuie să le iau cu mine, vor aparține soției lui Marc, viitorului!"

Florance închise cu grijă totul, nu le mai purtase de mult dar poate va mai avea prilejul s-o facă în viitor. Închise sertarul la loc fără a mai lua cheia și porni spre camera ei cu cutiile în mână. Contesa avea propriile ei bijuterii, dar nu atât de prețioase cât cele ale familiei. „Nu voi spune nimănui, le voi amesteca printre haine." Tot așa adună și banii pe care trebuia să-i ia cu ea. Aproape niciodată nu-și făcuse singură bagajul, acum însă acest lucru nu o stinghera, din contră se descurca foarte bine fără martori. Fiul său hotărâse să-și facă singur bagajele, astfel că-l lăsă pe Marc să aleagă el ce ar mai trebui să ia pe lângă haine. Știa că e un tânăr înțelept și se baza pe el.

La familia Misard cuferele se încărcară cu haine printre care pungile cu bani erau insesizabile. Nu aveau bijuterii şi nici nu erau nobili. Pe cele pe care le aveau le puteau pune în trăsură în sacul de mână.

Charlotte îşi luă şi ea la revedere de la casa ei. Spera s-o mai poată vedea până avea să închidă ochii. Această casă aparţinuse bunicilor ei, era plină de amintiri. Era o casă veche, trainică, cu ziduri groase şi bare de fier la ferestre. Intră prin toate camerele şi îşi aminti mereu câte ceva. Camera bunicii sale avea tapetul de culoarea cerului senin. Intră făcând ca uşa să scârţâie. O deschisese cam forţat şi clanţa îi scăpă din mână făcând să se clatine şi apoi să se spargă un uriaş vas în formă de amforă aflat lângă uşă. Cine ştie de cine fusese pus acolo. Oricum era praf destul peste tot. Cineva îl pusese deci acolo cu bună ştiinţă, căci Charlotte găsi printre uriaşele cioburi pachete cu scrisori legate cu panglică roz şi bijuterii vechi. „Dumnezeu a vrut să fie descoperite, nu puteau fi lăsate aici!" Charlotte privi la un colier de smarald. Şi-o amintea pe bunica ei purtându-l, însă se trezi repede din visare, adună tot ce găsi în vas şi plecă pe uşă, deranjând încă odată praful de la locul lui. Hotărî să le ia cu ea şi mai târziu să le arate şi surorii sale. Nimeni nu mai ştia de acele bijuterii de multă vreme. Florance se va bucura cu siguranţă să afle că au fost regăsite.

Astfel trecură cele patru zile dinaintea Crăciunului. Toată lumea încerca să-şi încarce memoria cu lucruri pe care poate nu le va mai vedea niciodată. În dimineaţa Crăciunului cele două trăsuri încărcate se aflau în aşteptare în curtea palatului Langarde, bine ascunse de gardurile înalte, semn al măreţiei acestei familii în trecut, când oamenii trăiau fără ură, toţi uniţi în acelaşi Dumnezeu.

Familiile pribegite erau adunate în salonul conţilor Langarde unde husele acopereau deja mobila, iar totul era atât de auster. Caii fuseseră duşi în grajdurile care găzduiseră altă dată puzderie de cai, acum nu mai aveau decât opt, adică câte patru pentru fiecare trăsură. Doreau un traseu mai grabnic până la ieşirea din ţară. Bărbaţii tăiaseră lemne şi acum îşi făceau planuri adunaţi lângă foc. Primul care luă cuvântul fu medicul:

- Aseară, dragii mei, am studiat harta, traseul pe care îl vom urma. Până la Saarbrucken avem cam douăzeci de leghe, nu e mult. M-am oprit aici, cu gândul la faptul că oraşul este ocupat de francezi, dar aparţine conţilor de Nassau-Saarbrucken. Ştiu că Louis Crato, actualul conte, s-a aliat cumva cu Ludovic şi acesta a acceptat să-l facă locotenent-general al ţinutului. Acolo lumea nu e franceză, e protestantă în cea mai mare parte, deci eu nu o văd ostilă. Traseul pe care l-am găsit este Nancy, Chateau Salins, Faulguemont, Saint Avaux, Freyming, Forbach şi în cele din urmă Saarbrucken, adică cele douăzeci de leghe, aşa cum v-am mai spus. Nu este prea mult de aceea propun să mergem repede fără să oprim. Acolo avem oricum acte. Trecem de cei de la graniţă şi am scăpat pentru că

Mannheim este la douăzeci şi patru de leghe de Saarbrucken şi este liber, nu este sub ocupaţie franceză, deci vă cer să facem un efort de patruzeci şi patru de leghe, iar apoi să înnoptăm la Mannheim în siguranţă. Nu vom opri pe drum, dacă e nevoie, vom face cu rândul pe capra trăsurii. Ştiu că va fi obositor, dar merită. Sper ca pe domeniul contelui să ne fie mai bine.

- Domnule Corday, te-ai gândit la toate, îi răspunse domnul Misard, sunt de acord să nu oprim decât când vom fi în siguranţă. Văd că aveţi harta cu dumneavoastră. Dacă doamnele sunt de acord, puteţi continua. Medicul se înclină şi continuă.

- Mă repet spunând că la Mannheim suntem în siguranţă, acolo putem găsi un han să tragem şi să ne odihnim cât de cât omeneşte. După aceea vom continua traseul către Nurnberg, distanţa dintre cele două oraşe fiind de cam patruzeci şi trei de leghe, deci cât am făcut până la locul unde putem trage peste noapte. Vom mai avea apoi vreo treizeci şi opt de leghe până la Gera, vreo treisprezece până la Leipzig şi cam douăzeci şi nouă până la Potsdam. Aici geografia traseului nostru se termină, însă noaptea vom putea dormi liniştiţi prin aceste ţinuturi şi vom fi bine primiţi la Potsdam. Friedrich Wilhelm profită de orbirea francezilor şi-şi reface populaţia teritoriilor sale, a Brandenburg-Prusiei. Ce părere aveţi, doamnelor? întrebă el. Veţi putea suporta să dormiţi sau mai bine spus să vă chinuiţi în trăsuri?

- Nu e chiar o distanţă mare până la Mannheim. Patruzeci de leghe se pot face, dacă nu vom avea probleme la graniţă. Mă gândesc că Nassau-Saarbrucken e ocupat de francezi, nu mă pot gândi că ne-ar face rău. Nu scrie pe feţele noastre că am fi protestanţi, spuse contesa dintr-o suflare, iar actele sunt în regulă. Represiunea începe de-abia pe întâia zi a anului ce vine, cu puţin noroc pe douăzeci şi şase decembrie seara putem fi în Mannheim, deci liberi. Celelalte doamne aprobară spusele contesei cu căldură.

- Ştii, începu Charlotte a vorbi, tu eşti contesă, ai putea să te prezinţi la Curte, ai putea să ne deschizi tuturor o uşă.

- Nu m-am gândit la asta, dar e o idee bună, poate ne îndrumă spre o casă în care să încăpem cu toţii. Nu vreau să ne despărţim şi, de altfel, nu ţin atât de mult la rangul de contesă decât în măsura în care ne poate ajuta. Suntem opt persoane şi ştim cu toţii ce înseamnă greutăţile vieţii. Nu ne vom despărţi, spuse contesa. Acum aş invita doamnele la bucătărie să pregătim ceva de mâncare, iar pe domnii cei tineri îi rog să facă o plimbare de rămas bun prin Nancy. Vedeţi dacă întrezăriţi vreo nelinişte în Nancy, ori dacă vi se pare ceva suspect. Mulţumesc domnului Misard şi dragului meu cumnat că au tăiat lemne, dar îi rog să inspecteze cu atenţie trăsurile. Totul să fie în regulă, să nu scârţâie nimic şi să aveţi tot ce-i necesar cu voi. Acum e cea mai bună lumină. După-amiază aş vrea să nu mai ieşim, să ne rugăm pentru izbânda noastră, e Crăciunul.

Contesa dădea dovadă de un spirit organizatoric foarte ascuțit, era liderul lor fără ca vreunul dintre ei s-o fi recunoscut. Se impusese formal, dar nimeni nu o dezaproba pentru că avea dreptate. Când Amelie îi văzu pe cei doi tineri pregătindu-se de plimbare, parcă îşi dori şi ea să ceară voie să iasă, dar se răzgândise, nu se cădea şi, apoi, puteau să atragă atenția cuiva. Îşi luă rămas bun de la ei cu un oftat ascuns în inima ei şi plecă să pregătească masa aceea rece de Crăciun. Ea nu considera că această sărbătoare trebuia trecută cu vederea, chiar dacă plecau a doua zi cu noaptea în cap.

Marc şi Georges ieşiră şi începură să se plimbe cu scopul de a ajunge în centrul oraşului. Era linişte şi pace, putină lume pe drum, iar trăsuri mai deloc. Casele aveau perdelele trase şi parcă se simțea o anumită tristeţe.

- Ştii, Marc, parcă este ireal ce se va întâmpla. Uite câtă linişte şi pace. Nu-mi vine să cred că începutul anului va fi plin de ură, mi se pare totul o minciună, o glumă proastă. Dacă nu aş şti ce ştiu, probabil că nici prin cap nu mi-ar trece să fug din oraşul în care m-am născut, iar actele acelea pe care le-am văzut la tata şi care mă izgonesc, a căror conținut sună atât de dur şi, apoi, ultima vizită la Louise... dualitatea lui Saint-Claire între noi şi regele catolic... încercarea asta furibundă de a ne salva în ultimul moment, toate astea mă obligă să mă înstrăinez. Uită-te şi tu ce linişte!

- De dinaintea furtunii, continuă bunul său prieten Marc. Tu nu l-ai văzut pe unchiul meu cum a făcut planul? Gândeşte-te că suntem salvați, cel puțin noi, datorită copilului aceluia neastâmpărat pe care l-a salvat, iar voi prin sora ta. Oare ce îi aşteaptă în dimineața primei zile din următorul an pe oamenii de aici? Ştii, Georges, îmi pare rău că plec, dar mă consolează ideea că voi fi cu Amelie. Ceva mă frământă în legătură cu ea, când ridică ochii spre mine mă subjugă cu totul.

- O iubeşti, spuse calm Georges.

- De unde ştii? întrebă iute Marc.

- Pentru că şi eu iubesc, spuse oftând Georges. Cea pe care o iubesc e plecată deja la Potsdam de luni bune. Cine ştie dacă nu m-a uitat!

- Nu cred că te-a uitat, cine este? Despre ce familie este vorba? întrebă curios Marc.

- E vorba de familia marchizului de Bruy, spuse Georges.

- Estelle de Bruy? E foarte gingaşă şi frumoasă; din câte o cunosc eu din vizitele la noi e o fată liniştită, spuse Marc. I-ai arătat că o iubeşti?

- Da, i-am şi scris. Ne-am luat şi rămas bun la Meurthe păcălind-o pe guvernantă, am rămas vreo câteva clipe cu ea. Am fost atât de fericit!

- Atunci, cu toţii la Potsdam! Ei sunt marchizi, tu eşti bogat, astfel totul se completează. A răspuns în vreun fel sentimentelor tale, Georges?

- Da, m-a lăsat s-o ţin de mână şi, înainte de a pleca, mi-a dat voie s-o sărut pe frunte. Cred că şi ea simte ceva pentru mine.

- Atunci inima ei este plină de iubire pentru tine. Nu cred că mai are cineva loc acolo, eşti oricum un norocos, eu nu am sărutat-o pe Amelie, doar am udat-o la râu acum câţiva ani când eram la pescuit. De când e aici doar ne-am privit, am stat unul lângă altul, ne-am uitat la albume.

- Marc, dar sunteţi împreună! Eu va trebui s-o caut pe Estelle!

- Şi o vei găsi, vei vedea. Nimic nu este întâmplător! Marchizul de Bruy nu se poate ascunde într-o vizuină şi nu este atât de ruinat ca să nu-şi permită o căsuţă; apoi nu uita că are o meserie, e avocat. Cu siguranţă va profesa pentru a se întreţine. Şi acum să mergem acasă, îmi este frig şi parcă îmi este şi foame, spuse Marc. Nici plimbarea nu mi-a plăcut deloc. Oricum, ce importanţă a mai avut plimbarea dacă tot plecăm?

- Ne-am făcut confidenţe, zise Georges. Nu am mai spus nimănui despre Estelle.

- Cum nici eu nu am mai spus nimic altcuiva despre verişoara mea. Nu trebuie să ne mai gândim la ranguri Georges, toţi vom fi nişte pribegi acolo, vei avea mai multe şanse.

- Aşa să fie precum zici, spuse Georges.

Se întoarseră amândoi fără să le mai pese de Nancy, fiecare cu iubita în gând trecea fără să mai vadă străzile oraşului sau oamenii care ieşeau de la biserică. Aveau să plece, trebuiau să lase trecutul în urmă pentru a privi la viitor. Nu poţi construi nimic pe cadavre, iar Nancy era pustiu pentru ei, descompus.

CAPITOLUL 9

Dimineaţa zilei de 26 decembrie 1680 veni repede, chiar dacă se spune că ceea ce aştepţi vine către tine cu viteza melcului. Toţi cei opt temerari ai acestei fugi spre necunoscut erau gata pregătiţi încă de pe la ceasurile patru ale dimineţii. Totul era pregătit pentru a pleca într-o oră. Obloanele fuseseră închise, iar casa fără ferestre dormea şi ea pentru mult timp de acum înainte. Bărbaţii inspectaseră caii, îi înhămaseră la trăsuri dându-le şi mâncare. Când terminaseră lucrul prin întunericul de afară intraseră în casă.

- Sunteţi gata? Haideţi la trăsuri. Ne ajută şi timpul, e ceaţă, deci nu vom fi văzuţi. Nu e plăcut, dar asta nu trebuie să conteze pentru noi. Avem pături groase, mâncare şi bani. Bagajele au legăturile bine strânse, le-am mai verificat încă odată. Avem şi ceva fân în spate. Va fi bine, aveţi încredere!

Toate aceste lucruri au fost spuse pe un ton iute, dintr-o suflare, de către domnul Misard. Femeile îşi luară bagajul de mână şi porniră către ieşire. Florance, care-şi părăsea ultima casa, mai învălui odată cu privirea salonul care nu era luminat, apoi ieşi din casă, dar mâna ei dreaptă nu reuşea să încuie uşa, tremura.

- Lasă-mă pe mine, mamă, spuse Georges care nu tremura şi încuie repede luând-o pe Florance de mână şi conducând-o la trăsură. Fii, te rog, puternică pentru mine şi pentru tata!

O ajută apoi să urce în trăsură unde Charlotte o luă în braţele ei alinând-o ca pe un copil. Bărbaţii scoaseră trăsurile din curte şi încuiară poarta. Prima trăsură era cea a lui Lucien, urmată imediat de cea a familiei Misard. Nu porniseră imediat, mai verificaseră odată totul pe bâjbâite din cauza întunericului şi a ceţii. Noaptea era atât de adâncă, iar ceaţa era atât de lăptoasă încât era aproape imposibil să fi fost văzuţi. Bărbaţii se urcară pe caprele trăsurilor, iar Georges şi Marc urcară lângă doamna Misard. Aveau să facă schimb la conducerea atelajelor, nu se putea altfel, căci era un frig pătrunzător. Asta însemna în schimb noroc şi ochi mai puţin vigilenţi.

Înainte de a intra în trăsură tânărul conte de Langarde îi sărută mâna mamei lui îmbărbătând-o, iar pentru Amelie avu doar o privire lungă care o făcu pe fată să tremure uşor. Verişoara sa începuse să priceapă că îl iubeşte pe Marc şi că acesta are aceleaşi sentimente pentru ea. Era drumul lor împreună, fiinţele lor aveau un destin comun. Pisica stătea abandonată în coşul ei învelită cu un pled. Nu-şi dădea seama ce se întâmplă, dar prezenţa fetei o făcea să stea liniştită.

Nimeni în ceaţa aceea densă nu observă în faţa bisericii Sfântului Sebastian o trăsură care stătea pe loc. În ea erau tinerii marchizi Saint-Claire. Luise îi smulsese soţului său promisiunea unei ultime revederi, chiar şi de la distanţă, a familiei sale. Ce putea face Antoine pentru care soţia sa era totul? O ţinea în braţele sale puternice în timp ce femeia privea prin sticla trăsurii. Când cele două trăsuri zvâcniră de pe loc şi porniră spre libertate, Louise scoase un ţipăt pe care marchizul îl înăbuşi la pieptul său.

- Ştiu, iubitule, că este cel mai bine aşa. Cum aş fi eu, în ce stare, dacă i-aş vedea suferind?

- Scumpa mea Louise, ei merg spre mai bine cu ceea ce le este scris în frunte. Noi trebuie să avem grijă de copilul nostru acum. Uite, deja ceaţa a făcut ca trăsurile să dispară. Suntem singuri, iubita mea, spuse marchizul strângându-şi nevasta mai tare în braţe. Ce soartă ar avea aici? Una neagră cu siguranţă. Vei vedea că vor trăi şi vom putea comunica într-un fel mai târziu, nu uita apoi că avem cheile de la casa unde te-ai născut. Ne putem duce oricând.

- Să ne întoarcem, spuse marchiza hotărât, ei sunt în inima mea oricum.

Marchizul bătu în tapiţeria trăsurii, iar aceasta porni. Intoarse şi curând ajunse în curtea casei primarului. Bătrâna marchiză îi aştepta în salon. Înţelese gestul fiului său. Louise merse spre ea, îi luă mâinile şi-i spuse acesteia:

- Acum sunt liniştită, dacă nu aş fi mers să-i văd, m-aş fi simţit pustiită, acum am forţa necesară să trec peste toate.

- Te cred, scumpa mea copilă, spuse matern marchiza luând-o în braţe. Te înţeleg. Acum însă te bagi imediat în pat şi încerci să adormi. E întuneric încă. Apoi se adresă fiului său: E bine că au plecat fără să fie văzuţi şi ceaţa asta care s-a lăsat peste oraş le-a fost de bun augur. Ai făcut o faptă bună că ţi-ai scos soţia la plimbare, iar acum gata, zâmbi mama oftând.

Louise se urcase deja în camera ei unde focul ardea jucăuş. La scurt timp apăru Antoine care, cu multă blândeţe, o ajută să se dezbrace şi să se urce în pat. Se aşeză lângă ea şi, ţinând-o de mână, o imploră să doarmă. Marchiza cea tânără îi luă mâna şi i-o puse pe pântec.

- Simţi, Antoine?

Antoine simţi sub palmele sale cum copilul mişca, parcă cerea linişte. Bărbatul era atât de fericit. Louise, obosită şi încălzită de foc, adormi zâmbind, copilul însă continuă să se joace. Soţul îşi sărută iubita soţie pe frunte şi plecă din cameră fără mult zgomot. Era fericit. Coborî la mama sa zâmbind fericit. Era încă devreme.

- Această zi de joi, 26 decembrie 1680, nu o vom uita niciodată, zise viitorul tată. Louise a adormit fericită, chiar dacă fiul meu o necăjea mişcându-se.

Cele două trăsuri porniseră la drum purtând în ele oameni emoţionaţi şi plini de speranţă. Mergeau încet din cauza ceţii aceleia imposibile, făceau tot felul de calcule în privinţa distanţelor şi localităţilor pe unde trebuiau să treacă fără oprire. Era linişte în cele două trăsuri, nici măcar doamna Misard nu plângea. Se liniştise într-un fel. O lăsase pe fiica ei pe mâini bune, era iubită şi aştepta copilul pe care toţi crezuseră că nu-l va mai aduce pe lume niciodată.

Băieţii priveau pe geamurile trăsurii puţin neliniştiţi, dar totul era calm în jur. Amândoi aşteptau să facă schimbul pe capra trăsurii, dar încă nu era cazul, de-abia ieşiseră din Nancy. Drumul era îngheţat şi când se lărgea când se îngusta, după caz. Ţinutul muntos îşi spunea pe de-a-ntregul cuvântul. Nu bătea vântul şi nici nu ningea, însă crestele munţilor erau acoperite cu zăpadă. Aşteptau cu toţii răsăritul pentru ca ceaţa să se împrăştie. Caii mergeau încet şi scoteau aburi din nările lor aburite. Păturile de pe ei erau un bun opritor contra frigului. Cât despre cei doi bărbaţi, erau învăluiţi atât de bine în hainele lor groase încât nu simţeau frigul. Şi, apoi, ţelul lor îi încâlzea cu flacăra lui puternică. Băieţii oricum trebuiau să-i schimbe la Chateau Salins, zonă plină de mine ce ascundeau bogăţii de nemărginit. Cu toţii din acea zonă se adaptaseră la lumea subterană, nu puteau cultiva mare lucru printre atâtea podişuri amestecate cu creste muntoase. Peisajul ar fi putut fi descris ca minunat vara, însă acum, când totul era tăcut, îngheţat şi golaş şi când doar ciorile neînfricate rămâneau stăpânele flămânde ale ţinutului, acest lucru este aproape imposibil. Caii găsiseră o porţiune mai largă şi mergeau acum mai repede, Ştiau că se vor opri la prima localitate, până şi ei făceau parte din reuşita acestei aventuri.

Într-un târziu, Chateau Salins se văzu în depărtare. Turla bisericii le dădu de ştire, puteau să se oprească pentru a se dezmorţi cu toţii şi pentru a face schimb între ei pe capra trăsurilor. Intrară în localitate când soarele limpezise atmosfera. Opriră la poştă căci caii trebuiau odihniţi şi uscaţi cumva. Omul de la poştă veni în întâmpinarea lor, se ocupă apoi de cai în timp ce doamnele primiră ceai cald. Era un om ursuz care nu puse nicio întrebare nimănui. Îşi făcea meseria, îsi încasa banii şi cam atât. Din asta trăia.

După acest popas trăsurile îşi continuară drumul. Se vedeau nişte câmpuri care vara, acoperite de verdeaţă, ar mai fi îndulcit peisajul. Cei doi tineri îşi preluaseră treaba sus pe capră. Mâncaseră ceva înainte în trăsură unde acum, cei doi bărbaţi gros îmbrăcaţi, erau îndemnaţi să mănânce şi ei. Temperatura crescu de îndată ce razele soarelui se făcură mai puternice. Trecuseră de acest oraş fără ca vreo autoritate să îi oprească. Tăiaseră primul punct de pe hartă. Aşa tăiară toate oraşele din această zonă minieră, cum ar fi Faulquemont, Saint Avaux, Freyming, pâna ajunseră în Forbach în ţinutul conţilor cu acelaşi nume. Aici fură opriţi şi li se cerură respectuos actele. Ofiţerul cercetă cu amănunţime cele două trăsuri, ocupanţii lor, dar mai ales actele.

- Mi se pare că totul este în regulă, domnilor, spuse el amabil şi cu mult subînţeles. Sper că locul de destinaţie o să vă aducă şi liniştea. Graniţa este aproape, doar două leghe mai aveţi până la graniţa cu Nassau-Saarbrucken. Este adevărat că este sub ocupaţie franceză, însă contele Louis Crato, stăpânul locului, a fost foarte abil şi este locotenentul general al ţinutului, deci multe nu s-au schimbat. Va fi fericit să vă primească, însă vă dau un sfat, schimbaţi caii, sunt obosiţi. Imediat la ieşirea din Forbach este o poştă care are cai minunaţi. Faceţi-o în Franţa.

Lucien Corday şi Michel Misard zâmbiră şi ei înţelegând că ofiţerul ştia că sunt protestanţi şi că acesta avea ordine stricte. Luară actele de la acesta, multumiră şi plecară salutând ceremonios. Ofiţerul rămase cu ochii după cele două trăsuri care, în mod normal, nu ar fi trebuit să treacă, însă actele erau autentice, iar ordinele stricte. Nu mai trecuse nimeni cu astfel de acte de multă vreme, nici nu-şi mai aducea aminte de când. După ce trăsurile nu se mai vedeau în zare intră în centrul lui de supraveghere unde câţiva soldaţi stăteau şi jucau cărţi. Era un comandant minunat acest ofiţer şi erau sărbătorile, astfel că totul era lăsat mai lejer, cel puţin până de Anul Nou ce se apropia. Trăsurile se opriseră la locul indicat de ofiţerul de gardă unde cumpărară mâncare şi schimbară caii.

- Am făcut cam patru leghe pe oră, domnule Misard, spuse Lucien consultându-şi ceasul, este adevărat că ne-am mai oprit, dar totuşi este unsprezece dimineaţa, încă două leghe, asta ar veni cam jumătate de ceas şi suntem afară din Franţa. Şi eu sper la un regim normal în Nassau, chiar dacă e totuşi ocupaţie franceză acolo.

- Da, am reuşit să mergem destul de bine până cum, poate ajungem mai repede în Mannheim, răspunse domnul Misard. Sunt doar douăzeci şi patru de leghe, adică şase, şapte ore de mers, astfel putem înnopta într-un han la noapte. Limba locului respectiv o ştim cu toţii, deci nu ne-ar fi grea acomodarea, iar zona e în sfârşit liberă şi protestantă.

În timpul acesta femeile ieşiseră şi ele din trăsuri, se dezmorţeau ca de altfel cum mai făcuseră în celelalte opriri. Ştiau că seara vor fi libere la Mannheim. Bărbaţii nu mai doreau să stea în trăsuri, astfel că fiecare trăsură era condusă de câte o pereche. Domnii conduceau trăsura în care se aflau doamnele, iar băieţii trăsura goală din urmă. Erau optimişti cu toţii, iar până la Saarbrucken cele două leghe trecură ca o secundă.

Aici fură opriţi de trupele franceze de ocupaţie. Ofiţerul care le ceru actele nu se arătă la fel de respectuos ca omologul lui din Fornbach. Îi privi scrutător şi-i ţinu un ceas tot vânturând şi răsfoind actele ce erau în regulă. Zâmbind, ofiţerul le spuse:

- Se pare că aveţi noroc, scăpaţi de Franţa aceasta de care nu vă mai pasă, mergeţi mai degrabă la prietenii de aceeaşi religie decât să redeveniţi catolici. Nu am văzut multe acte de acest fel în ultimul timp, e totuşi interesant cum de le-aţi obţinut. Sunteţi cineva, bag de seamă.

- Domnule, îi răspunse Lucien, ce sunt aluziile acestea? Ne ţineţi aici de mai bine de o oră. E ceva în neregulă?

- Chiar aşa, spuse şi domnul Misard, nu văd să aveţi atât de mult de lucru. Nu înţeleg de ce aţi zăbovit asupra noastră!

- Cu tot respectul, spuse ofiţerul, nu-mi plac laşii, iar actele dumneavoastră sunt perfecte pentru a avea o viaţă tihnită la hughenoţii dumneavoastră.

- Dacă doriţi să ne jigniţi, spuse medicul, puteţi s-o faceţi, nu este scopul nostru să mai zăbovim aici sau să vă răspundem. Daţi-ne actele şi fiecare pe drumul lui. De altfel, nici n-o să ne mai vedem.

- Nici nu-mi doresc asta, spuse ofiţerul iritat. Poftim actele, zise el salutând în batjocură.

Lucien salută şi el, luă actele şi se urcă pe capra trăsurii alături de Misard. Plecară imediat, iar femeile răsuflară uşurate, scăpaseră doar cu atât. Caii erau sătui şi odihniţi, hrană aveau, iar Mannheim-ul era la vreo douăzeci şi patru de leghe distanţă, adică cel târziu la ceasurile opt ale serii vor fi acolo.

Era un ceas după prânz, pierduseră destul de mult timp cu acei francezi arţăgoşi, dar acum nu mai conta. Soarele strălucea în drumul lor spre Mannheim, iar vântul aproape nu bătea deloc. Era frig, doar era iarnă, dar ziua aceea senină îi îmbărbătase. Pe drum era multă zăpadă, dar puteau merge având în faţa lor urmele multor roţi, semn că lumea circula şi îşi vizita rudele de Crăciun. Erau destule sate înşirate pe văile munţilor, iar copiii agăţaţi pe garduri se uitau lung la cele două trăsuri care treceau prin faţa lor. Nu mai văzuseră câte patru cai la o trăsură niciodată. Făceau cu mâna şi fluierau. Femeile din trăsură făceau şi ele semne de salut zâmbind deconectate. Munţii se vedeau tot mai înalţi şi parcă tot mai aproape şi mai grei de zăpadă.

Încercau să facă cât mai mult drum pe lumină ca să poată merge mai repede. La mijlocul traseului, după vreo trei ceasuri de mers, schimbaseră caii şi luaseră mâncare. Făcuseră iarăşi o pauză să-şi mai tragă sufletul, apoi fiind timpul înaintat, mai mult de orele patru ale după-amiezii, o porniră încă doisprezece leghe, dar mai încet, căci soarele dădea semne de plecare de pe cer, iar după cam două ceasuri întunericul se va proclama rege. Casele începeau să aibă ferestrele luminate, iar fumul de la acoperişurile lor se lăsa tot mai jos. Bărbaţii trebuiau să fie din ce în ce mai vigilenţi la cârma trăsurilor, căci oboseala îşi spunea cuvântul. Nu prea mai vorbeau, erau cu toţii atenţi la drumul pe care îl mai aveau de făcut, doar doamnele mai purtau o conversaţie. Erau fericite că nu ninge, căci ar fi îngreunat mersul până la Mannheim. Pisica Ameliei dormea dusă, se trezea din când în când, dar vedea aceleaşi feţe obosite de efort şi se culca plictisită la loc.

Pe la ceasurile şase şi jumătate ale serii era deja întuneric şi nicio ţipenie de om pe drumurile din sate şi nici vorbă de vreo trăsură pe drum. Mai aveau vreo patru leghe până în oraş. Începuse să ningă mărunt fără ca vântul să bată. Cerul era senin, iar stelele, mici felinare, începuseră să se ivească. Drumul era flancat de copaci înalţi din care ciorile deranjate de zgomotul făcut de trăsuri scoteau sunete singuratice şi înfricoşătoare în pustietatea aceea.

Amelie se uita plictisită pe fereastra trăsurii doar, doar o zări luminile oraşului. Satele acelea pustii, pline de zăpadă, o oboseau. Nu văzuse atâta zăpadă niciodată la Paris, darămite să călătorească pe aşa o vreme. Când ajunseră la porţile oraşului fură opriţi, era un punct de control. Bărbaţii arătară actele, iar paznicii le spuseră în germană că totul este în ordine. Domnul Misard îl întrebă pe cel ce părea şeful lor de un han bun unde să tragă în acea noapte, iar ofiţerul îi răspunse plin de amabilitate.

- Mergeţi la hanul lui Johannis, e cel mai mare şi vă puteţi odihni şi dumneavoastră şi caii. Cred că drumul acesta v-a obosit peste măsură, văd şi doamne în trăsură. Fiţi fără grijă, aţi intrat pe un teritoriu unde sunteţi bineveniţi, chiar aşteptaţi, aş adăuga eu dacă îmi permiteţi. Războaiele au lăsat locuri pustii. Nu vă mai reţin acum, mergeţi drept înainte, o luaţi la dreapta, apoi mergeţi tot înainte, iar în capăt veţi da de han.

- Mulţumesc, domnule, spuseră cei doi conducători, sunteţi foarte amabil.

- Iar dumneavoastră vorbiţi limba noastră foarte bine. Dum bun şi şedere plăcută la han. Spuneţi-i hangiului de mine, locotenentul Eric von Weber, şi o să vă fie mai bine, chiar dacă hangiul e binevoitor de felul lui.

- Multumim încă odată, răspunseră călătorii ofiţerului ce intră apoi în micul punct de control.

Trăsurile îşi continuară drumul aşa cum fuseseră sfătuiţi şi dădură negreşit de hanul lui Johannis. Acolo fură luaţi în primire imediat de câţiva rândaşi care pentru câteva monezi avură grijă să ducă trăsurile şi caii la adăpost. Hangiul, când auzi numele lui Eric, deveni din cale afară de binevoitor şi amabil. Le dădu camerele cele mai bune şi le pregăti o cină îmbelşugată şi revigorantă. Luaseră patru camere, pentru cei doi tineri, pentru cei doi bărbaţi, pentru Amelie şi mama sa cât şi pentru Florance şi doamna Misard, acestea înţelegându-se foarte bine, fiind de altfel bune prietene din Nancy.

Lui Marc, înainte de culcare, la cină, îi scânteiau ochii de fericire când se uita la Amelie. Aceasta, palidă si cu ochii obosiţi, era parcă mai frumoasă. Pe drum, cei doi băieţi discutaseră mult despre iubitele lor. Când ora de culcare veni, adică imediat, Marc o conduse pe verişoara lui în camera ei şi a mamei sale. Erau singuri, de fapt mai era şi pisica. O luă de mână şi amândoi, ochi în ochi, rămaseră în aşteptare. Marc îndrăzni să o sărute pe obraz, apoi îi zâmbi fetei, care roşie în obraji nu se aşteptase la aşa ceva, dar îi zâmbi la rândul ei, apoi o zbughi afară făcându-i un semn de rămas bun acestuia. Fata atât mai apucă să spună, căci mama ei deja intra pe uşă.

- M-am ciocnit cu Marc, spuse mama ei, a fost la tine?

- Da, mamă.

- Cred că te place foarte mult. O să ne gândim la asta când vom avea răgazul necesar, acum să ne culcăm căci tatăl tău a hotărât trezirea dimineaţă devreme să putem pleca cât mai devreme posibil. Avem de parcurs vreo patruzeci şi trei de leghe până la Nurnberg, căci acolo vom înnopta.

Noaptea se lăsa tot mai adâncă şi neagră, iar hangiul încuiase porţile, casa, apoi merse şi el la culcare. Toată lumea adormise, poate doar cei doi tineri mai vorbiră un sfert de ceas despre iubirile lor.

- Georges, de ce nu-i scrii de la Nurnberg marchizului? Scrii la poştă sau la oficiul pentru imigranţi, îi vor preda scrisoarea cu siguranţă. Poate nu e o idee bună, dar merită încercată. Sunt cunoscuţii noştri.

- Cred că este o idee bună, Marc, vom ajunge la Nurnberg mult mai repede pentru că nu vom mai avea atâtea opriri şi oricum îmi poate răspunde la acel oficiu la care trebuie să ne înregistrăm în Potsdam. Genial, mai spuse el adormind, iar Marc adormi şi el cu gândul la frumoasa lui care visa la câteva camere mai încolo.

Pentru nişte oameni obosiţi dimineaţa veni repede. Hangiul, ştiindu-le programul, se trezise cu ajutoarele sale şi pregătiseră un mic dejun consistent, pe lângă faptul că le mai pregătise şi coşurile cu mâncare rece pentru drum. Caii avuseseră şi ei parte de un tratament corespunzător, astfel că totul era în regulă, iar la orele şase ale dimineţii, pe un frig pătrunzător, adăpostiţi doar sub pături groase, caii pornira trăsurile către Nurnberg.

- Acum nu o să ne mai oprească nimeni şi văd că nici nu a nins, drumul este bun, spuse Lucien, la care hangiul răspunse:

- Ţineţi drumul drept şi Dumnezeu să vă ajute! Veţi ajunge la Potsdam cu bine înainte de Anul Nou, doar astăzi suntem pe douăzeci şi şapte decembrie.

- Cu bine, îi răspunse Lucien făcându-i semn cu mâna liberă. Multumim pentru tot!

Hangiul îi făcuse doar un semn din mână şi se înclină pentru ultima dată. Cele două trăsuri nu se mai vedeau, luaseră o curbă şi îşi urmau traseul către Nurnberg. Era întuneric, dar zorile nu mai aveau mult şi străpungeau această noapte sfârşită.

- Ce bine că nu este ceaţă, iar felinarele lumineaza atât de bine oraşul, observă Amelie proaspătă după un somn odihnitor.

Toate cele patru femei stăteau toate în aceeaşi trăsură, cea condusă de cei doi bărbaţi. Marc şi Georges stăteau la capra celei de-a doua trăsuri şi făceau planuri cu privire la scrisoarea pe care trebuiau s-o trimită de la Nurnberg. Georges deja o compunea în minte.

- Trebuie să fie scurtă şi sper ca marchizul să fie la Potsdam şi să am răspuns când ne vom înregistra noi în oraş. Sunt nerăbdător!

- Când se va lumina treci în trăsură la primul popas şi o scrii, o bagi într-un plic, pui apoi mărcile pe ea şi la Nurnberg o pui la poştă. E mai sigur decât la una din poştele unde schimbăm caii, îi răspunse Marc. Cred că nu o să ne ia mai mult de vreo zece sau cel mult unsprezece ore.

- Uite râul, zise Georges, Neckar e îngheţat la vremea asta de iarnă, se varsă şi el în Rin.

- Da, ştiu, mi-ar plăcea să pescuiesc pe aici, poate altă dată, spuse Marc ridicând o mână în direcţia apei. E linişte, dar uite, zorile! Ce bine! Mai avem doar zece ceasuri dacă ne gândim şi la toate opririle ce le vom face. Sunt nerăbdător să ajungem, dacă ar fi după mine, nu m-aş opri, însă odihna e necesară.

Toată lumea începuse să admire peisajul de pe marginea drumului, plantele îngheţate şi chircite însoţeau călătorii pe tot parcursul acestuia. Uneori lăsau locul copacilor bine aliniaţi, dar la fel de austeri, ale căror coroane golite de frunze îţi dădeau fiori şi o dorinţă acută de a fi în spatele unei uşi încuiate. Un soare cu dinţi ţâşni deodată făcând teama să dispară.

61

Munţii se înălţau în depărtare plini de zăpadă, iar peisajul era de basm. Satele arătau bine cu casele adunate una lângă alta, uitaseră probabil lungul război de treizeci de ani care afectase pe toată lumea. Ici colo câte un câine tresărea în cuşca lui şi începea să latre la auzul trăsurilor care făceau destul zgomot pe pământul îngheţat. În rest, nici ţipenie de om. Timpul trecea monoton şi aşteptau poşta unde să schimbe caii, să se dezmorţească puţin şi să mai ia câte o gustare şi un ceai cald. Harta dată de marchiz era exactă şi însemnată cu cruci roşii acolo unde trebuiau să oprească să schimbe caii, aşa că totul se desfăşura cu exactitate. La ora zece dăduseră de acest han care avea şi cai de schimb. Cât timp se schimbaseră caii şi li se dăduse fân, toată lumea se odihni şi mai luă o gustare din coşurile proprii cerând de la han doar un ceai cald. Cei doi băieţi cerură hârtie, plic şi timbre pentru a scrie scrisoarea aceea.

- După calculele mele, zise domnul Misard, mai avem şase sau şapte ore de mers, aş înclina spre şase, căci nu vom mai pierde timpul pe drum cu formalitaţi şi nici nu prea zăbovim prea mult când oprim.

- Da, este posibil să fim cam pe după amiază după ceasurile patru la Nurnberg, ar fi minunat să vedem oraşul, adăugă Florence.

- E un oraş care a avut mult de suferit de pe urma războaielor, închipuiţi-vă că nu a fost cucerit, dar a fost devastat îngrozitor, spuse şi Lucien.

- Îmi voi pune o dorinţă la fântâna Schoner Brunnen, adăugă Amelie visătoare.

- Şi o să învârţi inelul să se îndeplinească? întrebă Marc privind-o pe verişoara sa direct în ochi. Aceasta se înroşise spre delectarea mamei sale care o salvă răspunzându-i nepotului ei:

- Cu siguranţă îl va învârti şi o să se îndeplinească dacă e vorba de dragoste, spuse Charlotte privindu-l şi făcându-l acum pe el să se fâstâcească.

„M-a prins!" spuse în gând Marc „dar e îngăduitoare, e semn bun." Schimbară apoi subiectul discuţiei, se mai plimbară puţin şi apoi îşi continuară drumul. Marc era singur pe capră, căci Georges scria de zor la scrisoarea lui. Dorea s-o pună la poştă în Nurnberg pentru a ajunge la Potsdam odată cu ei. Dragostea îl făcea să nu simtă nici frigul şi nici oboseala. Mai aveau şase ore, aveau să mai schimbe caii încă o dată, iar apoi ajungeau la Nurnberg cu caii cu care plecau spre Gera în dimineaţa următoare. Ajungeau pe zi şi asta era minunat.

Aflat în trăsură, Georges visa cu ochii deschişi. Era minunat să speri şi să fii încredinţat că va fi bine. Îi scrise marchizului de Bruy, iar în finalul misivei sale le salută şi pe cele doamne ale sale. Îl ruga să îi răspundă în Potsdam la oficiul pentru imigranţi, acolo unde şi ei trebuiau să se înregistreze pentru că doreau să se stabilească în oraşul Curţii Electorului de Brandenburg, totodată şi Duce de Prusia. Îl mai întreba dacă ar avea cunoştinţă de vreo casă, unde ar putea şi ei locui. La primul ceas după prânz se opriră şi schimbară iarăşi caii, însă luară şi masa la hanul poştei respective. Le trebuia puţină hrană caldă să se întremeze. Îi mai despărţea doar o bucată de douăsprezece leghe de Nurnberg. În han nu mai erau decât două persoane, iar hangiul se dovedi amabil şi le spuse ca nu sunt singurii francezi pe care îi văzuse trecând. Mai fuseseră şi alţii de câteva luni încoace şi tot la Potsdam mergeau.

- Era o familie care avea o singură fată, frumoasă şi foarte tânără. Au schimbat caii, au luat mâncare în coş şi au plecat rapid. Mi-aduc aminte că erau foarte obosiţi şi păreau de condiţie nobilă.

Georges, care stătea lângă Marc, îl strânse pe acesta puternic de braţ şi îi şopti acestuia că sigur este ea, frumoasa lui Estelle. Marc îi răspunse imediat îmbărbătându-l:

- Nu-ţi fie teamă, şopti el, o vei găsi cu siguranţă.

După această oprire, doamnele se urcară în trăsură şi se liniştiră, căci căzură într-o somnolenţă plăcută, chiar dacă aceasta se petrecea într-o trăsură. Vremea era frumoasă, friguroasă, dar cu soarele pe cer, asta însemnând vizibilitate bună. După o oră de şedere plecară cu caii noi odihniţi şi bine hrăniţi. Bavaria era la picioarele lor, frumuseţea locurilor era greu de descris, însă doar bărbaţii o zăriră. Cei doi băieţi erau cu mintea aiurea, iar doamnele moţăiau în trăsură, chiar şi Amelie aţipise cu capul rezemat pe spate de catifeaua groasă a banchetei trăsurii.

- Marc, putea fi orice familie. Şi verişoara ta e singură la părinţi, spuse amar prietenul, adică tot mamă, tată şi fiică.

- Da, dar nu uita ce acte şi ce bani îţi trebuie ca să treci graniţa. Ai văzut că hangiul a spus că puţini sunt cei care au trecut pe aici, trebuie să speri, prietene, eu sunt optimist. Marchizul a cheltuit toţi banii pentru acte şi drum. Ştii doar că sunt scăpătaţi? Cu siguranţă este avocat acum, în orice caz, un mic ajutor de la un ginere îndrăgostit ca tine nu e de neglijat.

- Să te ajute Dumnezeu, Marc! Poate ai dreptate.

Între îndoială şi speranţă cei doi prieteni aşteptau sosirea în Nurnberg. Deja pe drum circulau căruţe şi trăsuri, semn că oraşul se dezvolta şi se lăţea văzând cu ochii. Renăscuse din propria cenuşă, iar asta dovedea tenacitatea celor care locuiau oraşul despărţit în două de râul Regnitz. Emigranţii alungaţi din propriile ţări de către catolici puseseră şi ei mâna şi ridicaseră oraşul la care se mai adăuga şi prosperitatea familiilor lor.

Umbrele înserării se lăsau pe furiş asupra drumului. Nurnberg, era deja aproape. La orele cinci, pe înserate, călătorii intrară pe porţile acestuia întrebând de un han bun unde să poată sta o noapte. Localnicii îi îndrumară în apropiere. Păreau amabili. Marc se interesă pentru Georges de o poştă unde să pună o scrisoare pentru Potsdam. I se răspunse că imediat în apropierea hanului era şi poşta. Mulţumiră pentru îndrumări şi porniră mai departe. O biserică bătea de jumătate când ei intrară în han.

- Este ora cinci şi jumătate, spuse Charlotte, am ajuns bine. Nu avem a ne plânge de nimic.

Aici fură primiţi de o hangiţă tânără cu cozi împletite, groase, de culoarea grâului copt.

- Sunt clopotele de la Biserica Sfântul Sebald, spuse ea, e în drumul dumneavoastră; mâine, când veţi pleca, poate o veţi vizita. Înăuntru găsiţi şi mormântul sfântului.

- Din păcate, spuse Florance, nu putem face asta căci plecăm dimineaţă devreme. Nu mai e necesar să ne trezim foarte devreme, dar pe la orele şapte ale dimineţii ar fi bine să fim plecaţi. Distanţele pe harta ta, Lucien, sunt mai scurte, doar treizeci şi opt de leghe până la Gera.

- Doamnă, spuse hangiţa, parohul nostru se trezeşte tot dimineaţa devreme si deschide biserica. Puteţi intra.

- Atunci nu e o idee rea, spuse şi doamna Misard.

- Şi fântâna cu dorinţele noastre, spuse Amelie timid.

- Ha, ha, râse hangiţa, o veţi întâlni, veţi putea învârti inelul, dorinţa ţi se va îndeplini negreşit.

Cei doi băieţi hotărâră ca după masă să meargă să ducă scrisoarea. Acum aşteptau liniştiţi cina. Erau obosiţi cu toţii, dar liniştiţi. Nu se îmbolnăvise niciunul dintre ei pe drum şi asta era mulţumitor.

La poştă funcţionarul le dădu adresa oficiului pentru imigranţi, astfel că totul fu făcut ca la carte. Se adresau oficial acestuia şi întrebau dacă este înscris marchizul Guillome de Bruy acolo. Ataşat era şi biletul către acesta. După ce lăsară scrisoarea acolo, alături de jumătate din sufletul lui Georges, plecară parcă nădăjduind în împlinirea aşteptărilor acestui baiat plin de viaţă, dar îndrăgostit peste măsură. Când ajunseră înapoi la han, toţi ai lor erau deja în camere, dar cum nu se puteau culca încă de la orele şapte ale serii, fiecare îşi găsi câte ceva de făcut. Georges se aşeză pe pat începând să viseze, pe când Marc hotărî să-i facă o vizită Ameliei. Aceasta stătea cu mama sa pe pat vorbind încet. După ce intră Marc, doamna Corday îşi aminti că trebuia să-i spună ceva surorii sale şi îi lăsă singuri. Marc îi luă mâna fetei şi îi povesti de prietenul său.

- Estelle de Bruy e plecată de câteva luni la Potsdam, luând cu ea şi inima lui Georges. Se pare însă că şi ea şi-a încredinţat inima lui. Am fost la poştă unde am pus o scrisoare să-i putem găsi. Am întrebat şi de locuinţe decente pentru noi pentru când vom ajunge. Eu sunt mai norocos, te am lângă mine, cu îngăduinţa ta, adăugă Marc aproape şoptit. Te iubesc, sunt fericit în preajma ta şi nu mai vreau să plec. Amelie, roşie toată, îi zâmbi cald luându-i capul în mâinile sale micuţe. Spune-mi, până nu vine mătuşa, că şi tu mă iubeşti, măcar puţin, continuă tânărul.

- Te iubesc, dragul meu Marc, dar acum du-te să nu vină mama.

Marc se ridică ascultător sărutându-i mâinile şi plecă fericit la Georges în cameră. Avea ce povesti. Când Charlotte intră în cameră, îşi găsi fiica visând cu ochii deschişi.

- Mi-a spus că mă iubeşte, mamă. Georges o iubeşte pe Estelle de Bruy care este deja la Potsdam. Sunt fericită, parcă plutesc!

- Şi tu îţi iubeşti verişorul, vei fi contesă, iar Florance va fi şi ea în al nouălea cer. Amelie răspunse doar printr-o mişcare a capului. Zâmbind, se întinse şi spuse doar atât:

- Mi-e somn, mamă.

- Te cred, oamenii fericiţi adorm fericiţi şi au vise minunate. La culcare, draga mea, căci dimineaţă ne vom trezi iarăşi devreme.

În sufletul tuturor Biserica Sfântul Sebald fu a doua zi dimineaţă ca o intrare în lumină. Nu mai fuseseră într-o biserică de nici ei nu mai ştiau de când. Au stat puţin, dar minunea de o clipă le rămase adânc în minte. La Potsdam vor putea merge mereu la biserică. Foarte puţin au stat şi la fântâna lui Heinrich Beheim, însă Amelie şi Georges au învârtit inelul punându-şi câte o dorinţă, evidentă pentru toată lumea, am adăuga noi. Marc o însărcină pe Amelie cu învârtirea inelului şi pentru el. Verişoara lui zâmbi fără să observe că Charlotte şi Florance şuşoteau despre ei.

Într-adevăr, sora mai mare fu încântată de noutăţi. Charlotte avusese dreptate, astfel toate rămâneau în familie.

- Şi Georges e iubit de Estelle de Bruy care îl aşteaptă la Potsdam. Aseară băieţii au pus o scrisoare către oficiul de imigrări din Potsdam unde sunt înregistraţi toţi străinii şi îl vor găsi pe marchiz. Asta însă nu e secretul nostru aşa că trebuie să fim discrete. Îţi dai seama că ei îi cer sprijinul marchizului?

- Da, e minunat, nici Anna nu ştie? întrebă Florance.

- Cred că nu, aşa că buzele trebuie să ne fie pecetluite. Mi-a spus Amelie aseară despre povestea asta. Destul de inteligenţi băieţii cu isprava asta cu scrisoarea. Să ştii că le-o va lua înainte şi te pomeneşti că de Bruy ne va aştepta!

- Averea Misard alături de titlul de marchiz e o combinaţie tare bună şi echitabilă la această eventuală căsătorie.

Când bărbaţii fură pe capră, toată lumea îşi ocupă locurile bine ştiute. Îşi luară astfel rămas bun de la acest oraş al dorinţelor pentru a urma drumul Turingiei. Oraşul Gera, aflat pe râul Weisse Elster, aştepta să-i primească pe toţi cei alungaţi de soartă din ţările lor.

Străbătură păduri frumoase pline cu zăpadă pe unde drumul şerpuia alene, admirară peisajul minunat, văzură chiar şi căprioare. Schimbară caii de două ori până la destinaţie. Oraşul era dominat de biserica Sfântului Johannis, o perlă a arhitecturii prusace. Fură de asemenea încântaţi de îmbrăcămintea localnicilor, femeile erau atât de frumoase şi bine legate fără a fi însă corpolente.

Pe la orele cinci ale după-amiezii, pe o lumină caldă a unei zile frumoase ce se pregătea de final, ajunseră şi ei şi întrebară de un han potrivit unde să poată poposi pentru a înnopta. Cu multă amabilitate fură îndrumaţi spre Hanul Coroanei, cel mai mare din ţinut. În jurul mesei, Lucien studia harta mulţumit.

- Mâine ajungem la Leipzig în doar trei ceasuri şi vom da de acelaşi râu ce curge şi aici la Gera. Ne vom putea plimba puţin după prânz, dacă doriţi. Ne putem odihni mai mult, ne vom putea trage sufletul cu adevărat. Pe 30 decembrie ne vom putea înregistra şi noi la Potsdam, ne vom găsi două case şi vom munci.

- Adevărat, spuse domnul Misard. Noi vom cumpăra o casă cu vad comercial în faţă.

- Iar eu voi da consultaţii, spuse Lucien. Mi-ar plăcea să avem două case alăturate, să ne putem vizita în fiecare zi, căci ceea ce trăim noi acum ne uneşte pe viaţă.

- Aveţi dreptate, interveni şi Anna Misard. M-a obosit peste măsură drumul acesta. Îmi doresc o casă a mea, oricât de mică ar fi ea.

- Si noi la fel, spuseră şi celelalte doamne în cor.

- Înseamnă că trebuie să muncim şi să fim norocoşi peste poate, spuse domnul Misard făcându-i cu ochiul medicului.

Seara se termină cu voie bună şi cu o stare de optimism molipsitoare. Marc îi strânse mâna pe sub masă verişoarei sale, iar Georges visa la Estelle cu ochii deschişi. Ce mult face să ai speranţă şi să crezi în ea! Florance îi mai spuse surorii sale că intenţiona să-i dea veştile Annei în cameră.

- E prietena mea veche, se va bucura, ai să vezi! Charlotte încuviinţă, dar le ceru discreţie. Când află vestea, Anna se emoţionă foarte tare.

- Florance, eu nici nu mi-am dat seama! Ce caracter puternic are fiul meu!

- Va fi marchiz, Bruy nu mai are alţi copii. Ce coincidenţă să-ţi căsătoreşti copiii doar cu marchizi, se miră contesa.

- Soarta! Îţi multumesc că mi-ai spus. Ştii de mult?

- Am aflat şi eu în dimineaţa aceasta. Se pare că fiul meu o iubeşte pe verişoara lui căreia i-a făcut confidenţe. Au trimis şi o scrisoare pentru marchiz la Potsdam. Dacă e înregistrat acolom tinerii se vor întâlni negreşit. Florance mai continuă spunând că Charlotte ştia mai de mult. Anna, te bucuri?

- Da, din toată inima. Ei sunt speranţa noastră. Biata Louise, oare o voi mai vedea vreodată?

- Cred că da, va naşte în primăvară, aşa este, dragă? o întrebă contesa pe Anna mângâind-o pe mână.

- Da, în primăvară. Antoine speră să fie băiat.

Discuţia se termină aici, erau cu toţii obosiţi de acest marş care li se părea deja interminabil. Aşteptau sosirea în Brandenburg pentru a se linişti, însă urma deocamdată oraşul de la confluenţa celor trei râuri. Drumul de la Gera la Leipzig se făcu doar în trei ore. Adică nimic faţă de ce trebuiseră să suporte până acum. Se apropiau cu repeziciune de finalul acestui drum din cale afară de obositor. Caii din Gera trebuiau să-i ducă până după Leipzig, neavând opriri pe parcursul acestui drum.

Intrară în Saxonia pe un drum destul de bun, păzit de copaci înalţi plini de zăpadă. Se echilibraseră din nou trăsurile, contesa şi doamna Misard stând în trăsura celor doi tineri căci doreau să-şi vorbească. Charlotte zâmbi şi înţelese totul. Avea să facă acelaşi lucru cu fiica ei, avea s-o descoase mai bine zis. Aceasta însă aştepta să ajungă în Leipzig să se plimbe prin prăvălii şi să intre într-o biserică. Era visătoare, iar după câteva întrebări puse de mama ei, la care răspunse cam vag, nu mai scoase niciun cuvânt. Charlotte se văzu nevoită să se lase păgubaşă lăsând pe altă dată aflarea unor noi amănunte.

Timpul trecu atât de repede că nici nu-şi dădură seama când ajunseră în oraş. Acesta era mult mai mare decât cele de până acum. Forfota de la prânz se vedea pe fiecare stradă. Erau mai multe trăsuri pe drum, iar clădirile arătau o anumită prosperitate. Au fost opriţi doar în treacăt, o simplă formalitate. Ofiţerul îi îndrumă către un loc de odihnă după ce le verifică actele, îi salută respectuos, apoi se retrase spunând că dacă au ajuns pana aici totul este în regulă.

După-amiază hotărâră să facă o plimbare prin oraş, prin centrul acestuia, mai ales unde magazinele erau destul de atrăgătoare. Amelie se hotărî să-şi cumpere mici nimicuri, iar mama ei nişte mănuşi noi. Celelalte doamne mai în vârstă doreau să cumpere nişte dantelă pentru a fi folosită la garnitura unei rochii. Bărbaţii fuseseră uitaţi afară la uşa fiecărei prăvalii, dar nu le păsa, căci discutau în grupuri de câte doi aşteptând cu nerăbdare ziua ce urma când hotărâseră să se trezească devreme şi să meargă fără prea multe opriri.

- Trebuie să ne înregistrăm la acel oficiu şi să vedem dacă putem găsi două căsuţe, spuse domnul Misard, cu siguranţă ne vor putea ajuta funcţionarii de acolo. Au nevoie de oameni pentru reconstrucţie şi nu doar pentru Potsdam ci şi pentru Berlin, continuă el.

- Berlin-ul nu ne interesează, dragă Michel, spuse Lucien, căci cei doi hotărâseră să lase politeţurile de salon la o parte. Curtea e importantă!

- Ai dreptate, spuse Michel zărindu-le pe cele patru femei ieşind dintr-un magazin

Oare cine oftă fericit? Bineînţeles fiul acestuia care nu concepea alt domiciliu decât în Potsdam. Spre fericirea celor patru domni, femeile terminaseră periplul lor prin magazine. Puteau intra în biserica Sfântul Nicholas să se reculeagă şi să mulţumească pentru drumul liniştit şi fără obstacole pe care erau pe cale de a-l termina a doua zi. Se aşezară în bănci şi rămaseră liniştiţi. Erau în casa lui Dumnezeu. Cât îşi doriseră asta! Nici nu-si dăduseră seama cum se scursese jumătate de ceas. Ieşiră senini şi fericiţi. Se îndreptară apoi spre hanul unde trăseseră . Domnii inspectară totul şi îi înştiinţară pe proprietari că vor pleca la orele cinci ale dimineţii, doreau să ajungă la Potsdam cât mai repede posibil.

- Nicio problemă, nobile domn, răspunse hangiul, drumul este bun, sigur şi mai tot timpul veţi găsi şi alte trăsuri călătorind chiar dacă e Anul Nou în curând. Oamenii sunt mai liberi acum şi îşi vizitează rudele. În cinci ore veţi fi la Potsdam. Pe drum veţi găsi două poşte care schimbă cai, nu va dura mult. Înainte de ora unsprezece veţi fi la Curte. Cred că în această perioadă nu e aglomeraţie, veţi afla cu siguranţa opt cai pentru echipajele pe care le aveţi.
- Şi noi sperăm la fel, venim de departe spre a ne găsi liniştea şi a ne practica religia nestingheriţi, spuse Lucien.

- Am dibuit că sunteţi francezi. Se întâmplă lucruri grave acolo? întrebă curios hangiul.

- E puţin faţă de ce se va întâmpla după Anul Nou. Ne-am salvat în ultima clipă. Ne-au fost arse cărţile, iar casa de rugăciuni din Paris a fost incendiată şi ea de Sfântul Nicolae, continuă medicul.

- Acum vom merge să ne odihnim, spuse Michel Misard, mâine ne vom trezi devreme şi vom pleca pe un întuneric care ne va însoţi cel puţin vreo două ceasuri pe drum.

Când urcară, găsiră camera Ameliei şi a Charlottei plină de forfotă şi voie bună, astfel că intrară şi ei curioşi.

- Amelie tocmai a fost cerută în căsătorie de Marc, spuse Florance uitându-se la Lucien, iar eu am acceptat cu condiţia unei logodne de un an. De asemenea, dragă Michel, fiul tău aici de faţă şi roşu ca o rodie, după cum vezi, e îndrăgostit de Estelle de Bruy care îl aşteaptă la Potsdam. Voi singuri aţi rămas fără să ştiţi aceste amănunte. Băiatul a cerut ajutorul viitorului său socru cu privire la casele unde vom putea locui când vom ajunge acolo. După ce ne vom stabili şi noi cumva, vom face şi logodna oficială. Cei doi bărbaţi au rămas fără cuvinte, miraţi doar peste măsură de veştile aflate.

- Nu vă bucuraţi? strigară în cor femeile.

- Ba da, uite nişte veşti cu adevărat bune ţinute bine ascunse, spuse Michel. Estelle de Bruy..., sper să fie în Potsdam.

- Nici nu am bănuit, spuse şi Lucien. Vă felicit copii, iar ţie Georges îţi doresc să te logodeşti cu Estelle cât mai curând.

Se îmbrăţişară cu toţii şi apoi merseră la culcare. Aveau să se trezească devreme. Dăduseră ordin ca hangiul să pregătească mâncare pentru drum în aceleaşi coşuri ale contelui de Nevers. Erau ca nişte talismane pentru ei, căci le purtaseră noroc. Băieţii fură cei ce se culcară mai târziu, erau fericiţi acum că familiile lor ştiau şi acceptau dorinţele lor. Cum ar fi putut fi altfel!?

Când eşti îndrăgostit şi îţi doreşti zâmbetul iubitei cât mai repede să-l zăreşti timpul zboară ca melcul pe drumul lui, de fapt se târăşte şi în sfârşit ajunge cumva. Cam aşa gândea şi Georges despre plecarea din ziua de 30 decembrie. În sfârşit ceasul arăta ora patru dimineaţa şi se treziră. Toată lumea zâmbea cu subînţeles aşteptând să vină dovada că marchizul de Bruy e la Potsdam. Georges era tare neliniştit, iar tatăl lui încercă să-l liniştească.

- Dragul meu fiu, ai ţinut atât pentru tine taina asta şi astăzi eşti pe cale s-o scoţi la iveală de tot. Vei avea o dovadă din partea marchizului şi te vei linişti cu siguranţă. Va fi bine, însă trebuie să-ţi reziste inima încă cinci ceasuri, iar tu eşti tare nervos. Stăpâneşte-te, trebuie să fii demn de Estelle, doar nu vrei să vadă o umbră.

- Nu, tată, dar vreau să mă văd plecat odată de aici, spuse Georges. Nu mai am aer când ştiu că astăzi soarta mea se pregăteşte. Când eram la Nancy încercam să mă consolez, dar astăzi voi avea verdictul: da ori ba.

- Te va accepta de Bruy, răspunse Lucien în locul lui Michel, nu-ţi fă atâtea gânduri degeaba. Frigul de afară o să te ajute să-ţi revii.

- Blanche, Blanche, se auzi glasul îngrijorat al Ameliei. Mamă, pisica mea a dispărut din coş! Trebuie s-o găsim, căci am luat-o cu siguranţă din cameră. Hangiul se şi pusese pe căutat când deodată soţia lui, hangiţa, începu să râdă.

- Ce e, de ce râzi?

- Păi tu nu vezi că motanul nostru e în graţiile doamnei pisici? Uite-o colo lângă vatră!

- Blanche, strigă Amelie către pisică şi merse către vatra călduroasă, dar pisica o zbughi de acolo cu motanul după ea, lăsând-o pe Amelie cu mâinile întinse şi nedumerită.

- Se pare, domnişoară, că pisica dumneavoastră şi-a găsit craiul, zise hangiul voios.

- Şi-o vom lăsa aici? întrebă fata.

- Se pare că da, îi răspunse mătuşa Florance. În fond, în curând te vei logodi şi tu când ne vom mai linişti puţin şi vei avea de lucru la trusoul de nuntă. Are dreptate Georges, marchizul de Bruy e avocat, cu siguranţă ne poate ajuta şi îndruma să putem găsi nişte case nu prea îndepărtate unele de altele în Potsdam. Nu aş vrea o căsuţă cu mai mult de patru dormitoare, măcar pentru început, căci suntem cinci, remarcă Florance zâmbind.

- Iar noi suntem trei, zise Michel Misard, dar mi-aş dori la parter o prăvălie să-mi pot continua meseria şi afacerile. La urma urmei, trebuiesc bani destui pentru nunţi. Nu?

Toată lumea începu să râdă uitându-se la cei trei tineri vădit emotionaţi şi nerăbdători. La orele cinci ale dimineţii hangiul îşi luă rămas bun de la oaspeţii săi închizând poarta şi mergând să mai tragă un pui de somn, căci era mult prea devreme pentru o zi de iarnă.

Astfel, temerarii noştri călători lăsară în urmă oraşul de la confluenţa celor trei râuri: Weisse Elser, Pleisse şi Parthe, iar drept martoră pe Blanche, o pisică nerecunoscătoare care, pentru dragostea ei, o lăsase pe buna ei stăpână puţin dusă pe gânduri. Când se lumină binişor, pe la ceasurile opt ale dimineţii, se opriră să schimbe caii. Cei trei tineri, acum că toată lumea le ştia tainele, stăteau de vorbă plimbându-se pentru a se dezmorţi. Amelie era sorbită din priviri de Marc mai tot timpul.

- Georges, spuse Amelie, peste două ceasuri vei fi şi tu foarte fericit, vei vedea. Nu-ţi fie teamă să speri. Prin câte am trecut cu toţii meritām să fim fericiţi. Marchizul ne cunoaşte, nu-şi va căsători unicul copil cu un străin. Te va prefera, eu aşa simt.

- La drum cu toţii acum, strigă Lucien. Cineva aşteaptă să fie fericit!

Drumul era aglomerat, dar cui îi mai păsa? Trăsuri multe, care mai de care mai frumoase, erau trase în galop de cai minunaţi. Se îndreptau cu toţii către Curte la invitaţia Electorului de Brandenburg, Friedrich Wilhelm, la serbarea Anului Nou. Chipuri vesele se zăreau la ferestrele cupeurilor făcându-te să ghiceşti atmosfera de sărbătoare a locului.

- S-ar putea să avem mare nevoie de Bruy, îi spuse Lucien colegului de pe capra trăsurii. Dacă toată lumea asta merge în capitală, vom dormi afară. Poate Georges a făcut ce trebuia, căci nimic nu e întâmplător. Cine ştie?

- Şi eu gândesc la fel, îi răspunse Michel. Am un băiat minunat, sunt mândru de el.

Curând intrară în Potsdam şi cerură amănunte despre unde s-ar afla acel oficiu pentru imigranţi. Fură îndrumaţi numaidecât, astfel că nu dură mult şi ajunseră în faţa unei clădiri frumoase care nu era totuşi în drumul tuturor acelor trăsuri grăbite. Se afla pe o străduţă retrasă şi liniştită. Cei patru bărbaţi coborâră din trăsuri şi intrară. Un funcţionar îi îndrumă spre un cabinet cu o anticameră mare, unde se mai aflau două persoane şi cam atât.

- Nu ne aşteaptă de Bruy, zise oftând Georges, poate nici nu e în Potsdam.

- Te înşeli, spuse o voce care tocmai intra în încăpere. Sunt aici în carne şi oase şi vă aşteptam. Am să-ţi dau ceva, tinere, mai adăugă marchizul, din partea fiicei mele. Ţin să-ţi spun că ştiu totul, căci Estelle ne-a spus despre întâlnirile voastre şi despre păcăleala pe care i-aţi tras-o guvernantei. Biata femeie, spuse bărbatul zâmbind. Asta mi-a adus aminte de tinereţea mea până la a mă căsători cu marchiza. Georges înşfăcă scrisorica Estellei pe care o „devoră" singur într-un colţ. Acum veţi intra cu mine, căci sunt cunoscut pe aici. Sunt avocat, notar, tot ce doriţi. Nu mi-e ruşine că muncesc. Câştig şi duc o viaţă decentă.

- Haide, Georges, spuse Marc, pune scrisoarea în buzunar şi să intrăm.

Înăuntru au fost puşi să completeze nişte hârtii, însă totul merse mai lesne datorită avocatului care îi ajută. La întrebarea spinoasă a funcţionarilor asupra locaţiei unde vor locui, marchizul le răspunse:

- Am fost informat despre venirea dumnealor şi am căutat nişte case adecvate. Iată şi adresele: aceasta este a domnului Lucien Corday, medic, iar aceasta a domnului Michel Misard, negustor. Aceeaşi adresă, după cum veţi putea observa.

- Atunci, spuse funcţionarul ce se ocupa de cazul lor, totul va fi mai simplu.

- Da, aşa este, de aici vom pleca la biroul meu pentru a semna actele. Casele vor fi iniţial închiriate pe un an, iar dacă se vor înţelege cu proprietarii, le vor putea cumpăra mai repede de un an, bineînţeles în funcţie şi de banii pe care îi au disponibili. Mă voi ocupa personal să vă aduc documentele semnate.

- E bine că domnii au o meserie, întotdeauna vom avea nevoie de medici şi negustori, zise funcţionarul punând acceptul de şedere pe nişte documente pe care le înmână apoi celor în cauză. Şedere plăcută şi cât mai lungă, adaptare uşoară şi un An Nou mai bun, continuă acesta dând mâna cu fiecare luându-şi astfel rămas bun.

Cei cinci bărbaţi se îmbrăţişară şi, în frunte cu marchizul, ieşiră afară la doamne.

- V-am spus eu! spuse Florance. Uitaţi-vă, e marchizul!

Marchizul le salută pe doamne şi le felicită pentru răbdarea şi puterea de a rezista acestui drum obositor, mai ales pe timpul iernii.

- Mulţumim, domnule, spuseră doamnele înclinându-se uşor.

- Vom merge acum la biroul meu unde veţi semna actele de închiriere ale caselor. Mulţumită lui Georges am putut căuta şi găsi două locuinţe pe placul dumneavoastră. Întotdeauna la sfârşit de an se încheie contractele. Aţi avut mare noroc.

La birou îl aştepta servitorul pe care marchizul îl trimise repede după proprietarii caselor. Aceste case erau cam ce îşi doreau chiriaşii, astfel actele au fost semnate, urmând ca a doua zi după instalarea celor două familii să fie plătită chiria. Plata era aranjată a fi făcută tot la biroul avocatului pentru a fi consemnată şi dusă la oficiul de imigrări unde trebuia înregistrată de asemenea. Stabiliseră deci întâlnirea pentru ora zece.

CAPITOLUL 10

De fapt, casele erau două corpuri aparţinând unei singure clădiri. Proprietarii erau doi fraţi care-şi închiriau fiecare partea sa. La stradă erau ferestre şi o uşă secundară, toate cu gratii, intrarea principală fiind prin curte. Această parte din faţă a imobilului fiind neîmprejmuită putea fi oricând transformată în prăvălie, marea dorinţă a domnului Misard. Totul era în perfectă stare. Magazia era plină de lemne, iar mobilierul arăta bine.

- Curtea asta îmi dă siguranţă, spuse Florance. Trăsurile vor fi bine adăpostite în ea, iar caii vor sta în şura aceea.

- Oricum, dragă contesă, nu e indicat să circuli cu trăsura. Trebuie să fim mai discreţi o perioadă. Mă înţelegeţi?

- Perfect, marchize, poate e bine să ţinem doar o trăsură şi doi cai.

- Domnule Misard, continuă de Bruy, sunt încântat de legătura dintre copiii noştri. Eu şi soţia mea nu ne opunem acestei legături.

- Nici noi, domnule marchiz, chiar dacă am aflat abia acum câteva zile despre acest „amănunt". Suntem fericiţi, e o viaţă nouă.

- Acum vă las să vă aranjaţi lucrurile. Noi nu locuim departe, la două străzi distanţă. Vă aştept mâine la birou.

- Domnule marchiz, vă mulţumim din suflet, spuse doamna Misard.

- A fost o plăcere, doamnă, pe care o datorez fiului dumneavoastră. De Bruy salută pe toată lumea şi plecă şi el fericit către casa lui. Avea prieteni acum. De când ajunsese la Potsdam nu prea făcuseră conversaţii cu francezi, iar de vizită nici vorbă. Când ajunse acasă îşi strigă soţia. Draga mea, crezi că mâine am putea sărbători trecerea la noul an cu contesa de Langarde, familia Corday şi familia Misard? Nu trebuie să facem pregătiri speciale, doar să fim împreună.

- Au ajuns cu bine? întrebă Lorissa de Bruy.

73

- Da, sunt obosiţi, dar în câteva zile vor fi bine într-adevăr. Corday e medic şi va profesa, iar Misard se va folosi de uşa şi ferestrele de la stradă pentru a-şi face o prăvălie.

- Şi fiul lor? întrebă marchiza.

- Georges? E un băiat de ispravă şi m-am înţeles cu tatăl lui. Am acceptat relaţia copiilor noştri. Pentru a nu pierde titlul am să i-l acord lui la căsătoria cu fiica noastră.

La două strázi distanţă, cele două familii, dacă o socotim şi pe contesă ca aparţinând familiei surorii sale, observau construcţia clădirii lor. Era mulţumitor împărţită, astfel că partea ce da către stradă cu etajul aferent fu ocupată de familia Misard, iar partea din interior ce dădea în curte de restul temerarilor. Aveau o parte comună: bucătăria mare şi luminoasă pe care trebuiau s-o folosească împreună, dar asta nu era o problemă pentru ei.

Lucien îşi alese o cameră în interiorul curţii care avea intrarea separată. Gândea că acolo putea să-şi încropească un cabinet. Trebuia doar să-l amenajeze neuitând să-şi pună la vedere diplomele pe care le obţinuse la Paris.

După ce luară masa din coşurile norocoase se puseră pe descărcat cuferele din trăsuri. Erau multe cufere mari şi grele şi pline cu tot felul de lucruri folositoare care păruseră puţine pe drum, dar acum dădeau de lucru domnilor, însă le mulţumeau pe deplin pe doamne. Acestea scoteau lenjerie, bijuterii, veselă, rochii, multe alte haine şi multe alte lucruri de care nu se putuseră despărţi. Contesa adusese cu ea multe lumânări groase de care ceilalţi uitaseră cu desăvârşire. Amelie scotea husele de pe mobilă şi le punea într-un coş de nuiele găsit în bucătărie.

Uitaseră de oboseală, erau „acasă". Şi era aşa cum îşi dorise contesa: aveau patru dormitoare la etaj pe partea lor. Familia Misard avea trei dormitoare, însă la parter aveau mai multe camere, bune de adăpostit diferite mărfuri după părerea negustorului.

Casa se vedea că fusese menţinută în bună stare, ferestrele se închideau foarte bine, iar perdelele şi draperiile erau lipsite de praf sau murdărie. Podelele camerelor erau acoperite de covoare, iar mobila lustruită. Mai aveau de luptat doar cu frigul, căci casa nu era încălzită. Era însă pregătită foarte bine să-i facă faţă, căci magazia era plină de lemne. În fiecare cameră erau în faţa şemineelor coşuri pentru lemne pe care bărbaţii le umplură imediat şi, rând pe rând, focurile cu limbile lor jucăuşe împodobiră camerele încălzind atmosfera şi aducând o oarecare intimitate locului.

Se făcuse târziu când terminară cu totul. După ce verificară uşile şi poarta să fie închise merseră cu toţii în bucătărie unde contesa prepara ceaiul găsit în cuferele sale și pe care-l servea acum alături de cozonacul cu fructe cumpărat din Leipzig.

- Marchizul are dreptate, spuse ea în timp ce le întindea cănile cu ceai aburind. Trebuie să renunțăm la șase cai și la una din trăsuri. Nu trebuie să batem la ochi cuiva și nici să facem cheltuieli inutile cu întreținerea lor. Mâine, când veți merge să plătiți chiria, ar trebui să-l rugați să vă găsească cumpărător pentru animale și o trăsură. Lumea merge pe jos aici și trebuie să ne adaptăm și noi. Banii pe care îi avem nu trebuie să fie irosiți astfel. Caii sunt greu de întreținut. Dacă am scăpa de aceste lucruri, am putea băga trăsura rămasă în șură lângă cei doi cai pe care îi vom păstra.

- Bună idee, Florance, spuse Lucien. Ne trebuie atâtea lucruri pentru cabinet și pentru prăvălia lui Michel, ar fi o sumă bunicică pe care am primi-o grămadă. Vom vedea mâine cu de Bruy la ora zece ce-i de făcut.

Marc își alesese drept cameră încăperea de lângă dormitorul lui Georges pentru a fi în permanență aproape de prietenul său și a-și face confidențe. Nimeni nu se împotrivi, chiar li se păru potrivită alegerea, având în vedere relația dintre Amelie și tânărul conte. Se formaseră înainte de a merge la culcare grupulețe care discutau în tihna primei zile liniștite după mult timp. Charlotte le chemă pe doamne în camera ei și le arătă scrisorile și bijuteriile foarte vechi și valoroase pe care le găsise din întâmplare.

- Uită-te la ele, Florance, cine ar fi putut crede că le voi găsi tocmai eu în acel vas imens de sticlă? Sunt minunate și mă gândesc că astfel le avem pe rudele noastre din trecut aproape.

- Așa este, spuse contesa, însă eu am luat ceva mult mai de preț decât acestea, ceva ce neapărat trebuie să poarte o domnișoară la nunta ei cu un conte de Langarde.

- Să nu-mi spui că ai luat diadema aceea cu care te-ai căsătorit! spuse doamna Misard uimită.

- Ba chiar pe aceea, spuse Florance. Cu orice risc am luat cu mine tot ce am putut. Nepoata mea trebuie s-o poarte la nuntă, iar mai apoi s-o dea mai departe în familie. Am să v-o arăt în curând. Trebuie să o pun într-un loc sigur unde să nu fie vătămată, căci e tare veche.

- Și eu am luat bjiuteriile noastre, spuse Anna oftând. Am încercat să i le las Louissei, dar m-a refuzat, a spus că ea are destule și cu siguranța lui Georges o să-i folosească. O să treacă ceva timp până o să mă obișnuiesc aici. Am trăit atâta vreme în casa noastră, iar aici parcă e totul gol, niciun suflet nu a mai locuit aici de când au murit părinții proprietarilor. E bine întreținută casa, dar ... Florance o întrerupse pe Anna pentru că altfel ar fi devenit cu toate melancolice.

75

- Anna, pentru numele lui Dumnezeu, încearcă şi uită! Lucrurile s-au aranjat cât de cât bine pentru noi. Ai fi vrut poate să ai parte de necazuri?

- Doamne fereşte, cum vorbeşti?! spuse Anna tresărind şi revenindu-şi parcă din starea melancolică în care căzuse.

- Încerc doar să te fac să priveşti înainte, dacă te uiţi înapoi, vei vedea doar sânge. Louisse e în siguranţă, casele noastre la fel. Îl ai pe Georges şi un viitor de construit aici, ca de altfel noi toţi. Te rog să fii puternică! Trebuie să le insuflăm tărie bărbaţilor noştri. Ne vom obişnui aici, casa e solidă, iar totul a fost bine conservat şi întreţinut. Vom găti şi vom trăi cu toţii laolaltă. Eu cred că nu-i chiar aşa de rău, nu?

- Da, ai dreptate, draga mea Florance. Cred că un somn bun m-ar face să-mi revin şi să realizez că, într-adevăr, casa aceasta e a mea, patul acesta e al meu, iar viaţa mai colorată şi mai bună.

- Te înţelegem, la drept vorbind toate simţim la fel, zise oftând Charlotte, doar că nu e bine să arătăm asta, trebuie să ascundem sentimentele acestea în cel mai dosnic loc al sufletelor noastre. Florance încuviinţă şi ea dând din cap.

- Gata, de mâine atacăm bucătăria şi magazinele pentru cele trebuincioase pentru masă, spuse ea. Anna, te conduc la soţul tau şi astfel îmi sărut băiatul de noapte bună. Te vei simţi bine aici. Eu cred că suntem o adunătură grozavă!

- Iar tu o contesă ciudată! spuse Anna râzând.

Georges se plimba prin camera lui Marc citindu-i pentru a infinita oară scrisorica de la Estelle.

- Marc, sunt fericit! spuse el.

- Iar eu ştiu conţinutul hârtiei aceleia pe de rost. Îţi trebuie un somn bun. Estelle te va vedea curând, asta e sigur. Te-a acceptat, iar asta este foarte important, nu? Şi vei fi şi marchiz pe deasupra! Ştii la ce m-am gândit eu? Că ar fi indicat să facem o şcoală aici. Ce spui? Hai să căutăm să vedem ce universitate apropiată am găsi. Nu ne putem căsători şi să trăim ca în Franţa. Cel puţin în cazul meu rentele s-au dus, mama a vândut tot şi cine ştie câţi bani mai avem? La urma urmei, nici tu nu poţi fi marchiz şi să vinzi în prăvălia tatălui tău. Ai putea să studiezi legile, iar eu să studiez medicina. Sunt meserii nobile. Nu ne putem lăsa doar pe spinarea alor noştri. Vorbesc asemenea unui adevărat burghez pentru că aici sunt un nimeni. Cine-l cunoaşte aici pe Marc, conte de Langarde? Nimeni, evident.

- Ai dreptate, Marc, sunt un mare prost. Nu am pus problema cum trebuie.

- Nu eşti prost deloc, spuse prietenul lui, doar că trebuie să te tragă cineva de picioare ca să cobori de pe tavane, mai adăugă Marc râzând.

76

Mâine să-l rogi pe marchiz să te ia ucenic, iar eu îi voi cere același lucru unchiului meu. O să facem și școală și îi vom ajuta și pe ei, dar și pe noi totodată. Asta nu ne va împiedica însă să facem logodnele mult visate și să ne iubim alesele inimilor noastre. Vom fi susținuți de fete și vor fi mândre de noi.

- Cum știi tu să le potrivești întotdeauna, îi răspunse Georges băgând scrisoarea în buzunar. Cred că ar trebui să ne culcăm. O să dormim bine, căci așternuturile au izul Franței.

- Uită de Franța, spuse râzând Marc. Noapte bună!

- Noapte bună, prietene și frate al meu, răspunse Georges.

- Noapte bună, Georges, încă odată.

Liniștea cuceri acea casă în curând, fiecare în camera lui visa la ceva și spera multe de la viața aceasta nouă. Dimineața, doamnele hotărâră să facă cumpărături în timp ce bărbații erau plecați cu treburi la marchiz. Întâmpinară cu multă bucurie dorința băieților de a studia. De Bruy îi spuse lui Georges că imediat după Anul Nou va putea veni la el la cabinet pentru a-l ajuta și învăța. Lucien încuviință și el cerința nepotului său de a-i fi ucenic.

- Leipzig-ul este aproape, astfel că vă veți putea înscrie acolo amândoi, mai ales că acum cunoașteți drumul, spuse zâmbind marchizul.

Cei doi frați își căpătară chiria pe un an întreg, astfel că plecară imediat mulțumiți, urându-le totodată chiriașilor lor ședere plăcută și sperând în prelungirea contractului pentru viitor. Rămânând ca în familie, francezii începură să depene amintiri.

- Cum mai e Lorena mea dragă? întrebă de Bruy.

- La fel, scumpul nostru frate, doar că mai tăcută, ca înaintea unei furtuni. Vor fi represalii mari în curând, chiar și în Nancy. Noi am plecat în ultimul moment, pot spune că în împrejurări pline de noroc. Nimeni nu mai iese din țară.

- Mătușa Florance, spuse Marc schimbând subiectul, ne-a întrebat dacă puteți facilita vânzarea unei trăsuri și a șase cai, adică ai noștri. Spune că mănâncă prea mult și vor fi o povară pentru noi. La urma urmei, la ce preț s-o putea, dar să scăpăm de ei și de una din trăsuri. Marchizul, gânditor, îi răspunse că se va gândi și va rezolva problema contesei.

- Aici emigranții circulă pe jos, puțini sunt cei care au o trăsură și doi cai, darămite un grajd întreg. Ah, era să uit! Soția mea vă invită pe toți la noi de Anul Nou. Dacă nu sunteți foarte obosiți, vă așteptăm cu dragă inimă. Și Estelle la fel! Spunând aceasta, se uită cu un anumit înțeles către Georges. Aici, populația fiind atât de împuținată din pricina războaielor, noi cei veniți de peste granițe avem voie să ne întâlnim, să mergem la biserică și tot felul de facilități pentru a rămâne. Voi, băieți, veți fi bine primiți la universitate. Și când te gândești că sunt doar patru sau cinci ceasuri de mers cu trăsura până acolo. Vom găsi o cameră pentru voi amândoi, apoi ne vom extinde şi afacerile. Nu pot spune că mă îmbogăţesc, însă trăiesc decent, nu am de ce mă plânge. Vă aşteptăm deci în această seară? Stăm pe strada Friedrich la numărul zece, e o casă cu o grădină în faţă şi are numărul pus pe un stâlp al porţii. Nu e departe.

- Da, vom veni, spuseră cu toţii în cor. Ne va prinde bine şi poate doamnele vor avea prilejul de a-şi povesti multe lucruri. Aveţi servitoare? mai întrebă Michel Misard.

- Din fericire, da. Am plecat din Nancy cu două servitoare care sunt asemenea nouă, protestante. Cred că una dintre ele ar putea să vă slujească pe voi în noua locuinţă. Pentru noi este suficientă una dintre ele, suntem doar noi trei, iar casa nu e greu de întreţinut, dar acest amănunt îl vor discuta doamnele diseară. Cred că vor fi încântate.

Doamnele se bucurară de o dimineaţă însorită şi palpitantă în care îşi umplură meticulos coşurile cu provizii şi îşi exersară cunoştinţele de limbă germană. Localnicii erau însă obişnuiţi cu noii veniţi, de fapt alungaţi. Erau amabili şi îndatoritori. Puţine trăsuri circulau pe drum, doar cele ce mergeau către Curtea lui Friedrich Wilhelm care era o reşedinţă a Electorului folosită mai ales pentru vânătoare.

De-a lungul străzilor frumoase ale acestui oraş stejarii străjuiau cu maiestuoasa lor înfăţişare împodobind cu coronamentul lor decorul încântător al oraşului care parcă aparţinea acestor copaci şi nu locuitorilor săi. Pădurile din jurul lui erau din stejari seculari predominând asupra coniferelor.

Femei se îmbrăţişau pe stradă urându-şi bucurii în anul următor, copilaşii erau veseli pentru că mamele lor erau îngăduitoare şi le umpluseră buzunarele cu tot felul de dulciuri. Totul crea o atmosferă destinsă care pătrunse şi în inimile francezilor.

- Trebuie să ne bucurăm pentru tot, dragele mele, spuse Florance. E minunat aici! Zona e plină de lacuri, iar când vom cunoaşte mai bine oraşul şi va veni primăvara vom avea pe unde să ne plimbăm. Acum, însă, trebuie să pregătim prânzul. Ce noroc că locuinţa noastră e aproape de prăvălii, nu ne vom rătăci niciodată.

Bărbaţii erau ajunşi deja acasă când doamnele sosiră vesele ca nişte vrăbii, pline de pachete cu mâncare precum şi alte mici nimicuri.

- Vă e foame? Avem de toate, spuseră cele două surori râzând.

- Iar noi avem o invitaţie de a petrece Anul Nou la marchiz acasă, alături de promisiunea unei servitoare. Ei au două, iar locul e cam strâmt la ei, o servitoare le-ar ajunge.

- Astea da veşti, spuse doamna Misard. Nu că nu mi-ar plăcea la bucătărie, dar găsesc că o servitoare e o idee bună

- Iar invitaţia şi mai bună. Am s-o cunosc pe Estelle şi o să fie cea mai bună prietenă a mea, spuse Amelie bătând din palme bucuroasă, iar Georges o va vedea în sfârşit pe draga lui Estelle! Vom duce din ce am cumpărat acum şi ne vom simţi minunat câteva ore. Marc va fi medic ca şi tata, iar Georges va fi avocat la fel ca viitorul său socru. Spuneţi şi voi, nu e minunat? Dumnezeu le-a rânduit atât de bine! De-abia aştept să văd cabinetul gata şi prăvălia deschisă clienţilor, va fi o adevărată forfotă pe aici. Sunt fericită şi optimistă. Va fi un început bun anul ce va veni.

- După aşa un discurs eu nu mai am replică, spuse Marc.

- Şi nici eu, adăugă Georges. Imediat voi începe studiul şi munca pe lângă marchiz, iar din toamnă va urma învăţătura la universitate.

- De-abia aştept, completă Marc bucuros. Voi învăţa medicina asemenea unchiului meu.

- Copiii ăştia se hrănesc cu vorbe, spuse Florance, însa nouă ăstora mai în vârstă ne trebuie mâncare. Rupeţi vă rog rândurile, cum spunea răposatul meu soţ, şi ne vom revedea la masă într-un sfert de ceas, apoi la odihnă, dacă tot vom avea întâlnire diseară. Pentru servitoare îi voi mulţumi marchizei din toată inima.

Casa familiei de Bruy nu era mare, de altfel nici ei nu erau prea mulţi. Avea jos un salon, o sufragerie, o cameră sub scară care aparţinea servitoarelor, o bucătărie şi un hol de intrare. Sus, cum urcai, nu dădeai decât de două dormitoare, mari ce-i drept. Grădina din faţă dădea impresia de a fi minunată când era cald.

Când ajunseră invitaţii, cele două servitoare îi priveau dându-şi coate, nu ştiau ce să facă, nu se puteau hotărî la a pleca două străzi mai încolo. Amândouă fetele o cunoşteau pe contesă şi pe doamna Misard.

- Bine aţi venit la noi, spuse marchiza fericită. De când am ajuns nu am mai primit pe nimeni. E o onoare pentru noi să avem oaspeţi de Anul Nou.

- Aşa este, încuviinţă marchizul.

Toată lumea se îmbrăţişă şi se creă imediat o atmosferă caldă şi foarte intimă. Cei patru tineri merseră în salon, lăsându-şi părinţii singuri să depene amintiri. Marchiza aştepta curioasă veşti noi despre Nancy.

- Nu pot spune că m-am obişnuit aici, lumea e rece, dar îşi vede de treburile sale. Lângă noi mai stau două familii de olandezi venite tot anul acesta, dar mai prin primăvară. Ne salutăm la biserică, pe stradă, dar cam atât. Am fost atât de fericiţi când am primit acea scrisoare neaşteptată de la Georges! Nici nu ne-am închipuit că Estelle o să-l mai vadă. Am încercat s-o consolăm când am aflat că-şi lăsase inima în ţară.

Marchiza era o femeie încă frumoasă, cu o voce domoală. Era îmbrăcată cu o rochie cenuşie cu guler alb de dantelă. Nu purta bijuterii. Se vedea că îşi iubeşte soţul foarte mult şi că era dependentă de el.

- Scupa noastră Lorissa, ce noutăți să-ți aducem? îi răspunse contesa. Am fugit pripit, fără vreun gând de întoarcere. Am crezut cu toții că nu vom mai ajunge. De când ați plecat voi, Nancy a rămas la fel. Eram discreți întotdeauna. Nu cred că trebuie să ne mai întoarcem înapoi cu gândul. Ne vom face rău. Gândurile mele zboară la copii, căci acum suntem aici și vom avea multe de făcut. Lucien trebuie să-și facă biroul și cabinetul lui medical, iar Michel prăvălia mult visată.

- Vrem cu toții să reușim, spuse și Anna Misard.

În salon tinerii stăteau fiecare în fotolii în fața focului. Tăceau. Georges își drese glasul și spuse:

- Sunt atât de fericit, Estelle, că te-am regăsit! Puteai să nu fii în Potsdam, puteai să ajungi în Berlin sau puteai să nu primești scrisoarea. Ce nopți am trăit! Norocul meu a fost Marc, el a fost cel care m-a îmbărbătat și mi-a spus mereu că ești la Potsdam.

- Georges, era să leșin când tata mi-a arătat scrisoarea. Așteptam data de 30 decembrie ca pe visul meu cel frumos.

Georges o luă de mână și se retraseră într-un colț al camerei, lăsând-o și pe cealaltă pereche să viseze. Amelie închise ochii și își sprijini capul de umărul vărului său.

- Ce clipe minunate, ce fericită sunt! Cu tine am și uitat drumul și faptul că am părăsit Parisul pentru așa un surghiun.

Cele două perechi se îmbrățișară și rămaseră tăcute. Georges stătea cu Estelle în brațe, iar privirile lor se întâlneau sfioase mereu. Ochii negri ai fetei sclipeau plini de lacrimi, contrastând puternic cu părul blond și pielea albă ca laptele care o făceau de o frumusețe deosebită. Nici nu știuseră când trecuse vremea. La miezul nopții artificiile de la curtea Marelui Elector vestiră noul an pentru toată suflarea.

Cei unsprezece francezi se îmbrățișară și își urară ani mulți și fericiți. Hotărâseră ca tinerii să se logodească la vară, toată lumea le aranja calea. Georges va fi secretarul marchizului și va lucra în fiecare zi la biroul acestuia, iar Marc asistentul medicului Corday, astfel ambii tineri vor avea ocupație, dar mai ales un drum de urmat.

Hazlie a fost situația în care cele două servitoare trebuiră să tragă la sorți pentru a rămâne sau a pleca, însă când li se aduse la cunoștință că locuințele sunt foarte aproape una de cealaltă, una din ele se hotărî și plecă odată cu cele trei familii. Se numea Eulalie și aștepta și ea un an nou mai bun. De acum înainte avea cu siguranță o cameră a ei.

La ceasurile trei din noapte toată lumea dormea, inclusiv Eulalie în noua sa cameră, mulțumită de ceea ce avea acum. Începuse un nou an, 1681, un an al unui nou început, al unei noi vieți într-o nouă țară și o nouă casă pentru fiecare. Dormiră îndelung în acea dimineață, doar servitoarea se trezi mai devreme și luă în primire bucătăria pe care o găsea acum mai spaţioasă, mai luminoasă şi mult mai dotată. Se felicita că făcuse alegerea de a pleca, chiar şi ea era fericită în liniştea acelei dimineţi de 1 ianuarie.

CAPITOLUL 11

Parisul să se teamă de revolte? Parisul luptând împotriva hughenoților? Nici pomeneală, ai zice văzând străzile liniştite, magazinele cu obloanele trase, iar cinstiţii locuitori adunaţi în faţa mâncărurilor de ajun de An Nou, aşteptând artificiile de la Versailles promise la miezul nopţii.

Ar putea să aducă cineva dovezi că la biserica Sainte Eustache cu câteva săptămâni în urmă protestanţii ascultaseră liturghia? Noi credem că nu. Parisul uită repede când îşi găseşte prilej de chef şi voie bună.

Cei doi Jerome Martin, tată şi fiu, îşi priveau strada care la acea oră era pustie. Primiseră scrisoarea de la Lucien pe care o puseseră între lucrurile preţioase. Era prima şi ultima scrisoare de la acesta.

- Cred că au ajuns de mult peste graniţă, spuse Jerome tatăl. Sper că au fost primiţi bine.

- Au ajuns cu siguranţă, nu-ţi fă probleme. Unchiul este medic, se va putea descurca. Nevoie de medici e peste tot. Ştii, tată, m-am gândit să nu le vindem casa de pe Rue de Jour, presimt că, mai devreme sau mai târziu, se vor întoarce.

- Ai fost acolo, Jerome? Totul e în ordine?

- Da, tată. M-au întrebat vecinii unde este familia Corday şi le-am spus că s-au mutat şi că eu sunt proprietarul. Le-am spus aşa făcând nişte cruci mari şi mulţumind lui Dumnezeu. Am arătat că sunt catolic. Au fost mulţumiţi de teatrul meu, iar acum nu vor mai distruge casa dacă au avut în vedere aşa ceva. S-au liniştit, doar că eu trebuie să merg mai des pe acolo.

- Un alt an se duce, fiule şi începe altul în care Lucien nu va fi cu noi. Am plâns la mormântul dragei mele Alice pentru toţi. Acolo, lângă pământul acela, îmi găsesc liniştea întotdeauna. Devin melancolic când ştiu că e sărbătoare şi că neamurile se adună laolaltă. Mereu eram împreună de sărbători. Acum am rămas doar noi doi.

- Dar avem atâtea amintiri frumoase, tată, astfel îi avem mereu aproape.
- Da, fiule, ai dreptate. Ce vrei să facem în această seară?
- Să cinăm şi să ne odihnim. Nu avem ce face altceva. Nu vreau să ieşim să vedem artificiile. Lumea e periculoasă când e ameţită de băutură, e mai sigur aici. Veselia se poate transforma imediat în sânge. M-am încredinţat de asta de ceva vreme. Era frumos dacă mergeam la moşie, acolo puteam ieşi afară. Cred că şi paznicul s-ar fi bucurat. Nevasta lui a născut de curând, aşa că acum sunt patru.

Familia Martin avea o moşie cu o casă frumoasă la două ore de mers cu poştalionul de Paris. Iarna însă nu mergeau niciodată acolo. Veniturile lor proveneau de la această moşie şi de la meşteşugul cu care se ocupau la Paris: confecţionau evantaie şi tot felul de accesorii pentru înfrumuseţarea femeilor, chiar doamnele de la Curte le erau cliente fidele. Erau artişti şi erau destul de căutaţi. Mulţi dintre curteni îşi comandaseră măştile pentru balul din ajun de An Nou la ei, astfel că avuseseră mult de lucru chiar şi în dimineaţa acelei zile. Strânseseră o mică avere pe toana regelui, dar lor puţin le păsa. Erau singuri şi obosiţi. Casa era ferecată, iar obloanele trase. Sună ora unsprezece din noapte când ei se duseră, fiecare în camera lui, la culcare. Nu-i interesa circul acesta care se va schimba peste noapte într-o bătălie umilitoare contra protestanţilor, împotriva acestor calvinişti de treabă, sobri şi foarte modeşti, care îl iubeau pe Dumnezeu în alt mod, total împotriva dorinţelor regale.

În palatul contelui de Nevers forfota era maximă. Trebuiau să plece la palat unde aveau să petreacă trecerea dintre ani. Doamna îşi alesese o ţinută cu nuanţe romane, în timp ce nobilul ei soţ îşi pusese doar o mască, nedorind să se transforme în te miri ce care ar contrasta cu noul său statut de mare comandant religios. „Un nou de Guise va răsări la orizont", gândea el mândru. Primise veşti de la fratele său care îi adusese la cunoştinţă faptul că persoanele protejate trecuseră graniţa. Se bucură însă că această operă caritabilă luase sfârşit cu succes. Nimeni nu aflase nimic cu privire la faptele lui, astfel că nu se mai gândea la acest lucru. Îl bucura sarcina cumnatei sale care evolua firesc şi aştepta să fie pentru prima oară unchi în primăvara ce urma. Chiar îi veni ideea de a-şi trimite soţia şi copiii la Nancy cu două scopuri: pentru siguranţă şi pentru a-i da ajutor Louisei. Dar nu luă încă nicio hotărâre concretă, avea să se mai gândească la asta.

- Mergem, dragul meu? îl întrebă soţia sa nespus de frumoasă, împodobită asemenea unei femei romane. Totul e pregătit, doar tu mai trebuie să cobori pentru a porni.
- Eşti minunată în seara aceasta, spuse contele sărutându-i mâna.

83

- Îţi multumesc, dragule, dar hai sa mergem. Cu siguranţă vom ajunge printre ultimii, noi şi apoi regele.

Ajunseră în curte unde minunata lor trăsură cu blazon îi aştepta. Caii erau nerăbdători să pornească, bătând zgomotos din copite dalele curţii. În sfârşit se urcară şi porniră pe străzile Parisului pentru a ajunge la Versailles. La Palat totul era luminat părând a fi o zi deplină, torţele ardeau puse din belşug aproape una lângă alta pentru ca invitaţii să se poată orienta mai lesne. Când fură anunţaţi, toate privirile erau îndreptate asupra lor. Sala era plină, aproape toţi invitaţii veniseră deja.

- Ţi-am spus eu, zise contesa aruncând zâmbete în toate părţile.

- Scumpa mea, zise contele, ce bal mascat este acesta dacă ni s-au rostit numele în gura mare? Mă felicit că nu ne-am îmbrăcat altfel, e sub demnitatea mea, de altfel. Louvois se apropie de conte şi îi spuse:

- Doamna dumneavoastră arată minunat în această seară.

- Mulţumim, dragă marchize, e destul de mascată, zic eu, dacă tot a fost desconspirată de la intrare, apoi contele începu să râdă cu poftă molipsindu-l şi pe ministrul de război.

- Vino să-l vezi pe Colbert, zici că e un vultur în costumul său, dar face calcule. Nici azi nu se lasă de ele, e pasiunea vieţii lui să găsească aur în ţara asta. Uite-l colo! Îi vezi penele? Cred că se înnăbuşă în costum, îşi face vânt cu mâinile. O să-şi smulgă penajul înainte de apariţia regelui, pun pariu!

Contele o lăsă pe soţia sa lângă marchiza de Louvois şi cei doi porniră către vulturul cu penajul făcut ferfeniţă.

- Bună seara, domnule Colbert, spuse agreabil contele.

- Bună seara, conte, mârâi ministrul de finanţe. Te felicit, nu te-ai costumat, înseamnă că te simţi bine.

- Mă enervează masca, dar suport.

- Eu cred ca o să-mi dau jos ciuful ăsta de pene. A fost ideea soţiei mele. Am avut un şoc când Marie mi-a pus pe pat hainele astea, dar este bine, nu mă mai doare stomacul. Noroc că nu s-a gândit să-mi pună şi coadă!

Toţi începură să râdă zgomotos când se anunţă intrarea regelui. Acesta era îmbrăcat în aur curat, iar pe cap avea raze de soare. Întotdeauna la fel. Maria – Tereza, soţia lui, era îmbrăcată în lalea, cu o coroană în forma acestei flori pe cap. Arăta mai rotundă şi parcă mai plictisită. Se aşezară amândoi pe tronuri, iar balul începu. Muzica încingea măştile la dans, iar mâncarea şi băutura curgeau în valuri.

Marchiza de Maintenon era necostumată ca şi contele de Nevers, purtând doar o mască pe faţă, dar şi aceea inutilă. Era în febra pornirii acestui „război", iar balul acesta o obosea peste măsură. Îşi mai reveni când regele îşi părăsi „laleaua" şi o conduse la dans.

- Arătaţi preocupată, dragă Francoise, spuse regele ţintuind-o cu privirea pe amanta lui care-l cuminţise, cum spuneau unii. Te gândeşti tot la hughenoţi? Uită-i! Îi vom distruge, fă-o pentru mine.

- Îmi cer iertare Majestăţii sale, spuse marchiza, aşa este, asta mă preocupă, dar sinceră să fiu, aştept şi artificiile. O să fie frumos.

- Şi eu cred la fel, Francoise. Uită puţin de hughenoţii aceştia care în curând nu vor mai exista, căci vor reveni la catolicism. Arăţi impecabil în seara aceasta. Tu şi contele de Nevers nu sunteţi costumaţi, dar închid ochii. Cred că amândoi vă gândiţi la aceleaşi lucruri. Măcar contesa este o doamnă romană reuşită.

Aproape de miezul nopţii fură poftiţi în grădinile palatului, iar când ceasul bătu de miezul nopţii artificiile izbucniră pe cerul Parisului. Durară vreo zece minute, timp în care lumea îşi scoase măştile şi începu a se îmbrăţişa şi a-şi ura toate cele de an nou. Regina ceru permisiunea să se retragă şi, imediat ce o obţinu, plecă cu doamnele ei spaniole. Regele mai zăbovi ceva timp, dar la un moment dat se retrase discret cu marchiza de Maintenon; astfel, balul rămăsese doar al curtenilor care dănţuiră până dimineaţă cu costumele în dezordine şi coafurile ciufulite.

Colbert, rămas fără penajul de pe cap, se simţea mai bine în costumul lui de vultur, însă era sătul. Plecă discret acasă şi fu cel mai mulţumit în patul său. Această petrecere grandioasă ale cărei cheltuielile îi dăduseră dureri de cap se terminase pentru el. Pentru Colbert reprezenta doar o sumă colosală şi cam atât.

Spre dimineaţă sala de bal se golise, în urmă fiind lăsată doar mizeria care cuprindea de la resturi de costume şi măşti şi zeci de pahare sparte până la mucuri de lumânări. O armată de slujbaşi avea însă să cureţe totul în doar câteva ore ca şi când nimeni nu ar fi sărbătorit ceva acolo. Doar o cameră era încă luminată, cea în care marchizul de Louvois vorbea în şoaptă cu contele de Nevers.

- Am găsit destui fanatici care să ne urmeze pentru o soldă bună, spuse marchizul.

- Ştiu, am participat la câteva pregătiri. Îmi place şi uniforma, dar mai ales convingerea lor că e bine ceea ce vor face, iar ceea ce li se porunceşte este drept şi din dorinţa divină a Majestăţii sale. E o armată hotărâtă care nu va da înapoi. Am şi o listă cu case în care banii abundă la aceşti necredincioşi. E ultima zi de linişte pentru ei.

- Oricum, hughenoţii n-au ştiut niciodată nimic în afară de discreţie şi cumpătare, aş spune că liniştea lor i-a însoţit mereu. Au nevoie de puţină aventură dacă nu vor reveni la catolicism. Mândria asta de neînţeles este eroarea lor majoră, spuse marchizul.

- Eu aştept aventura cu nerăbdare, spuse Nevers. Crezi că ar trebui să ne ducem familiile pe moşiile noastre?

- Nu, nu cred, spuse ministrul de război. Să aibe ușile încuiate și perdelele trase pentru că totul se va petrece în stradă.

- Contesa așteaptă cel de-al treilea copil, sper să nu devină sensibilă, de aceea te-am întrebat. A trecut cu Philippe printr-o spaimă teribilă, așa că orice motiv de panică acum ...

- Stai liniștit, conte, soția ta este o adevărată catolică și o mamă devotată. Până mâine o vei face să se liniștească. Emoția sarcinii o înțeleg. O voi trimite pe soția mea să stea cu ea.

- Cred că e o idee bună pentru care îți multumesc, spuse contele. Măcar mâine, în prima zi. Ar trebui să ne retragem acum. Pereții au urechi chiar și după un bal minunat ca acesta. Favorita a fost splendidă prin simplitatea maturității sale, nu crezi?

- Da, nici nu s-a costumat, ca de altfel și persoana ta. Serioși până în vârful urechilor. Să plecăm atunci, iar mâine dimineață să ne întâlnim la garnizoana dragonilor. Vom fi amândoi la datorie, spuse marchizul.

- Întotdeauna, marchize, întotdeauna!

Acești dragoni care formau poliția specială împotriva protestanților, care nu doreau decât să-și practice credința fără a deranja pe cineva, erau evident cu toții catolici. Făceau parte din trupele speciale cu care Ludovic al XIV-lea dorea să îngenuncheze această pleavă care nu i se supunea lui, celui prea catolic.

Câți dintre protestanți bănuiau ce se petrece? Câți au trecut în anul cel nou cu inima ușoară? Am spune că puțini. Pentru ei sărbătorirea Anului Nou a fost un nou prilej de întâlnire între familii și prieteni. Discreți, îmbrăcați în hainele lor sobre, cenușii, se bucurau de a fi împreună. Auziseră că dintre ei mulți plecaseră peste graniță, dar nu pusesseră asta la inimă. Ei nu doreau să-și părăsească casele sau prieteniile. Aflaseră de Lucien Corday, un membru important al comunității lor care plecase din Paris. Nu-l judecau, dar nici nu-i apreciau gestul. Ei nu doreau să se dea bătuți în fața catolicilor, căci ar fi fost o lașitate. Vor suporta orice, însă simțeau desigur pericolul ce plutea în aer, dar nu-i puteau bănui halucinanta dimensiune. Gândeau că liniștea va aduce nori, dar nu-i credeau atât de apropiați.

La începutul zilei de 1 Ianuarie 1681, când plecaseră pe la casele lor, nimic nu dădea a se înțelege ceva din întâmplările următoarei zile. A doua zi a anului începu devreme pentru Nevers. Un servitor îi înșeuă calul și plecă spre cazarma noii poliții pe care o conducea. Avea la el o listă cu puncte importante asupra cărora trebuia să se oprească și să le respecte întru totul, ca hughenoții să poată fi constrânși mai dur. El era însă un executant strălucit astfel că, după ce citi hârtiile, dădu din umeri și nici că-i mai păsa. Avea să respecte cuvânt cu cuvânt cerințele bunului rege. Nu avea prieteni printre acești protestanți încăpățânați, deci nu era vulnerabil.

Ajuns la cazarmă, fu mulțumit pentru că locotenentul său, Jean de Cloutier, era deja afară cu soldații bine rânduiți cărora le ținea un discurs ce avea menirea de a-i înflăcăra pe acești catolici înfocați, purtători ai sabiei dreptății în numele regelui prea bun.

- Soldați, trebuie să nimicim această ciumă pe care noaptea Sfântului Bartolomeu a atins-o, dar nu a ucis-o. Regele nostru ne cere să fim uniți în fața lui într-o singură religie. Liturghia să se audă din nou în toată Franța. Adevărata biblie și nu cea scrisă de Calvin să fie cartea de căpătâi în fiecare casă. „Parisul are nevoie de liturghie”, spunea Henric al IV-lea. Liniștea doar de către preoții noștri poate fi readusă în Franța. Avem un comandant, nu suntem singuri. Contele de Nevers este cel care ne va da ordinele concrete de la rege. Stăpânul nostru s-a săturat de sfidarea la care este supusă religia cea dreaptă în fiecare zi, dar s-a terminat! Trebuie să dovediți că îl iubiți pe rege și că îl urmați necondiționat! Trăiască Regele! încheie locotenentul.

Soldații, aruncându-și pălăriile în aer, strigară din toată ființa lor: „Ura! Ura!" Vorbele lui de Clotier îi înfierbântaseră, doreau acum să înceapă cât mai repede.

- Iată, v-a sosit comandantul! adăugă locotenentul.

Contele de Nevers era înfiorător, căci discursul acela simplu al baronului îl înfierbântase și pe el. Salută demn de la înălțimea calului său. Se preschimbase. Nu mai era bărbatul tânăr încă și cuceritor, nu mai era soț și tată, era doar al regelui. Se retrase cu subalternul lui căruia îi arătă documentele secrete semnate de rege și contrasemnate de Louvois.

Ce a urmat atunci și în anii următori se știe. Protestanților li se luau copiii de mici și erau educați în religia catolică. Casele le erau luate și arse, bărbații erau omorâți, iar femeile dezonorate. Nu puteau practica diverse meserii și nu aveau voie să se adune mai mulți la un loc. Această prigoană a transformat o mare de lume nevinovată în martiri. Ludovic dorea un stat unificat din punct de vedere al religiei.

Ceea ce era deplorabil era apariția printre catolici a celor ce îi denunțau pe calviniști luându-le casele și averile și îmbogățindu-se dintr-o afacere mizerabilă. Ceea ce a început la Paris s-a extins în toată Franța, departament cu departament. Mulți reușiră să scape, alții fură prinși și uciși. Regele era însă mulțumit. În brațele metresei sale totul avea un temei legal. Francoise îl susținea furibund pe dragul ei amant, în timp ce regina se ofilea îngrozită de ceea ce devenise Parisul. Era puntea ororilor care ducea către infern. Poliția respecta planurile de masacrare întru totul, aveau soldele plătite la zi, erau mândri că sunt dragoni și erau invidiați de toată lumea.

Regina zărise de la geamurile sale într-o după amiază un grup de oameni în zdrențe, împinși de la spate de ostași călări. Privirea ei fu surprinsă de cea a unui nefericit care o făcu să se dea înapoi şi să cadă într-un fotoliu aproape leşinată. Ea, fiică a Spaniei catolice, înţelegea în mintea ei pustiită inutilitatea acestor manevre, dar nu avea nicio trecere. Durerile ei o istoviseră atât de mult încât, în plin război religios, încă tânără, se dădu la o parte cu totul în 1683, nemaiputând suporta loviturile din toate părţile şi viaţa ei nefericită. Dar ea, care nu contase niciodată, avea prea puţină importanţă acum. Muri înţelegând adevăruri mari, lăsate testament doar în inima ei mult prea naivă.

PARTEA A II-A

CAPITOLUL 12

Minunată fu ziua în care Lucien şi Michel îşi deschiseră cabinetul, respectiv magazinul. Este drept că fuseseră sprijiniţi de acel oficiu de imigranţi care îi îndrumase până când totul fusese gata. Când îşi puseră siglele deasupra porţii, în cazul doctorului, şi deasupra uşii, în cazul negustorului, toată lumea află că erau francezi. Reclamele erau în germană, dar şi în franceză, dar asta era doar spre sporirea curiozităţii pe care o stârneau.

Prăvălia domnului Misard era ticsită cu de toate şi era o încântare să priveşti totul, de la zaharicale viu colorate la nasturi şi stofe noi nouţe. Femeile, căci ele nu pot rezista curiozităţii, fură primele care intrară şi cumpărară. Vorbeau uimite de frumuseţea şalurilor viu colorate, de panglicile minunate, de mătăsurile care foşneau îmbietor între degete. Domnul Misard avea chiar şi papagali de vânzare. Doamnele erau tare uimite. Păsările făceau deliciul tuturor celor care păşeau pragul magazinului. De ce am minţi, în multe case începuse să se audă cântec de păsări exotice!

Vânzarea o făcea domnul Misard, Georges începuse să frecventeze cabinetul juridic al domnului de Bruy, cum şi Marc stătea cu unchiul său în cabinetul medical proaspăt aranjat. Corday fusese foarte iubit la Paris pentru leacurile pe care le recomandase bolnavilor săi, uneori îşi arăta măiestria de chimist preparându-le singur. Avea o grămadă de cărţi aduse din Franţa pe care Marc le lua în camera lui şi le citea. Acesta prindea repede totul, dar mai ales îi plăcea foarte mult. În prima zi când au deschis, Corday a trebuit să plece la un bolnav care nu putea fi transportat apoi, când revenise, două doamne îl aşteptau vorbind cu Marc. Erau franţuzoaice ca şi ei, însă plecate mai de mult din Franţa.

- Vă veţi obisnui aici, domnule Corday, spuse una din ele, lumea e respectuoasă şi corectă. Ne bucurăm că sunteţi francez, avem o comunitate destul de mare aici, dar niciun medic. Veţi vedea că toţi francezii vor veni la dumneavoastră. Avem şi întâlniri şi biserica noastră unde ne reculegem în fiecare duminică. Îi vom anunţa pe toţi de prezenţa dumneavoastră. Alături parcă am zărit şi o prăvălie, continuă doamna.

- E a prietenului meu cu care am venit aici, de fapt cu care am fugit din Franţa. Suntem trei familii. Înainte de Anul Nou s-a întâmplat. Soţia şi fata mea au asistat de Sfântul Nicolae la arderea clădirii unde ne ţineam adunările, mulţi au fost obligaţi de către soldaţi să intre în biserică şi să asculte liturghia catolică în genunchi, apoi le-au dat drumul, dar ce umilinţă!

- Da, este cumplit ce ne povestiţi. Aici ajung veşti, dar puţine şi neconcludente. Veţi fi asaltat de compatrioţii dumneavoastră. Sunt ştiri proaspete din ţara în care ne-am născut şi ne-am lăsat strămoşii.

- Poftiţi aici preparatele. Trebuie să luaţi câte trei linguriţe în fiecare zi, una după fiecare masă. Îi voi spune soţiei despre adunările dumneavoastră, sigur va dori să participe.

- Mulţumim, domnule doctor. Vom reveni cu siguranţă când ne vom simţi bine. Plătim la cavalerul acela?

- Da, vă rog. E viitorul meu ginere. E contele de Langarde, nepotul meu din Nancy. Contesa, mama lui, este şi ea aici. Le voi informa pe doamnele noastre despre comunitatea franceză de aici.

După ce plecară cele două doamne, mai avură în ziua aceea încă alţi cinci clienţi, de fapt pacienţi. Marc scria numele fiecăruia în registru, apoi boala de care suferea persoana respectivă, precum şi plata efectuată. Nu era mare lucru de făcut, dar pentru el era ceva foarte important. La orele cinci ale după-amiezii cabinetul şi prăvălia se închideau. Luau cina împreună la ora şase. Servitoarea se integră perfect în această nouă casă în care îşi avea propria cameră.

Cei doi băieţi se hotărâseră să scrie universităţii din Leipzig unde doreau să studieze cei trei ani pentru a putea profesa, dovedindu-şi apoi competenţele dobândite. Amândoi stăteau într-o zi de duminică în camera lui Georges şi îşi compuneau scrisorile când deodată iubitele lor, care între timp deveniseră de nedespărţit, intrară peste ei şi făcură zarvă ca păsările primăvara. Cei doi trebuiră să asculte tot ce văzuseră ele la biserică în dimineaţa aceea. Cele două privighetori fericite vorbeau întruna, iar băieţii bineînţeles că amânaseră scrisul. Le ţineau pe fete de mână, bucurându-se de gălăgia pe care o făceau. Aduceau aer proaspăt de afară cu fiecare mişcare pe care o făceau. Fură însă strigate de marchiza de Bruy care fusese invitată la masă alături de soţul său.

- Of, trebuie să plecăm. Nu se cade ca două domnişoare decente ca noi să intre în camera unor bărbaţi, chiar dacă aceştia sunt viitorii lor soţi. Şi începuseră să râdă, arătându-şi dinţii puternici şi albi ca perlele.

- Stai, zise Estelle. Nu putem pleca până nu suntem sărutate pe frunte!

- Mi se pare rezonabil, spuse Amelie. Și bineînțeles că sărutul veni foarte prompt.

- O să vă chemăm la masă, ziseră fetele râzând, apoi trântiră ușa după ele.

- Ce a fost asta? spuseră băieții în cor.

- Ceva de care o să avem parte mereu de acum încolo. Să facem scrisorile, continuă contele.

Se puseră înapoi pe scris și pe compus scrisori protocolare și pline de respect către marea și vechea universitate din Leipzig. Până când au fost strigați, scrisorile fură terminate și pecetluite. Acestea urmau a fi puse la poștă la prima oră a dimineții următoare. Când ajunseră în sufragerie, toată lumea era deja așezată.

- Haideți, băieți! Ce ați făcut? întrebă Lucien.

- Am compus scrisorile pentru universitate, spuse Marc pentru amândoi. Fetele începură să râdă pe înfundate, căci știau că nu fusese doar atât.

- Sperăm să primim răspunsuri favorabile, iar din toamnă să frecventăm cursurile acestei universități, adăugă Georges roșu ca un rac.

- La masă acum, spuse contesa. Înainte de a pleca la școală trebuie să facem logodnele, prin august cred că ar fi nimerit. Ce spuneți?

- E o idee nemaipomenită, spuse marchizul. Era acum rândul fetelor să roșească, iar a băieților să râdă de ele. De situația aceasta stânjenitoare le scăpă marchiza care spuse:

- Aici în Brandenburg este o mică Franță. Am cules atâtea cărți de vizită și invitații la ceai! E minunat să fii liber în religia ta. Păcat de cei rămași acasă! Ne vom construi o viață nouă și, mai ales, trebuie să credem în destin, continuă ea. Dacă Dumnezeu a vrut să plecăm înseamnă că are alte planuri cu noi decât martiriul.

- Mâncarea este excelentă, schimbă subiectul contesa. Eulalie gătește excelent și e fericită ca o cloșcă cu pui pentru că are camera ei. Mulțumim încă odată pentru că ne-ați oferit sprijinul ei în gospodărie. Am gătit noi, e drept, dar ca niște novice. În curând o să se facă o lună de când am plecat. Când mă gândesc rațional îmi vine în minte doar faptul că am fost nebuni să plecăm așa cum am făcut-o. Aveam patru cai la fiecare trăsură, iar lumea se uita la noi cu uimire. Cine știe ce luminății credeau că poartă ca vântul acele trăsuri. Și acum mă mai trezesc noaptea și parcă mă găsesc pe acest drum lung. Nu mi-a fost frică pe drum, însă acum, când am scăpat, mi-e frică de ce puteam păți prin pădurile alea unde nu era țipenie de om.

91

- Mamă, gata, a trecut! spuse Marc duios. Eu deja îmi croiesc un destin aici. Am scris universității unde sper să fiu admis din toamnă. Voi lucra cu unchiul meu și voi învăța totul de la el. Am o logodnică frumoasă și dreptul de a spera într-o viață mai bună și mai frumoasă. Tu faci parte din scenariul acesta. Nu ai voie să fii decât puternică pentru mine. Amelie clipi și veni zâmbind către mătușa ei, o luă pe după umeri și o sărută pe obraz.

- Of, copiii mei, am devenit melancolică. Probabil că mi-e dor de Nancy și de casa mea, de mormântul contelui și de portretul lui. Voi avea nevoie de voi toți ca să pot trece peste mizeria asta.

- Sora mea cea puternică are nevoie de un desert consistent acum ca să o binedispună, spuse Charlotte zărind-o pe Eulalie cu tava cu plăcintă.

- Da, chiar așa, făcu marchizul de Bruy, Eulalie face plăcinte minunate. Chiar am un locșor gol în stomac care le așteaptă cu nerăbdare.

Toată lumea s-a amuzat, iar contesa își reveni din pasa proastă care o cuprinsese. Când trecură în salon pentru ceai toată lumea era binedispusă.

- Suntem în 29 ianuarie 1681 dragii mei și am realizat atâtea: afacerea cu comerțul, cabinetul medical, copiii s-au integrat chiar bine și chiar vor pleca la studii în curând. Trei ani vor trece repede, spuse Charlotte. Aici deja avem clientelă. Franța e departe, ne va aștepta s-o revedem, poate mai curând decât credem. Sunt atâtea motive să trăim în liniște și pace aici.

- Lipsește doar pisica mea, adăugă Amelie.

- Draga mea, spuse tatăl ei, e îndrăgostită. Cine știe, poate are și pui deja. Te poți opune dragostei? Cred că nu. O ai pe Estelle.

- Nu voi mai avea niciodată pisică, sunt niște animale trădătoare, felinele astea. Te păcălesc, pleacă atunci când nu te aștepți. Și unde a trebuit să se îndrăgostească și ea! Hm! În Franța nu putea? Toată lumea începu să râdă, chiar și Amelie pe care Estelle o îmbrățișă cald.

- Voi fi eu pisica ta, zise ea râzând zgomotos. Miau, miau! făcu ea ca o adevărată pisică.

Se distrară cu toții până se înnecară cu delicioasele plăcinte. Se despărțiră apoi plini de voie bună, oricum aveau să se vadă în fiecare zi. A doua zi urma să vândă cei șase caii și trăsura, așa cum hotărâseră. Marchizul găsise cumpărători care, după o inspecție minuțioasă, aveau să cumpere acest surplus. Luaseră bani buni pe cai și trăsură pe care-i împărțiră în două după ce marchizul își încasă și el partea lui din care îi dădu și lui Georges.

- Primii tăi bani, tinere, câștigați cinstit, spuse marchizul. Ați pus scrisorile la poștă?

- Da, chiar de la prima oră. Sperăm în veşti bune cât de curând.

- Le veţi avea. Aici lumea nu e aşa de numeroasă, vor fi bucuroşi să vă aibă, mai ales ca voi deja practicaţi ceea ce doriţi să studiaţi. Am înţeles că le merg bine afacerile celor de acasă.

- Da, din fericire toţi francezii cumpără de la noi şi se tratează la tatăl Ameliei. Marc a asistat şi la o naştere care l-a impresionat teribil. A fost ca un test pentru el. Nu a leşinat.

- Da? Înseamnă că vom avea un medic bun peste trei ani, spuse de Bruy.

- Noi sperăm din toată inima acest lucru, dar prima dată aş vrea să avem acest răspuns favorabil.

- Eu unul nu am emoţii, îi răspunse marchizul.

În prima săptămână din februarie, pe un frig teribil, sosiră la prăvălia domnului Misard răspunsurile la scrisori.

- Georges, fiule, strigă Michel deschizând uşa interioară ce dădea spre spaţiul propriu de locuit.

- Ce este, tată? Ce s-a întâmplat? întrebă Georges.

- Au sosit scrisorile de la Universitate. Tu şi Marc aveţi răspunsurile.

- Da? Coborâm îndată să le luăm.

Cei doi tineri dădură buzna în prăvălie şi aproape că smulseră scrisorile cu tot cu tejgheaua pe care domnul Misard le pusese cu atâta grijă. De nerăbdare deschiseră fiecare scrisoarea celuilalt.

- Ai fost admis din toamnă, Georges, strigă contele.

- Şi tu ai fost admis tot din toamnă, Marc!

- Doamne, ce bucurie va fi la masă, adăugă şi tatăl lui Georges. Şi scrisorile astea inversate... Ce nostimă situaţie! Vă rog discreţie, băieţi, să le facem o surpriză doamnelor, iar după aceea cred că va trebui s-o trimitem pe Eulalie la marchiz cu scrisoarea să se bucure şi ei. Ginerele lui, peste trei ani, îi va fi partener la cabinet. Într-adevăr, lumea se bucura din toată inima.

- Uite aşa copiii noştri prind rădăcini aici şi ne trag şi pe noi după ei. În curând vor cunoaşte şi alţi tineri, spuse contesa melancolică.

În casa marchizului scrisoarea originală intră în posesia Estellei.

- E a mea! Mă bucur pentru el. De-abia aştept să merg mâine la ei. Eu şi Amelie lucrăm la o broderie minunată. Îmi place totul acolo, dar mai ales pe Georges, spuse ea în inocenţa ei sinceră.

Tatăl său nu făcu decât să râdă, în timp ce mama zâmbea fericită. Când veni seara cei doi tineri, rămânând singuri, îşi spuseră:

- Asta este şansa noastră. O să fim demni de Leipzig, iar fetele vor fi mândre de noi, spuse Georges.

93

- Da, asta e adevărat. Sunt optimist şi încredinţat de locul meu aici pe aceste meleaguri, completă Marc. Aştept primăvara să facem plimbări cu fetele prin oraş, pe malul lacurilor, poate şi pescuim ceva dacă ne vor da voie autorităţile.

- Şi vara e minunat aici, e răcoare, iar apoi vine toamna cu noi provocări pentru noi. De-abia aştept! spuse şi Georges. Mâine vine Estelle la noi să lucreze cu Amelie o broderie, parcă nu mai am răbdare s-o văd din nou.

- Şi eu frate, spuse Marc căscând. Îmi este somn, a fost o zi plină de emoţii.

- Atunci, noapte bună, spuse prietenul lui. Mă duc la mine.

Cei doi băieţi se îmbrăţişară şi se culcară, fiecare visând la o carieră de vis şi, bineînţeles, la fetele lor.

CAPITOLUL 13

Ceea ce credeam că nu va mai veni niciodată veni în cele din urmă: dezgheţul şi primăvara. Era mult mai răcoare decât în Franţa. Până se duse şi ultima palmă de zăpadă dură ceva timp, iar când credeai că ai scăpat se apuca de nins timid, dar se oprea după puţin timp. Pe unde aleile se zvântaseră lumea se plimba fericită de a fi în natură, la aer, că au scăpat de chinul şederii îndelungate în casele lor. Încet, încet, parcurile se umplură de lume, de bone cu copii ieşiţi poate pentru prima oară din casă de când se născuseră.

Întruna din aceste zile, pe la mijlocul lui martie, două perechi de tineri mergeau unii lângă alţii, râzând din te miri ce. Lumea întorcea capul după ei, încercând să se molipsească de entuziasmul şi bucuria lor. Înţelegeau şi ei, era primăvară. Marc şi Amelie mergeau în urmă, iar Georges şi Estelle în faţă, de fapt e un fel de a spune că mergeau pentru că fetele ţopăiau fericite şi alergau pe acele alei minunate ale parcului. Erau la plimbare cum nu o mai făcuseră de multă vreme. Obrajii le erau roşii, iar ochii le străluceau fericiţi. Nu mai fuseseră la plimbare împreună niciodată, era prima dată.

- Ce zici, Amelie, întrebă Marc, până plecăm la studii te înveţi să pescuieşti? Este un loc minunat pe care l-am găsit pe harta unchiului: Tiefensee.

- Niciodată, m-aş plictisi, zise fata râzând. Cred că nici Estelle nu şi-ar dori să se uite ceasuri întregi la o undiţă.

- Mie, spuse Estelle, mi-ar plăcea să mă plimb pe malul apei, să culeg flori, să arunc cu pietricele, să ascult broscuţele, să găsesc cuiburi de raţe sălbatice.

- Vedeţi, zise Amelie, prietena mea este o romantică desăvârşită. Suntem două domnişoare delicate şi trebuie să fim tratate ca atare.

95

Cele două fete mergeau acum braț la braț, iar băieții veneau încântați în urma lor. Aveau să se căsătorească cu aceste domnișoare pline de viață.

- Am o idee, spuse Marc făcându-le pe fetele care șușoteau împreună în față să se întoarcă.

- Ce este? întrebă Amelie zâmbind.

- Să mergem să mâncăm o prăjitură la cofetăria domnului Franz. Am asistat la nașterea celui de-al doilea copil al său, deci mă cunoaște bine. Îmi spun „herr Graff Marc". A fost o naștere dificilă, dar acum toată lumea e sănătoasă. Copilul trebuie să aibă cam două luni acum, iar doamna cred că e și ea bine.

- Bună idee, „herr Graff", ziseră fetele râzând, du-ne acolo! Nu ar strica să ne încălzim puțin. Soarele are dinți, chiar dacă e martie de multă vreme în calendare.

- Atunci să ne întoarcem, nu e departe de casele noastre. Vom mânca și apoi vom merge acasă unde e cald și bine.

Tinerii se întoarseră grăbiți parcă de dorința de a mânca o savuroasă prăjitură în acea cofetărie. Când îi văzu, cofetarul fu tare fericit. Imediat le aduse ce comandaseră și refuză să fie plătit, însă Marc puse banii în mâna doamnei de la tejghea.

- Ai nevoie de ei, domnule Franz. Ce mai face copilașul dumitale?

- Mulțumesc, copiii sunt acum sănătoși amândoi, iar mama lor la fel, spuse acesta bucuros și trăgându-se de vârfurile mustăților. Cred că nu ar strica însă o vizită a domnului Corday, asta pentru liniștea mea.

- Îi voi transmite unchiului meu când voi ajunge acasă. De botezat, când îl veți boteza?

- Cred că îl vom boteza când se va face mai cald, doamna mea nici nu vrea să audă de așa ceva acum când încă este frig.

- O cred, să ne inviți și pe noi din timp. Ar trebui să-ți fiu naș. Domnișoara de colo este fiica domnului Corday, verișoara mea și viitoarea mea soție.

- Da? căscă mirat cofetarul ochii și așa destul de mari. Nu este o idee rea, continuă el. Îmi pare bine că vă cunosc, domnișoară! Sper să mai veniți pe la noi în vizită.

- Mulțumesc, domnule, spuse Amelie încântată. Poate nu o să vă refuzăm dacă vă veți gândi la noi în legătură cu botezul. Mie mi-ar face o reală plăcere chiar dacă nu știu mai nimic în legătură cu acest ritual.

- Oh, nu e mare lucru, spuse cofetarul, doar să se mai încălzească puțin.

- Oricum, am putea folosi trăsura, spuse tânărul conte.

După ce savurară delicioasele prăjituri ale domnului Franz mai zăboviră puțin apoi plecară spre casă. Nu aveau mult de mers, iar plimbarea fusese de asemenea un minunat moment de relaxare pentru ei. După ce o lăsă pe Amelie lângă mama ei, Marc plecă la unchiul său.

- Copilul cofetarului este sănătos, unchiule, însă te roagă să-i mai faci o vizită, asta așa, pentru liniștea lui. S-ar putea să-l botezăm noi, adică eu și Amelie, atunci când va fi mai cald.

- Da? I-auzi! Ce interesant! Un copil de cofetar botezat de un conte, dar e ceva normal. Invers era mai ciudat, de fapt pentru noi cei ce am pornit-o a doua oară în viață nici nu contează. Ar fi frumos să te văd ținând acel copilaș în brațe.

- Se pare că ai uitat, unchiule, că l-am mai ținut în brațe, adăugă Marc zâmbind.

- Nu am uitat, ai făcut foarte bine, așa că sunt liniștit, dragă Marc. Vom merge mâine seară, dacă nu apare nimic neprevăzut. Mai am doar o consultație pentru azi, iar apoi termin. Nu prea cred să am urgențe mai târziu. Rămâi cu mine sau pleci în casă?

- Rămân cu tine, unchiule, îmi face plăcere să stau aici și apoi e minunat să învăț ceva nou în fiecare zi.

Pacientul era un bărbat în vârstă care venea deja a doua oară și spunea că se simte mai bine. Îl dureau oasele, iar Lucien îi dădea o alifie preparată chiar de el. Era un bărbat foarte respectuos și tare îndatoritor. Plătea întotdeauna și nu era francez. Pentru medic era cu atât mai prețios cu cât nu aparținea poporului său. Căpătase încrederea omului și știa cât de greu era să obții acest lucru, iar un om mulțumit ducea vorba mai departe cu siguranță. A doua zi soția cofetarului fu tare încântată de vizită. Copilașul ei era vioi și bine făcut, iar doctorul era mulțumit.

- Soțul meu mi-a povestit de ideea cu botezul, spuse doamna. Am fi tare încântați dacă ne-ați face o asemenea onoare de a ne boteza copilașul. Cred că în luna mai ar fi cel mai nimerit, e destul de cald.

- Și noi am fi fericiți, spuse tânărul conte, mai ales că l-am văzut născându-se. Într-adevăr, sunt și eu de părere că ar trebui să așteptăm zile mai calde, căci e tare frig aici. De fapt, cred că nici vara nu e ca în Franța.

- Fără îndoială, spuse doamna, însă vă veți obișnui cu timpul, nu se poate dintr-o dată. Excursiile la munte sunt minunate, iar pescuitul în apele cristaline și repezi o minune.

- Pescuit ați spus? întrebă Marc căruia îi sclipiseră ochii la auzul acestui cuvânt. Mi-ar plăcea foarte mult. Am zis ca mă voi duce la unul din lacuri la vară. Pescuitul e una din pasiunile mele.

- Și soțul meu e pasionat de pescuit, chiar dacă acum nu mai are timp deloc.

Vizita fiind pe sfârșite, doamna Weber, căci ăsta era numele cofetarului, îl rugă pe conte să o mai viziteze și altă dată și să o aducă și pe logodnica lui.

- Negreşit. Aşa voi face. Îl voi anunţa din timp pe domnul Franz de vizită.

- Vom fi bucuroşi întotdeauna să vă primim.

Cei doi bărbaţi îşi luară rămas bun şi plecară către casă.

- Capricioasă vreme. Până vine primăvara va trebui să mai îndurăm ceva frig, spuse zâmbind medicul văzând câţiva fulgi de nea căzândm făcându-le parcă în ciudă. Sper să nu mai aibă atâta putere iarna asta. Frigul şi umezeala asta mi-au pătruns în oase, noroc cu acest micuţ vioi pentru care merită să ieşi din casă să te mai dezmorţeşti. E o familie foarte amabilă. Avem deja ceva pacienţi care nu sunt francezi, asta mă face fericit.

- Pentru că eşti un medic bun, iar asta se apreciază oriunde.

- Mulţumesc, fiule!

Cei doi bărbaţi iuţiră pasul şi ajunseră apoi acasă unde erau deja aşteptaţi pentru ceai. Era ora patru şi jumătate după-amiaza. Doar domnul Misard era în prăvălie la el, programul lui se termina la orele şase ale serii. Eulalie îi dusese şi lui ceaiul cald şi aromat care încă nu se terminase. Era acel ceai adus în cuferele contesei, de care nimeni nu-şi mai adusese aminte. Pe Michel îl aşteptau ca de obicei la cină pe la orele şapte. Erau tare mulţumiţi cu toţii în tihna casei lor. Focul ardea şi dădea salonului o intimitate desăvârşită. Draperiile erau trase şi ele ,căci era deja seară.

- Ştiţi că fulguie afară? spuse Marc aşezându-se lângă Amelie care tocmai îi turna ceai într-o ceaşcă.

- Nu cred că se va depune, zise Estelle. De fapt sper asta. Sunt de atâta timp aici, însă numai cenuşiu am văzut. Am venit la sfârşitul verii, iar aici era deja frig. După ceai trebuie să merg acasă, bine că nu e departe.

- Te conduc eu, spuse Georges. Îmi face plăcere şi totodată îi înapoiez tatălui tău o carte pe care am terminat-o de studiat.

- Mulţumesc, spuse Estelle simplu.

După ce tinerii plecară către casa familiei de Bruy, Marc o informă pe Amelie despre posibilitatea organizării botezului micuţului Weber în luna mai, cât şi despre dorinţa doamnei Weber de a o cunoaşte înainte de acest eveniment.

- Trebuie doar să anunţăm în prealabil, adăugă el.

- Oh, de-abia aştept, spuse Amelie. Luna mai este o lună frumoasă chiar şi aici. Eu şi Estelle îi vom face copilaşului o mulţime de hăinuţe pe care i le vom inscripţiona cu iniţialele lui.

Doamnele nu participau la discuţie, ele se gândeau că peste două săptămâni, pe întâi aprilie 1681, era ziua lui Lucien pe care i-o pregăteau în mare taină. Era o zi care cădea într-o vineri, deci totul se potrivea de minune planului lor. Vroiau să-i facă drept cadou o trusă nouă de doctor. Lucien o avea pe cea veche, de la Paris, dar niciodată nu strică să ai una în plus. Doreau o petrecere discretă doar între ei. Domnul Misard deja se interesase despre această trusă, iar furnizorul spunea că nu există una mai completă la acea vreme. Cadoul era un mare secret, bine păzit de toată lumea, nici măcar nu exista o bănuială din partea medicului. La cina de la ora şapte Michel anunţă că ninsoarea se oprise.

- Sper să nu mai înceapă, căci scările prăvăliei sunt alunecoase şi nu aş vrea să am neplăceri cu clienţii, mai ales cu doamnele. Trimiţi accidentaţii la cabinet. Consultaţie gratuită, zise Lucien râzând. Am glumit, bineînţeles. Ne-a ajuns tuturor frigul ăsta.

- Da, aşa este. Vreau să văd flori şi iarbă verde crudă, zise Florance. Şi apoi să mă plimb.

- Iar Marc vrea să pescuiască, spuse Georges, iar râsul începu să umple încăperea.

- Sigur, până în septembrie se dezgheaţă şi lacurile, spuse Michel.

- Şi îngheaţă la loc, zise Amelie arătându-şi dinţii ei cei frumoşi.

Marc ridică din umeri şi zâmbi. Era bine dispus. Seara fu minunată, astfel că toţi merseră la culcare binedispuşi, Amelie chiar se lăsă sărutată pe obraz de vărul său care aflase de la Georges că Estelle îi întinsese deja obrăjorul frumos şi roşu ca un rac în oala servitoarei.

Într-adevăr, când se treziră văzură că soarele reuşise să topească zăpada ninsă de cu seară. Se făcuse mai cald, mai ales acolo unde razele soarelui mângâiau locul. Amelie stătea în camera ei la fereastra care dădea în curte şi privea. Nu coborâse încă. Era prea devreme, mai ales de când aveau servitoare. Văzuse un om foarte bine îmbrăcat intrând la tatăl său la cabinet. Oare de ce atâta grabă? O fi fost un om bogat cu o urgenţă. Închise ochii şi îşi aminti de contele de Nevers. Ce zile, ce durere, însă nu era acelaşi lucru. Acum îl avea pe Marc al ei la câteva camere distanţă. Se va logodi...

Imediat îl zări din nou pe acel om ieşind cu tatăl ei. Da, era o urgenţă. Trebuia să meargă acasă la acel om. Părea să nu aibă mai mult de douăzeci şi cinci de ani. Era bine legat şi cu o atitudine foarte distinsă. Din gesturi înţelese că acel domn avea trăsura la poartă. Tatăl său o zărise şi o sărută de la acea distanţă. Ea îi zâmbi fără să deschidă geamul. Tânărul ridică şi el privirea până la camera fetei. Văzuse cum tatăl ei îi spune tânărului domn că domnişoara este fiica lui. Tânărul dădu din cap, salută scurt şi ieşi apoi din curte cu tatăl său.

Privirea aceea nu-i mai ieşea din minte Ameliei. Era un bărbat atât de serios în hainele lui scumpe, dar sobre. Părea trist, iar ea nu mai dorea oameni trişti. În sfârşit zări o trăsură plecând şi scena se termină. „Probabil că Marc e la cabinet acum", gândi ea. Poate o să afle mai multe despre acel om. Începu să se îmbrace încet, iar după ce termină coborî la micul dejun.

Se bucură ca nu întârziase. În dimineața aceasta era melancolică, poate din cauza ochilor străinului.

- Ce ai, draga mea? o întrebă mama ei. Pari tristă.

- Nu am nimic. L-am văzut doar pe tata plecând cu o trăsură în compania unui domn. Cred că era o urgență. Nu-mi plac urgențele.

- Tatăl tău, Marc și Michel, știi bine că se trezesc mult mai repede și iau micul dejun împreună. Poți merge la cabinet după masă, îți vei găsi verișorul acolo.

- Doar eu sunt privilegiat, spuse Georges, treburile astea juridice încep la ore decente.

- Ești un norocos, într-adevăr. Ești în urma lui Marc cu aproape două ore, mai spuse Amelie.

După micul dejun Amelie merse în cabinetul tatălui ei printr-o ușă interioară. Aici îl găsi pe Marc citind.

- Amelie, ce faci aici? spuse el ridicându-se și luând-o de mâini.

- L-am văzut pe tata de la fereastră plecând cu un domn. E vreo urgență în oraș? Omul nu părea francez.

- Clientela tatălui tău nu este doar franceză, draga mea. Acel domn este marchizul de Hesse. Acasă la el era nevoie de un medic pentru mama lui. Spunea că toți medicii pe care i-a adus acasă nu i-au mai dat nicio șansă mamei sale. A aflat de tatăl tău de curând și vrea și părerea lui. Se pare că marchiza e bolnavă de multă vreme și nu se mai ridica din pat dar avea o stare oarecum stabilă. Acum nu îi este bine și are dureri mari.

- Biata femeie, spuse Amelie. Nu cred că o va mai duce multă vreme.

- Și eu cred la fel, de fapt și marchizul știe acest lucru, însă speră să nu se întâmple această criză acum. Cred că are cancer.

- Înțeleg, spuse Amelie așezându-se. Îl voi aștepta pe tata. Va veni curând, căci e plecat de ceva vreme.

- Așa este, dar iată-l că intră în curte. E cam abătut, spuse Marc. Când intră, Lucien nu fu surprins de vizita fiicei sale.

- Tată, cine era acel domn?

- Era marchizul de Hesse. Mama lui suferă în tăcere de cancer al gâtului. Până acum nu a avut însă decât crize trecătoare sau mai bine spus suportabile. De două săptămâni a slăbit mult, văzând cu ochii, căci cancerul a devenit galopant. I-am prescris niște calmante puternice, dar sfârșitul este inevitabil, așa că multe nu se mai pot face. Are doar patruzeci și cinci de ani și e doar piele și os. Marchiza are doi copii: un băiat și o fată. Fata este măritată și era prezentă la căpătâiul mamei sale, însă tânărul marchiz nu este căsătorit. Tatăl lor a fost militar și a murit pe front, sfâșiindu-le inima tuturor celor din familie. Fata cred că este copilul cel mare și să tot aibă vreo douăzeci și șapte de ani. Tânărul nu cred să aibă mai mult de douăzeci şi patru ori douăzeci şi cinci de ani. Copiii sunt împăcaţi cu ideea morţii mamei lor, însă nu şi-o doreau prea curând pentru că la sfârşitul lunii martie este comemorarea tatălui lor. Eu cred că va mai trăi chinuindu-se cel mult o săptămână, termină medicul.

- Ce dureros, suspină Amelie. Cred că am să plec acum. Uite, vine şi primul pacient. Ne vedem la masă.

- Du-te, fata mea, ne vom vedea atunci.

Amelie se făcu nevăzută gândindu-se la marchiz. „Ciudat, şi eu mi-am pierdut pisica, dar cred că nu e acelaşi lucru. Nu mai vreau să pierd nimic! Nu pot însă uita ochii aceia trişti privindu-mă. Ce-o fi oare? Probabil că tata se va mai duce cu siguranţă la doamna aceea să-i mai aline suferinţa. Cred că tatăl marchizului a luptat alături de Marele Elector, dar nu a fost prea norocos." Urcă în camera ei. În acea zi nu o aştepta pe Estelle şi nici ea nu trebuia să-i facă vreo vizită. Reveni la fereastră, iar ochii ei priviră la pavajul gol. Începu să plângă şi lacrimi mari îi şiroiau acum pe obraji. Fugi şi încuie repede uşa.

- Nimeni nu trebuie să mă vadă aşa. Ce emotivă şi sensibilă sunt! începu să vorbească ea încetişor. Trebuie să-mi revin şi să cobor. Mama va urca la mine cu siguranţă dacă voi mai întârzia.

Îşi dorea să fie în braţele lui Marc. Doar el putea să o liniştească. Merse la oglindă şi îşi şterse lacrimile. Se privi o clipă, apoi încercă să-şi compună un zâmbet de complezenţă şi să iasă. „Am trecut prin multe, probabil de asta sunt aşa", găsi ea răspunsul. Coborî la timp, servitoarea deja urca să bată la uşa camerei.

- Vin imediat, Eulalie! Acum cobor.

- Bine, domnişoară, spuse servitoarea retrăgându-se.

CAPITOLUL 14

Sfârşitul lui martie deveni, spre marea bucurie a tuturor, destul de cald pentru a te bucura de acest anotimp al renaşterii. Vântul care încă mai bătea nu mai înţepa prin răceala lui, chiar începuse să fie mai blând. Doamnele hotărâră să înceapă să amenajeze micuţa grădină din spate.

- Ne vom relaxa printr-o muncă foarte elegantă, spuse contesa, iar celelalte doamne o urmară imediat. Plantară flori specifice zonei care erau rezistente la clima mai ciudată a regiunii.

- Aici ne vom petrece toată perioada de timp frumos, concluzionă doamna Misard. Va trebui să ne străduim pentru a ne face totul o vie plăcere, am putea să-i sărbătorim ziua de naştere a lui Lucien chiar aici, dacă vremea va fi la fel. O schimbare de decor minunată, aş zice eu.

- E o idee bună. Peste două zile este chiar ziua lui, spuse Charlotte, până atunci vom curăţa băncile şi masa aceasta de urmările iernii, iar plăntuţele vor fi sădite peste tot.

Femeile, teribil de entuziasmate, se apucară de muncă pline de veselie şi gălăgie în acelaşi timp, elemente atât de comune unui grup de femei. Terminară tot ce aveau de făcut până pe 31 martie, de altfel grădina nici nu era mare, dar era suficientă. Eulalie promitea un meniu de excepţie, astfel ca sărbătorirea medicului să fie perfectă. Până şi trusa cea nouă era bine ascunsă în camera Eulaliei care o privea ca pe o icoană. Ştia că medicul nu se poate lipsi de acele instrumente în munca sa.

Lucien nu află nimic în dimineaţa cu pricina. Doamnele nu-i acordară mai multă sau mai puţină atenţie ca de obicei, doar se treziră odată cu el şi cu nepotul său luând micul dejun împreună. Nici aşa nimeni nu avea vreo idee despre aranjamentul acesta ciudat cu trezitul de dimineaţă. Pentru Lucien, care avea o listă lungă până la prânz, nu a fost decât un mic dejun mai animat. Uitase de ziua lui. Nici Marc nu înţelegea ceva. Ce căutau doamnele care aveau alt program de dimineaţă împreună

cu ei era un mister, astfel că era doar fericit pentru că Amelie era lângă el
şi-i zâmbea fericită, deşi încă pe un sfert adormită, cu părul prins doar cu o
cordeluţă şi lăsat pe spate. Era atât de frumoasă şi atât de proaspătă. Totul
în capul lui se învârtea în jurul ei, iar el trebuia să lucreze şi să înveţe
pentru ea şi viitorul lor împreună. Amelie trebuia să fie mândră de el.

Singurul bărbat care ştia povestea era Michel, prezent şi el alături
de Georges care era la fel de nedumerit. Domnul Misard ştia să nu se
amestece în treburile acestea făcute de femei după tiparul firii lor, astfel că
atunci când îi spuse lui Georges să vină cu el la prăvălie până la a pleca la
biroul marchizului păru firesc în ton şi gesturi. Georges salută şi plecă
dând din umeri, în fond îi plăcea în magazinul tatălui său şi era chiar
vremea deschiderii lui. După ce bărbaţii Misard plecară, Amelie îl întrebă
pe logodnicul ei dacă aveau multă lume la cabinet în acea zi.

- Până la prânz, dar după aceea mai deloc. E totuşi vineri. Doar
dacă nu va exista vreo urgenţă undeva.

- Ce minunat, Marc. Mulţumesc pentru răspuns. Poate o vom
vizita pe doamna Weber mâine, ce spui?

- N-ar fi o idee rea, spuse tânărul ridicându-se şi pregătindu-se de
plecare. Ne vedem la prânz atunci, draga mea, mai spuse el şi îşi urmă
unchiul la cabinet.

Eulalie avu grijă să deschidă poarta pe care era afişat programul
doctorului şi astfel ziua putea începe. Doamnele erau puţin neliniştite, căci
sperau ca vremea să fie frumoasă pe toată durata zilei. Într-adevăr, era
vreme frumoasă, dar teama de vreo picătură de ploaie le făcea să se uite pe
geam destul de des. Inspectară şi bucătăria unde totul era în ordine, iar
masa promitea să fie savuroasă. Eulalie tocmai orna o prăjitură. Era greu
să stai lângă ea şi să nu guşti de peste tot, astfel că doamnele plecară să
amenajeze grădina. Masa a fost încadrată de scaune, iar o faţă de masă
minunată o împodobea. Farfuriile, paharele şi tacâmurile erau aranjate
corect, făcând ca totul sa fie într-o armonie deplină.

- Noroc că Lucien nu are ferestre pe partea asta şi nici nu e curios
din fire, zise Charlotte zâmbind.

- Întotdeauna am admirat atenţia lui opacă, concluzionă amuzată
contesa. Poţi să lucrezi orice sub nasul lui, dacă nu e ceva legat de meseria
lui nu vede nimic.

- Ei, nici chiar aşa, zise Charlotte. Eu cred că vede totul, dar trece
cu vederea dacă nu e ceva care să-l deranjeze pe el sau familia lui.

- Cred că ai dreptate, sora mea dragă, spuse Florance. Acum totul e
aproape gata, trebuie doar luată trusa din camera Eulaliei.

Trusa fu adusă imediat şi pusă sub masă, spre a nu fi văzută de
nimeni, mai ales că faţa de masă era destul de lungă şi acoperea perfect.
Când programul de consultaţii trebuia să se termine, medicul şi Marc

103

trebuiau conduşi afară. Era o adevărată sarcină şi datorie pentru Eulalie care nu mai luase parte la o astfel de acţiune solemnă de multă vreme. La momentul oportun şi pe un ton ceremonios servitoarea i-a informat pe cei doi bărbaţi, care găsiră sufrageria goală, că doamnele îi aşteaptă în grădină. Conduşi de Eulalie, cei doi merseră în grădină unde toată lumea, inclusiv Georges pus la curent cu acţiunea în două fraze, începu să aplaude, iar Charlotte veni prima şi îşi felicită soţul:

- La mulţi ani, dragul meu!

- Ah, e ziua mea astăzi, îşi aminti Lucien. Marc începu să râdă dându-şi seama de ce au organizat doamnele fără ştirea lor.

- Mi s-a părut mie suspectă masa luată în dimineaţa aceasta. Ce interesant! Şi ce frumoasă e grădina, continuă băiatul uimit de descoperirile făcute. Într-adevăr, ştiţi să ţineţi un secret.

După ce toată lumea îi ură lui Lucien toate cele bune de ziua lui, se aşezară cu toţii. Doar Corday avu ceva probleme, căci sub masă îl incomoda ceva. Se uită şi zări o geantă nou-nouţă cu tot ce îi trebuie unui medic. Toată lumea începu să râdă de uimirea acestuia care abia mai putu să închiropeasă un „mulţumesc" firav şi bolborosit.

- Într-adevăr te-am dat gata, cumnate, zise Florance încetând să mai râdă. Efectul a fost cel dorit: ai căzut în plasă. Ai uitat că azi e ziua ta, însă noi nu.

- Chiar am uitat. Am împlinit patruzeci şi şase de ani. Mulţumesc pentru trusă. Este chiar ce îmi doream. O va putea folosi şi Marc. E mult mai completă din câte pot vedea la o primă privire.

- La masă, strigă cineva. Şi cine altcineva putea fi decât Eulalie?

Astfel această aniversare frumoasă îi uni şi mai mult pe aceşti oameni care găsiseră în ei puterea de a zâmbi din nou. Se distrară, savurară meniul într-adevăr delicios, iar timpul trecu într-un mod foarte plăcut şi aproape pe nesimţite. Când reveniră toţi la treburile lor, chipurile le erau luminate de recunoştinţă şi fericire. Lucien şi Marc au avut un moment de supriză desfăcând şi studiind noua trusă.

- Eu chiar uitasem, spuse Lucien. Doamnele acestea ştiu să păstreze secrete, nu-i aşa? Tu ai ştiut ceva?

- Nu, nu am ştiut nimic. Pe onoarea mea, unchiule! Amelie a tăcut, nu a scos niciun cuvinţel despre ce puneau ele la cale.

- Începe să semene cu suratele ei, zâmbi medicul. A învăţat să fie femeie. Cam prea repede, dar având în vedere circumstanţele, nu am nimic de comentat. De-abia aştept să mergi la Leipzig. Acolo e o universitate mare şi cu tradiţie. Vei sta împreună cu Georges şi vă veţi îmbărbăta reciproc. Sunt doar douăzeci şi nouă de leghe până acolo, nu e departe. Oricum, mai sunt şi vacanţele. Revederea va fi minunată. O să purtaţi cu noi o corespondenţă, sper, consistentă. Dar mai este până atunci.

Până la sfârșitul zilei doar doi bărbați și o doamnă cu un copilaș răcit intrară. Atât lui Lucien cât și lui Marc le plăcea destul de mult cabinetul lor, căci era simplu, dar în același timp oarecum interzis restului familiei. Amelie se mai strecura uneori, dar ea era o prezență unanim acceptată. Charlotte nu intrase decât după ce amenajarea cabinetului fusese terminată. Era un loc ce-i insufla mult respect, acolo era lumea soțului ei.

Marc avea liber la sfârșitul săptămânii, Lucien consulta singur în acele zile. Era obișnuit de asemenea ca lumea să bată la ușa casei dacă ușa cabinetului era încuiată. Eulalie răspundea și îl trimitea pe doctor la datorie.

Înainte de cină toată lumea stătea liniștită în salon. Chiar și Michel încuia mai repede prăvălia vinerea și sâmbăta. Duminica nu deschidea niciodată. Tuturor le plăcea să fie împreună, uneori Georges avea dreptul de a lipsi de la cină. Lipsea motivat. Era la Estelle, unde altundeva? Marchizul era tare mulțumit de câte cunoștințe acumulase și se dovedi un secretar minunat și indispensabil care putea fi în curând un notar celebru. Nici că se putea mai bine pentru fiica sa. „O partidă minunată", gândea de Bruy.

Se așezară la masă în aceeași bună dispoziție pe care o avuseseră și la prânz. Georges lipsea, era la logodnica lui, iar restul erau cu toții prezenți. Începuseră să mănânce desertul când Eulalie intră scuzându-se:

- Domnule Corday, aveți un vizitator. Vine din partea marchizului von Hesse cu o scrisoare pentru dumneavoastră.

- Da? Acum vin.

Medicul își scoase șervetul și se ridică. Aproape de intrarea în casă un lacheu îmbrăcat cu însemnele casei von Hesse îl aștepta ținând în mână o scrisoare. După ce medicul îl salută mesagerul, se înclină răspunzând la salut și spuse:

- Marchizul, stăpânul meu, vă roagă să-l scuzați pentru deranjul pe care vi-l provoacă. Am aici din partea lui o scrisoare pe care vă rog s-o citiți și să-mi dați, dacă binevoiți, un răspuns. Poate fi și o vorbă doar, spuse slujitorul înclinându-se încă odată și înmânând scrisoarea.

Lucien luă scrisoarea și se apropie de un sfeșnic cu mai multe lumânări. Marchizul îl anunța că mama lui murise: „A murit după două săptămâni, mai împăcată și cu mai puține dureri datorită dumneavoastră. Vă suntem recunoscători, eu și sora mea, pentru tratamentul pe care i l-ați prescris. A murit împăcată în brațele noastre, a celor care am iubit-o, la vârsta de patruzeci și opt de ani. Prin această scrisoare vă fac o rugaminte, aceea de a fi prezent la ceremonia înmormântării. Aceasta va avea loc la data de patru aprilie la orele unsprezece ale dimineții, la cimitirul bisericii unde se află cavoul familiei von Hesse, unde tatăl meu este îngropat de asemenea. Vă rog să-mi dați un răspuns prin trimisul meu dacă îmi veți

105

acorda cinstea prezenţei dumneavoastră. Ceremonia va avea loc duminica, de aceea voi înţelege dacă nu veţi putea veni. Vă rog primiţi cele mai deosebite mulţumiri alături de respectul nostru!"

Lucien citi totul şi nu înţelegea de ce avea o impresie ciudată cu privire la marchiz, parcă era un membru al familiei. În mod normal nu era şi nu avea nicio obligaţie către această familie strălucită de la Curtea Electorului. Doamna îi fusese într-adevăr pacientă, de fapt când este vorba de cancer nu mai poţi fi numit „pacient", căci viitorul îţi este pecetluit. Zilele ţi le numără doar Dumnezeu. În cele din urmă, pierdut în gândurile sale, Lucien se auzi dându-i răspunsul omului:

- Am să vin duminică la orele unsprezece. Ştiu unde este cimitirul unde va avea loc ceremonia înmormântării. Vă rog să-i transmiteţi stăpânului dumneavoastră acest fapt. Nu este niciun deranj pentru mine. Îmi pare rău pentru că doamna a avut acest destin necruţător şi chiar nu am putut face nimic în privinţa ei. Spuneţi-i marchizului să fie tare, poate că viaţa îi va surâde altfel. E foarte tânăr şi agreat de Elector.

Slujitorul memoră totul pentru a îi putea transmite stăpânului său, se înclină şi plecă salutând de unde venise.

- Doamna von Hesse a murit. Mă voi duce la ceremonia înmormântării ei duminică, la orele unsprezece, spuse Lucien când intră în sufragerie. Nu am putut refuza rugăminţile acestui tânăr care şi-a pierdut mama. Ceva m-a oprit. Voi fi la masă fără nicio problemă, căci la ora unu voi fi acasă.

- Ce veste tristă, spuse Florance.

- Avea cancer în ultima clipă a evoluţiei lui, deci ceva inevitabil.

Amelie se înroşise toată în obraji, însă nimeni nu sesiză acest aspect. Îi veniră în minte ochii aceia trişti şi serioşi ridicaţi asupra ferestrei camerei ei când tatăl său o salutase. Se ridică de la masă pentru că şi Marc o făcuse şi plecară amândoi în salon, însă ciudat, îşi dorea să fie singură şi nu alături de Marc. Parcă îşi dorea să plângă. Îşi scutură capul pentru a alunga aceste gânduri. Marc era alesul ei, celălalt era doar un trecător. Îşi regăsise starea de spirit, căci Marc avea darul s-o înveselească şi s-o liniştească sărutându-i mâinile sau trăgând-o de vreo dantelă. Îşi reveni când toţi ceilalţi intrară în salon şi nici nu se mai discuta despre acest subiect. Aveau a doua zi să meargă în vizită la familia Weber pentru micuţul ce trebuia botezat şi pentru a stabili data în cursul lunii mai când va avea loc acest eveniment fericit. Marc se distra de asemenea pe seama ei.

- Vei fi o naşă minunată, Amelie. De-abia aştept să te văd cu băieţelul în braţe.

Amelie începu să râdă răspunzându-i că şi ea vrea să vadă acelaşi lucru, adică să-l vadă în biserică în aceeaşi postură cu micuţul în braţe. A doua zi, la familia Weber se stabili data marelui si fericitului eveniment: 10 mai 1681. Marc şi Amelie au fost primiţi minunat, astfel, cei doi tineri l-au cunoscut şi pe frăţiorul lui Alexander cu care se putură juca, fiind ceva mai mare. Petrecură foarte plăcut două ceasuri până când pruncul dădu semne de plictiseală şi oboseală. Trebuia hrănit şi culcat. Plecară astfel spre casă încântaţi şi fură opriţi înainte pentru puţine clipe de domnul Weber care îşi ţinea cofetăria deschisă duminica până la prânz şi chiar nu făcea rău deloc.

- Aveţi nişte copii minunaţi, spuse Amelie încântată. Domnul Weber îi mulţumi şi, ca de obicei, le întinse un pachet cu prăjituri. Vai, ne vom îngrăşa! spuse veselă fata.

- Asta se întâmplă când ai drept fin un copil de cofetar, rişti să-ţi neglijezi silueta, spuse şi Marc râzând.

- Luaţi-le, nu sunt multe. Şi voi i-aţi adus destul de multe lucruşoare copilului nostru, zise cofetarul trăgându-şi mustaţa în stilul lui caracteristic.

Se despărţiră fericiţi cu toţii considerând data ca fiind bine aleasă în cursul lunii mai pentru Alexander. La prânz familia de Bruy era invitată la ei, astfel că îi găsiră pe toţi ai casei în salon. Subiectul era desigur înmormântarea marchizei von Hesse de a doua zi.

- Îl cunosc pe marchizul von Hesse, spuse de Bruy. E un tânăr foarte bogat şi face parte din camarila Electorului. De obicei este un personaj retras, poate din acest motiv este apreciat şi iubit de Elector. De când bătrânul său tată a murit, Wilhelm Friedrich îl ţine pe lângă el, îi este ca un al doilea tată, căci el l-a botezat pe marchiz. Cei doi „taţi", dacă-mi permiteţi expresia, au fost ca doi fraţi, prieteni din copilărie.

- Este atât de singuratic? se trezi Amelie întrebând.

- Nu este singuratic, este mai degrabă foarte interiorizat, dar este întotdeauna alături de naşul său la petreceri, vânătoare sau alte activităţi. Nu este nici logodit, de altfel este şi foarte tânăr. Cred că are cam douăzeci şi patru de ani. După câte ştiu, sora lui este mai mare, dar o vei cunoaşte mâine, Lucien, spuse de Bruy. E foarte interesantă invitaţia aceasta, înseamnă că i-ai trezit interesul cumva. M-a uimit de asemenea cum de te-a găsit marchizul.

- Şi eu am fost uimit, Guillome, răspunse doctorul. Şi dacă ai şti cât mi-a mulţumit în scrisoare şi nu am făcut nimic care să-i schimbe soarta mamei sale.

A doua zi dimineaţă Lucien, îmbrăcat cu haina de doliu, o porni către cimitirul indicat. Pornise mai repede pentru a avea timp să studieze această puternică familie care-i făcuse această deosebită onoare. Astfel ajunse cam pe la orele zece, oră la care găsi câţiva invitaţi şi desigur familia. Cine mai trebuia să vină ar fi trebuit să ajungă mai aproape de ora anunţată, căci aşa era acest neam, foarte corect. Îl văzu pe marchiz stând pe scaun lângă sicriul mamei sale. Era atât de frumos în tristeţea lui. Acesta tresări fericit când îl văzu pe doctor.

- Mulţumesc că aţi venit, domnule Corday, chiar aţi venit mai repede cu aproape o oră, observă el. Mă bucur, continuă marchizul, că aţi venit mai repede, ne puteţi cunoaşte astfel familia mai de aproape. Până la orele unsprezece va fi multă lume aici care ne stimează, însă ar fi fost mai greu să ne apropiem şi să comunicăm.

- Condoleaţe în primul rând, domnule marchiz, zise Lucien luându-i mâinile tânărului. Mama dumitale era încă plină de viaţă, vârsta o obliga la acest lucru.

- Da, este adevărat, dar gândindu-mă cât a suferit, poate e mai bine că şi-a luat locul lângă tata. A fost o perioadă cumplită. Familia dumneavoastră este sănătoasă? S-a adaptat aici la noi?

- Familia mea, mulţumesc de întrebare, este bine! Şi cred că atunci când va putea ieşi din casă în fiecare zi o voi putea numi cu adevărat adaptată. De fapt, am o singură fiică ce se va logodi în august cu vărul ei, contele de Langarde, care este aici alături de mama lui, sora soţiei mele. Lucien nu observă că tânărul îşi strânsese discret buzele într-o nemulţumire. Aţi văzut-o de fapt pe Amelie în acea dimineaţă când aţi venit la cabinet.

- Da, îmi aduc aminte, spuse marchizul. Vă rog să mă scuzaţi puţin, mai vin invitaţi. Vă mulţumesc încă odată pentru că nu mi-aţi respins dorinţa.

- Nu aveţi pentru ce să-mi mulţumiţi, păcat de tristele circumstanţe ale invitaţiei dumneavoastră, spuse Lucien care remarcă de-abia acum dorinţa marchizului de a se eschiva de prezenţa lui.

„Ce-am spus oare de a plecat atât de repede? Doar sora lui era acolo... şi părea atât de binedispus la începutul discuţiei!" se întreba Lucien contrariat. Ridică din umeri şi aşteptă să se termine totul. La final, sora marchizului îşi lua rămas bun de la el şi nu fratele ei. Lucien aproape că îl crezu nerecunoscător, însă firea lui bună alungă repede gândul acesta.

- A fost o înmormântare ca oricare alta, spuse el când ajunse acasă. Bine că s-a terminat şi nu a durat foarte mult. Nu mai dădu însă alte amănunte, spre dezamăgirea doamnelor prezente.

Se aşezară la masă în tăcere doar ei cinci, familia Misard fiind în vizită la viitoarea lor noră. „Ce-o fi având astăzi marchizul?" se întrebă doctorul când rămase singur în micuţa bibliotecă a casei. „Ce-am spus? Părea aşa de amabil... Când s-a schimbat? Când? Când ... i-am vorbit de Amelie şi de logodna ei ... Da! Aici s-a rupt firul. Dar nu are cum! A văzut-o doar o singură dată, în dimineaţa aceea. Şi totuşi ceva a fost, simt eu asta!" îşi spunea Lucien, total absorbit de această dilemă.

La ora ceaiului totul se limpezi. Acelaşi lacheu îi aduse lui Corday o scrisoare din partea marchizului.

„Îmi cer răvăşit scuze, spunea acesta, pentru impoliteţea mea. Uneori mă port ciudat, de fapt doream în mintea mea să o cunosc mai îndeaproape pe fiica dumneavoastră, dar, din nefericire pentru mine, este logodită cu vărul dumneaei. Nu ştiu să îmi explic de ce mi-am făcut asemenea gânduri având în vedere că nu am văzut-o decât o singură dată. Vă rog să ardeţi scrisoarea aceasta şi să-mi păstraţi secretul rămas fără obiect. Vă mulţumesc încă odată, domnule Corday, pentru participarea la înmormântarea mamei mele, căci a contat mult pentru mine, chiar dacă ingratitudinea mea nu a lăsat să se vadă acest lucru.”

„Bietul băiat!” zise Lucien în gândul lui. Îşi aduse aminte de servitor şi îl chemă înăuntru.

- Uită-te aici cum ard scrisoarea, spuse medicul. Transmite-i salutările mele stăpânului tău şi că sper să ne revedem în circumstanţe mai fericite în curând. Servitorul ascultă totul cu nişte ochi mari, apoi plecă. Amelie intră şi îl sărută pe tatăl său pe obraz.

- Ce faci aici ca un pusnic? Îl întrebă ea pe un ton de voioşie.

- Mă gândeam la marchiz. E tare nefericit.

- Şi eu mă gândesc la familia aceasta într-un mod ciudat, parcă am pierdut eu ceva. De atunci de când l-am văzut la fereastră imaginea lui mi-a rămas vie în minte. Un om atât de trist...

- Amelie, ce simţi tu, draga mea?

- Nimic, doar mi-a rămas tristeţea aceea în suflet, spuse fata roşind şi oarecum fâstâcindu-se. Plec acum în camera mea până la cină, mă doare puţin capul.

Rămas singur, tatăl îşi dădu seama că ceva se întâmplă cu fiica lui, îi ascundea ceva. Viaţa le va rezolva oricum cumva pe toate. Marc va fi alături de ea şi, dacă a încolţit ceva, nepotul său va şti să distrugă.

La cină nu mai discută despre întâmplările dimineţii, vorbiră doar despre botezul mult aşteptat. Marc era atât de ocrotitor prin gesturile sale încât Amelie se simţi minunat, ocrotită şi adorată. Tatăl ei, în schimb, nu putea fi păcălit. Roşeaţa pe care o avusese fata lui în bibliotecă îl făcu să fie circumspect. Avea un singur copil, pe care-l cunoştea ca pe sufletul său. Seara trecu, iar noaptea avea să liniştească sufletele chinuite.

Primăvara îşi intra în drepturi, copacii îşi etalau frunzele de acel verde minunat pe care şi-l pierd pe timpul verii, devenind un verde mult mai profund. Iarba acoperea totul, oamenii renunţau la hainele groase de iarnă, iar peste tot culorile vii ale rochiilor făceau spectacol. Totul se trezea la mirajul adevărat al vieţii. Chiar şi în luna aprilie fusese cald, dar în luna mai totul se desăvârşise.

Toată lumea intrase în febra pregătirilor pentru creştinarea micuţului Alexander. Femeile pregăteau trusoul, lumânările, precum şi propriile toalete. Amelie era într-o adevărată frenezie. Acest lucru îi umplea cu totul mintea şi îl uitase pe marchiz, aşa cum părea la prima impresie. Nici acesta nu mai dădu niciun semn de viaţă în acest timp.

Spre deliciul lui Marc, se putea pescui. Avea un loc al lui, anume, de unde venea încărcat cu peşti atunci când primea acceptul doctorului, peşti pe care îi aducea acasă în apă pentru a rămâne vii, spre groaza Ameliei care îi privise de nenumărate ori în salon cum dădeau din coadă şi stropeau parchetul. Celelalte doamne râdeau cu poftă, iar apoi îl alungau la bucătărie unde Eulalie pregătea un peşte delicios pentru prânz.

Amelie răsufla uşurată. Îl plăcea pe Marc şi îi admira extazul când aducea prada acasă, parcă era un om din vechime care îşi hrănea familia. Este adevărat, nu putem nega, era un pescar norocos. Avea un loc al lui, un fel de mal scobit de unde prindea o mulţime de peşti. Adusese acasă şi o broscuţă care chiar o şocase pe verişoara lui, lucru ce o determină pe mama lui să strige că ajunge cu glumele. Spre şocul tuturor, Marc o aruncase pe fereastră, dar broscuţa nu păţi absolut nimic. Acest ultim fapt a determinat-o pe mama lui să-l pună să-i ceară iertare Ameliei.

- Marc, fiule, la Paris scumpa ta verişoară nu a avut parte de astfel de orori şi mai ales de broscuţe prin salon. Te rog să te astâmperi!

- Îmi cer scuze, spuse Marc aproape serios. Nu voi mai pescui broaşte. De fapt, nu e vina mea decât pe jumătate. De ce s-a prins în plasa şi în cârligul meu?

- Dar până la urmă de ce ai adus-o acasă, fiule? spuse mama lui promt, dar totuşi zâmbind.

Era luna mai, iar acum putea ieşi peste tot. Veselia şi optimismul aduse de soarele mai puternic intraseră şi în casa lor. Se simţeau mai bine, iar grădina lor arăta minunat. Eulalie adusese nişte soiuri de flori care se adaptaseră de minune.

Amelie îşi făcuse pentru botez o rochiţă bleu, frumos strânsă în talie cu o bată albă. Îşi asortase de asemenea o pălărioară tot bleu cu flori mici albe. Era din ce în ce mai frumoasă şi devenea cu fiecare zi mai femeie. Pieptul i se rotunjise, iar talia îi era înaltă şi subţire. Părul lung şi frumos şi-l ţinea tot rebel prins doar cu o panglică. Nu purta însă bijuterii, era ea însăşi o bijuterie. „O minunată contesă" gândea Florance.

Bineînţeles că Marc stătu plictisit la probele date la croitor, nu ştia cum să scape mai repede de acest chin. Când se terminau vizitele modistului răsufla uşurat şi pleca în grădină la Amelie care îl încuraja. Fu totuşi mulţumit la finele muncii croitorului, căci costumul îi venea ca turnat, aşadar chinul lui avea acum o răsplată pe măsură.

Aşteptau cu nerăbdare ceremonia botezului şi mica petrecere de după eveniment, doar între ei, acasă la domnul Weber. Florance îi dăduse fiului său pentru eveniment să poarte nişte bijuterii ale casei de Langarde. Era conte, la urma urmei. Hotărâseră să folosească trăsura pe care avuseseră grijă să o împodobească cu multe flori. Doreau astfel să le facă o surpriză şi celor din familia Weber.

Într-adevăr, trăsura o impresionă pe mamă. Când Amelie luă copilaşul în trăsură, alături de Marc, arătau ca o tânără familie. Erau tineri şi frumoşi şi se simţeau ciudat, zâmbeau amândoi şi li se părea că erau alţii. Alexander stătea cuminte în braţele naşei lui, iar mama stătea în faţă cu cele două surori, Charlotte şi Florance. Domnii mergeau pe jos, iar trăsura fu condusă de un slujitor al cofetarului.

La biserică erau deja aşteptaţi. Totul era împodobit cu flori albastre, iar Alexander se dovedi foarte cuminte pe timpul ceremoniei. N-a plâns deloc şi chiar îi plăcură luminile acelea aprinse din jurul lui. Toţi erau amuzaţi de gânguritul copilaşului şi de faptul că acesta îi prindea cu mânuţele lui mici şi grăsune părul liber şi frumos al naşei lui, trăgând de el. Oricât se străduia Marc să-i desfacă mânuţele şi să elibereze părul Ameliei, micuţul Alexander se încăpăţâna să-l prindă din nou cu şi mai mare pricepere şi îndârjire.

- Ştie ce vrea de mititel şi e hotărât, zise mândru tatăl său. După ceremonie preotul mai vorbi puţin cu tinerii naşi.

- Vă aştept pentru cununie, copii, spuse el zâmbind. Preotul era un bătrân blând şi tare de treabă care-i făcu pe toţi să se simtă bine şi să se înveselească.

- Peste trei ani, părinte, spuse Marc râzând.

- Voi trăi până atunci pentru voi, tinere conte, zise preotul. Mergeţi în pace acum. Aveţi pe umeri o mare datorie pentru acest prunc. Sper să v-o respectaţi.

- Da, părinte, răspunseră într-un glas cei doi tineri verişori care îl dăduseră apoi pe micuţ mamei lui ce abia aştepta acest lucru şi-l sărută tandru de nenumărate ori.

Celălalt băiat era lângă tatăl său. Weber era în culmea fericirii, avea doi copii minunaţi. Alţii nu mai putea avea din cauza naşterii grele pe care o avusese soţia sa. Era un secret pe care Lucien i-l spusese doar lui, iar acesta îl păstra pentru a nu-şi întrista soţia inutil.

Dar oare cine stătea în umbra bisericii retras după o coloană? O făptură îmbrăcată în negru, în doliu se pare. Acum putea s-o privească în voie pe cea pe care începuse s-o iubească din prima clipă. Era marchizul von Hesse. Intrase în biserică nevăzut de nimeni ca să o admire pe fata pe care o iubea.

- Şi totuşi inima îmi spune că vei fi a mea şi nu a logodnicului tău, şopti el pentru sine. Trebuie ca providenţa să se milostivească şi de mine cumva.

Fără ca vreo persoană să bănuiască prezenţa lui acolo, ceremonia luă sfârşit în aceeaşi notă pozitivă în care începuse, lumea începând să iasă din biserică, doar preotul rămase în mijlocul altarului privind.

- Părinte, se auzi un glas.

- Albert, fiule, ce faci aici? Nu poţi uita, aşa este? E într-adevăr o floare rară această Amelie, însă şi contele e chipeş.

- Părinte, tu ştii că am presimţiri. Amelie va fi a mea. Până la sfârşitul anului, vei vedea, pe noi ne vei cununa. Am nişte presentimente ciudate, aproape din clipa în care am văzut-o. Gândeşte-te că aproape nu am văzut-o şi că de-abia acum o ştiu cu totul.

- Presimţirile tale, Albert ..., spuse preotul oftând.

- Ştii că eu nu mă înşel niciodată. Nu va fi a contelui de Langarde niciodată.

- Te cred, fiule. Vino cu mine. Îţi voi da nişte apă, cred că ai nevoie. Domnul îţi va hotărî soarta, dacă tu aşa simţi.

Cei doi intrară în sacristie şi închiseră uşa. În timpul acesta, în cofetăria Weber, mai bine spus în salonul de la etaj, masa era în toi. Copilaşul primise o mulţime de lucruşoare drăguţe, iar acum dormea dus în camera lui. Celălalt fiu, mai mare, cam de cinci anişori, rămăsese la masă având voie, spre fericirea lui, să se înfrupte din toate bunătăţile.

Ziua se terminase în acelaşi ton de voie bună şi parcă acest botez îi unise mai mult pe Amelie şi Marc. Pas cu pas aparţineau acelui pământ care îi primise. Se ţineau de mână mergând spre casă pe jos. Viaţa pentru ei deja începuse. Doreau s-o savureze toată, cu bune şi rele, împreună.

CAPITOLUL 15

În săptamânile ce urmară fiecare se bucură de căldură în felul lui aparte de al celorlalţi. Băieţii mergeau după-amiezile la pescuit, iar dimineţile şi le petreceau fiecare cu lucrul său. Erau încântaţi de plecarea la universitate, chiar dacă trebuiau să le vadă pe fetele lor atât de rar. Trei ani trec repede dacă urmăreşti nişte ţeluri importante.

Fetele se vedeau în fiecare zi, se plimbau, visau cu ochii deschişi la un viitor sigur aici şi neapărat tihnit. Când erau împreună cu băieţii în grădiniţa din spatele casei, fiecare pereche pe câte o bancă, li se părea că sunt în rai. Amelie uitase de marchiz sau cel puţin aşa se părea. Tatăl ei o supraveghea discret şi nu primi decât semne favorabile lui Marc. Amelie râdea cu poftă şi se vedea că se simte bine alături de vărul său, astfel încât Lucien rămase circumspect, dar numai într-o oarecare măsură, nedemnă de luat în seamă. Nici nu-i spusese soţiei sale, nu era niciun fel de pericol, deci nu trebuia s-o alarmeze degeaba. Dacă Marc iubea mai mult, cu atât mai bine, o va învăţa şi pe fiica lui să-şi sporească sentimentele.

Fusese ziua lui Florance care însă nu dori să şi-o serbeze oprindu-i astfel pe toţi de la vreo manifestare. Pentru ea viaţa se terminase de multă vreme, nu-i mai trebuiau petreceri.

- Aştept nepoţi, dragii mei, restul nu are nicio importanţă. Să-i văd că zburdă pe aici nestingheriţi, să le alin durerea primilor dinţişori, parcă aş fi din nou mamă, e un vis. Vreau să trăiesc să mai văd Franţa încă o dată, dar cred că este imposibil. Mormântul soţului meu o fi îngrijit de cineva? Să mor aici departe de el?

- Sora mea dragă, nu ai voie să fii tristă. Va fi o zi obişnuită aşa cum vrei tu, dar nu mai scutura trecutul, o întrerupse Charlotte. Contele e în sufletul tău, nimeni nu are vreo îndoială de asta. Cât priveşte nepoţeii, mai trebuie să aşteptăm cam vreo patru ani, dar îi vom avea. Şi noi îi

113

aşteptăm. Amelie şi Marc formează o pereche minunată, vor avea nişte copii foarte frumoşi.

Se hotărâseră într-o zi frumoasă de iulie să facă o ieşire în natură. Munţii se vedeau atât de minunat în depărtare şi te îmbiau să ieşi, să te plimbi, să iei aer. Rămăseseră acasă doar soţii Misard şi Lucien, restul formau un grup de şase persoane ce încăpea numai bine în trăsură. Eulalie umpluse coşurile şi porniră de îndată în acea zi de sâmbătă. Băieţii conduceau trăsura pe un traseu pe care deja îl cunoşteau. Ştiau unde vor întinde şi păturile, exista un pâlc minunat de stejari aproape de o apă curgătoare. Marc, ciudat, nu avea undiţă. Amelie îl convinsese că e minunat să se plimbe braţ la braţ şi să privească natura.

În trăsură fetele sporovăiau ca două vrăbii la venirea primăverii. Era prima lor ieşire cu adevărat din Potsdam. Glasul lor ajungea până sus pe capră la cei doi băieţi care zâmbeau ascultându-le. Cele două surori preferau să se uite pe geamul trăsurii, peisajele erau minunate, iar aerul le împrospăta feţele. Aşteptau să păşească pe iarbă şi apoi să stea la umbră pe păturile aduse în bagaje. În depărtare munţii îşi arătau pe vârfuri albul zăpezii. Era uimitor de frumos. Întâlniseră oameni care munceau la câmp şi care le făcuseră cu mâna ca mai apoi să primească răspunsul cuvenit îndărăt. Oamenii îşi scoteau pălăriile, apoi îşi vedeau de-ale lor.

În cele din urmă ajunseră la locul pe care băieţii îl ştiau. Coborâră şi începură să facă mişcări pentru a se dezmorţi. Fetele îşi aranjară pălăriuţele şi începură să alerge printre copaci.

- Sunt ca două căpriţe, fetele astea, spuse Florance.
- Se simt fericite. Natura e minunată aici, admise şi sora ei.

Băieţii deshămară caii şi-i legară de doi copaci să pască în voie şi să se odihnească şi ei. Pârâiaşul acela susura atât de plăcut, iar fetele fură primele care alergară la el. Se aplecară şi îşi băgară mâinile în apa rece.

- Ah, ce rece e, zise Amelie.
- Într-adevăr e rece, zise şi Estelle. Mai bine ne întoarcem să aranjăm totul.
- Bună idee!

Ajunseră alergând la trăsură unde începură să ajute la aranjarea pledurilor sub stejarii aceia minunaţi. Coşurile le lăsară la trăsură la răcoare, căci nu le era foame, doreau să asculte cum bate inima pământului. Băieţii, sprijiniţi de copacii aceia minunaţi care dau şi numele oraşului care-i primise, stăteau cu ochii închişi respirând aerul proaspăt cu nesaţ.

- Chiar că e bine şi fără undiţă, zise Marc. Să facem o plimbare, continuă el.
- Cum vreţi voi, doar să nu vă îndepărtaţi prea mult şi aveţi grijă de fete, spuse Charlotte. Până atunci noi vom pregăti gustarea.

- Bună idee, spuse Georges. Vrei Estelle?

- Sigur că vreau, mergem toţi patru. Haidem cu toţii!

După ce se ridicară, fetele îşi luară partenerii de braţ şi porniră mai înspre locul unde se vedea liziera unei păduri nu prea dese, dar cu arbori cu tulpinile groase, martoră a atâtor secole ce au trecut peste ea.

- Ce loc frumos e aici, spuse Charlotte.

- Mai ales pentru nişte tineri îndrăgostiţi prost supravegheaţi, adăugă zâmbind sora sa. Îmi place aici. E un loc nimerit de popas. Hai să pregătim masa, suntem prea bătrâne pentru altceva.

- Nu vorbi aşa, bucură-te de ce este în jurul tău, spuse Charlotte.

- Aşa voi face, surioară.

Cei patru tineri se aşezară perechi, dar nu stăteau unii lângă alţii. Se vedeau de unde stăteau, dar era prima dată când tinerii se puteau bucura de o intimitate mai largă alături de viitoarele lor logodnice. Estelle se pare că mai fusese sărutată de Georges, însă Amelie, nu. Atunci când Marc o luă în braţe şi o sărută pe gură fata fu foarte surprinsă şi se înroşi toată. Marc crezu că, fiind prima dată, aşa trebuia să fie. O strânse mai tare lângă el. Amelie închise ochii şi tremurând se lăsă în braţele lui Marc. Ar fi strigat un nume, dar nu-l cunoştea, însă vărul său se înşela în privinţa sentimentelor Ameliei. Fata abia acum realiza acest lucru. Ar fi vrut să-l strige pe marchizul von Hesse, ar fi vrut ca el s-o sărute pentru prima dată. Năluca nu dispăruse, îl strânse mai tare pe Marc pentru a găsi puteri să reziste şi să se stăpânească, dar faţa ei grăia singură, era speriată. Când o desprinse de el, Marc se sperie şi el.

- Amelie, iartă-mă! Poate a fost prea devreme. Te simţi bine?

- Da, mă simt mai bine. Nimeni nu m-a mai sărutat pe gură până acum, de aceea am reacţionat aşa. Era prima ei minciună şi se ura pentru asta, dar nu avu încotro.

- Vrei să ne întoarcem? întrebă Marc.

- Nu, îmi place aici. De ce m-ai sărutat?

- Aşa am simţit, iar apoi Georges o sărută pe gură pe Estelle de mult timp.

--Da? Mie Estelle nu mi-a spus nimic până acum despre asta, poate se jenează. Cine ştie? Eu nu o voi întreba niciodată, răspunse Amelie gândindu-se ca la o întrecere între cei doi băieţi care abia îşi fac confidenţe de acest fel. Acest lucru, aflat acum, nu-i plăcu deloc, iar Estelle, care se declara prietena ei...

Amelie fusese salvată de strigătele celor două doamne care îi chemau la gustarea de care aveau nevoie acum. Aerul curat le făcuse foame la toţi. De-abia se stăpâni când o văzu pe Estelle de mână cu iubitul ei aproape ciufulită şi cu rochia şifonată. Se stăpâni şi merse alături de vărul său ca şi cum nu s-ar fi întâmplat nimic, dar totuşi cu o anumită reţinere. Nimeni nu observă schimbarea ei, iar ziua decurse fără nicio problemă. La întoarcere, fiind obosiţi cu toţii, nu prea vorbeau, legănatul trăsurii îi făcea să aţipească câte puţin, cuprinşi de o caldă moleşeală.

Când ajunseră acasă cina deja îi aştepta şi se aşezară la masă imediat după ce îşi refăcură toaleta. Toată lumea parcă îşi regăsise energia povestind celor rămaşi acasă tot ce văzuseră. Doar Amelie era parcă mai tăcută, dar nu păru ca acest lucru să aibă vreun efect asupra celorlalţi. Îşi lăsase mâna în mâna lui Marc, era la fel de amabilă, dar sufletul ei era departe. Tatăl ei o privise de două ori mai profund, dar ea, nezicând nimic, îşi văzu de gândurile lui.

După cină toată lumea se retrase la somn, doar medicul spusese că va merge puţin în bibliotecă pentru că ar dori să mai studieze câte ceva. Amelie se lăsă sărutată pe obraz, zâmbi păcălindu-l pe Marc asupra stării ei şi confuză intră în camera ei. „În sfârşit!" îşi spuse ea. Se aşeză pe pat şi se gândi la ziua ce tocmai trecuse. Sentimentele ei aproape sigure pentru Marc erau acum într-o barcă aflată în derivă. Ea considera iubirea dintre două persoane ca pe ceva care ar trebui să fie un subiect închis pentru alţii, iar Marc şi Georges îşi făcuseră confidenţe pe care ea şi Estelle nu şi le făcuseră niciodată. „Georges o sărută de mult pe Estelle pe gură...", îşi aminti ea cu dezgust, apoi imaginea ciufulită a prietenei sale ... „Ce vrea oare Marc de la mine? Sărutul lui m-a uimit ca şi figura aceea nefericită a marchizului." Cu capul sprijinit în mâini se ridică şi deschise uşa. „Tata! Trebuie să vorbesc cu el, trebuie să mai fie în bibliotecă." Totul era cufundat în linişte astfel că ea, cu papucii de casă în mână, desculţă, coborî scările către bibliotecă. Închise ochii. De sub uşă ieşea lumină. Tatăl ei era acolo şi avea să se liniştească spunându-i ce simţea. De fapt el simţea ceva, o intuia atât de bine. Apăsă clanţa fără să bată la uşă şi intră închizând uşa la fel de uşor.

- Amelie! se sperie Lucien.... ce se întâmplă?

Fata, oftând, îşi puse papucii în picioare şi se prăbuşi într-un fotoliu. Lacrimi mari începură să-i curgă de pe obraji pe hainele de culcare. Tatăl ei o luă atunci în braţe şi o rugă în şoaptă:

- Povesteşte-mi tot ce te doare, ca şi până acum, vom găsi noi o soluţie.

- Nu există soluţii, tată! Mă simt rănită de către prietenii mei. Georges şi Marc îşi fac confidenţe, dar noi fetele nu. Am înţeles că Estelle se sărută cu Georges pe gură de multă vreme, zise fata roşind, iar Marc astăzi m-a sărutat şi pe mine, tocmai pentru că prietenul lui şi prietena mea o fac de mult timp, iar acum e ceva banal şi normal, lăsându-mă să înţeleg că doar el nu o făcuse şi era datoria lui să o facă. Am fost uimită şi oarecum afectată în orgoliul meu. Sunt dezamăgită, dar şi speriată. Şi...şi...făcu ea printre sughiţuri, mai este ceva. Când ne-am unit buzele am avut în imaginaţia mea pe altcineva, pe...pe..., izbucni mai tare fata la pieptul tatălui său. Am vrut să-i strig numele, dar nu-l cunosc.

- Marchizul von Hesse, continuă tatăl mângâindu-şi fata.

- Da, tată, spre ruşinea mea. Nu m-am gândit o clipă la Marc, parcă m-a sărutat acest nobil.

- Îl cheamă Albert şi...

- Şi nu am nicio şansă. Îl voi accepta pe Marc, poate cu timpul... Voi deveni contesă de Langarde peste câţiva ani, mă voi sacrifica, îl voi respecta, dar nu cred că îl voi iubi. Cred că sentimentele mele de până astăzi au fost într-un fel neclare, însă astăzi s-a făcut lumină. Cred că a fost o joacă de copii, în familie, sub ochii părinţilor care au visat pentru noi.

- Am bănuit asta de atunci, ţii minte? Te-ai eschivat spunând că te doare capul, spuse tatăl sărutându-şi fiica. Eşti femeie de astăzi, ai realizat ce vrei de fapt şi ce vei primi, dar eşti puternică, iar Dumnezeu nu va permite să fii nefericită. Dacă va trebui să fii contesă într-o zi, o vei face demn şi ştiu că sentimentele ţi le vei închide în cufărul cel mai dosnic. Însă fata mea, trei ani de logodnă reprezintă destul timp, vom mai vedea. Trebuie să te linisteşti. Pe Marc îl cunoşti, nu ţi-ar face rău, iar mătuşa ta e încântată de alianţă. Tot acest aranjament a venit firesc, natural, în familie. Marc e familia ta aici printre toţi necunoscuţii aceştia.

- Tocmai de aceea voi accepta totul. Şi eu m-am gândit aşa. Mai este însă ceva: Estelle. Pe ea nu ştiu cum s-o tratez. Nu mi se potriveşte ca prietenă. Mă simt rănită.

- Cred că nu ar trebui, poate i-a fost jenă să-ţi spună mai multe. Nu fi rezervată pentru că va bănui existenţa unei cauze, însă evită să-i mai faci confidenţe. Vino la mine. Te voi sfătui cum cred eu de cuviinţă că va fi spre binele tău.

- Dragul meu tată...

- Acum mergi sus la culcare, voi fi lângă tine mereu. Nu-ţi fie teamă căci jumătate din povara sufletului tău este la mine. Zâmbeşte-mi!

Amelie îi zâmbi şi îşi scoase încălţămintea pentru a nu face zgomot. Deschise uşa şi dispăru ca o nălucă. Lucien închise cartea pe care o citea şi stătu nemişcat destul timp pentru a se linişti şi a merge la culcare lângă Charlotte. Cei doi adormiră mulţumiţi că se puteau încrede unul în altul. „Şi când te gândeşti că acest Hesse o iubeşte...", îşi spuse în gând Lucien.

Discuţia aceasta secretă nu schimbă cu nimic comportamentul celor doi faţă de restul familiei. Amelie îi acorda în continuare atenţia cuvenită verişorului ei, iar cu Estelle devenise mai vorbăreaţă, mai zurlie, cu alte cuvinte nu-i mai spunea nimic, aşa că fata nu sesiză nimic datorită zgomotului. Cei doi tineri lucrau în continuare, iar uneori mergeau la pescuit. Doar ei doi. Fetele preferau să stea în grădină să coase sau să se

117

plimbe. De fapt doar Marc pescuia, întotdeauna pe acel mal ridicat. Georges stătea tolănit pe iarbă, iar uneori își lua cu el câte o carte. Mai erau pescari pe acolo, deja era concurență, dar niciodată nimeni nu-i lua locul de pescuit. Asta îi plăcea mult lui Marc, acest respect reciproc între pescari. Îi plăcea viața oamenilor simpli, dorea să îi ajute după terminarea studiilor, dorea o viață alături de Amelie. Îi plăcuse nevinovăția fetei și sfiala ei de mai apoi. „Va fi o soție bună", se gândea el, „demnă de a fi contesă de Langarde."

Când tinerii veneau acasă obosiți, dar plini de pește, Amelie nu mai reacționa ostil la acele viețăți pe care în farfurie le mânca cu plăcere și le considera delicioase. Se uita doar cum mișcau din coadă, cum ridicau capetele și mai apoi cum dispăreau în mâinile Eulaliei la bucătărie. Tatăl său îi urmărea privirea și o susținea tot timpul. Era un sacrificiu pe care putea să-l ducă.

În una dintre aceste zile, pe la începutul lui august, se hotărâse că băieții trebuie să meargă la universitate pentru a se înscrie. Primiseră acasă niște plicuri care le aducea la cunoștiință despre perioada, precum și formalitățile de înscriere. Plecară singuri cu mâncare la ei destulă pentru întreaga zi. Doreau să se întoarcă seara înapoi, oricât de târziu ar fi fost. Erau aproape zece ceasuri de mers laolaltă, atât pentru dus cât și pentru întors, astfel că dis de dimineață, când zorile de-abia se iveau și doar medicul și negustorul îi petrecură, cei doi plecară la Leipzig. Sperau să ajungă acolo pe la ceasurile nouă ale dimineții să poată avea timp să se înscrie și să colinde puțin orașul cu gândul de a le cumpăra ceva fetelor, iar dacă le mai rămânea vreme să mai privească și ei împrejurimile. Nu aveau un program de urmat, doar înscrierea la universitate era importantă, apoi odihna cailor și a lor pentru a se întoarce. Monumentala și vechea universitate îi copleși. Înăuntru era un dute-vino permanent, chiar dacă cursurile începeau în toamnă. Erau mulți tineri ca și ei care se înscriau, erau mulți părinți ce-i însoțeau pe aceștia, dar și profesori și tot felul de personal aferent al acelei universități.

- Parcă suntem într-un mușuroi de furnici, constată Georges.

- Cred că vom avea de așteptat la rând, spuse nemulțumit Marc.

- Uite-acolo e ușa pe care scrie „Medicină - înscrieri", iar în capăt ușa aia mă așteaptă pe mine, zise Georges. Aici ne despărțim, dar ne vom întâlni mai apoi acolo, lângă fereastra aceea, e și o bancă acolo. Succes și sper să nu zăbovim prea mult.

- Da, chiar așa, mi-ar plăcea să mă pot plimba puțin, zise Marc strângându-i mâna prietenului său după care se despărțiră intrând fiecare pe ușa destinului pe care și-l doreau.

Când Georges ieși, văzu că Marc nu ieșise încă. El avusese noroc, avusese în fața lui doar cinci băieți. Secretarul care îi luase actele și scrisoarea de recomandare îl scrisese într-un registru şi îi dăduse apoi un număr.

- Gata, domnule, sunteţi student din toamnă. Peste trei ani, dacă o să vă daţi silinţa, veţi fi cu siguranţă jurist.

Georges îi strânse mâna domnului din faţa lui şi luă dovada cu pecetea facultăţii ce o va urma, fapt ce îi dovedea negru pe alb că va fi încartiruit la această facultate în următorii trei ani. Se pusese să-l aştepte pe Marc. Întâi admiră priveliştea de la fereastră, apoi se aşeză pe bancă privind lumea care trecea grăbită, fiecare cu câte un scop demn de alergătura aceea. Marc ieşi fără ca prietenul său să-l vadă, astfel că făcu o glumă care-l făcu pe Georges să tresară.

- Te-am speriat, bag de seamă, zise Marc râzând.

- Cu siguranţă m-ai speriat. Cum este, eşti student?

- Da, am şi număr şi pecete. De altfel şi tu ai în mână acelaşi lucru, suntem studenţi din toamnă. Acum să plecăm de aici să ne plimbăm, spuse Marc.

- Frate, burţile noastre sunt cam goale, spuse Georges jalnic.

- Da, bine zici, să mergem la trăsură.

Cei doi ieşiră afară, îşi luară în primire trăsura şi se puseră pe mâncat, exact ca doi oameni de vârsta lor. După ce şi-au liniştit foamea, au pornit-o spre magazinele cu lucruri pentru doamne.

- Să vedem ce putem găsi pentru fetele noastre, spuse Georges.

Aleseră greu de tot, spre amuzamentul negustorului, nişte dantelă şi nişte bucăţi de panglică de diferite culori. Plecară dând din umeri. Cum să se priceapă ei la aşa ceva? Se mai plimbară puţin, dar hotărâră să se întoarcă acasă pe lumină.

- Mai degrabă pornim acum şi nici nu obosim caii, putem să mai facem şi pauze pe drum, spuse contele.

- Atunci hai sus pe capră şi s-o pornim spre casă, încuviinţă Georges.

Cei de acasă îi aşteptau nerăbdători, însă băieţii cu adevărat nu s-au grăbit, au ajuns cu puţin timp înainte de cină.

- Acum suntem studenţi, ziseră ei în cor.

- Felicitările noastre ale tuturor, spuseră cei care acum se liniştiseră cu totul. Mergeţi şi vă schimbaţi, cina va fi în curând gata.

- Amelie, zise Marc, poţi să mă urmezi te rog?

- Da, sigur, spuse ea puţin curioasă, unde?

- La tine în cameră, spuse el în şoaptă luând-o de mână.

După ce uşa fu închisă după cei doi, Marc îi dădu cadourile de care fata se bucură mult.

- Îmi place tot ce mi-ai adus, Marc, îţi mulţumesc!

119

- Nu prea ne-am priceput, dar ne-am străduit. Şi Estelle a primit un cadou asemănător. Ne-am cam făcut de râs în acea prăvălie cu stângăcia noastră. De fapt, vreau să-mi cer scuze pentru momentul acela care te-a şocat în excursie, a fost greşeala mea. Trebuia să-mi dau seama că dacă Estelle a acceptat, nu era obligatoriu ca şi tu să accepţi. Când vei fi pregătită, atunci va veni de la sine.

- Îţi mulţumesc că mă înţelegi, Marc, spuse Amelie. Îmi place mai mult faptul că ai spus ce ai spus decât cadoul. Sărută-mă pe obraz, dacă vrei, spuse ea închizând ochii.

- Îmi dai voie?

- Desigur! Vom fi soţi în curând, doar că trebuie s-o luăm cu paşi mici. Marc o sărută pe obraz, apoi îi sărută mâinile vădit fericit.

- Mă duc să mă schimb, apoi ne vedem jos, spuse el zburând şi multumind Domnului că iubita lui nu e supărată deloc.

- Albert, şopti Amelie după plecarea vărului său. Se ridică de pe pat şi puse lucrurile primite într-un dulap, apoi coborî la cină. Putea să suporte totul. Marc era un băiat bun şi merită gratitudinea ei.

Hotărâseră ziua logodnei după sărbătorirea Sfintei Marii, pe 17 august. Era o zi de duminică, iar familiile erau deja agitate de atâtea pregătiri. Georges şi familia lui aveau să meargă la marchiz în vizită în acea zi, însă celelalte două familii aveau să-şi logodească copiii fără a se deplasa undeva, doar în grădina casei. Cu toţii aveau să schimbe impresii seara, când familia Misard revenea de la de Bruy. Totul era aşteptat ca pe o mare fericire, iar toată lumea spera ca vremea să ţină cu ei. Marc era teribil de nerăbdător, alesese pentru Amelie un inel de logodnă nespus de frumos, era chiar inelul pe care îl primise mama lui când se logodise cu tatăl lui. Eulalie făcuse prăjituri pentru ambele logodne. Familia Misard ducea un coş plin cu prăjituri familiei de Bruy, precum şi o bijuterie minunată care pecetluia relaţia dintre Estelle şi Georges. Cu toţii erau încântaţi şi mândri asemenea unor păuni. Afacerile merseseră foarte bine, aşadar nu-şi mai făceau mari probleme din pricina banilor.

În ziua logodnei Amelie alesese o rochie albă pe care o asortase cu o cureluşă roşie, părul îi rămăsese desfăcut, prins fiind doar cu o pânglicuţă roşie. Era frumoasă şi gingaşă datorită purităţii şi tinereţii ei. Când coborî scările şi o văzu Marc, acesta avu impresia unei revelaţii. După ce se aşezară cu toţii în salon, urmă un scurt moment de tăcere, dar imediat fu întrerupt de râsete.

- Vai de mine câtă solemnitate, spuse Florance râzând, parcă nu ne-am cunoaşte de atâta vreme. Marc, fiule, scumpa ta verişoară tocmai aşteaptă s-o ceri în căsătorie, altfel va leşina de emoţiile ce văd că o copleşesc. Până te hotărăşti tu, fata mea nu va mai avea aer, aşa că hai odată!

Marc, emoţionat şi el din cale-afară, merse către Amelie şi o întrebă cu glas nu tocmai ferm dacă doreşte să se căsătorească cu el, apoi o luă de mână şi îşi pironi ochii în ochii ei. Fata îi zâmbi şi spuse:

- Da, dragul meu, vreau să fiu a ta pentru toată viaţa.
- Amelie, draga mea, ai să mă mai laşi să mă mai duc din când în când la lac?
- Vai de mine, interveni contesa râzând, câtă originalitate! Ce treabă are pescuitul aici?

Toată lumea se distră, iar cei doi fusără copleşiţi de timiditate. După câteva momente Marc îşi aminti totuşi de inel şi îl scoase din buzunar. Îl puse pe degetul inelar al mâinii stângi al lui Amelie şi apoi o sărută. Ii mai dădu şi un trandafir pe care-l scosese de la piept şi de care iarăşi era să uite.

- Ei, de trandafir nu am ştiut, zise Florance. Aici seamănă cu tatăl său. Şi el, când ne-am logodit, mi-a dat o floare şi acelaşi inel. Putea să aleagă altul, dar l-a vrut pe al meu, draga mea Amelie. Probabil că tu îl vei da mai departe. Felicitările mele, sunteţi de-a dreptul promişi unul altuia.

Charlotte şi Lucien îi sărutară pe proaspeţii logodnici, iar Florance îi zise nepoatei sale să se apropie de ea.

- Închide ochii, draga mea, şi întinde mâna, spuse ea zâmbind. Amelie se conformă, iar mătuşa ei îi puse în mână o casetă minunată de bijuterii. Acum poţi deschide ochii, felicitări scumpa mea, fiul meu a ales bine şi îmi convine de minune nunta aceastâ în familie. Amelie era vizibil încântată de bijuterii şi îşi îmbrăţişă mătuşa cu toată dragostea.

- Mulţumesc mult! Le voi purta la nuntă.
- La nuntă vei purta tiara familiei Langarde, zise repede Florance.
- Dar ce se aude, întrebă mirat Lucien. Ce este zgomotul acesta? Deschise apoi uşile balconului şi privi către stradă. Este Marele Elector cu oamenii lui, cred că merg la o vânătoare. Cine ştie? Toată lumea ieşi în balcon să vadă străluicoarea curte ce se desfăşura cu fast în faţa lor. Medicul îl zări pe marchizul von Hesse şi observă că şi Amelie îl ţintuia cu privirea. Albert salută scurt şi apoi trecu mai departe. Nu putea să facă mai mult, căci îl zărise şi pe conte lângă Amelie, după care întoarse capul.

- Ce minunată curte, chiar dacă este mică faţă de cea a Franţei, zise contesa. Să mergem în grădină acum.

Plecară de la etaj şi merseră în grădină. Lucien avu timp să-i ia mâna fiicei sale într-a sa şi să o liniştească. Primi răspunsul imediat printr-o strângere de mână a Ameliei. Doctorul se linişti imediat, apoi i-o încredinţă lui Marc. Tânărul îşi luă logodnica de mână şi pornirâ să se plimbe.

- Eşti fericită, Amelie?

- Da, sunt, spuse ea repede. Inelul e minunat, dar te prefer pe tine lui. Şi trandafirul îmi place.

- Vei străluci cu tiara familiei la nuntă. Voi învăţa pentru a deveni un medic strălucit, îţi promit! Vei fi mândră de mine!

- Sunt şi acum mândră de tine, spuse Amelie. Vezi panglica aceasta? Mi-ai cumpărat-o tu. Se asortează de minune cu roşul cureluşei.

- Mă bucur că ţi-a folosit şi că o porţi, sunt tare fericit astăzi. Nu credeam că inima mea va avea puterea să bată atât de tare. Am fost atât de emoţionat! Apoi mama cu comentariile ei pişcătoare, noroc că viitoarea ei noră o cunoaşte, căci dacă era altcineva, cu siguranţă s-ar fi speriat. Mergem până înăuntru?

- Da, de ce nu? spuse Amelie. Trebuie să duc caseta de bijuterii sus în camera mea. Gestul mamei tale m-a impresionat, a fost neaşteptat.

- Da, nici eu nu am ştiut. Crede-mă pe cuvânt.

- Te cred, zise Amelie luând cutia şi deschizând-o. Sunt minunate, însă eu sunt o fată atât de simplă, Marc! Nici nu cred că voi avea vreodată ocazia să le port, vezi şi tu viaţa noastră.

- O văd pe cea prezentă, dar nu o văd pe cea din viitor, spuse contele.

În camera Ameliei cei doi se îmbrăţişară. Erau singuri. Fata închise ochii tremurând, iar Marc o sărută pe buzele pline cu mai multă îndrăzneală, apoi îi sărută mâna şi o trase din nou lângă el şi îi spuse:

- Te-ai mai liniştit? Nu a fost ca prima dată, aşa e?

- Aşa este, ţi-am spus, Marc, pas cu pas, spuse Amelie zâmbindu-i logodnicului ei. Hai să mergem acum în grădină.

- Te iubesc, Amelie, mă faci atât de fericit!

Amelie zâmbi, dar nu mai spuse nimic. Nu avea ce, dar logodnicul ei nu-i sesiză reţinerea, iubea se pare pentru amândoi. Cei doi coborâră apoi de mână în grădină alături de ceilalţi.

- Oare ce fac Georges şi Estelle? îşi aminti Amelie. De-abia aştept să aud de logodna lor, să-mi povestească cum a fost la ei. În curând se vor întoarce şi vom afla.

Într-adevăr, Estelle era fericită ca logodnică a lui Georges, ea îl iubea din toată inima pe tânărul promis ei prin ceremonia aceasta, iar Georges îi răspundea la fel. La asta se gândea şi Amelie în patul ei seara, însă nu acelaşi lucru se întâmpla în cazul ei, dar îşi spunea că va putea trece peste acest fapt ştiind că Marc o iubeşte cu adevărat. Tatăl ei intră la ea în cameră.

- Ce faci, nu dormi, copilul meu?

- Nu, tată, îmi tot răsucesc inelul ăsta pe deget. Nu sunt obişnuită. Azi Marc m-a sărutat din nou, nu a mai fost atât de greu ca prima dată, zise ea. Mi-a spus că mă iubeşte, însă eu nu am putut să-l mint şi să-i spun acelaşi lucru.

- L-ai văzut pe Albert astăzi? întrebă medicul.

- Da, nu mi-am putut lua ochii din ochii lui, a fost o secundă, dar a fost foarte greu şi cred că şi lui i-a fost. Îl iubesc, dar nu am ce face şi poate e mai bine aşa. Sunt liniştită şi împăcată cu ideea, nu-ţi fă probleme şi te rog să nu mai spui nimănui. Să fie secretul nostru, îmi promiţi?

- Da, fetiţa mea curajoasă, îţi promit. Acum te rog să te culci. Lasă-l pe Albert, dacă e un fapt imposibil, de ce să te chinui fără rost?

- Bine, tată, am să mă culc. Ne vedem mâine. Noapte bună!

- Noapte bună, Amelie, draga mea cea puternică.

Lucien plecă în camera lui şi se linişti, chiar dacă mai stătu ceva vreme gândindu-se la cei doi tineri şi la iubirea lor imposibilă.

Gureşă ca o porumbiţă se dovedi a fi Estelle când dădu ochii cu Amelie într-o după-amiază când băieţii erau plecaţi la Tiefensee, avea un inel frumos pe deget şi era tare mândră.

- Amelie, sunt atât de fericită, iar când sunt în braţele lui mă topesc. Îl iubesc atât de mult. Tata îi va lăsa lui titlul de marchiz, iar primul nostru băiat, spuse ea înroşindu-se, îl va duce mai departe. Evenimentul a fost atât de emoţionant, pe mama a apucat-o plânsul, iar doamna Misard a acompaniat-o cu prisosinţă.

- Vă doriţi mulţi copii? întrebă curioasă Amelie.

- Ne dorim să ne iubim, cred, dar asta mai are de aşteptat până ne căsătorim.

- Mă bucur pentru voi, Estelle, sunteţi potriviţi unul pentru celălalt. Vă doresc din tot sufletul multă fericire! De-abia aştept să-ţi ţin copiii în braţe, spuse emoţionată Amelie.

Se simţea chiar de la o leghe depărtare diferenţa dintre cele două fete, Estelle era mai exuberantă, pe când Amelie era mult mai interiorizată şi de o inteligenţă cu totul deosebită. Doar tatăl ei o pricepea şi o ghicea, nici chiar mama ei nu avea puterea aceasta.

- Inelul tău este splendid, Amelie.

- Este inelul pe care l-a primit mama lui Marc de la conte, tatăl lui, la logodna lor. E ca o tradiţie în familia conţilor de Langarde, au bijuteriile lor vechi de generaţii. Pe lângă inelul acesta am mai primit un set de bijuterii într-o minunată casetă, de asemenea foarte veche. Nici nu ştiu unde le voi putea purta, nu cred că voi merge vreodată la vreun bal unde să le pot etala.

- Nu ai de unde şti aceste lucruri, zise Estelle. Vei fi contesă, poate vei ajunge la curtea acestui Mare Elector de Brandenburg.

- Eu nu cred, draga mea, sunt o fată retrasă care se mulţumeşte cu familia ei. Vezi şi tu, mă voi căsători cu vărul meu, deci nu ies din perimetrul meu. Nu cred că aş şti ce să fac. Vom locui cu toţii tot aici, astfel că peste trei ani totul va fi exact la fel, doar poate că se va schimba doar camera lui Marc care va fi probabil a ta, căci el va dormi aici în latura noastră de casă.

- Da, chiar aşa este, spuse Estelle. Atunci vom fi mereu împreună, nu voi mai străbate două străzi până la tine. Oare când se întorc băieţii? Nu că mă interesează captura lor, dar îmi este doar dor de Georges al meu.

Amelie înghiţi cu durere această avalanşă a sentimentelor Estellei, expuse cu atâta nevinovăţie şi sinceritate. Ea nu ar fi făcut nimic din toate acestea. Deodată se auzi glasul lui Georges care-l chema pe doctor cu o voce tulburată şi disperată în acelaşi timp.

- Domnule Corday, strigă el mai tare.

- Ce este cu tine, fiule, de ce strigi aşa? se auzi Lucien, dar imediat se făcu linişte. Fetele auziră doar: „intraţi aici şi puneţi-l acolo", apoi Georges intră frânt şi se îndreptă spre Amelie.

- Amelie, l-am adus pe Marc. Îmi pare rău, blestemată zi şi blestemat să fie pescuitul acesta, bâlbâi el.

- Ce s-a întâmplat? stigă fata luându-l de mâini şi zgâlţâindu-l.

- Cred că Marc e mort, înnecat. L-am adus cu doi oameni în cabinetul tatălui tău.

- Cum? se auzi un urlet de leoaică înnebunită. Fiul meu e mort? strigă Florance leşinând şi fiind prinsă cu greu de sora sa.

- Nu cred, spuse Amelie, Estelle, întreabă-l tu.

- Georges, în numele iubirii noastre, spune adevărul, spuse fata tremurând din ce în ce mai tare.

- E mort, Estelle, se auzi glasul medicului care intrase în salon. Ce e cu Florance?

- A leşinat şi nu-şi revine deloc. Lucien rupse corsajul rochiei contesei şi îi ascultă inima.

- De-abia mai are puls, spuse el încet.

- Fata mea, spuse Charlotte care veni lângă Amelie devenită asemenea unei stânci în urma celor întâmplate.

- Estelle, mergi te rog şi anunţă-l pe tatăl tău şi pe domnul Misard. Să vină aici, spuse doctorul.

Între timp contesa îşi revenise puţin, însă imediat începu să delireze, vorbea despre soţul ei şi despre moartea acestuia.

- S-o ducem în pat, spuse Lucien, vestea i-a afectat creierul, adică gândirea.

- Ce vrei să spui cu asta, Lucien? întrebă soţia sa.

- Vreau să spun că s-a întâmplat un anevrism.

- Nu înţeleg, ce înseamnă? întrebă Charlotte.

- Mamă, mă duc să-l văd pe Marc.

- Vin cu tine, zise Georges.

- Bine, spuse fata.

Intrasără amândoi în cabinet, Marc era pus pe patul ce servea consultațiilor și avea pe față o batistă. Amelie o dădu la o parte și se înfioră.

- Ce s-a întâmplat? zise ea în șoaptă.

- S-a surpat malul unde-i plăcea lui să pescuiască. Nu am crezut că e atât de adânc. Am sărit după el cu toții, dar un val l-a luat cu el în adânc și apoi l-a scos la mal puțin mai departe. Am încercat tot ce se putea încerca, dar era mort.

- Oh, Doamne! Ce soartă! spuse Amelie. Să ieșim.

Când s-au întors, toată lumea era deja în salon. Lucien era la Florance în cameră, doamnele chemasără preotul, iar Misard se ocupa deja de sicriu. Ieșind în cele din urmă din acel delir, Florance spuse fără vlagă:

- Vreau să-mi văd fiul. Mi-am amintit. Mă voi duce împreună cu el alături de tatăl său. Ceva s-a întâmplat în capul meu.

- Stai liniștită, spuse Charlotte.

- Vreau să-mi văd fiul, zise contesa uitându-se la Lucien. Nu mai trăiesc mult, Lucien, să nu mă minți.

- Nu. Te iau în brațe, spuse cumnatul său încet, în timp ce Charlotte începu să plângă și să murmure: „anevrism, ce înseamnă oare?"

- E ca o explozie în mintea unui om, soră, e ca o stâncă înfiptă în mijlocul unui râu care provoacă mari neplăceri în jur. Nu mai am timp, du-mă odată!

Când Florance își văzu fiul, ceru să-i fie dată batista la o parte, apoi groaza o apucă pe loc și o lipsă de aer o cuprinse. Îl luă pe Marc de mână, apucă să i-o sărute, apoi își dădu sufletul în brațele lui Lucien care își pierdu firea și începu să strige. Toți veniră în goană și se îngroziră când pe pat, unul lângă altul, stăteau mama și fiul duși de pe fața pământului, mână de mână.

- Michel! Comandă două sicrie cu blazon pe ele. S-au dus conții de Langarde! Ăsta e finalul acestei familii, s-au regăsit în ceruri.

Atmosfera era de nedescris, femeile plângeau, aprindeau lumânări și se rugau și o țineau de mână pe Amelie care amuțise din cauza șocului. Preotul, după ce termină slujba, plecă cu Georges să aleagă un loc în cimitir. Fiecare avea ceva de făcut. Marchizul de Bruy îi recomandă fiicei sale să o scoată la aer pe Amelie, pentru a-i mai alunga tristețea și durerea.

- Mergeți în grădină, până vor veni sicriele, noi ceilalți să putem face loc în salon pentru acești nefericiți. În cele din urmă, fetele o porniră spre grădină.

- Estelle, de ce mi se întâmplă mie una ca asta? întrebă deodată Amelie.

- Pentru că fiecare om are un ghem de aţă, când se termină se termină totul. A murit făcând ce-i plăcea.

- Pescuitul ăsta blestemat, spuse încet Amelie. Niciodată nu mi-a plăcut, parcă am presimţit că se va întâmpla ceva rău de aici. Nu voi putea uita niciodată ce s-a întâmplat. Ce voi face eu singură acum?

- Dar nu eşti singură şi nu ai decât 16 ani! Cu timpul durerea va trece. Se înserase bine când Eulalie veni după ele.

- Haideţi, domnişoarelor, spuse ea, sunt cu toţii în salon acum.

Salonul în care masa deveni suport pentru sicrie era plin de lumânări. Georges se întorsese între timp şi adusese veşti despre locul de veci unde urmau să fie înhumaţi cei doi, era acelaşi cimitir unde mai fusese odată Lucien pentru marchiza von Hesse. Înmormântarea fusese aranjată pentru ziua de 24 august, pe la orele nouă şi jumătate ale dimineţii. Totul fusese pregătit. Târziu de tot, zdruncinată de cele întâmplate, plecă şi familia de Bruy promiţând să vină de dimineaţă. Lucien o luă pe Charlotte deoparte şi îi spuse:

- Voi prepara un calmant pentru Amelie, iar tu va trebui să i-l dai. Va adormi, are nevoie mare de odihnă.

- Da, dragul meu, chiar te rog.

- Vrei să mă duc la culcare, tată? întrebă Amelie.

- Da, trebuie să dormi. Acest preparat te va linişti şi vei dormi până dimineaţă. Deja e târziu, e trecut de miezul nopţii, suntem deja pe 23 august de un ceas.

- Vino cu mine sus, spuse Amelie în timp ce sorbi din pahar totul.

- Vin acum. Când închiseră uşa, Amelie îi spuse tatălui său:

- A plecat pentru că nu-l iubeam, îmi stătea în cale. Mă simt teribil de vinovată de absolut, precum şi de mătuşa mea.

- Prostii. Atât le-a fost să trăiască şi nimic mai mult, ăsta a fost destinul lui, al tău este altul.

- Care e destinul meu, tată?

- Nu ştiu. Dumnezeu ni-l va arăta. Amelie adormi apoi primind sărutul tatălui ei. Se linişti.

CAPITOLUL 16

La Paris, căci acolo vom ajunge mai repede ca gândul, familia Jerome – tatăl şi fiul, priveau pe geam la mulţimea care vuia pe strada lor. Jerome cel tânăr avea cam douăzeci de ani, iar tatăl său se apropia de cincizeci de ani, deşi nu părea a-i avea. Se săturaseră de atâta armată în jurul lor, vedeau protestanţi duşi la închisoare ca vitele, case arzând, copii răpiţi. Până şi atelierul lor le părea trist şi monoton, chiar dacă aveau destul de lucru cu fabricarea obiectelor decorative.

- Ar trebui să plecăm la moşie, măcar pentru o săptămână, îi spuse tânărul Jerome tatălui său. Suntem catolici şi destul de cunoscuţi prin împrejurimi. Nu vom avea stricăciuni nici aici şi nici la unchiul Lucien. Suntem deja în luna august a anului 1681 şi în curând va veni toamna şi, spre marea mea durere, nu am fost la moşie anul ăsta. Eu zic să terminăm comenzile pe care le avem şi să mergem acolo. Toată lumea s-ar bucura. Ce zici? Am duce şi nişte cadouri drăguţe familiei paznicului nostru şi am afla cum stă treaba şi pe acolo.

- Cred că nu-i o idee rea, fiule, însă cum ai spus, trebuie în primul rând să terminăm aceste comenzi pe care le avem, apoi vom lua poştalionul şi vom merge la moşie. Să ştii că şi eu simt nevoia de aer curat şi un moment de tihnă. Vom pune un bilet în uşă sau, mai corect, îl anunţăm pe măcelar că plecăm o săptămână, iar el va veghea aici la noi şi îi va vedea pe cei ce vor trage de uşa noastră şi îi va informa.

După această discuţie cei doi se puseră pe treabă pentru a-şi onora comenzile în cel mai scurt timp, chiar un iz de nerăbdare pusese stăpânire pe amândoi, o dorinţă de evadare, fie ea şi pentru un timp atât de scurt, le împrospăta sângele. Trebuiau să-i scrie lui Etienne, paznicul, să-şi anunţe sosirea, dar asta era o treabă uşor de realizat chiar în dimineaţa următoare.

Când se văzură ieşiţi din Paris, se bucurară ca doi copii, chiar dacă niciunul nu mai putea fi considerat aşa. Când recunoscură locurile mult iubite și pășiră pe pământul lor, Jerome cel tânăr începu să alerge spre casa paznicului ce-i aștepta.

- Bună dimineața, stăpâne, spuse Etienne scoțându-și pălăria.
- Bună dimineața, ce mai faci? Cum mai este treaba pe aici? întrebă pe nerăsuflate Jerome cel tânăr.
- Totul este în regulă, nevasta mea a avut timp să facă curat și să aerisească totul în casă, iar masa vă așteaptă oricând. Suntem bucuroși și noi că ați venit. Nu prea ne vizitează lumea de când cu revoltele astea de la Paris.
- Cum? Și aici? întrebă Jerome tatăl ajungând și el lângă paznic.
- Dar cum credeți că nu? spuse Etienne gânditor. Mare noroc că suntem catolici, altfel am fi dormit în pădure.
- Ce îți face familia, bătrâne Etienne? mai întrebă Jerome tatăl.
- Bine, mulțumesc lui Dumnezeu pentru asta, dar iat-o pe Nicolette, vine spre noi.
- Tot frumoasă ai rămas, Nicolette, spuse domnul Martin, trebuie să fie mândru Etienne de tine. Cea care răspundea la acest nume era într-adevăr o femeie frumoasă, oacheșă și zdravănă, fără însă a fi grasă.
- Mulțumesc, domnule, pentru vorbele frumoase și măgulitoare, poftiți în casă, totul este pregătit pentru dumneavoastră. Puteți lua masa imediat dacă doriți.
- Ceva mai încolo, fiul meu văd că a dispărut deja pe aici pe undeva. Nu ne este prea foame acum, căci am mâncat bine de acasă. Dar cine este domnișoara care iese cu fiul vostru cel mic?
- Oh, este sora mea cea mica, spuse Nicolette, îmi ajută aici în gospodărie și mai ales cu copiii. Are 18 ani făcuți chiar acum în august, o cheamă Marie. A hotărât să vină la noi să stea aici. Acasă la părinți nu-și prea găsea locul. Eu și Etienne am fost de acord s-o primim, iar de când a venit locuiește în camera servitorilor din casa dumneavoastră, adică de vreo săptămână. Ea a făcut curățenie acolo, astfel casa e de o săptămână locuită, sper să nu fie cu supărare pentru dumneavoastră.
- Ei, nu e cu nicio supărare, spuse bătrânul Jerome. Apropie-te, fetițo, îți place aici?
- Da, domnule, foarte mult. Îmi place să am grijă de casă și mi-ar plăcea să rămân lângă sora mea. Dacă doriți, cât veți sta aici, eu pot dormi la ei.
- Nu, dacă te-ai obișnuit cu camera servitorilor, atunci e foarte bine, rămâi acolo.

Din depărtare tânărul Jerome se vedea alergând cu un câine după el. Se putea observa foarte bine că se cunosc de mult dar și fericirea lor de a se regăsi.

- Uite, s-au recunoscut, făcu paznicul. Câinele îi este tare credincios tânărului stăpân. Când ajunseră lângă grup, cei doi încă se mai jucau.

- Gata, fiule, eşti deja lac de sudoare.

- Ce bucurie, tată, să te simţi liber în natură!

- Ea este Marie, sora Nicolettei. Stă în casa mare şi are grijă de ea. Acum doarme în camera servitorilor, mai adăugă domnul Martin. Jerome o studie pe tânăra Marie din cap şi până în picioare şi îi întinse mâna într-un final.

- Ştii să scrii? O întrebă el.

- Da, ştiu, ne-a învăţat preotul din sat pe toţi copiii. Ştiu să socotesc la fel de bine, spuse fata roşind.

- Te-ai acomodat aici? Îţi place?

- Da, mi-ar plăcea o viaţă aici, e atâta linişte.

Jerome cel tânăr era uimit de naivitatea şi puritatea ei şi totodată de sinceritatea ei. În Paris asemenea fete nu prea existau, poate doar cele din leagăn. Îi mai trase nişte priviri lungi şi apoi hotărî să meargă în casă. Într-adevăr totul strălucea pretutindeni, atât jos cât şi la etaj. Camerele aveau ghivece de flori la ferestre, semn că încăperile erau colindate în fiecare zi lăsată de la Dumnezeu. Nu era nicio urmă de praf ori mizerie.

- Eşti o fată de treabă, zise domnul Martin. Uite aşa casa are viaţă în ea tot timpul. Poţi rămâne aici cât vei dori, dacă îţi place.

- Vă sunt recunoscătoare, domnule.

- De-abia aştept să văd râul şi sălciile aplecate peste el, interveni Jerome cel tânăr. Tu le-ai văzut, Marie?

- Da, mereu mă duc acolo şi ascult râul. Mă aşez pe un bustean şi stau liniştită, mai ales când dorm copiii şi sora mea îşi mai trage sufletul.

- Poate vom merge acolo împreună, spuse Jerome, în această săptămână pe care o vom sta aici. La Paris ai fost vreodată?

- Nu, domnule, mi se pare prea mare pentru mine, cred că m-aş înnăbuşi.

- Într-un fel aşa este, însă oraşul are şi părţile lui frumoase.

- Poate aşa este, însă eu nu am nevoie de Paris, spuse fata cu îndrăzneală, apoi roşi brusc de atâta atenţie din partea tânărului.

La masă fură serviţi de Marie care se dovedi curată şi bine instruită în treburile casei. „Poate are vreun secret", îşi spuse Jerome. Când rămase doar cu tatăl său, tânărul întrebă ce caută totuşi o fată atât de frumoasă aici, alegând singurătatea când putea fi de mult măritată.

- L-am întrebat pe Etienne, nu e nimic necinstit, fata a venit la sora ei şi i-a plăcut aici. Acum are permisiunea noastră şi va rămâne aici. Nu este nicio dragoste la mijloc, ba din contră, e melancolică şi preferă să stea singură. Îţi place de ea?

- Îmi place inocenţa ei şi firescul răspunsurilor sale, e puritatea întruchipată în fiecare mişcare şi gest al său. Şi e şi frumoasă, nu am ce zice. Are ceva ce nu vezi des la Paris. Cred că am s-o rog să purtăm o corespondenţă când vom fi departe unul de celălalt, căci ştie să scrie şi îi va mai trece din melancolie scriindu-mi, iar mie îmi va face plăcere să-i scriu.

- Băiete, ţie îţi place fata mult, bag de seamă. Nu e rău, zise tatăl zâmbind. Cred că e ca un trandafir pe care viaţa aşteaptă să-l deschidă.

A doua zi, după micul dejun, Jerome stătea alături de Marie pe malul râului, sprijiniţi fiecare de o salcie. Nu spuneau nimic. Râul curgea atât de lin, iar zgomotul îţi abătea gândurile de la realitate; sălciile erau în apă cu ramurile lor plângăreţe printre care se zbenguiau libere nişte broscuţe ce-şi duceau traiul nestingherite în acest decor simplu, dar feeric. Cei doi aproape că uitaseră unul de celălalt, le era de ajuns tăcerea dintre ei.

- Marie, spuse tânărul deodată, ai vrea să-mi scrii la Paris după ce voi pleca? Să-mi povesteşti despre viaţa de aici, despre râu, despre cer, despre stele, despre casă şi despre tine. Trezită din mirarea ei, fata îi răspunse aproape mecanic:

- Mi-ar plăcea să vă răspund, dar despre mine ce aş putea să vă scriu? Vă sunt recunoscătoare că mă lăsaţi să am grijă de casa cea mare, uneori când sunt singură parcă sunt o regină acolo. Am grijă de fiecare colţişor. Îmi plac şi florile şi nepoţeii mei cei doi. Sora mea nu mai poate avea copii, sarcina a fost grea pentru ea, dar Etienne e mulţumit, căci are doi copii şi o soţie tânără.

- Ţi-ar plăcea să fie a ta casa? întrebă Jerome ridicându-se şi uitându-se la ea. Fata deschise ochii şi îi îndreptă ţintă către Jerome.

- Ce vreţi să spuneţi? Eu nu cutez să mă gândesc la aşa ceva. Ca să fie a mea ar trebui să mă căsătoresc cu dumneavoastră, ceea ce e de domeniul viselor.

- Ştii ce fac eu cu tatăl meu la Paris? întrebă Jerome.

- Nu, spuse fata.

- Confecţionăm tot felul de costume, de măşti, de decoraţiuni pentru pălării, toate pentru nobilime. De când îl ajut pe tatăl meu am văzut multă lume, de la servitori la conţi şi baroni. Sunt toţi atât de plini de ei şi de falşi cum nu-ţi poţi închipui. Dacă nu aş câştiga bani de pe urma lor, nici nu i-aş privi în faţă. Nici nu le mai trebuie vreo mască, ei singuri sunt măşti cu suflet. Tu nu eşti aşa, eşti umană şi neprefăcută, iar aici la ţară nici nu ai cum să te schimbi vreodată. Mi-ar plăcea ca soţia mea să fie ca tine. Atâta tot. Oricum, tu stai aici mai mult decât mine, deci tu foloseşti casa cu adevărat.

- Nu o folosesc, de fapt doar camera de sub scară, de restul mă ocup altfel. Îngrijesc totul. Nici nu-mi trebuie altceva, căci sunt o fire retrasă. Îmi place singurătatea. Acasă îmi doream întotdeauna liniște, după ce îmi terminam treaba plecam pe un câmp din spatele casei, acolo mă simțeam cel mai bine. Tata i-a scris lui Etienne despre felul meu de a fi și l-a întrebat ce-i de făcut în privința mea. Cumnatul meu i-a răspuns printr-o scrisoare că aș putea veni aici și uite așa am descoperit camera de sub scară și liniștea. Mergem doar duminica la biserică și cam atât. Vine puțină lume pe aici, doar arendașii care au treabă cu Etienne. Copiii sunt ca și cum ar fi ai mei, sunt atât de cuminți, am grijă de ei, le spăl hainuțele, îi plimb, sunt cu ei mai tot timpul. M-au adorat din prima clipă, iar eu la fel, ne iubim, alergăm. Sunt fericită aici.

- Te-ai gândit să te căsătorești?

- Nu, cine s-ar uita la mine? Nu sunt bogată și chiar dacă lumea spune că sunt drăguță nu cred că e de ajuns.

- Firește că nu e de ajuns doar un chip frumos, însă ai un suflet deschis și porți o conversație minunată.

- V-am citit cărțile pe care le-am găsit în salon. Acasă nu aveam decât Biblia și vreo două sau trei romane pe care le-am citit de mai multe ori. Îmi place să citesc. Mai am din colecția din salon destule de citit.

- Mă bucur să aud asta, spuse Jerome vădit încântat. Am să-ți mai aduc cărți de la Paris când voi mai reveni.

- Cine știe când veți mai veni? spuse fata cu ochii aproape închiși.

- Poate mai des decât ți-ai închipui tu.

- De ce? întrebă fata ridicându-și capul.

- Pentru că îmi placi nesperat de mult, Marie! Nu am mai întâlnit pe cineva ca tine niciodată. Îmi place sufletul tău, dar și părul care îți miroase a iarbă, a flori de câmp și a pământ. Fata nu spuse nimic, tăcu ascunzându-și stinghereala care o cuprinsese. Oricum, timpul va decide, și tu de asemenea, dacă vei dori să rămâi aici, spuse Jerome.

- Am să vă aștept o viață, spuse fata ridicându-se și plecând către casă. Jerome se ridică și el și porni după ea. Tăcerea se așternu între ei ca o boare plăcută.

- Îmi vei răspunde la scrisori, Marie? zise el luând-o de mână.

- Da, îi răspunse ea șoptit, vă promit. Scrieți-i lui Etienne, iar pe scrisoarea pentru mine scrieți simplu „pentru Marie".

- Așa am să fac și am să-l pun la curent și pe cumnatul tău despre asta.

Săptamăna trecu iute pentru toată lumea. Domnul Martin își inspectă pământurile, Marie avea treabă destulă, iar restul familiei și mai multă, dar seara Marie avea timp întotdeauna să meargă la râu cu Jerome. Stăteau fiecare rezemați de câte o salcie și nu vorbeau prea mult. Uneori tânărul îi lua mâna, dar nimic mai mult. Când familia Martin plecă, iar cei trei, nepunând în calcul copiii, rămaseră singuri, Etienne îi spuse lui Nicolette:

- Să ştii că domnişorul e îndrăgostit de Marie a noastră. Îi va scrie pe numele meu şi mi-a poruncit să-i dau repede scrisorile pe care i le va trimite.

- Sunt oameni simpli, chiar dacă destul de bogaţi, iar sora mea e cu capul în nori asemenea tânărului Jerome. Se potrivesc de minune, chiar dacă m-ar îngrozi viaţa Mariei la Paris, cu trăsuri, zgomote de toate felurile, magazine şi comercianţi peste tot.

- Ei, poate se vor muta aici, zise gânditor Etienne.

- N-aş crede una ca asta, negustoria nu ar mai exista, iar ei sunt tare pricepuţi în cele ce fac, toţi curtenii îşi fac zorzoanele alea la ei, apoi mai au grijă şi de casa doctorului Corday.

- Atunci va ceda Marie, poate se va trezi şi ea din visare.

- Asta n-ar fi tocmai rău pentru ea, poate că ai şi tu dreptate.

Şi uite aşa, între moşie şi Paris, se încinse o corespondenţă de care poştaşul de la ţară era tare mândru, căci niciodată nu mai bătuse drumul atât de des la Etienne ca acum. Fata îi descria lui Jerome natura, schimbările aduse de vreme, neputinţa de a mai merge la râu pentru că frigul pusese stăpânire peste câmpuri. Jerome, pe de altă parte, îi descria viaţa lui plictisitoare şi cam monotonă din Paris. „Dacă nu am avea atât de mult de lucru, zău că aş lăsa totul baltă, dar din fericire avem treabă multă, iar mie îmi place foarte mult ceea ce fac . De fapt, nici nu aş considera-o muncă, ci mai degrabă o artă. Încerc să-l conving pe tata să venim de Crăciun la moşie. Bănuie el ceva şi nu cred că se va lăsa atât de greu în a-şi da consimţământul. Ar fi şi pentru noi o schimbare. Zici că nu mai poţi colinda pe câmp, gândeşte-te cât noroi este aici când plouă. Eşti mult mai norocoasă decât mine." Într-o altă scrisoare Jerome îi scria: „Tata a spus că ne vom petrece Crăciunul la moşie, dă-ţi seama cât de fericit sunt! M-a întrebat însă dacă sunt îndrăgostit de tine, dar a plecat râzând din cameră fără a aştepta răspunsul. Aşadar ne vom vedea peste o lună!"

În ultima scrisoare de dinaintea venirii lor, Jerom îi scrise Mariei: „De-abia aştept să treacă săptămâna aceasta, comenzile ni le-am onorat pe toate, astfel că acum facem pregătiri de plecare pentru o săptămână. M-am bucurat pentru sinceritatea ta, acest lucru îmi place cel mai mult la tine. Sunt fericit că mă aştepţi şi că ţi-am lipsit. Tatei nu i-ar displăcea o relaţie între noi doi dacă e sinceră şi ne aduce fericire în inimi. Despre aceasta vom vorbi însă între patru ochi. Tata a pierdut-o pe mama la naşterea mea şi nu s-a mai căsătorit, de aceea nu admite decât dragostea ca bază a unui mariaj. Te rog să te gândeşti la asta până voi veni la tine. Pe 24 decembrie 1681 vom fi acolo de dimineaţă, ai timp să pregăteşti totul. Ne vom întoarce la Paris pe 3 ianuarie. De-abia aştept să vin, chiar dacă o să stăm mai mult în casă pentru că e frig."

Pe 24 decembrie, precum se hotărâseră, cei doi Martin plecară către casa lor de la ţară. La poştalion îi aştepta Etienne cu căruţa plină de pături pentru a se acoperi, căci era tare frig la vremea aia. Se îmbrăţişară şi porniră spre casă.

- Toată lumea vă aşteaptă, însă nu cred că e cineva mai nerăbdătoare ca Marie. A făcut curăţenie, a spart şi două farfurii de emoţie, dar a făcut nişte prăjituri minunate. Ce mai, am pregătit totul ca pentru sărbătoare. Domnul Martin îi răspunse râzând:

- Etienne, dacă tinerii sunt sinceri şi se plac, eu nu am nimic împotrivă.

- Nicolette a scris acasă la părinţi, iar preotul le-a tălmăcit scrisoarea şi de altfel tot el ne-a răspuns că ar fi uimitor ca Marie să se căsătorească cu fiul stăpânului. A mai îndemnat-o de asemenea prin tot felul de poveţe să fie respectuoasă şi cuminte. Sunt oameni tare buni, eu am avut numai mulţumire căsătorindu-mă cu Nicolette, iar noi sincer nu avem de ce să ne plângem de fată.

Cei doi oameni vorbeau liniştit de parcă tânărul Jerome ar fi fost la mii de leghe depărtare şi nu înfăşurat straşnic în pături în spatele lor, acesta fiind copleşit de bucurie auzind discuţia lor şi aştepta cu nerăbdare să ajungă acasă la Marie.

Când au ajuns, cele două femei îi aşteptau în curte, Marie era tare frumoasă cu obrajii îmbujoraţi de frig. Toată lumea se îmbrăţişă şi îşi manifestă bucuria revederii din toată inima. Marie avu parte chiar de un cadou, o bucată mare de stofă groasă albastră pe care o putea oricând transforma într-o rochie frumoasă. De ceilalţi se ocupă domnul Martin cu privire la cadouri. Copiii erau cei mai fericiţi, căci aveau o grămadă de lucruri dulci care i-au acaparat întru totul. Ştiau cu toţii că acesta va fi primul Crăciun petrecut împreună şi mai ales nu ultimul. Paznicul se bucură că în acest fel stăpânii vor veni mai des de la Paris. Seara, după cină, familia Martin merse în vizită în casa paznicului.

- Etienne, aş vrea să o cer pe cumnata dumitale drept soţie pentru fiul meu Jerome, aici de faţă.

- Domnule Martin, părinţii fetei sunt şi ei de acord, îţi voi arăta scrisorile preotului în care eu am mare încredere, el ne-a cununat pe noi şi ne-a botezat amândoi copiii, e în vârstă şi cu multă ştiinţă. Toată lumea, când are vreo treabă, merge la el ca la un judecător înţelept. Cei doi tineri erau tare emoţionaţi şi îmbujoraţi, fiind cuprinşi de solemnitatea momentului ce le va schimba viaţa pe viitor.

- Marie, vrei să te căsătoreşti cu tânărul nostru stăpân, să-l respecţi şi să-l iubeşti o viaţă?

133

- Da, Etienne, vreau, spuse fata cu lacrimi în ochi.

- Şi eşti pregătită să laşi locurile acestea liniştite pentru a i te alătura la Paris?

- Vom veni cât de des vom putea, răspunse Jerome în locul ei, ne pare rău că am pierdut timpul şi nu am descoperit locul acesta cu adevărat până acum, iar voi sunteţi o familie care merită tot respectul nostru.

- Îţi mulţumim, tinere stăpân, Dumnezeu să mă audă, întotdeauna voi fi credincios stăpânului meu până voi închide ochii, iar Marie e şi mai norocoasă căci va intra în această familie. Dar să ciocnim un pahar în cinstea acestei logodne.

- Marie, acesta este darul meu pentru tine cu ocazia logodnei noastre, spuse Jerome scoţând din buzunar o cutiuţă cu un lănţişor cu medalion. Este bijuteria pe care a purtat-o mama mea pe care nu am cunoscut-o decât din vorbe, dar care a fost un înger de bunătate şi frumuseţe. Ca viitoare soţie a mea merită să porţi această bijuterie din aur, să nu o dai jos de la gât niciodată. Îmi permiţi să ţi-l aşez la gât? Fata încuviinţă ridicându-şi părul şi lăsându-l pe Jerome să-i atingă gâtul pentru prima dată, apoi spuse:

- Îţi promit că voi fi demnă de tine Jerome, îţi mulţumesc pentru încrederea aceasta pe care mi-o acorzi încredinţându-mi lucrul cel mai sfânt de la mama ta, voi fi vrednică să-l port cu tot respectul cuvenit.

Toată lumea îi felicită pe cei doi tineri, iar apoi se aşternură multă vreme la vorbă. Nicolette îi pregătise surorii ei o cameră ce nu era folosită niciodată în casa lor. Ei aveau trei încăperi la etaj, astfel că Marie o ocupă pe cea de-a treia pentru că aşa se cuvenea. Ştia că după plecarea logodnicului va putea să-şi capete iar camera de sub scară, dar până atunci va trebui să locuiască aici.

Îşi făcură planuri de nuntă pentru vara anului 1682, iar vizitele urmau a fi făcute lunar până atunci. Cei doi tineri pluteau de fericire, nici nu-şi dăduseră seama că se făcuse târziu şi trebuiau să meargă fiecare în camera lui. Fiecare în patul lui îşi trăia propria fericire, fara ţinea medalionul între degete ca pe ceva sfânt, doar fusese a mamei viitorului ei soţ, şi de altfel nu mai primise niciodată o asemenea bijuterie. Jerome îi deschise medalionul, iar fata fu uimită când văzu portretul mamei sale acolo.

Toată această vacanţă şi-o petrecură plimbându-se sau stând la gura sobei, fiecare povestindu-şi trecutul. Avură parte şi de vizita tatălui Mariei care îi binecuvântă pe amândoi. Marie îi arătă tatălui ei darul ce-l primise de la logodnicul ei, iar tatăl ei îi spuse doar atât:

- Domnul Jerome ţi-a dat ce avea el mai sfânt sufletului său, portretul mamei sale pe care el nu a cunoscut-o. Să ţii bijuteria aproape de inima ta, Marie, să nu o dai jos niciodată pentru că ai supăra două persoane: pe mama lui şi pe el, ea va fi mereu alături de tine de acum. Apoi i se adresă şi lui Jerome. Domnule, fiica mea este crescută cu credinţă şi niciodată nu mi-a adus vreo supărare. Nu are cusururi multe, aş zice chiar că e prea liniştită, dar, ca şi sora ei, va şti să-şi respecte şi să-şi iubească ceea ce inima a ales. Să nu te îndoieşti de onestitatea ei niciodată.

Jerome îl asigură că acest lucru nu se va întâmpla niciodată, astfel oaspetele lor plecă fericit de soarta celor doi tineri, cărora tocmai le dăduse binecuvântarea sa. După Anul Nou cei doi Martin se întoarseră la Paris. Tinerii îşi promiseseră că-şi vor scrie, iar la începutul fiecărei luni cei de la Paris vor veni într-o scurtă vizită la moşie. Vă închipuiţi câte scrisori începură să curgă între cei doi tineri în timpul cât nu se vedeau. Marie începuse să lucreze la nişte lucruri frumoase pentru micul ei trusou, dacă-l putem numi aşa, iar tatăl ei îi aduse într-o zi zestrea cuvenită ei. Fusese o jumătate de an plină de scrisori, de vizite lunare aşteptate cu sufletul la gură, dar a fost totuşi o perioadă fericită. La începutul lui iunie cei doi tineri se duseră la preot pentru a aranja data cununiei pe 15 iunie, apoi Jerome i-a promis Mariei că şi după nuntă vor vizita mai des moşia unde s-au cunoscut şi unde s-a înfiripat dragostea lor. Nu vor uita de râul lor drag şi de sălciile lângă care au stat.

La nunta lor veniră toţi membrii familiei miresei şi erau tare încântaţi că fata lor va începe o viaţă nouă la Paris. Dăduse norocul peste ei. Marie îmbrăcase o rochie simplă, dar frumoasă, asortată cu un voal minunat plin cu flori de lămâiţă. Îşi făcuse un buchet din florile pe care le găsise în grădina din spatele casei, flori ce i se potriveau de minune. Medalionul îl purta cu drag, căci nu se mai despărţise de el. Nunta a fost o încântare pentru toată lumea, iar pretul foarte mândru că-i cununase. Fiind aproape de Paris, prea puţine evenimente se petreceau în parohia lui, astfel că punea în glas şi în cuvânt toată abnegaţia lui. Se adunase multă lume în curtea bisericii, nimeni nu-i ştia bine pe cei doi, dar ştiau însă cine erau. Multă vreme nunta aceasta simplă fu subiect de discuţie prin sat, iar preotul fu lăudat pentru darurile sale. Cei doi tineri însurăţei plecară la Paris imediat după ce luară masa împreună la moşie. Etienne şi Nicolette rămaseră iar singuri, doar cu cei doi copii ai lor, părându-li-se acum totul gol, căci se obişnuiseră să aibe multă lume prin preajmă. Norocul lor a fost că tinerii se ţinură de cuvânt şi veneau în fiecare lună câteva zile, uneori singuri, alteori cu domnul Martin. Erau fericiţi şi transmiteau aceeaşi stare tuturor din jurul lor.

135

CAPITOLUL 17

After ce mai stătu în camera fiicei sale până când respirația Ameliei deveni adâncă şi liniştită, semn că somnul o cuprinsese profund, Lucien coborî scările şi merse în salon.

- A adormit. Cred că se va simţi mai bine dimineaţă. Se simte puţin vinovată, niciodată nu i-a plăcut pescuitul şi crede că din cauza asta s-a întâmplat nenorocirea. Cred că putem dormi cu toţii, va fi cam incomod aici în salon, dar trebuie să ne odihnim. Până una alta, am să mă duc în bibliotecă, căci mai am câte ceva de făcut. Pe tine, Charlotte, te-aş ruga să mergi în camera surorii tale să vezi dacă nu a lăsat vreo hârtie, este aproape imposibil, dar cine ştie, poate ne va ajuta, apoi treceţi la Marc, spuse el arătând şi spre Geroges. Încercaţi să dormiţi, mai ales tu, Michel, dacă vrei să deschizi magazinul. Cred că ar trebui s-o faci pentru a nu atrage atenţia. Vei sta tu la noapte, iar Anna va dormi atunci în pat. Pe Georges nu-i chip să-l pot adormi ca pe Amelie, va sta aici cu noi. Doamna Misard spuse şi ea:

- Cred că Lucien are dreptate, dragul meu, spuse ea adresându-i-se soţului ei, mergi şi te culcă, oricum e trecut de miezul nopţii şi trebuie să deschidem magazinul de dimineaţă.

- Du-te, Michel, chiar avem nevoie de tine mâine, spuse Lucien. Voi veni şi eu imediat, dar mă duc puţin până în bibliotecă. Eulalie, mergi şi tu la culcare, ziua care a început va fi una grea pentru toţi. Ne trebuiesc minţi odihnite. Anna, îţi mulţumesc că rămâi aici până voi veni eu din bibliotecă.

- Domnule Corday, lăsaţi-mă să stau cu doamna Misard până veţi reveni, să nu stea singură, apoi vă promit că mă voi duce în camera mea.

- Bine, spuse Lucien ieşind din salon şi intrând în bibliotecă, după care închise uşa după el.

Lucien aprinse încă o lumânare şi se aşeză la masa lui de lucru. Stătu câteva minute nehotărât, apoi luă cu multă fermitate un plic pe care

136

scrise adresa marchizului. Luă mai apoi o hârtie şi pană de scris, după care
începu să scrie:

„Domnule marchiz, nu ştiu dacă soarta este cea care a hotărât aşa
sau poate altceva. Nu ştiu dacă e bine să vă scriu şi să vă deranjez în
singurătatea palatului dumneavoastră, dar s-au întâmplat lucruri groaznice
în acest timp. Ieri contele de Langarde şi mama sa, contesa de Langarde,
au murit. Tânărul conte era la pescuit şi doar întâmplarea a făcut ca malul
să se surpe cu tot cu el, iar râul l-a omorât, mama lui l-a urmat curând din
cauza unui anevrism. Vă scriu pentru că trebuie să vă invit la această tristă
înmormântare pe data de 24 august 1681, în acelaşi cimitir, la orele 9 şi
jumătate ale dimineţii. Nimeni nu ştie că vă scriu toate acestea. Fata mea a
adormit în urma unui somnifer, iar noi suntem distruşi de cele întâmplate
şi sperăm că vom trece până la urmă peste toate cumva. Fata mea era
logodită de doar câteva zile cu tânărul conte. E tânără şi îşi va reveni. În
curând va împlini 16 ani, aşadar are timp suficient să ia viaţa în piept de
acum înainte. Nu voi mai lungi această scrisoare pe care, din lipsă de
personal, am să v-o aduc chiar eu acum. Nu trebuie să veniţi dacă nu doriţi
acest lucru, însă eu am simţit că aşa trebuie să procedez. Al
dumneavoastră, Lucien Corday, 23 august 1681, orele 1 ale dimineţii"

După ce termină, merse în salon unde Charlotte şi Georges erau
deja acolo.

- Uite, dragul meu, îşi făcuse testamentul, zise soţia lui întinzându-
i hârtia lui Lucien. Amelie e contesă de Langarde, îi lasă totul fetei noastre.
Lângă acest testament am găsit tot ce-i va aparţine Ameliei, bijuteriile
obişnuite, precum şi tot ce aparţine casei de Langarde. Le-am dus pe toate
la Amelie în cameră. Ea doarme dusă, mai bine aşa. Până şi casa din
Nancy ar fi aparţinut celor doi tineri.

- La Marc nu am găsit nimic, spuse Georges. El voia să trăiască cu
siguranţă.

- Oricum, spuse Lucien, tot ce vei dori vei putea lua ca amintire, a
fost prietenul tău cel mai bun. Mă bucur că aţi venit, iar doamna Misard nu
va veghea singură. Eu voi pleca pentru puţin timp pentru a duce cuiva o
scrisoare, de fapt o invitaţie la înmormântare. Nu o pot lăsa pentru mâine.
Mă voi duce la marchizul von Hesse. Voi lua trăsura să mă pot întoarce
mai repede. Charlotte, am să-ţi povestesc după înmormântare de ce o fac şi
vei înţelege.

- Bine, dragul meu, dar ia-l şi pe Georges, te va ajuta cu caii.

- Sigur, domnule Corday, am să vin cu dumneavoastră, spuse
Georges şi într-adevăr doresc să iau ceva din camera lui Marc. Mulţumesc
pentru permisiunea dumneavoastră.

- Nu ai pentru ce, să mergem.

Străzile erau pustii şi la fel de liniştit era şi palatul marchizului. Zgomotul provocat de bătăile în uşă sună atât de tare încât te înspăimânta. Dură ceva timp până un lacheu apăru la uşă şi deschise o fereastră mică îngrădită, dar se linişti când văzu că cei ce aşteptau la poartă erau oameni cumsecade.

- Te rog să-l anunţi pe stăpânul tău că Lucien Corday aşteaptă să fie primit cu toate scuzele de rigoare datorate orei nepotrivite.

Lacheul, înţelegând despre ce este vorba, deschise uşa pe care intră doar medicul, Georges se retrase lângă trăsură. Doctorul fu introdus într-un salon în timp ce lacheul aprinse mai multe lumânări. După foarte scurtă vreme marchizul, trezit din somn, dar nu foarte uimit, apăru în haine de casă în salon.

- Îmi cer mii de scuze pentru deranjul acesta, spuse Corday.
- Probabil este un motiv serios, spuse marchizul zâmbind.
- Da, este, o invitaţie, spuse Lucien înmânându-i misiva.
- La nuntă? întrebă marchizul tresărind.
- La o dublă înmormântare, spuse imediat Lucien.
- Doar nu Amelie...
- Nu, nu Amelie. Vă rog să citiţi scrisoarea, marchize. Acesta din urmă rupse hârtia şi începu să citească. Când termină, rămase fără grai, apoi într-un târziu spuse:
- Aceste nefericite întâmplări îmi dau şansa să sper?
- Sunteţi un om practic, marchize, asta va depinde doar de fiica mea şi de dumneavoastră. Scrisoarea aceasta a fost doar un impuls din partea mea. Ea nu ştie unde sunt acum, căci doarme. Permiteţi-mi să mă retrag. Doar doamnele veghează acasă, aşadar nu mai pot zăbovi. Veţi veni? Va fi un eveniment doar în familie, căci nu suntem în Franţa.
- Da, voi veni la înmormântare, la orele nouă şi jumătate voi fi acolo. Iertaţi-mă încă odată, dar pentru mine această scrisoare sună minunat.
- Înţeleg, marchize. Rămâneţi cu bine.

Cei doi bărbaţi se îmbrăţişară apoi se despărţiră. Cine ştie de câte ori marchizul citi scrisoarea aceea până adormi. Acasă, în salon, doamnele schimbau lumânările arse cu altele noi şi aşteptau venirea trăsurii şi abia după ce o auziră pe pavajul curţii se liniştiră. Lucien şi Georges veniră la ele în salon.

- Acum mergeţi şi vă odihniţi, voi sta eu aici, spuse Lucien.
- Vom sta cu toţii, suntem o familie, spuse doamna Misard. Cred că ar fi mai cuminte să te odihneşti dumneata pentru a putea deschide cabinetul de dimineaţa pentru pacienţii ce vor veni.
- Mă voi odihni, un fotoliu îmi este suficient

Până dimineaţă cei patru au moţăit cum au putut, iar la orele cinci Eulalie se trezi şi făcu ceai pentru fiecare. Aduse şi gustări, apoi rămase doar ea singură în salon. Insistă ca ceilalţi să meargă să doarmă într-un pat măcar vreo trei ceasuri. Deschise ferestrele, apoi aranjă florile şi fotoliile răvăşite după noaptea ce trecuse. Începu să intre aer curat, iar mirosul acela apăsători de flori se risipi pe ferestre afară. Aerul învioră totul. Promisese tuturor că îi va trezi la orele opt de dimineaţă. Începea să se audă zgomotul străzii, se auzeau căruţe trecând spre pieţele ce trebuiau aprovizionate. Eulalie stătea şi se gândea ce soartă avuseseră cei ce au murit de curând, dar nu avu timp să cugete prea mult, căci pe la orele şase ale dimineţii apăru Amelie.

- Bună dimineaţa, Eulalie.
- Bună dimineaţa domnişoară. Am poruncă să-i trezesc la orele opt pe părinţii dumneavoastră, pe doamna Misard şi pe fiul ei Georges. Au vegheat până pe la orele cinci, după care le-am servit o gustare, iar pe urmă am rămas eu aici.
- Adu-mi te rog şi mie ceva de la bucătărie, rămân eu aici.
- Vreau şi eu ceva, spuse şi domnul Misard ce tocmai apăruse, voi mânca împreună cu Amelie, iar mai apoi voi deschide prăvălia. Tatăl tău a hotărât ca totul să decurgă normal, fără să atragem atenţia cuiva. El are consultaţii azi, iar eu voi deschide prăvălia ca şi până acum. Şi eu cred că e mai bine aşa.
- Şi eu cred la fel, de altfel mă simt bine şi cred că doamnele nu trebuiesc trezite, doar tata, dacă aşa a hotărât el. Pe Georges îl vom trezi de asemenea dacă aşa a fost dorinţa lui. Mâine îi vom conduce către ultima lor casă după care vom avea timp să ne gândim la această pierdere uriaşă. Acum parcă trăiesc visul altcuiva. Mă uit la Marc. Niciodată nu am fost de acord cu meteahna asta a lui, dar nu aveam cum să mă împotrivesc. Am fost logodiţi doar o săptămână, aşa-i? Habar nu am...
- Eşti tânără, draga mea, vei trece cu bine peste asta, cu toţii vom trece. Cred că atât a fost viaţa lor şi nicio zi mai mult, ce poţi face tu? Nimic. Destinul tău nu trebuia legat de al lui, iar viaţa a ştiut să dezlege ceva greşit.

Amelie îl privea uimită şi îşi aminti că şi ea se gândise la asta. Spre marea ei durere, nu putuse să-l iubească pe Marc aşa cum Estelle îl iubeşte pe Georges. Nu ar fi fost fericiţi, ar fi fost doar o serie nesfârşită de datorii şi cam atât, însă îşi păstră doar pentru ea aceste gânduri. Astfel trecu micul dejun după care Amelie rămase singură lângă cele două sicrie. Eulalie pregătea pentru prânz la bucătărie, iar domnul Misard deschisese prăvălia ca de obicei. Pe la orele şapte şi jumătate coborî şi Lucien. Se hotărâse să nu o trezească pe soţia lui, era mai bine să o lase să se mai odihnească. Coborî şi luă şi el micul dejun din cele pregătite de Eulalie.

139

- Tată, eu nu l-am iubit niciodată.

- Ştiu. fata mea, astă-noapte cineva a fost tare fericit de vizita pe care i-am făcut-o. Am fost la marchiz, de fapt i-am scris. Speră la mâna ta, bineînţeles după ce vom trece cu bine peste perioada cuvenită de doliu. Ce spui?

- Ai fost la el astă-noapte? întrebă fata mirată şi parcă nu înţelegea ce i se spunea.

- Da, dar nimeni nu ştie conţinutul acelei scrisori şi scopul adevărat al vizitei mele, doar noi trei. M-a însoţit doar Georges, dar el ştie că e doar o invitaţie pentru mâine. Acum nu vei mai avea motive să-l mai respingi, căci îl placi şi tu... Ai văzut... mătuşa ta ţi-a lăsat totul, titlul, bijuteriile...

- Da, am văzut tată. Nu îl pot respinge pe marchiz pentru că pe el îl iubesc. Când închid ochii îl văd doar pe el. Ruşine mie, însă mulţumesc vieţii că a hotărât altfel. Va veni astăzi?

- Cred că da şi la fel şi mâine la înmormântare.

Rămasă singură din nou, Amelie privi chipurile celor doi aflaţi în sicriele acelea. Îi atinse mâinile lui Marc, potrivi florile, apoi verifică dacă dantela este bine aşezată. Începu să plângă, iar mirosul din salon o ameţea cu tot aerul ce venea de afară. Aşa o găsi Eulalie care intră să mai strângă din lucrurile de prisos.

- Domnişoară, spuse ea lăsând baltă ce se apucase să facă. E foarte greu pentru dumneavoastră, dar trebuie să fiţi puternică. Sunteţi tânără, apoi e mâna soartei, cine poate şti? Vă veţi reveni, veţi putea zâmbi din nou şi veţi cunoaşte alţi oameni. Va urma o viaţă nouă.

- Mă simt vinovată, Eulalie.

- Nu aveţi pentru ce, Dumnezeu hotărăşte soarta tuturor.

- Mă arde inelul acesta de pe deget, cred că ar trebui să-l scot.

- Domnişoară, îl veţi scoate la înmormântare şi îl veţi arunca peste conte înainte de a i se pune capacul, astfel vă veţi lua adio şi veţi încheia acest capitol nefericit din viaţa dumneavoastră. Acest gest vă va aduce liniştea. Domnul Marc a fost fericit cu dumneavoastră, dar acum totul s-a sfârşit pentru el.

- Cred că ai dreptate, Eulalie, zise oftând Amelie. Mulţumesc pentru idee.

- Ei, nu aveţi de ce să-mi mulţumiţi. Eu mă duc acum. Nu mai plângeţi, împăcaţi-vă cu ideea şi speraţi în viitor.

După ce Eulalie plecă, Amelie se aşeză într-un fotoliu şi începu să-şi învârtă inelul pe deget. Durerea ei o făcea mai frumoasă, mai suavă, rochia neagră, simplă, îi punea în valoare culoarea aurie ca spicul grâului a părului ei frumos, tenul alb ca laptele şi ochii aceia adânci şi coloraţi asemenea mării. Cearcănele uşoare o înfrumuseţau. Părul şi-l legase cu o panglică neagră, dar, fiind rebel de felul lui, stătea într-o dezordine pe care cei ce o îndrăgeau o găseau întotdeauna nostimă. Îşi turnă o ceaşcă de ceai rece şi se apropie de fereastră. În curte erau două persoane care se îndreptau spre cabinetul tatălui său. „Acum nu va mai studia nimeni medicina cu tata...", îşi spunea fata în gând. Din reveria ei o treziră doamnele ce au reuşit totuşi să doarmă puţin mai mult decât îşi propuseseră.

- Amelie, micuţa mea, cum te simţi? întrebă mama ei care între timp încerca să-i aranjeze părul rebel, dar fără prea mari şanse.

- M-am liniştit acum. Am vorbit şi cu Eulalie, e o fată tare de treabă. M-a sfătuit să arunc inelul de logodnă mâine în sicriul lui Marc şi să încep o viaţă nouă. Aveţi pregătite nişte gustări, căci e bine să mâncaţi câte ceva. Eu cu tata am făcut-o. Ceaiul e rece, dar nu are prea mare importanţă.

Doamnele trecură pe lângă cele două sicrie, apoi s-au dus să mănânce. Între timp intră şi Georges care o îmbrăţişă pe Amelie anunţând că în curând vor sosi şi cei din familia de Bruy.

- Sunt foarte de treabă cu toţii, spuse Amelie.

- Va veni şi marchizul von Hesse la înmormântare, aşa mi-a spus tatăl tău astă-noapte. Poate va veni şi azi când va fi vremea potrivită pentru o astfel de vizită.

- Posibil, zise Amelie clipind uşor şi neliniştindu-se puţin, însă insesizabil totuşi pentru cei din jurul ei, de altfel în afară de familia de Bruy şi de marchizul von Hesse nu mai avea cine veni pe la ei.

- Va fi mai uşor şi mai simplu de mâine, căci eu cred că o să ne fie mai bine când îi vom avea doar în suflete. Gândeşte-te că eu am văzut cum s-a prăbuşit blestematul ăla de mal, tocmai îmi ridicasem privirea din cartea pe care o citeam atunci. Era atâta linişte în prietenia noastră, eu nu-i speriam peştii, iar Marc nu mă deranja de la citit. Aşa stăteam şi la Nancy într-o linişte ce ne aparţinea doar nouă şi râului. Acum nu o să mai poată vedea Franţa niciodată. Ţi se pare ciudat să-i porţi inelul, aşa e? Îl tot învârţi...

- Sunt agitată, Georges, cred că ai dreptate, mâine va fi mai multă linişte şi calm. N-am să-l uit niciodată, însă nu cred că viaţa mi se va termina acum la 16 ani.

- Nu, nici vorbă, doar că ai o singură alternativă: să-ţi dai inima unuia de pe aici şi nu unui francez. Vărul tău era singurul francez care te iubea aici în Potsdam şi, fiind un cerc închis, nici nu ai avut timp să ieşi şi să cunoşti lume pe aici.

- Unde să întâlnesc eu lume pe aici, Georges? Nu cred nici că voi ieşi foarte des din casă. Mai sunt doar cei ce vin la consultaţii la tata, spuse Amelie gândindu-se la von Hesse.

- Habar nu am, dar sigur Marc te va binecuvânta din ceruri, căci te iubea tare mult.

- Ştiu, şopti Amelie cu inima strânsă şi cu lacrimi în ochi.

Eulalie intră şi îi anunţă pe cei din familia marchizului de Bruy. Aceştia aduseseră cu ei şi un coş cu mâncare, apoi toată lumea o îmbrăţişă pe Amelie şi începură să o încurajeze. Estelle o luă pe Amelie în grădină la aer curat unde stătură liniştite multă vreme.

- Ai să-ţi revii curând, vei vedea, iar noi te vom ajuta cu toţii, îi spuse Estelle prietenei sale. Încetează de a te mai pedepsi pentru ceva, căci nu-l mai poţi aduce înapoi de unde s-a dus. Sună ciudat, dar trebuie să ne bucurăm de fiecare clipă pe care o avem de trăit pentru că niciodată nu se ştie când se poate termina totul. Marc a murit fericit, se logodise cu verişoara lui care îl acceptase.

În acest timp Amelie nu mai spunea nimic, căci ceva o oprea să i se destăinuie Estellei, probabil nemulţumirile din trecut cu privire la ea. Taina iubirii ei pentru von Hesse şi sacrificiul ei trebuiau lăsate sub zăvor în cea mai tainică încăpere a sufletului ei. Nu mai avea încredere în Estelle sau nu total. Ceva se rupsese între cele două fete, cel puţin din partea Ameliei. Erau prietene pentru că erau amândouă din Franţa şi aveau aceeaşi vârstă, în rest nu mai era alt liant care să le unească. Estelle era din fire mai năstruşnică, mai distrată şi nu sesiza rezervarea Ameliei faţă de ea, punea totul pe seama durerii pricinuite de acest mare necaz. Amândouă tresăriră când Charlotte le chemă să vină în casă.

- Veniţi, fetelor, poate e singurul vizitator pe care îl vom avea din afara cercului nostru francez. Îl veţi găsi în salon pe Albert von Hesse, îţi aduci aminte Amelie că şi el şi-a pierdut mama cu câteva luni în urmă.

Amelie se făcu că nu înţelege şi se ridică cu Estelle asemenea unui resort, inima îi bătea puternic şi se gândea că va fi în aceeaşi cameră cu cei doi bărbaţi ce i-au însemnat viaţa până acum, unul era mort fără nicio dorinţă, iar celălalt viu şi plin de speranţă. Când fetele intrară văzură că cei doi marchizi stăteau de vorbă. Albert adusese un buchet imens de flori pe care doamnele îl desfăcură aşezând apoi florile în cele două sicrie. „Doamne, cât e de frumos şi de trist!" gândea Amelie muşcându-şi buzele, dar totuşi înaintând în încăpere. „Ce frumoasă este de aproape...", îşi spunea şi marchizul în timp ce o privea.

Făcură cunoştinţă, iar mâna Ameliei micuţă şi caldă zăbovi pentru prima dată în mâinile reci ale lui Albert. Îşi adresară vorbele adecvate situaţiei şi locului în care se aflau, însă ochii marchizului vorbeau un limbaj pe care doar Amelie îl înţelegea şi îi răspundea de asemenea pe înţelesul acestuia. Estelle se retrăsese lângă logodnicul ei, iar Marchizul de Bruy s-a retras având ceva treabă la propriul cabinet. Rămăsese doar Georges ce se întreţinea cu Estelle, iar marchizul von Hesse rămăsese alături de Amelie. Cele trei doamne se retrăseseră în grădină la aer, căci în salon era un aer încărcat, iar căldura sfârşitului de vară se simţea destul de intens. Florile cu mirosul lor puternic încingeau atmosfera dând o senzaţie de slăbiciune mai ales doamnelor, chiar dacă ferestrele rămăseseră deschise.

Tinerii făceau două perechi distincte, chiar dacă din când în când se mai lega câte un dialog între ei, erau oricum tăcuţi şi rezervaţi. Nici Estelle şi nici Georges nu înţelegeau şi nu realizau că ceva se înfiripa pe sofaua din faţa lor, nici măcar atunci când Albert îi spuse în şoaptă Ameliei dacă ar dori să primească de la el un bileţel fără ca ceilalţi doi să observe. Fata îi zâmbi trist, se ridică şi se îndreptă spre cele două sicrie, astfel că Albert putu să-i dea bileţelul fără a fi observat. Amelie începu să aranjeze florile pentru a masca acest moment, apoi porni înapoi spre locul pe care-l ocupaseră înainte. Nu vorbiră prea mult, însă marchizul promisese că va veni şi a doua zi şi că va aştepta un răspuns de la Amelie odată cu înmormântarea. Aceasta îi promisese că îi va răspunde în timpul serii urmând ca a doua zi să primească scrisoarea din partea ei. Când Lucien intră în salon având răgazul prânzului nu arătă că ar şti ceva referitor la cei doi tineri.

- Mă bucur că eşti aici cu noi, marchize, spuse Lucien imediat ce intră.

- Şi dumneavoastră mi-aţi fost alături când a murit mama mea. Şi acum sora mea îşi aduce aminte de dumneavoastră şi de bunătatea dumneavoastră faţă de noi.

- Rămâneţi la masă, marchize, ne-ar face o mare plăcere să vă avem cu noi, spuse medicul.

- Vă rugăm, domnule, spuse şi Amelie tremurând, ar fi o onoare pentru noi.

- Uite-l şi pe tatăl lui Georges, doar doamnele mai lipsesc, precum şi strigătul lui Eulalie ca să ne putem îndrepta spre sufragerie, încheie Lucien invitaţia adresată marchizului.

In următoarele clipe Eulalie îi invită pe toţi la masă întocmai ca în fiecare zi la ora unu după-amiaza. Găti mâncare din belşug şi se bucură că trebuia să mai adauge un tacâm la masă mai ales pentru marchizul von Hesse. Imediat li se alătură şi marchizul de Bruy ce se întorsese. La masă toţi discutară pe un ton mai scăzut şi unanim îl considerară pe marchizul von Hesse ca pe unul de-al lor. Se vorbi chiar în germană şi nu în franceză, din respect pentru el. Îl admirau sincer în cercul lor, iar acest lucru era de bun augur în mintea lui Albert.

Amelie stătea lângă prietena ei Estelle şi uneori, ridicând capul, privea către cel ce îi era drag. Privirea ei albastră o întâlnea pe a lui ce era atât de rugătoare încât fata îşi lăsa ochii în jos imediat. Doar medicul

Corday pricepea totul, dar avea aerul indiferent al unui om ce nu dădea importanță detaliilor din jurul lui şi nici nu încerca să le priceapă. Ceilalți meseni nu deslușeau nimic din ce se petrecea între cei doi tineri şi se grăbiră să termine masa pentru a se întoarce în salon. Marchizul de Bruy luă loc lângă marchizul von Hesse şi începură să discute despre politică. Ce puteau face până la urmă?

După ce Lucien şi Michel plecară la treburile lor, Amelie se strecură din salon şi urcă repede în camera ei. Închise uşa şi cu mare nerăbdare desfăcu bilețelul marchizului care înțelesese perfect de ce plecase Amelie, iar acum aştepta şi el nerăbdător un semn din partea ei. Amelie citea cu o vie emoție ce îi scrisese Albert: „Poate sunt un egoist, domnişoară, dar o văd ca pe o minune această trecere nefericită în lumea drepților a contelui şi a mamei sale. Când tatăl dumneavoastră a venit astă-noapte la mine a fost ca un înger bun. Am sărutat scrisoarea de mii de ori fericit dar şi cu multă teamă că mă veți respinge datorită durerii pricinuite de acest necaz şi mai ales datorită sentimentelor pentru vărul dumneavoastră. Vă iubesc din prima clipă cum v-am zărit la fereastra camerei, eram tare nefericit atunci, dar ca o rază de soare v-ați oprit asupra mea şi nu m-ați mai părăsit. Aştept un răspuns la acest bilet pentru a spera sau pentru a dispărea pentru totdeauna. Albert, marchiz de von Hesse".

Amelie începu şi ea să scrie repede căci nu mai avea rost să aştepte până a doua zi. „Domnule marchiz vă mulțumesc că ne sunteți alături acum, mă bucur de asemenea că tatăl meu nu v-a destăinuit că şi eu vă iubesc din aceeaşi clipă când v-am zărit pentru prima dată la noi în curte. Doream să-mi înăbuş dragostea pentru dumneavoastră sacrificându-mă pe mine şi devenind contesa de Langarde. Totdeauna l-am plăcut pe Marc şi am crezut că-l iubesc până în acea dimineață când v-am văzut ochii trişti străbătând până în inima mea. A fost nevoie doar de o clipă. Tata m-a ghicit şi m-a înțeles din prima clipă şi a fost confidentul meu de atunci şi până acum, aşadar vă puteți sfătui cu tatăl meu cum este mai bine să procedați mai departe, mâna mea este liberă. Cu bine, Amelie Corday, de curând contesă de Langarde" Fata puse scrisoarea într-o biblie de buzunar şi coborî scările în grabă. Intră în salon şi se îndreptă numaidecât către tânărul marchiz.

- Domnule, ați fi atât de bun ca mâine să citiți din această biblie versetul la care am pus un semn? Ne-ar face o mare plăcere şi am aprecia asta. Marchizul înțelese perfect situația şi răspunse:

- Desigur, domnişoară, voi citi acel pasaj, măcar în acest fel voi fi şi eu de folos. Acum, dacă îmi permiteți, am să mă retrag. Am să vin mâine dimineață negreşit la ora indicată la cimitir.

- Vă mulțumim din suflet pentru sprijin, interveni şi doamna Corday.

144

Marchizul se înclină şi plecă parcă grăbit de ceva. Aşteptă cu nerăbdare să urce în trăsură şi să deschidă cartea Ameliei, căci ştia că acolo va găsi răspunsul ei. Deschise Biblia şi chiar văzu în prima clipă versetele pe care trebuia să le citească, erau subliniate îngrijit de mâna Ameliei. După ce citi bileţelul, marchizul intră într-o stare de exaltare în care nu mai fusese niciodată în viaţa lui. Nu credea că Amelie îl iubeşte şi mai ales că tatăl ei o înţelegea şi o susţinea din toată inima. Sărută fericit bileţelul şi se gândi într-adevăr ca după înmormântare să aibă o convorbire cu tatăl iubitei lui, Amelie.

Poate că acea rază de soare va fi a lui pâna la finalul vieţii şi chiar nu credea că ar fi relativ acest lucru, ci era încredinţat că aşa va fi cu siguranţă. Ajunse acasă şi începu pentru prima dată să fluiere încetişor în timp ce urca scările, spre uimirea generală a servitorilor ce nu mai văzuseră aşa ceva până atunci şi nu ştiau despre ce poate fi vorba, dar erau şi ei fericiţi de fericirea stăpânului lor.

145

CAPITOLUL 18

După ce marchizul de Hesse plecă, se hotărî şi celălalt marchiz să plece împreună cu familia lui. Considerau că era mai bine ca familia îndoliată să rămână singură cu cei doi dispăruţi prematur. Georges plecă şi el împreună cu familia de Bruy, dar doar până la casa acestora, dorind doar să-i conducă, apoi să se întoarcă la cei din familia Corday să-i ajute în continuare.

Rămăseseră doar doamnele în salon. Amelie, după ce îi dăduse cu mari emoţii Biblia lui Albert, avu nevoie de câteva momente să îşi revină, trebui să-şi adune toate forţele pentru a se comporta cât mai firesc. Se bucură chiar când familia Estellei se pregătea să plece, gândindu-se cu o oarecare satisfacţie că se va simţi mai bine când vor rămâne doar cei de-ai casei. Când îşi mai reveni puţin, ieşi în grădină să respire aer curat, căci salonul se încinsese teribil, iar mirosul florilor ofilite era groaznic de obositor.

Începu să se gândească iar la Marc şi să se învinovăţească de faptul că nu îl iubise. Se considera o egoistă, dar mai apoi căuta argumente pentru a-şi demonstra că nu fusese deloc, gândindu-se că ea s-ar fi sacrificat pentru Marc, deci nu era cazul să se considere în felul acesta. Gândurile îi veneau şi plecau ca un tăvălug frământând-o şi nelăsându-i nicio clipă de răgaz. Când îşi văzu tatăl alergă la el şi izbucni în plâns.

- Tată, ştii ce am făcut azi acolo, lângă Marc cel mort? Ne-am declarat iubirea! Când a plecat i-am dat Biblia mea în care i-am strecurat un bilet. Lumea va zice că abia am aşteptat să moară ca să îmi pot lua gândul de la el.

- Nu e adevărat, nu l-ai iubit niciodată. Revino-ţi, draga mea, doar noi doi ştim de chestiunea aceasta, iar eu nu voi vorbi nimănui despre acest lucru. Chiar şi mie îmi e plăcut marchizul, apoi e foarte bine că este mai

146

vârstnic decât tine cu 10 ani, căci e o vârstă foarte potrivită. Sincer, nu te vedeam căsătorită cu un copil peste cei trei ani.

- Eu nu m-am gândit la acest lucru niciodată, tată.

- Mă gândesc că Albert te va introduce la curte unde vei putea fi admirată și cu adevărat fericită, nu vei mai fi o fugară, ci o doamnă respectată. E mai bine așa, căci îmi doresc doar ce-i mai bine pentru unicul meu copil, spuse Lucien. Bine, cu siguranță, sunt puțin egoist în acest moment referitor la subiectul ăsta, dar Albert e mai bun pentru tine. Îl cunoaștem destul de bine, atât pe el cât și familia lui, iar nașul său este însuși Electorul. E unul dintre copiii acestei regiuni, e frumos, iar tu îl vei face să-și schimbe tristețea din priviri cu fericirea pe care o merită.

- Mâine va citi pasajul însemnat de mine din Biblie, zise Amelie.

- Foarte bine, e ca o împăcare între cei doi tineri nobili. Acum să mergem în casă, căci ne așteaptă o noapte lungă, după care ne vom liniști. După ce salonul se va elibera ne vom simți cu toții mai bine.

Ce minunat știa Lucien să-și liniștească fiica și câtă dreptate avea în tot ceea ce gândea. Seara se lăsa liniștită peste inimile acestea tulburate pentru ca încă o noapte de veghe să se aștearnă. Amelie nu mai plecă la culcare, ci ațipi ca toți ceilalți într-un fotoliu. Cele două familii stăteau unite în salon, schimbau lumânările și mai aveau puterea de a zâmbi uneori. Aruncau florile ofilite și puneau altele proaspete. Simțeau că cei doi se liniștiseră, iar sufletele acestora pluteau împăcate fără a dori cuiva răul. O pace se lăsă astfel și în inimile celor care stăteau acolo de veghe.

- Simțiți? întrebă deodată Amelie. E ca o dezlegare, ei și-au asumat destinul, parcă ne-am liniștit și noi și parcă pot începe și eu de mâine o viață nouă, un nou destin pentru mine se vede la orizont. Oh, Marc, vei rămâne mereu în sufletul meu, însă îți multumesc că ai înțeles că eu sunt vie și că nu pot fi asemenea ție de acum înainte. Amelie începu să plângă agățându-se cu mâinile de sicriul logodnicului său și îngenunchind alături printre vazele de flori. Charlotte se ridică pentru a se duce lângă fiica ei, însă Lucien o opri.

- De-abia acum realizează cu adevărat ce se întâmplă cu ea și se va liniști. Las-o singură, las-o să plângă, mâine va fi un alt om. S-a desprins în sfârșit, mă așteptam la acest pas și chiar l-a trecut cu bine. Lacrimile hrănesc uneori bucuria. Se va opri în curând. Toată lumea încuviință din cap cele spuse de Lucien. După puțin timp, Amelie se ridică și își puse mâinile peste cele ale lui Marc. Se înfioră de răceala lor, dar nu plecă.

- Adio, Marc, adio suflet bun și drag și îți multumesc pentru dezlegare. Speram la acest gest din partea nobilei tale inimi. Amelie plecă apoi către canapeaua unde se aflau și părinții ei.

- Mamă, vreau să mă retrag, sunt obosită. Poți veni să mă ții în brațe până voi adormi?

- Da, scumpa mea, voi sta cu tine cât vei dori, îţi voi sta alături, îţi voi mângâia părul şi ţi-l voi pieptăna, iar tu ai să adormi liniştită. Eşti epuizată după toate astea care ne-au sfâşiat şi nouă inimile, vei începe curând o nouă viaţă, iar noi te vom ajuta şi îţi vom fi alături. Michel se ridică şi le deschise uşa, iar cele două femei, îmbrăţişate şi cu lacrimi în ochi, au plecat spre dormitorul Ameliei. După ce închise uşa în urma lor spuse:
- M-am speriat teribil, aproape că eram ţintuit de scaun.
- Michel, spuse Lucien, Amelie nu a plâns până acum căci lupta a dat-o doar în sufletul ei, de-abia acum a izbucnit. Mă bucur că va merge să se odihnească, iar Charlotte e tot ce are ea nevoie acum. Fata mea are doar 16 ani şi este un copil sensibil. A trecut prin momente grele şi la Paris, precum şi de-a lungul drumului până aici, după cum ştii, apoi a venit acum şi nenorocirea asta. Va trebui să o încurajăm.
- O să-i fim cu toţii alături, zise şi Anna Misard, dar mai ales Georges şi Estelle, ei au aceeaşi vârstă şi se înţeleg foarte bine.
- Da, ai dreptate, spuse doctorul.
Eulalie şi Charlotte o ajutau să se dezbrace pe Amelie în acest timp în dormitorul acesteia, apoi o culcară ca pe un copil. Adormi imediat la pieptul mamei sale, abia atunci Elulalie plecă. Coborî în salon şi le spuse tuturor că domnişoara doarme liniştită aidoma unui prunc mic.
- Asta îi va face bine, e o veste bună, spuse Michel. Oare cât o fi ceasul? mai întrebă el.
- E ora 3 din noapte, într-o clipă va trece totul, spuse Eulalie.
- Georges, mergi şi te culcă şi tu, fiule, spuse Lucien, căci şi tu ai mare nevoie de odihnă.
- Du-te, dragul meu, îl îndemnă şi mama sa.
Acesta se ridică, mai aruncă o privire către cele două sicrie, apoi plecă în camera lui fără a mai scoate o vorbă. Era impresionat de gestul Ameliei. Ferestrele rămăseseră deschise, iar afară începu să se mai răcorească, lucru ce începea să se simtă şi în încăpere, astfel aerul începu a se împrospăta.
- Anna, mergi şi tu la culcare. Şi tu Eulalie de asemenea. Vom sta doar noi doi de veghe aici. Haideţi, mergeţi! Ne vom odihni şi noi după înmormântare, iar voi vă veţi ocupa cu strânsul pe aici, spuse Michel.
- O idee bună, da, mergeţi, confirmă şi doctorul. Vă vom trezi la timp să puteţi pregăti dejunul şi ce mai trebuie pe aici până vor începe a sosi trăsurile acelea mortuare pe care vom adăuga blazonul conţilor de Langarde. Încă patru ore şi noaptea asta se va duce cu totul. Până la orele şapte poate vom putea aţipi şi noi în fotolii. Mirosul ăsta atât de stătut parcă s-a mai dus, oricum, chiar şi nasul meu de medic nu-l mai suportă.

La ora şapte toată lumea era deja în picioare. Tot cortegiul era
îmbrăcat în doliu mare. Eulalie pregăti repede ceva de mâncare pentru
toată lumea, apoi la orele opt sosi familia de Bruy. Cele două trăsuri
speciale sosiră, iar Lucien puse blazonul familiei conţilor de Langarde pe
ele. La orele nouă sosi şi preotul pentru o ultimă rugăciune, iar apoi
cortegiul plecă lăsând-o în urmă pe Eulalie plânsă şi înspăimântată.

Amelie era îmbrăcată într-o rochie care, dacă ar fi avut altă
culoare, ar fi putut fi splendidă. Purta o pălărie cu voaletă pe sub care ochii
nu i se vedeau tocmai bine, doar părul ei blond şi cu greu prins de mama ei
se vedea cu totul şi făcea contrast cu rochia ce o purta. Luase loc în trăsură
alături de celelalte doamne, iar bărbaţii veneau în urma trăsurii.

Lumea pe stradă se dădea la o parte, căci de mult nu mai asistase
la un asemenea eveniment, apoi zăreau şi blazoanele de pe trăsuri, iar asta
însemna o înmormântare a unor nobili. Nicio lacrimă, niciun oftat nu ieşi
din piepturile celor prezenţi. Încet se apropiară de cimitir unde erau deja
aşteptaţi. Lângă capela cimitirului era doar marchizul von Hesse. Acesta,
când zări cortegiul apropiindu-se, porunci lucrătorilor cimitirului să
închidă porţile cimitirului după trecerea celor din cortegiu. Era o
înmormântare într-un cadru intim şi cerea linişte. Lumea adunată în urma
cortegiului nu plecă după închiderea porţilor, dar respecta dorinţa celor din
familie. Marchizul salută şi dădu mâna cu toţi domnii prezenţi, apoi foarte
galant ajută doamnele să coboare din trăsură. Ameliei îi strânse mâna cu
putere şi apucă să-i şoptească doar atât: „curaj!" Fata zâmbi şi coborî şi ea
din trăsură. Toată lumea ascultă rugăciunea preotului, apoi lectura lui
Albert care emoţionă pe toată lumea. Chipurile celor doi Langarde se
schimbaseră, căci aerul îi schimbase, astfel că doamna Misard îi acoperi cu
o pânză dinainte pregătită pentru acest lucru. Înainte de a fi bătute cuiele la
capacele celor două sicrie liniştea fu străpunsă de glasul Ameliei:

- Aşteptaţi, vă rog, spuse ea apropiindu-se mai mult.

Fata veni lângă sicriul vărului său şi îşi scoase liniştită inelul de
logodnă de pe inelar, îl sărută apoi îl puse în căuşul palmelor lui Marc. Se
dădu uşor înapoi şi, fără o lacrimă, urmări restul ceremoniei. Aruncară cu
toţii cu pământ peste sicrie şi apoi asistară în linişte la umplerea gropilor
cu pământ. Deasupra fuseseră puse cele două blazoane ale conţilor de
Langarde, bătute pe crucile ce le purtau numele.

- Adio, şopti fata când se termină totul. Voi aici, iar unchiul în
Franţa! În ceruri vă veţi întâlni însă cu siguranţă.

Peste scurt timp luară cu toţii loc în trăsuri, Albert venise şi el cu
trăsura lui. Pe drum îi lăsară pe cei din familia de Bruy care nu mai doreau
să stingherească liniştea şi durerea acelei zile rămânând a se reîntâlni în
zilele ce urmau. Ajunşi acasă, văzură că salonul arăta de parcă nimic nu s-
ar fi întâmplat până atunci acolo în afara unui vag miros de flori ofilite, dar

ferestrele erau deschise și sperau cu toții ca în curând să nu mai rămână nici această palidă urmă. Se așezară cu toții, cu excepția marchizului von Hesse.

- Cred că este mai bine să plec și eu, spuse el.

- Eu aș zice să rămâi, marchize, spuse Lucien. Îți mulțumim pentru ajutor. Amelie își dădu cu grijă pălăria jos, iar părul ei minunat se revărsă nemaifiind ținut de nicio oprelişte. Era atât de frumoasă.

- Masa este gata, auziră ei dintr-o dată, vă rog să poftiți în sufragerie. Doamnă Corday, am făcut curat și în cele două camere, am pus huse pe mobile și am strâns totul.

- Foarte bine ai făcut, Eulalie, spuse Charlotte, ești o ființă devotată nouă și îți mulțumim. Azi vom avea cu toții nevoie de odihnă, iar de mâine totul va reintra pe făgașul firesc al vieții care merge înainte după cum și soarele răsare în fiecare zi. De altfel, draga mea Amelie va împlini 16 ani pe 30 august, deci curând. Nu vom uita asta și o vom serba în familie. Ești binevenit la noi, marchize, cred că te putem considera din familie. Ai așadar o invitație fermă din partea noastră. Și acum la masă!

- Vă mulțumesc, doamnă, spuse Albert înclinându-se.

Masa fu liniștită, dar nu neapărat tristă. Amelie stătea pentru prima dată lângă marchiz. Acesta îi strecură în mâneca rochiei un bilețel cu aceeași grijă ca până acum, astfel că niciun comesean nu observă acest lucru. Se înfioră când atinse pielea fină a brațului Ameliei. După masă, însă, nu mai zăbovi și dori să plece.

- Marchize, vino pe la noi ori de câte ori vei dori ori vei simți acest lucru, faci parte din familie. Îți mai repet o dată acest lucru, spuse doamna Corday. Albert îi sărută mână cu un profund respect promițând că va reveni, după care plecă puțin cam amețit către trăsura ce-l aștepta.

- Eulalie, să închizi ușile și ferestrele, căci vom merge să ne odihnim, așa cum am spus. Amelie, așteaptă-mă, am să vin să te ajut să te dezbraci.

- Nu e nevoie, mamă, chiar mă simt bine și ușoară, spuse fata arătând mâna fără inel. În camera lor cei doi soți Corday răsuflară oarecum ușurați, căci se încheiase acest episod trist și dureros pentru ei toți.

- Știi, Lucien, acest marchiz nu îmi displace deloc pentru Amelie a noastră. Știu că e prea devreme să vorbesc despre acest lucru, dar durerea va pleca dacă o alungă fericirea. Amelie cred că ar fi fericită, dar cred că am adormit și visez deja...

- Cred că ai dreptate, spuse Lucien zâmbind tainic. Acum să ne odihnim, draga mea. Mâine va veni cu siguranță pe la noi, apucă el să mai spună.

În acest timp Amelie mai citi încă o scrisorică încântătoare de la Albert. Nimic nu-i mai stătea în cale, astfel că își dădu frâu liber sentimentelor ce o învăluiau. Albert era fericit cum nu mai fusese vreodată și mai ales plin de speranță. Din toate cuvintele lui răsufla dragostea și respectul față de Amelie. Zâmbind, fata puse bilețelul deoparte în scrin, se dezbrăcă și se întinse în pat. Era obosită și adormi imediat. Dormi astfel până seara, ca de altfel toată lumea.

Georges plecă la logodnica lui în vizită, pe când toți ceilalți se adunară în salon. Așteptau ca Eulalie să servească masa. De a doua zi viața își va relua cursul firesc, așa cum își doreau cu toții. Seara sfârșitului de august făcea simțită apropierea toamnei, dar încă era cald și bine. Ferestrele fuseseră deschise pentru a intra aer curat.

- După câte știu, pe 30 august este ziua iubitei mele fete, spuse zâmbind Lucien. O vom serba aici în familie, apoi niște prăjituri mi-ar prinde chiar bine.

- Mai sunt șase zile, tată dragă, și nu știu dacă vreau așa ceva, anul acesta ar trebui să treacă și atât. Nu cred că e bine, am nevoie de liniște, viața mea era stabilită deja în amănunțime, iar acum totul s-a sfărâmat.

- Trebuie s-o iei de la capăt cu un alt plan, spuse Charlotte. Nu am chema decât familia de Bruy și pe marchizul von Hesse. Sunt foarte drăguți cu toții. Marchizul von Hesse a fost atât de atent cu noi toți și mi-a plăcut cum a citit acel pasaj. De fapt, doamna Corday dorea să spună că Albert fusese foarte atent cu Amelie și că acest lucru nu i-a displăcut. Fata pricepu însă acest lucru și se îmbujoră. Lucien pricepu și el și zâmbi. Amelie, continuă doamna Corday, aș vrea să-ți coși un guler și niște manșete albe la rochiile de doliu. Consider că este mai bine așa, atât de mult negru în jur mă deprimă. E o crimă să pui o fată de șaisprezece ani să stea în doliu atâta timp când ea ar trebui să zâmbească și să se desfacă precum un trandafir în roua dimineții. Ar trebui să porți doar culori deschise, apoi va trebui să vedem cât vom ține acest doliu. Cred că ar fi suficient dacă l-ai purta până la sfârșitul anului, iar eu și tatăl tău îl vom ține un an întreg după cum se cuvine. Ce spuneți cu toții? E vorba, la urma urmei, doar de niște haine. Cugetul tău oricum va fi în doliu până anul viitor în august.

- Nu e o idee rea, apoi negrul poate fi înlocuit cu alte culori decente și sobre, spuse Anna Misard, iar acum merg niște pete albe la mâneci și guler.

- Atunci așa va rămâne, concluzionă Charlotte, oarecum satisfăcută că propunerea ei fusese acceptată de ceilalți. Oricum, tu, fata mea, nici nu prea ieși din casă, iar aici suntem cu toții străini. Poate doar când vei mai merge în vizită la cofetar. S-a mâhnit tare rău când i-a povestit Georges totul însă vedeți, ne-a respectat durerea, nu a apărut pe aici și bine a făcut.

151

- Nu mai suntem chiar străini, vorbi Lucien, am din ce în ce mai mulți pacienți care știu deja cine sunt. Am pacienți chiar de la curte.

- Așa este și în cazul meu, spuse și Michel râzând, auzisem o discuție într-o duminică între două doamne care tocmai îmi lăudau dantela spunând că e chiar cea mai bună din oraș. Ne integrăm, dragii mei, mai mult decât vă puteți voi închipui.

Seara se termină liniștit în salon unde se adunaseră cu toții ca de obicei. Se hotărâseră să cumpere lemne pentru iarnă cât mai curând. Apăru și Georges într-un târziu și luă și el loc alături de ai lui.

- Curaj, domnișoară, spuse el adresându-se Ameliei, Estelle te îmbrățișează și te sărută.

- Ce frumos din partea ei, să-i mulțumești din toată inima. Oricum, cred că va veni pe la noi în curând.

- Bineînțeles că va veni, de ziua ta și mereu până atunci. Cred că mă voi duce la mine căci sunt frânt de oboseală. Îmi vor lipsi discuțiile cu Marc, dar mă voi obișnui.

- Asta este o idee bună, să mergem cu toții să ne odihnim, spuse și doctorul. Mâine am destul de lucru și s-a făcut chiar târziu.

Rând pe rând, toți părăsiră salonul, iar Eulalie, după ce strânse totul și își termină treaba, se retrase și ea. Nu același lucru se putea spune și despre Albert. Era înflăcărat în dragostea lui pentru Amelie, apoi era măgulit de acceptul doamnei Corday în familia lor. Stătea în pat, dar fără pic de astâmpăr, nu putea adormi deloc. Noaptea răcoroasă intra prin ferestrele larg deschise, îi făcea bine aerul tare și proaspăt al nopții. De afară nu mai venea niciun zgomot, semn că Potsdam-ul adormise. Se gândea că mâine avea treabă la curte și i se părea teribil de plictisitor, doar Amelie exista acum pentru el. Se gândea cu îndrăzneală la faptul că, dacă Amelie s-ar căsători cu el, ar deveni cea mai frumoasă doamnă de la curte. Le-ar fi umplut de invidie pe toate doamnele cu frumusețea părului ei rebel. Stând astfel și visând, îi veni deodată în minte sărbătorirea zilei de naștere a fetei. Ce putea el să aducă în dar de această zi importantă? Aveau zilele de naștere foarte apropiate, dar asta frumoasa lui nu o va ști curând. Îl salvă ideea de a merge la mătușa lui care cu siguranță îl va putea sfătui în privința cadoului. Liniștindu-se acum în privința acestei grele încercări pentru el se întinse mai confortabil în patul său, iar acum somnul trebuia cu siguranță să vină.

Celelalte zile trecură una după alta fără multe evenimente. Amelie își cususe gulerașul alb și parcă se mai înveselise puțin. O singură dată, nevăzută, se furișă în camera lui Marc. Nu intrase de multe ori acolo până atunci. Husele îi dădeau un aspect mai aparte camerei care-i nu-i plăcu fetei. Dulapurile fuseseră golite de haine, dar rămăseseră doar obiectele personale peste care mâinile Ameliei trecură uşor. Descoperi într-un colţ şi undiţa şi se încruntă.

În acea săptămână doar Estelle veni pe la ei dimineaţa, toată lumea respecta aceste prime zile de după înmormântare. Fetele stăteau în grădină dacă era soare, iar când era înnourat mergeau în camera Ameliei. Tot acum îi făcu o vizită familiei Weber pentru a-l vedea pe micuţul ei favorit. Nu ştia însă că şi tatăl ei fusese pe acolo pentru a comanda un tort pentru ziua ei şi pentru a le interzice celor din familia Weber de a mai deschide în prezenţa ei subiectul despre necazul prin care trecuseră. Aceştia o primiseră cu căldură şi delicateţe pe naşa fiului lor, acesta fiind deja mai mărişor acum, fiind în stare să se joace cu frumoasa fată făcând-o să râdă, dar mai ales să o poată trage de frumosul ei păr. În final, pentru a repara acest neajuns, copilaşul o îmbrăţişa zâmbind pe Amelie făcând-o să uite imediat. Se părea că cei doi se înţeleg foarte bine, iar soţii Weber erau tare fericiţi văzându-i.

Cu o zi înainte de ziua Ameliei, Estelle plecă de la aceasta cu invitaţia pentru a doua zi când urma a fi sărbătorită Amelie. Georges se învrednici şi se duse la marchizul von Hesse pentru a-i înmâna invitaţia personal. Era un prânz mai deosebit şi cam atât pentru frumoasa Amelie, căci fiind în doliu, mai mult nu se putea face. Încântat, marchizul îi spuse lui Georges că va veni negreşit fiind mult mai liniştit acum în această privinţă pentru că mătuşa lui îi dăduse sfatul potrivit pentru cadoul de ziua iubitei lui: un coş plin de trandafiri, iar printre flori o carte de versuri cu dedicaţie. Bineînţeles, contesa, mătuşa lui, dori să afle mai multe, dar nu reuşi nimic. Albert doar o anunţă că era îndrăgostit şi spera pentru prima dată să fie acceptat şi cam atât. Contesa nu se lăsă totuşi până nu-i smulse promisiunea unei destăinuiri după această zi, chiar dacă nu va fi desconspirat niciun nume.

Ziua de 30 august se dovedi a fi una răcoroasă, toamna se putea spune că deja venise. La prânzul festiv cei invitaţi veniră din toată inima. Pentru prima dată focul ardea în şemineul salonului dând o căldură minunată în încăperea nu tocmai micuţă. În sufragerie Amelie era aşezată lângă tatăl ei, iar mama ei se aşeză în faţă, lângă Albert. Nimeni nu stătea în capul mesei. Amelie primi cadori de la fiecare invitat, însă cel mai mult o surprinse, evident plăcut, coşul cu flori al celui pe care îl iubea. Apariţia tortului fu o adevărată surpriză.

- Tată, chiar nu mă aşteptam! Domnul Weber l-a făcut?

- Da, draga mea, îţi urează din toată inima fericire şi ani mulţi de acum înainte.

- Ce fericită sunt astăzi, aici, alături de voi! Vă mulţumesc că-mi sunteţi alături. Credeam că ziua mea va trece ca oricare altă zi obişnuită, dar voi aţi transformat-o într-una specială.

153

- Nu ai pentru ce să ne mulţumeşti, spuse Estelle, cu toţii suntem o familie, iar familia râde sau plânge în acelaşi timp cu oricare dintre membrii ei. De altfel, sinceră să fiu, ne vom aduna iarăşi cu toţii doar de Crăciun, căci Georges pleacă în curând la universitate la Leipzig. Într-un fel reuniunea aceasta este şi pentru el.

- Oh, da, chiar aşa, în curând ai să pleci, spuse Lucien privind către Georges. Să ne faci mândri de tine, băiete, viitorul tată socru trebuie să lase în locul lui un om destoinic în viitor.

- Mulţumesc, spuse Georges. Şi eu aş vrea să spun ceva pentru Amelie. Draga noastră Amelie, îţi doresc ca rănile să se închidă şi să-ţi găseşti un motiv nou să poţi iubi, să poţi vedea că viaţa trebuie trăită pentru că ne e dată doar o singură dată. Îţi doresc un bărbat care să te facă fericită şi să-ţi aline sufletul tău bun.

- Georges, zise Amelie, cuvintele tale mi-au ajuns drept la inimă şi îţi sunt recunoscătoare pentru ele. Voi face totul ca să îmi pot reveni la o viaţă normală şi să pot spera din nou într-o iubire. Haideţi acum să tăiem tortul.

Masa continuă în acelaşi spirit, apoi adulţii se retraseră în salon, iar tinerii aleseră să meargă în grădină. Cele două perechi se aşezară pe cele două bănci şi începură să discute despre tot felul de nimicuri.

- Va veni în curând frigul, spuse Amelie. La Paris iarna nu e atât de frig, dar aici, chiar dacă se face focul, tot ajungi să tremuri de frig. Îmi este dor de casa mea din Paris... Acum mai am o casă în Nancy, pe lângă cea a mamei mele. Trei case părăsite stau degeaba acolo, iar noi stăm aici plătind chirie. Ce ironie a sorţii!

- Casa aceasta este închiriată? întrebă Albert.

- Da, îi răspunse încet Amelie.

- Este adevărat că stăm cu chirie, dar tata şi domnul Corday vor să cumpere această casă la expirarea termenului de închiriere. Am auzit o discuţie pe care au avut-o cu tatăl Estellei, astfel fiecare îşi va cumpăra partea de casă. Spuneau amândoi că le merge bine şi pot face acest lucru. Şi noi ne-am lăsat casa la Nancy şi mi-e dor şi mie de ea şi de râul nostru de acolo, încheie Georges cu tristeţe.

- Da, dar i-ai lăsat-o marchizului de Saint-Claire, soţul surorii tale, îi răspunse Amelie.

- Şi de casele voastre se va ocupa. În sfârşit, spuse hotărât Georges, e un subiect care nu trebuie discutat astăzi, nu mai poţi schimba ceva, trebuie să te uiţi doar la ce ai în mâini acum, nu la ce ai pierdut.

- Cred că Geroges are dreptate, spuse Albert, aţi început o viaţă nouă aici, iar posibilitatea de a vă întoarce în Franţa acum nu există, Ludovic al XIV-lea e din ce în ce mai feroce cu cei din religia noastră. Cunosc toate acestea de la naşul meu, Marele Elector. E aproape imposibil să fugi peste graniţă, iar acolo e un adevărat măcel. Chiar şi oamenii simpli, catolici fiind, s-au dezlănţuit, nu doar trupele acelea special înfiinţate pentru această cauză. Mulţumiţi Domnului că aţi avut noroc şi aţi apucat să fugiţi.

- Ne-au ajutat să fugim chiar nişte catolici, doi fraţi: contele de Nevers şi marchizul de Saint-Claire, spuse Amelie. Tata i-a salvat viaţa fiului contelui, iar acesta s-a simţit dator pentru acest fapt şi ne-a ajutat. De aceea am putut pleca. Chiar el este comandantul dragonilor regelui.

- Foarte bine aţi făcut că aţi plecat, astfel eu nu aş fi avut acum logodnic, spuse râzând Estelle şi strângând în acelaşi timp braţul lui Georges.

- Amelie, îţi este frig? întrebă Albert curtenitor.

- Puţin, cred că ar trebui să mergem înăuntru lângă foc.

Celălalt cuplu îşi dădu pentru prima oară seama de posibilitatea unei idile între cei doi, dar rămaseră rezervaţi. Îşi şopteau totuşi cuvinte întretăiate şi se bucurau sincer pentru Amelie, dar şi pentru marchiz. Intrară cu toţii în casă, apoi în salon alături de toţi ceilalţi.

- Ce bine e aici! Afară s-a făcut deja răcoare, zise Amelie. Aş vrea şi eu o ceaşcă de ceai cald şi un fotoliu lângă foc.

- Să nu răceşti, Amelie, zise Lucien.

- Stai liniştit, tată, am plecat la timp din grădină.

- Cred că şi noi ar trebui să plecăm, spuse marchizul de Bruy. A fost minunat să fim din nou împreună şi vă mulţumim. Weber este într-adevăr un cofetar desăvârşit, iar Amelie o fată mare şi frumoasă.

După plecarea familiei de Bruy şi familia Misard se retrase până la vremea cinei, rămânând doar cei din familia Corday şi marchizul von Hesse.

- Vântul a început să bată, observă Albert, vom avea o toamnă capricioasă şi umedă.

- Nu-mi place, spuse Amelie. Vom sta doar în casă, dar mă bucur că tata a cumpărat destule lemne.

- Marchize, întrebă deodată Charlotte, dumneata locuieşti singur?

- Da. Este palatul tatălui meu şi sunt doar eu şi servitorii mei. Sora mea s-a căsătorit şi locuieşte la Berlin cu contele de Bromberg. Au un băieţel de doi anişori şi vin destul de des în vizită, în rest trăiesc destul de singuratic. Norocul meu este că am destulă treabă la curte, iar acum am norocul să vin în vizită aici la dumneavoastră.

- Oricând eşti binevenit. Chiar ne face o mare plăcere, spuse Lucien.

Amelie îi zâmbi marchizului din toată inima, aprobând spusele tatălui ei, apoi se ridică şi luă cartea dăruită de el. Începu s-o răsfoiască cu atenţie.

- E minunată, mulțumesc mult. Voi începe s-o citesc chiar de mâine. Şi florile îmi plac, chiar dacă se vor veşteji curând.

- Dar îți vor rămâne coşul şi cartea, spuse mama fetei.

- Cred că am să plec şi eu, spuse marchizul. Mi-e teamă de vreo ploaie ce poate începe în orice clipă.

- Când ne vei mai fi oaspete? întrebă Lucien.

- Înainte de a veni am să trimit pe cineva cu cartea mea de vizită, astfel veți şti că a doua zi vă voi vedea, spuse marchizul zâmbind. Se salutară cu toții apoi, când totul era aproape de sfârşit, Amelie strigă deodată:

- Te conduc până la uşă dacă îți face plăcere, spuse fata îmbujorată şi uşor fâstâcită. Îşi uimi la început părinții, dar aceştia nu au avut nimic împotrivă.

- Mergi, draga mea, dar să nu ieşi în vântul ăsta rece, spuse ocrotitor Charlotte.

După ce uşa salonului se închise, cei doi tineri rămaseră singuri. Albert o luă de mână pe Amelie şi o trase către el.

- Mulțumesc pentru dar, spuse fata încet.

- Nu ai pentru ce-mi mulțumi, spuse marchizul tremurând de fericire. Amelie era în brațele lui, iar el era amețit de parfumul părului ei blond. Eşti minunată, Amelie, aş vrea să fii a mea în viitor. Poate ți se va părea că mă grăbesc, dar asta simt şi am obiceiul de a fi un om direct.

Amelie îşi ridică privirea în ochii lui Albert şi zâmbi fericită. Nu dură decât o secundă şi se întâmplă ceva ce nu sperase niciunul dintre ei, căci veni de la sine: se sărutară scurt şi uşor, abia simțindu-se. Sărutul Ameliei fusese asemenea atingerii unei pene, apoi făcu ochii mari şi îşi puse degetele delicate şi albe pe gură.

- Scumpa mea Amelie, şopti Albert luând-o în brațe din nou, trebuie să plec căci nu aş vrea să se interpreteze greşit durata acestui moment. Voi avea la ce mă gândi, căci sărutul tău m-a ars pe dinăuntru... contesă Amelie. Fata îi zâmbi şi îi dădu drumul să plece.

- Rămâi cu bine, Albert, spuse ea.

- Şi tu să ai grijă de tine să nu răceşti cumva, spuse el, iar după ce vei fi soția mea promit că voi face focul mereu pentru tine.

După ce Albert plecă, Amelie simți că nu mai avea puterea de a intra în salon, urcă la ea şi se întinse pe pat. Părul ei frumos umpluse perna. Nu mai simțise niciodată până atunci ce simțise în acele momente. „Da", îşi spuse ea, „e diferit de sărutul lui Marc. Am simțit pasiunea în el, sau aşa cred că s-ar chema. Sunt în sfârşit fericită!" Şi adormi. În acest timp părinții ei o aşteptau nerăbdători, dar văzând că nu mai vine, deşi îl văzuseră pe marchiz plecând, ieşiră din salon să o caute. Negăsind-o urcară într-un suflet scările şi intrară în camera fetei val vârtej. O zăriră dormind şi îşi zâmbiră.

- Ceva s-a petrecut la uşă, spuse Charlotte. Ce frumos doarme! Să plecăm, se va trezi ea singură când îi va fi foame.

Zilele se făcură din ce în ce mai urâte, iar toată lumea aştepta plecarea lui Georges la universitate. Îi era silă să meargă singur, dar totodată îşi dorea să reuşească şi pentru Marc, prietenul lui din lumea umbrelor. Ploaia era prezentă aproape în fiecare zi, iar grădiniţa fu părăsită de locatarii casei.

În ziua când tânărul plecă plin de bagaje, toţi avură lacrimi în ochi, ar mai fi trebuit să fie cineva lângă el în trăsură. Dar nu, Georges era singur. Avea de mers pe o ploaie rece şi măruntă ce-ţi intra de-a dreptul în suflet şi în oase. Nu se mai despărţise de familia lui până atunci. Estelle rămăsese neconsolată cu o seară înainte când îşi luară rămas bun, căci chiar dacă avea promisiunea scrisorilor nu putu să adoarmă deloc în acea noapte urâtă de septembrie. Vremea era cum era, astfel că nu mai putea face vizite din cauza frigului şi a umezelii de afară. Vântul şuiera prin ramurile copacilor încă pline de frunze, dar se simţea îngrijorarea faţă de iarnă ce urma să vină.

Doar marchizul von Hesse venea din când în când prin această ploaie la familia Corday. Se aşezau toţi şase la masa de prânz şi vorbeau încet, având parcă grijă să nu se ostenească. Urâtă vreme mai era. Se auzeau şi râsete uneori, Amelie râdea la glumele marchizului stând uneori singuri în salon după prânz, când doamnele îşi găseau de lucru, iar bărbaţii plecau fiecare cu lucrul lui. Albert nu mai îndrăzni să îşi sărute iubita, însă o ţinea mai tot timpul de mână şi se uita în ochii ei vorbind fără cuvinte. Încet, încetişor, fata era cucerită de calmul cu care o învăluia iubitul ei, iar această cucerire lentă îi făcea bine fetei.

Veneau scrisori de la Leipzig în care Georges descria tot ce îl înconjura şi îl încânta. Stătea la o văduvă unde închiriase o cămăruţă pentru el şi cărţile lui. Îi plăceau sincer cursurile pe care le urma la universitate, dar îi era dor de casă şi aştepta cu nerăbdare sfârşitul de an să poată veni şi el acasă. Se împrietenise cu un tânăr tot din Potsdam ce stătea tot cu chirie în acelaşi imobil. Acesta studia însă medicina.

Timpul îşi urma însă cursul, iar ceea ce rămăsese nerostit între Amelie şi Albert trebuia rostit. În una din zilele primei săptămâni din decembrie Amelie şi tânărul ei marchiz rămăseseră singuri în bibliotecă. Era cald şi o atmosferă plăcută şi intimă în compania cărţilor. Tinerii priveau cum ninsoarea aşternea strat după strat şi nici nu dădea semne că s-ar opri.

- Uite, Albert, parcă nu s-ar mai opri niciodată ninsoarea asta.

- Trebuie să înveţi s-o accepţi şi s-o iubeşti, e o primenire ce are loc în fiecare an pentru renaşterea ce-i va urma, spuse tănărul. Amelie, vrei să te căsătoreşti cu mine? Ne putem logodi de Crăciun, simplu, fără nicio ceremonie sau urmă de etichetă. Va veni şi Georges acasă. Ce spui? Dacă vei spune „Da", mă voi duce imediat la tatăl tău, nu cred că se va împotrivi. Amelie se întoarse acum cu spatele la fereastă şi zâmbi. Ne vom căsători în septembrie, de ziua mea, pe cea dintâi zi a lunii, atunci nici eu şi nici tu nu vom mai purta doliu. Eu vreau din toată inima, tu vrei?

- Albert, oh... Albert, zise Amelie venind pe canapea lângă marchiz.

- E „Da"? Hai, spune că e „Da", Amelie. Te rog! E „Da", aşa este?

- E „Da", fă aşa cum vrei tu, nu am decât o condiţie mică şi neînsemnată; acum că i-am moştenit titlul, aşa se cade.

- Da, vei purta tiara Langarde, ştiu. Nu e important acest lucru, ci acela de a te avea pe tine. Vom da un bal după nunta noastră unde îţi vei schimba ţinuta şi vei purta apoi diadema familiei mele.

- Ce de bijuterii, Albert! râse Amelie. Stai, unde vrei să pleci?

- La tatăl tău să te cer. Dar Albert deja dispăruse...

Primi acceptul domnului Corday care-l primi imediat între doi pacienţi de-ai săi.

- Sunt de acord, marchize, ştii doar că asta simt şi eşti făcut pentru fiica mea. Mergi la Amelie şi spune-i că pe 25 decembrie se va logodi cu tine aici. Te rog să o anunţi şi pe sora ta ca să poată veni. Vreau să-i văd şi eu copilaşul, apoi Amelie adoră copiii. Ştiu că are un fiu minunat şi am să-l şi consult dacă vor dori.

- Mulţumesc, spuse în şoaptă Albert. O voi anunţa pe Amelie şi îi voi scrie şi o scrisoare surorii mea. Trebuie să se pregătească, căci are doar un frate, iar acesta e cel mai fericit om din lume. Cu bine!

Medicul îi făcu un semn de bun rămas cu mâna şi discuţia se termină.

- Amelie, zise Albert aproape dărâmând uşa bibliotecii, pe 25 decembrie vei fi logodnica mea! Trebuie să-i scriu surioarei mele despre asta. Te bucuri?

- Da, foarte mult, sunt fericită, spuse Amelie. Cei doi se îmbrăţişară privindu-se în ochi unul pe altul, nevenindu-le să creadă ce li se întâmplă.

- Acum mă duc să scriu o scrisoare către Berlin, sorei mele, chiar dacă va fi o logodnă simplă, căci suntem amândoi în doliu, va fi totuşi demnă de un marchiz şi o contesă. Te iubesc, Amelie!

- Şi eu te iubesc, Albert! De-abia aştept să te revăd.

Amelie rămase singură şi îşi trăia fericirea. La cină Lucien fu acela care le spuse tuturor despre acest eveniment ce urma să vină. Toţi fură surprinşi, dar bucuroşi pentru Amelie.

- Nunta va fi pe 1 septembrie 1682 când Albert va împlini 27 de ani.

- E chiar de ziua lui? întrebă Anna nedumerită. Ce frumos! Mă bucur pentru tine, Amelie, viaţa trebuie să fie dreaptă cu tine. Va fi şi Georges aici. Ce minunat! Un nou început!

- Chiar nu am ştiut că e ziua lui de naştere, e atât de aproape de a mea, spuse Amelie zâmbind.

- El nu a vrut să se remarce, căci e modest, spuse Lucien, chiar îmi place acest lucru. Acum cu siguranţă i-a scris contesei, sorei lui. Va fi un Crăciun plin. Am pierdut o familie, dar vom căpăta alta. Se va bucura şi Georges şi Estelle cu siguranţă. O vom invita, desigur, şi pe familia de Bruy să ne fie alături, aşadar, doamnelor, veţi fi teribil de ocupate pentru a pregăti totul.

Aflat la studii, Georges află cu mare bucurie această noutate, căci avu grijă să-l anunţe scumpa lui logodnică, nerăbdătoare şi ea să-l aibă acasă cât mai curând. Chiar ea îl primi acasă când sosi. Se îmbrăţişară îndelung după atâta timp, căci nimic nu se schimbase între ei, erau la fel unul pentru altul.

- Ia să vedem, unde e viitoarea logodnică? zise tânărul.

- Aici sunt, vreau să-ţi urez şi eu bun venit, dar Estelle te-a acaparat cu totul. Toată lumea începu să râdă, după care îl lăsară să urce în camera lui pentru a se schimba. Când coborî, prânzul era gata.

- Nu eşti obosit? îl întrebă mama lui.

- Nu, deloc. Cum aş putea fi când e ziua în care am sosit în sfârşit acasă. Mi-a fost dor de toată lumea. Acolo stau doar şi învăţ, nu prea am timp să ies. Am un amic, dar şi el stă toată ziua în cameră şi învaţă. Mă încălzesc doar scrisorile ce mi le trimiteţi şi pe care le păstrez cu sfinţenie. Oricum, având atât de mult de citit şi de învăţat, timpul trece destul de repede. Uite, acum sunt acasă şi voi sta o lună întreagă, pe 20 ianuarie mă voi întoarce iar la studii.

- Estelle, de Crăciun dorim să vă invităm la noi pentru logodnă. De dimineaţă marchizul a trecut pe aici şi m-a informat că familia von Bromberg a sosit în Potsdam, spuse doctorul.

- Vom avea mult de lucru cu pregătirile, spuse Charlotte, dar va fi totul bine.

- Vom ajuta cu toţii, spuse Anna, suntem o familie mare.

- Voi veni şi eu cu mama, spuse Estelle, Amelie e prietena mea, nu? Cred că pe 24 decembrie putem începe cu aranjarea salonului şi mai ales să facem prăjituri cu scorţişoară. De-abia aştept!

159

Toată lumea avea o stare de spirit fantastică, căci se părea că vor coincide mai multe evenimente minunate în acea perioadă, iar asta îi anima pe toți. Marchizul venea în fiecare zi după micul dejun și stătea în bibliotecă cu Amelie cam o oră, după care pleca. Avea și el multe pregătiri de făcut. La curte circulau deja destule zvonuri asupra logodnei lui, dar nimeni nu știa nimic. Chiar și Marele Elector începu să fie curios, dar nu prea avea cu cine vorbi, căci Albert se făcuse tare scump la vedere. Contesa, mătușa lui, nu știa mai multe decât că va fi o logodnă într-un cerc mai intim, toată lumea fiind în doliu după cineva din familie.

Friedrich Wilhelm se trezi cu marchizul nostru în biroul său în ajunul Crăciunului. În sfârșit, Albert îi povesti toată istoria logodnei lui și îl rugă să îi fie naș la nunta ce va avea loc în septembrie.

- Și ai putut rezista știind-o logodită cu contele de Langarde?

- Ceva mă făcea să sper. Nu mi-am dorit niciodată să se întâmple ce s-a întâmplat cu acest tânăr francez pe care nu l-a omorât fuga din Franța, ci chiar locul unde își dorea liniștea și spera la o viață nouă. Niciodată nu știm ce va aduce ziua de mâine.

- Bineînțeles că îți voi fi naș, de-abia aștept! Palatul tău nu a mai găzduit vreun bal de nu știu când. Va trebui să aranjezi totul în privința asta. Și îmi ceri să fiu discret? întrebă omul de stat râzând.

- Da, m-ați ghicit. Contesa Amelie de Langarde nu s-a obișnuit aici nici măcar cu vremea, darămite s-o mai iscodească careva. Are doar 16 ani. Tatăl ei a fost ultimul medic al mamei. Sunt bogați, dar totul a rămas în Franța în grija unor rude credincioase. Aici nu o duc rău, dar strălucirea lor a rămas acasă, locuiau la Paris într-o casă minunată, după descrierile Ameliei. Au reușit să plece printr-o conjunctură fericită, tatăl ei vindecându-l pe fiul contelui de Nevers, șeful acelei poliții oribile, care s-a revanșat ajutându-i. De asemenea, acest conte este fratele marchizului de Saint-Claire, primar în Nancy, de unde au plecat și de unde era și contele de Langarde și căsătorit cu fiica soților Misard, cei cu care locuiesc acum aici împreună. Deci, într-un fel sau altul, sunt nobili.

- O adevărată încrengătură de situații, dragul meu marchiz. Îți promit că voi tăcea în fața oricărui atac feminin cu privire la logodna și nunta ta. Ai așteptat, iar viața te-a răsplătit din plin. Mi-ar plăcea să o cunosc pe tânăra contesă înainte de nunta voastră. Ah, are bijuterii?

- Are destule, iar eu voi fi tare mândru să o văd purtând diadema familiei noastre.

- Interesant, abia aștept să o văd.

- Sora mea este și ea în Potsdam și vom merge cu toții mâine acasă la cea care mi-a furat inima.

- Atunci îți urez succes mâine și Crăciun fericit! Transmite-i salutările noastre contesei, zise Marele Elector dându-i mâna finului său și apoi luându-l în braţe. Mă bucur pentru tine. Mă voi amuza teribil nespunând nimănui nimic despre tine. Păcat că nu îţi sunt şi părinţii aproape în aceste momente, dar voi fi eu pentru ei. Cu bine, dragul meu.

Marchizul se înclină şi ieşi. Îi salută în grabă pe oamenii ce-i ieşeau în cale, fără însă a zăbovi. Urcă în trăsură şi plecă spre casă. Avea la ce se gândi, mâine urma să se logodească. Mai era însă o dilemă de rezolvat. Elisa, sora lui, nu se hotărâse încă ce inel îi va dărui fratele ei Ameliei la logodnă. Norocul şi rezolvarea veni însă din partea soţului ei care, devenind exasperat de situaţie, o ajută dintr-o privire.

- Draga mea, uite, ar fi potrivit acesta, e foarte frumos şi totodată simplu. Acest diamant înconjurat de aceste safire mici este de efect, iar ea are părul auriu şi ochii ca aceste safire.

- Ai dreptate, nu mă puteam hotărî. Să le punem la loc pe celelalte. Amelie va avea ce purta la baluri şi serate.

- Tu ai oricum mai multe, Elisa, spuse soţul său.

- Da, este adevărat, însă pentru o femeie niciodată o bijuterie în plus nu strică.

- Asta este adevărat de asemenea, spuse râzând Peter von Bromberg.

Ziua de Crăciun veni în sfârşit. Amelie îmbrăcă o rochie bleumarin cu garnituri din dantelă albă. Nu prea dormise de atâta emoţie. Mama ei se chinui mult cu părul Ameliei şi, într-un final, abandonă lupta. Fata avea un păr minunat, dar rebel. Îi puse pe cap doar o coroniţă subţire plină cu pietre scumpe mici şi des bătute în aur.

- Draga mea, de-aş fi putut să-ţi mai aranjez puţin părul, la nuntă nici nu ştiu cum aş putea să ţi-l prindem, căci e greu de strunit. Oricum, îţi stă foarte bine lăsat pe spate. O voi întreba şi pe Anna, trebuie să-mi dea şi ea un sfat.

Salonul şi sufrageria erau deja impecabil aranjate. Bărbaţii puseseră ghirlande de brad la uşi şi la geamuri. Mirosea atât de frumos. Chiar şi familia de Bruy ajutase la amenajare. Ghivece cu flori de iarnă erau puse în salon pe mese, iar în sufragerie pe etajere. Totul era pregătit. Venise şi servitoarea marchizei de Bruy să o ajute pe Eulalie în aceste momente, căci chiar era mare nevoie.

Oaspeţii sosiră punctuali la ora potrivită şi fură încântaţi de pregătire, găsiseră o atmosferă caldă şi nişte oameni tare drăguţi. Le plăcu mult Amelie. Coroniţa scânteia atât de frumos la lumina lumânărilor, încât nu conteneai privind-o. Masa a fost una desăvârşită, servită de asemenea cu mult gust, căci servitoarele se întrecuseră pe sine. Atmosfera era destinsă, iar mesenii se simţiră foarte bine. Cel mai emoţionant moment a fost cel în care Amelie primi să fie logodnica lui Albert.

- Da, spuse ea simplu, vreau. Toată lumea aplaudă, iar Albert îi puse solemn inelul pe deget.

- Vă declarăm oficial logodnici, strigă contele Bromberg. Să vină nunta!

- Sunt atât de fericit, zise Albert înnăbuşit de emoţie. Naşul meu ne va cununa, am vorbit cu el şi a acceptat. Mi-a promis de asemenea să fie discret cu privire la acest fapt, de fapt el este o persoană discretă. Şi-a exprimat dorinţa de a te vedea, dar nu chiar acum.

- Şi eu sunt fericită, Amelie, spuse contesa. Am o soră mai mică acum. Bine ai venit în familia noastră şi îţi mulţumesc că îl faci atât de fericit pe Albert. Vă doresc să aveţi copilaşi cât mai repede ca Thomas al nostru să aibă cu cine se juca.

- E un copil vioi şi sănătos, spuse Lucien. Vă felicit pentru el! De când e aici stă doar la mine în braţe, parcă i-aş fi bunic. M-a cucerit total şi iremediabil, mai adăugă zâmbind medicul.

- Dar şi el vă place, spuse contele, de obicei nu stă în braţele tuturor, cred că sunteţi pentru el ca un bunic. De obicei nu prea se desparte de bona lui.

- Într-adevăr, spuse şi marchizul de Bruy, copiii au un simţ aparte.

- Fata noastră a născut de multă vreme, spuse Anna oftând. Sper să fie sănătoasă alături de copilaşul ei. Suntem bunici, dar nepotul ne este în Franţa, e micuţul marchiz de Saint-Claire. Nici măcar nu ştim dacă e băiat sau fată. Poate ne vom putea totuşi întoarce cândva, dar vom vedea un om în toată firea atunci.

- Scumpa mea Anna, spuse Michel, uiţi că Georges e logodit, sperăm să avem nepoţi de la el. La auzul acestor cuvinte Estelle roşi, dar toată lumea zâmbi încurajând-o parcă din priviri.

O zi minunată se sfârşi astfel între oameni calzi şi bucuroşi de această frumoasă logodnă.

CAPITOLUL 19

Contesa Frederika von Oppenheim, mătuşa atât de dragă lui Albert, sora mamei acestuia, să tot fi avut vreo 55 de ani la acea vreme. Se spune că fusese o frumuseţe desăvârşită la vremea ei, însă acum aceste lucruri trecuseră din păcate pentru ea. Nu avusese niciodată copii, chiar dacă îşi dorise cu ardoare acest lucru. Soţul său, contele, era unul dintre acei oameni cărora dacă le arăţi un teren de vânătoare îşi vor face o cabană drept acolo şi nu se mai dau plecaţi sub nicio formă. O lăsase mereu singură pe doamna lui, dar contesa se consola cu cei doi nepoţi, copiii surorii sale. Cei doi fraţi mereu spuneau că au două mame. Nu avea o relaţie prea strânsă cu rudele soţului său, dar nici nu i-au lipsit vreodată. Contesa se bucură nespus de mult de logodna tristului ei Albert, dar pentru o doamnă din buna societate era scandalos de discretă atitudinea acestuia. Încercase să ceară informaţii de la cei doi fraţi, dar obţinuse doar mici fărâme care o puseseră pe gânduri.

După Anul Nou Elisa plecă alături de familia ei la casa ei, iar marchizul se afla mereu în compania Marelui Elector. Când nu era cu el era cu siguranţă la logodnica lui, dar pe acasă nimeni. Fiind o fire întreprinzătoare, contesa se hotărâse într-o dimineaţă să se urce în trăsură şi să meargă la Albert la micul dejun. Ştia că acesta se trezeşte repede şi că nu l-ar deranja decât cerându-i amănunte despre logodnă. Se înfiinţă astfel la poarta palatului unde servitorii rămăseseră puţin uimiţi.

- Nu mă conduceţi, spuse contesa, ştiu drumul. Plecă imediat fără a aştepta vreun răspuns şi întră val-vârtej în sufragerie. Albert nu se arătă însă surprins, căci o cunoştea foarte bine pe sora mamei sale. Se vedea că dorea să-l surprindă, dar nu reuşi nici de data aceasta.

- Mătuşă, ce plăcere să iei micul dejun cu mine. Mai cer un tacâm imediat, spuse Albert. Contesa, văzând că jocul ei s-a dezumflat, începu să râdă.

- Nu scot de la tine nimic cu privire la această domnişoară de care toată lumea e încântată?

- Ba da, ai să scoţi dacă mă întrebi, dar nu uita că sunt un om discret şi suntem în doliu, atât eu cât şi Amelie.

- Vreau s-o văd, spuse contesa.

- Te cred că vrei să o vezi pentru că şi eu abia aştept să o văd aici şi a mea. Nu mi-a mers din prima, dar acum ştiu că îmi aparţine. Este o fată încântătoare, dar foarte diferită de ce vezi dumneata la curte. Este fata ultimului medic al mamei, un om deosebit. Sunt francezi, iar ea chiar fusese logodită cu verişorul ei, contele de Langarde, însă cum acestuia îi plăcea să pescuiască, şi-a găsit sfârşitul odată cu surparea unui mal în Tieffensee. A murit apoi şi mama acestuia la aflarea veştii tragice despre fiul său, de aceea sunt ei în doliu. Amelie nu l-a iubit niciodată, dar era o căsătorie în familie şi a acceptat-o, de fapt când am fost prima dată la medic pentru mama am văzut-o pentru prima dată, iar de atunci nu am mai putut-o uita. Acum mi-a mărturisit şi ea aceleaşi sentimente pe care le-a trăit atunci văzându-ne prima dată. Tatăl ei ne-a fost oarecum complice, nu s-a împotrivit defel la căsătoria între cei doi veri, dar în adâncul inimii sale îşi dorea pentru unica sa fiică un alt vitor. Când erau în Franţa au locuit la Paris, iar contele de Langarde locuia la Nancy. Nedorind să devină catolici, au fost nevoiţi să plece peste graniţă. Sunt nişte oameni puternici şi foarte diferiţi. Logodnica mea nu s-a adaptat încă la frigul de pe la noi, dar îi plac locurile noastre. În urma tristei întâmplări a decesului conţilor de Langarde Amelie a moştenit titlul de contesă. Iţi mai pot spune despre ea că este o fată foarte frumoasă, o blondă cu ochi albaştri şi cu un păr minunat, dar care nu stă mult timp prins dându-i mari bătăi de cap mamei ei. Chiar pentru logodnă doamna Corday s-a chinuit vreme multă să-i aranjeze părul, dar a trebuit să abandoneze ideea şi să i-l lase despletit purtând doar o coroniţă cu pietre scumpe. După moartea mătuşii sale a mai moştenit, pe lângă titlu, şi bijuteriile casei Langarde, precum şi casa acestora din Nancy. Totuşi e şi un lucru bun aici faptul că toate proprietăţile lor sunt pe mâini bune şi vor fi îngrijite cum trebuie. Aici locuiesc împreună cu familia cu care au plecat din Nancy, familie ce a abandonat totul acolo, chiar şi fata acestei familii care este căsătorită cu marchizul de Saint-Claire, care e catolic. Aşadar fata lor s-a convertit din dragoste. Acum, părinţii Ameliei şi această familie doresc să cumpere imobilul unde locuiesc, fiecare partea lui, fiecare dintre ei având afaceri personale. Domnul Corday are cabinetul său unde poate profesa, iar celălalt domn are un magazin care este foarte apreciat de doamne pentru calitatea mărfurilor aduse. Domnul Misard are un băiat care este împreună cu ei aici şi care acum studiază ştiinţele juridice la Leipzig. Acest tânăr e logodit cu fata marchizului de Bruy, şi el tot francez şi jurist de asemenea. Ce spui?

- Doamne, ce interesant este! spuse contesa. Sunt şi bogaţi.

- Sunt, dar nu îmi pasă de acest amănunt, sunt fericit şi gata. Eşti mulţumită acum?

- Da, sunt mulţumită cu toate aceste informaţii. Aş vrea să ştiu când vei organiza o cină în familie, adică eu, tu şi cei trei?

- M-am gândit şi eu, dar mai aştept puţin, căci e încă prea rece, prefer să merg eu la ei.

- Le vei spune dinainte să poată alege o dată convenabilă, probabil într-o sâmbătă seară. M-aş ocupa eu de absolut tot ce e necesar, spuse contesa. Cred că l-aş aduce şi pe contele meu vânător.

- Nu ar fi o idee rea, însă trebuie să vorbesc cu ei mai întâi. Uitasem, căsătoria va fi chiar de ziua mea, pe 1 septembrie şi nu-ţi mai ascund faptul că ea e născută pe 30 august.

- Nu-mi vine să cred! Ce potrivire! spuse contesa uluită pe deplin şi care de-abia se atinsese de mâncare, tocmai pentru a fi atentă la fiecare cuvânt al nepotului ei.

- Nu mai pot să-ţi spun nimic altceva, să mâncăm acum, spuse marchizul zâmbind, căci văzuse mulţumirea pe chipul mătuşii sale.

Într-adevăr cei doi chiriaşi doreau să cumpere casa în care locuiau, fiecare partea lui. Se hotărâseră la acest lucru după plecarea lui Georges la Leipzig, iar până la Paşte nu aveau să-l mai vadă. Domnul de Bruy se ocupă de toate actele şi totul deveni mai lesne pentru cei doi viitori proprietari, astfel că în februarie al acelui an îi legase de ţara adoptivă pe cei doi bărbaţi şi această proprietate. Era tot frig, iar Amelie nici nu ieşea din casă, stătea lângă foc ori în salon sau chiar în camera ei. O înveseleau vizitele logodnicului ei care îi aducea pentru a o înveseli flori din sera casei sale. Fata era teribil de încântată şi se mai consola cu privire la frigul din Potsdam.

- Amelie, începu Albert, mătuşa mea, sora mamei, vrea să te cunoască şi doreşte să organizez o cină la mine şi să vă invităm la noi.

- Eu nu am prea ieşit în afara casei doar la Estelle.

- E normal, spuse tânărul, ai doar 16 ani. Nici în Franţa nu ai fi fost încă introdusă în societate, dar să ştii că nu e nicio oficializare în faţa Curţii Electorului. Gândeşte-te la acestă invitaţie şi poate luna viitoare, când s-o mai încălzi puţin, veţi putea veni.

- Albert, eu am uitat de Elector, într-adevăr ca soţie a ta va trebui să iau parte la diferite ceremonii la curte, aşa este? Nu prea ştiu mare lucru despre etichetă, ce o să mă fac?

- Nu intra în panică, mătuşa mea te va instrui şi apoi nu e necesar să participi la toate aceste evenimente, probabil la doar câteva în cursul unui an, nimic mai mult. Lumea fierbe în jurul nostru, astfel că balurile sunt cam rare. Războaiele izbucnesc peste noapte, înțelegi? Nu e chiar o perioadă fericită acum.

- Voi scăpa ieftin în cazul acesta, zâmbi Amelie.

- Nu chiar, dar nici nu trebuie să te preocupe prea mult aceste chestiuni.

- Am să vorbesc cu părinții mei, Albert, iar în martie vom veni la tine, spuse Amelie.

- Ai să-ți vezi viitoarea casă, scumpa mea. Uite ce frumos ninge! Învață să iubești iarna și fiecare anotimp, draga mea logodnică. Te ador! Îmi place tare mult părul acesta neastâmpărat, ochii aceștia care sunt ca două safire, iar firea ta este peste toate aceste calități fizice.

Amelie se apropie de geam. Într-adevăr se apucase din nou de nins. Albert rămăsese și el la geam și o cuprinsese de mijloc. Îi sărută tâmpla dreaptă, apoi rămăseseră uitându-se afară, iar liniștea îi cuprinse pentru câteva momente. Deodată lui Albert îi veni o idee.

- Să deschid fereastra? Pe pervaz e zăpadă. Vrei să-ți dau puțină zăpadă în palme? Fata încuviință doar printr-o mișcare înceată a capului.

- S-a topit imediat, spuse ea după ce Albert îi pusese puțin puf alb de nea în palme. M-ai păcălit, așa este? întrebă râzând Amelie.

- Desigur. Trebuie să iubești zăpada, draga mea.

- Am să încerc.

La auzul dorințelor lui Albert, Lucien nu răspunse decât că se aștepta la acest lucru și că accepta această invitație onorantă.

- E normal, draga mea Amelie, vei intra într-o lume nouă în curând. Va trebui să știi tot ce trebuie și mai ales despre etichetă, lucruri pe care nu ai avut de unde să le înveți până acum. E un noroc faptul că mătușa lui este atât de amabilă și te poate instrui. Vom onora atunci în luna martie această invitație, probabil într-o seară de sâmbătă, ai deci acordul meu să-l informezi pe logodnicul tău asupra acceptului nostru.

- Să-i mulțumești întotdeauna pentru flori, spuse mama ei, ne înveselesc în aceste zile de iarnă. Eu încă nu realizez prea bine în ce familie vei intra cât de curând, parcă e totuși un vis. Trebuie să-ți facem o rochie frumoasă la care să asortăm bijuterii potrivite, iar părul tău trebuie prins cumva până la urmă.

- Da, așa e, vei străluci cu siguranță și îi vei face o bună impresie acelei contese obișnuită cu viața de la curte cu tot ce ține de ea. O rochie frumoasă gri, părul prins cumva peste care să așezăm o bijuterie frumoasă care să-l înnobileze și să-l țină cumva cu tijele ei, cred că vor fi de succes.

- Ei, chiar e bună ideea, spuse Charlotte, îmi salvezi viața, Anna. Mulțumesc!

Bărbaţii rămăseseră absenţi la această discuţie la care nu fuseseră invitaţi să scoată niciun sunet şi la care oricum nu se pricepeau. Lui Lucien îi plăcea părul fiicei sale desfăcut, i se părea suficient, iar restul nu era oricum treaba lui. Michel era vădit încurcat şi nu-şi ridica ochii din farfuria lui.

- Michel, îl trezi deodată Anna, trebuie să ai mătase gri în magazin, aşa este?

- Da, este de cea mai bună calitate, spuse acesta ca fript.

- Perfect, spuse Charlotte bucuroasă.

Amelie hotărâse ca această cină să aibă loc în martie, în a zecea zi, şi îşi anunţă logodnicul despre această dorinţă în următoarea vizită.

- Minunat, scumpa mea, trebuie să o anunţ şi eu pe contesă. Sunt foarte emoţionat, Amelie! E prima cină pe care o organizăm după moartea mamei. E un noroc că se va ocupa mătuşa mea de tot ce trebuie şi îmi închipui cât va fi de încântată pentru acest lucru. Va teroriza toţi servitorii ca totul să fie perfect. Nu ştiu dacă se va muta la mine pentru acest eveniment, dar cu siguranţă nici mult nu ar sta pe gânduri.

- Să fie ceva simplu, Albert, toţi trebuie să respectăm doliul.

- Ştiu, draga mea, aşa va fi.

- Mama şi doamna Misard îmi fac deja rochia, mi-au planificat coafura şi au ales şi bijuteriile, eu sunt ca o jucărie pentru ele.

- Când vei fi soţia mea îţi vei face singură rochiile, spuse Albert.

- Eu totuşi cred că atât mătuşa ta cât si mama îşi vor băga mereu nasul, zise râzând Amelie.

- Şi eu mă tem de garderoba ta din cauza lor, dar poate e mai bine. Mătuşa ştie totul despre moda de la curte şi va putea să te sfătuiască într-un mod corect, dar să trecem cu bine peste cina din 10 martie şi peste vara ce va urma apoi să fii a mea pentru totdeauna. Vei avea şi o cameristă pe care tot contesa ţi-o va recomanda cu siguranţă.

- Nu am avut niciodată una, mama se ocupa întotdeauna de mine, iar în ultima vreme la Paris nici nu mai era necesar. Stăteam înfricoşate în casă de frica hoardelor pline de ură. Îmi aduc aminte cum de Sfântul Nicolae au dat foc casei unde ne întâlneam noi. Am avut noroc că l-am ascultat pe tata şi în ziua aceea nu am ieşit. Am fost tare îngrozite. Tata era nevoit sa facă consultaţiile noaptea şi îşi vizita rudele tot în acest fel. Am un verişor acolo, e catolic şi el are grijă de casa noastră.

- Aş vrea să nu te mai necăjeşti din cauza trecutului, nu te mai împiedica de el dacă vrei să ai un viitor fericit, spuse Albert în şoaptă.

- Ai dreptate, nu ştiu ce m-a apucat. Iartă-mă, dragul meu.

- Nu am ce să-ţi iert, Amelie, eşti tot ce am şi îmi place să te ascult mereu, dar aceste gânduri îţi fac rău. Sunt conştient că nu vei uita, iar dacă vei mai dori să vorbeşti despre Paris, te voi asculta până la limita în care durerea te poate cuprinde, apoi te voi opri, căci nu vreau nicio urmă de tristeţe şi durere pe chipul tău frumos.

Zilele următoare fură pline de soare, nu mai ningea. Rochia Ameliei arăta superb şi se asorta minunat cu acea bijuterie pentru păr. Mama ei îşi făcu o rochie neagră la care îşi asortase perle albe. Purtau încă doliu cu excepţia fetei. Oricum nu se schimbase mai nimic, din negru totul devenise bleumarin şi gri la Amelie.

Albert trebui să plece o săptămână cu treburi împreună cu Marele Elector, lăsând-o pe Amelie pradă plictiselii, deşi ştia că se va întoarce mereu la ea viu şi nevătămat. Se gândi apoi la Marc şi i se strânse inima. Trebuia să fi fost şi el la universitate acum, iar peste o lună să se fi întors acasă de Paşti, dar el zăcea într-un sicriu îngropat într-un cimitir departe de ţara lui. Mai fusese la cimitir unde tatăl ei construise un cavou pentru cei doi conţi, dar ura acel loc. Îşi aminti de inelul pe care Marc îl ţinea în mâini şi se uită la inelarul ei. Era frumos inelul de la Albert, spera să-l păstreze şi să nu trebuiască să-l arunce într-un sicriu şi pe acesta.

Estelle o vizita regulat şi era domnişoara ei de onoare la nunta ce era hotărâtă. Uneori o obosea pe Amelie cu vorbăria ei neinteresantă, făcând-o pe aceasta să se întrebe ce o fi găsind Georges la ea. Probabil femeia, gândea fata stând la fereastra camerei sale. Albert îi scria de la Berlin unde se afla alături de Marele Elector şi număra zilele, asemenea Ameliei, ce le mai rămâneau până la revederea care veni în sfârşit după aceste lungi aşteptări, aducându-le linişte şi mulţumire celor doi. Albert îi aduse Ameliei o brăţară de la Berlin şi se străduia acum să i-o prindă de încheietura delicatei ei mâini.

- Te vreau pe tine în primul rând, ţi-am dus dorul chiar şi cu scrisorile zilnice pe care le primeam de la tine, spuse fata fericită. Îmi place bijuteria şi o voi purta cu drag după ce se va termina doliul.

Amândoi stăteau în bibliotecă şi povesteau fiecare ceas petrecut departe unul de celălalt. Cina aceea încărcată de un aer oficial veni cu repeziciune. Aşa cum toată lumea ştia deja, contesa se ocupă de absolut tot ce era necesar. Nu se mutase la nepotul său iubit, dar era ca şi cum ar fi făcut-o. Hotărâse să-l aducă şi pe soţul său, căci o părere în plus nu strică niciodată, chiar dacă nu se încredea prea mult în ea.

În seara zilei de 10 martie familia Corday porni cu trăsura în prima vizită a Ameliei şi nu minţim când spunem că toată lumea arăta impecabil, iar Amelie strălucea. Părul îi era încorsetat în acea bijuterie splendidă, iar pe degete avea doar inelul de logodnă. Cu toţii erau emoţionaţi şi parcă aveau o oarecare teamă de contesa cea exigentă. Amelie trecu totuşi peste acest sentiment gândindu-se că mai avusese de a face cu o contesă, mătuşa ei, care avusese de asemenea un aer superior, dar care era totuşi de o mare bunătate. Când coborâră pe dalele curţii palatului, fură uimiţi de faptul că totul era impecabil luminat. Albert însuși îi aștepta alături de contesa Oppenheim și de soțul ei.

Toată lumea era zâmbitoare, iar contesa părea mulțumită de ce vede. Tânăra logodnică îi făcuse o reverență perfectă, iar părul îi era aranjat cum ea nu mai avusese parte până atunci. Ținuta ei era decentă și plină de eleganță, iar talia ei subțire părea gata oricând să se rupă. Familia Corday îi plăcu contesei care reținu și faptul că, deși nu renunțase la doliu, mama fetei era încă tânără și frumoasă. La masă toată lumea se simți bine, contele îi povesti Ameliei întâmplări de la nesfârșitele lui vânători, povestiri de care Amelie râdea din toată inima.

- Albert, logodnica ta îmi răpește soțul, zise contesa râzând, nu l-am mai văzut atât de bine dispus în societate de multă vreme. Amelie păru că nu o înțelege astfel că nu spuse nimic.

- Buna mea mătușă, poți sta liniștită, Amelie e a mea, spuse Albert mulțumit și el de atmosfera frumoasă a întâlnirii lor.

- O cină minunată, spuse Lucien, totul a fost pregătit minuțios.

- Eu sunt autoarea, spuse contesa, mulțumirile dumneavoastră le primesc cu mare plăcere.

- Din toată inima, doamnă!

- Aș putea să vă cer o favoare, domnule? întrebă contesa. Pot să îndrăznesc să vă cer să fiți medicul meu personal? Știu că ați avut grijă de ultimele zile ale bietei mele surori, știu de asemenea că era deja condamnată, însă durerile nu au mai fost la fel de istovitoare pentru ea.

- Da, doamnă, cu mare plăcere, spuse Corday zâmbind.

- Acum, domnule Corday, interveni contele râzând, veți primi și o listă de prietene pe care le veți avea de asemenea în grijă.

- Johan, ești nedelicat, spuse contesa pufnind.

- E purul adevăr, continuă contele pe același ton.

- Mergem în salon? întrebă marchizul schimbând subiectul.

- Da, dragul meu, spuse mătușa lui luând brațul doctorului, contele ocupându-se de Amelie, iar Albert de viitoarea lui soacră.

- Albert, ai un pian! strigă Amelie surprinsă. Nu am mai cântat la pian de la Paris. Sigur e dezacordat cel de acasă, căci nu cred că Jerome are timp de el și nici nu are sens. Fata se duse imediat și se așeză pe scăunașul din fața instrumentului. Ridică clapeta și imediat mâinile ei executară niște partituri minunate. Logodnicul ei era vizibil încântat.

- E al tău. Sora mea cânta la el, dar acum nimeni nu o mai face. Ea are altul la Berlin, iar acesta a rămas părăsit de ani buni. Va răsuna din nou casa, mătușă dragă, după prima zi din septembrie, spuse el așezându-se lângă Amelie.

- Mă bucur să văd că logodnica ta e atât de înzestrată și cu siguranță o va recomanda atunci când o vei prezenta la curte. Întâi trebuie pregătită nunta, căci mai e doar o jumătate de an până la eveniment. Trebuie, Albert, să dai un bal strălucitor după ce veți fi căsătoriți, demn de numele, averea și statutul tău la curte mai ales că naș îți este Marele Elector. Va fi și el prezent. Norocul face ca palatul tău să aibă o sală de bal încântătoare, iar petrecerea ar fi mult mai frumoasă dacă am fi ținut-o în parcul din spatele palatului, dar Amelie se va umple de frig, așadar rămânem în sala de bal care are și șeminee ce se pot folosi dacă e cazul.

- Doamnă, spuse fata adresându-se contesei, noi anul trecut am făcut focul în șeminee, e adevărat, în septembrie dar pe la sfârșitul lunii. Eu cred totuși că voi face față petrecerii.

- Amelie, noi vom pune lemne tăiate lângă șeminee și le vom folosi dacă e cazul, dacă nu, nu. E bine totuși să ne pregătim, iar tu cu timpul te vei obișnui și cu frigul și cu zăpada.

- Da, sunt sigură de asta, zâmbi drăgălaș fata logodnicului ei.

Se făcură apoi perechi, cele două doamne vorbiră despre rochiile și aranjarea părului Ameliei, despre meniu, despre flori, biserică și invitați, nimic nu le scăpă din discuție. Cei doi îndrăgostiți vorbeau în șoaptă lângă pian și își spuneau cuvinte de dragoste pe când cei doi bărbați jucau pur și simplu cărți la o măsuță lângă fereastră. Când trebuiră să se despartă toată lumea avea în colțul gurii o grimasă de părere de rău.

- Minunată familie, spuse contesa când rămăsese cu soțul și nepotul său în salon, ai ales foarte bine, dragul meu, e o fată puternică și pe măsură de frumoasă. Sunt eu cucerită, mă întreb cum ești tu !?

- Sunt în zbor de când m-a acceptat, mătușă dragă.

- Te cred, fiule, spuse și contele, tatăl ei joacă bine cărți.

- Ce ar fi să rămâneți aici în seara aceasta? Ce spuneți? întrebă Albert știind totodată dinainte răspunsul.

- Știu că ai vrea să-ți ascultăm fericirea, dar nu se poate, trebuie să plecăm și noi și o vom face chiar acum. Te felicit încă odată, nepoate, e perfectă pentru tine.

Familia Corday ajunse acasă mai obosită decât și-ar fi putut imagina.

- Totul a fost minunat, Anna, însă nici nu îmi mai simt picioarele de oboseală. Amelie a strălucit și a trecut peste toate testele contesei. Chiar și coafura a rezistat, dacă poți crede asta. Va fi chiar și un bal după nuntă, chiar în sala de bal a palatului marchizului, continuă Charlotte. Contele e un om minunat, opusul soției sale, a jucat cărți cu Lucien, îți vine să crezi?

- Da, asta chiar nu-mi vine a crede, râse Anna.

- Mulțumesc că ne-ai așteptat, dar mergi la culcare, cu siguranță ești și tu obosită. Mai avem șase luni pentru două rochii de nuntă și două coafuri, una pentru biserică și alta pentru bal. Nici nu mă mai gândesc la celelalte rochii și lucruri mici și multe, dar importante.

170

- Ne vom gândi împreună, zise Anna în timp ce urcau împreună scările. Între timp Lucien era deja în camera Ameliei.

- Ai fost minunată, fata mea, iar Albert pare şi mai atras de tine acum.

- Mulţumesc, tată! Şi eu m-am simţit bine, dar sunt atât de obosită acum, cred că trebuie să ne culcăm cu toţii. O să mă dezbrac acum dacă nu te superi, sărut-o pe mama din partea mea.

- Noapte bună, scumpa mea, şi vise plăcute.

După ce tatăl ieşi, Amelie se aşeză la măsuţa ei de toaletă şi îşi eliberă părul. Se dezbrăcă şi fericită se băgă în patul încălzit de Eulalie. Adormi îndată. Dimineaţă fericirea ei continuă când unul din servitorii lui Albert îi aduse un buchet de flori şi un bileţel:

„Mulţumesc, te iubesc! Albert" Îl opri pe lacheu şi îi dădu biletul înapoi scriind şi ea: „Mulţumesc, te iubesc! Amelie". Când Albert deschise propriul bilet şi văzu că şi logodnica lui scrisese acelaşi lucru ca şi el fu şi mai fericit. Trebuia însă să meargă la curte şi nu putea s-o viziteze, îi păru rău, dar se consolă gândindu-se la viitor. Un viitor în care contesa, mătuşa lui, făcuse atâta vâlvă. Toate prietenele ei fuseseră puse la curent despre cina ce avusese loc, iar Amelie fusese lăudată, fapt nemaiîntâlnit la contesă până atunci, astfel încât întreaga curte îşi stârnise curiozitatea până la ultimul nivel. Ştiau că naşi le va fi Marele Elector şi soţia acestuia, Sophie, iar acest fapt făcea să fie evenimentul acelei toamne. De la marchiz nu putuseră scoate o vorbă, acesta scuzându-se şi afirmând mereu că amândoi sunt în doliu până în septmebrie, deci va păstra discreţia asupra tuturor detaliilor. Singura sursă de informaţie rămânea deci contesa, dornică de a vorbi despre acest subiect, însă totuşi în nişte limite impuse de nepotul ei şi medicul Corday de care era extrem de mulţumită şi pe care nu dorea să-l afecteze în vreun fel. Spusese cât era nevoie pentru ca acest eveniment să fie aşteptat cu nerăbdare şi nimic mai mult. Însăşi Sophie, soţia Marelui Elector, întrebă de Amelie şi despre Albert.

- Contesă, multe lacrimi de ciudă a stârnit această logodnă printre doamnele care au fete de măritat, mai ales că viitoarea mea fină este foarte retrasă şi nu cred că o vom vedea până atunci.

- Într-adevăr până pe 24 august ea este oricum în doliu după conţii de Langarde, rudele lor şi îl ţine în mod foarte serios, chiar şi la nuntă va purta doar două ţinute. Pentru ceremonia ce va avea loc la biserică va fi asortată cu tiara casei conţilor Langarde, iar la bal va purta tiara von Hesse cu o altă ţinută. Este totuşi moştenitoarea titlului Langarde.

- Nu am mai auzit aşa ceva, va fi într-adevăr interesant pentru noi toţi. Va trebui totuşi să o cunosc înainte, contesă.

- Soţul dumneavoastră o va primi într-o vizită neoficială în cabinetul său în curând, vorbiţi aşadar cu Marele Elector să fiţi prezentă.

Va fi oricum o vizită scurtă, de curtoazie şi fără a da posibilitatea altor persoane să se sesizeze.

- Oh, mulţumesc pentru informaţie. Cum îl ştiu pe soţul meu, cu siguranţă nu aş fi fost informată la timp, spuse Sophie. Chiar acum mă voi duce la el, mă va primi negreşit.

Contesa se înclină în faţa suveranei, iar aceasta plecă dând uşor din cap. Nemaiavând ce face, contesa plecă şi ea, ceru repede trăsura şi se îndreptă spre casă. Era mulţumită, stârnise curiozitatea tuturor, iar Albert nu va avea de ce să fie supărat, căci nu dăduse multe informaţii despre Amelie. Probabil vizita la curte se va organiza după sărbătorile de Paşte şi nu mai repede de acestea, iar atunci va fi cu siguranţă mai cald şi curtea mai liniştită. Va afla de la nepotul său toate amănuntele şi se gândea că poate va merge şi ea împreună cu cei doi tineri, ca însoţitoare a Ameliei. Trebuia deci să vorbească cu Albert, dar totuşi trebuia să facă paşi mici şi cu reţinere. Luna mai părea deci perfectă, ideală pentru această întâlnire.

La prima întâlnire cu nepotul ei contesa îi propuse acestuia să o însoţească pe Amelie în acea vizită specială şi, spre surprinderea ei, acesta nu se opuse, din contră o consideră o idee minunată cu condiţia însă ca totul să fie ţinut departe de urechile tuturor.

- Asta pot să fac, spuse contesa, îţi promit că nu va şti nimeni, dragul meu.

- Bine, atunci în acest caz pot s-o informez şi pe Amelie. În curând este Paştele, iar Georges se va întoarce acasă şi bineînţeles la logodnica lui, Estelle. Ţi-am spus, e franţuzoaică, este fiica marchizului de Bruy, un avocat remarcabil şi locuiesc foarte aproape de draga mea logodnică. Au în spatele casei o grădină nu foarte mare, dar foarte bine întreţinută.

Amelie se bucura de fiecare rază de soare, ziua se mărise, se făcuse mai cald şi putea sta acum în grădină în miezul zilei. Georges fu primit acasă cu aplauze şi mult zgomot. Estelle începu să plângă de fericire, aveau două săptămâni la dispoziţie, iar în iunie începea vacanţa cea mare până la mijlocul lui septembrie. Marchizul de Bruy îl îmbrăţişă destul de puternic, iar soţia acestuia plângea şi ea alături de Anna Misard. Albert nu fusese prezent la revenirea tânărului, dar avea să vină de Paşte. El termină perioada de doliu, dar continua să-l ţină în respect pentru logodnica sa.

Cei patru logodnici făcuseră multe plimbări prin împrejurimi, Albert, cunoscând locul, avea ocazia de a-i îndruma pe ceilalţi să viziteze locuri noi, interesante, pe care nu apucaseră să le vadă până atunci. De această dată cei patru stătură împreună, nu se mai departară unii de alţii, căci nu se mai cuvenea acest lucru. A fost o vacanţă frumoasă pentru Georges, dar evident prea scurtă. Cele două săptămâni trecuseră în zbor, iar când poştalionul îl dusese din nou la Leipzig alături de colegul său inima i se umplu de nostalgie. Avea să se mulţumească iar doar cu scrisori de la Estelle. Se străduia să înveţe bine pentru ca ea să fie mândră de el. Se bucura de asemenea sincer pentru Amelie, aceasta era chiar fericită. Ştia că în inima ei o părticică îi aparţinea lui Marc, iar restul era a lui Albert, desigur. Se vedea că îl iubea sincer şi foarte liniştit. Era diferită de Estelle care era atât de exuberantă, iar uneori aveai senzaţia că va deschide fereastra şi îşi va striga dragostea întregii lumi. Dar lui Georges îi plăcea aşa.

În una din dimineţile de început de mai, când vremea se încălzise binişor, iar copacii îşi mişcau ramurile pline de frunze de acel minunat verde crud, cupeul cu blazon al marchizului von Hesse poposi în curtea casei familiei Corday. Era un lucru rar ca Albert să-şi viziteze logodnica cu această trăsură, însă totul avea o explicaţie: Marele Elector îi aştepta în vizită, vizită de care vorbea toată lumea de altfel. Soţia sa era şi ea prezentă, căci ştim noi cine o înştiinţase asupra acestui fapt. Ceea ce era important era că totuşi nimeni nu ştia că această vizită fusese fixată pentru această zi, iar discreţia dorită îl făcu pe Elector să aleagă ca discuţia să aibă loc în biroul lui, unde nu intra nimeni sau aproape nimeni. Albert o găsi pe Amelie pregătită, purta o rochie neagră cu guler din dantelă albă la gât, pe cap avea o pălărie care îi strângea oarecum părul, o pălărie cu voaletă care era deja trasă peste faţa fetei. Nu purta bijuterii, ci doar inelul dăruit de logodnicul ei.

- Eşti atât de frumoasă, draga mea! Să ne grăbim altfel toată curtea va fi prezentă la această întâlnire. Mătuşa mea este în trăsură, deci să pornim. Amelie îşi sărută mama şi pe doamna Misard, apoi zbură spre cupeul ce aştepta.

- Vai, draga mea, spuse contesa, dar eşti delicioasă precum o prăjitură. Şi rochia dar şi pălăria sunt tare drăguţe.

- Mulţumesc mult, doamnă, sunt atât de emoţionată, sper să treacă repede totul, spuse Amelie dintr-o suflare.

- Stai liniştită şi fii tu însăţi, spuse contesa luând mâna fetei şi mângâind-o uşor. Eşti o perlă ascunsă, draga mea. Ce noroc pe Albert! Acuşi vom ajunge şi vei vedea ce repede va trece totul.

Într-adevăr era cam devreme pentru nobilii care veneau constant la curte, străzile erau aglomerate, dar nu ca şi la vremea prânzului. Ajunseă într-un târziu la nobilul vlăstar al familiei Hohenzolern şi nu intrară pe uşa principală, ci pe una dosnică, din partea laterală a palatului. Urcară scările către etajul întâi destul de iute, însă acestea erau pustii, doar câţiva servitori care erau preocupaţi cu diferite sarcini. Intrară în anticamera cabinetului lui Friedrich, iar secretarul de la uşă îl înştiinţă pe acesta de sosirea lor, apoi îi anunţă de îndată.

173

- Oh, Albert, în sfârşit îmi aduci comoara ta s-o cunosc, zise Electorul zâmbind. Amelie făcu o plecăciune pe care contesa o aprobă mulţumită. Sophie, soţia lui Friedrich, era şi ea prezentă.

- Eşti frumoasă, domnişoară, spuse ea, ne bucurăm că o să vă fim naşi. Te rog să te aşezi lângă mine. Frederika, aşează-te lângă ea.

- Uite aşa mi-o răpeşte pe viitoarea mea fină soţia mea, femeile fac front comun întotdeauna, dar cred că şi noi bărbaţii putem sta separat acolo, spuse stăpânul arătându-i lui Albert o canapea de lângă fereastră. E minunată logodnica ta, Albert! Îmi place şi văd că i-a stârnit interesul şi lui Sophie, uite, îi serveşte ceai şi fursecuri, lucru cam rar să vezi la Sophie atâta amabilitate. Nunta ai spus că va fi în prima zi din septembrie, adică ziua ta de naştere. Minunat!

- Amelie este născută pe 30 august, avem aproape aceeaşi zi de naştere.

- Da, vă potriviţi foarte bine. Îmi place voaleta domnişoarei şi este chiar de o discreţie ireproşabilă. Aşa şi trebuie.

Vizita nu dură mult, însă se termină cu urările de bine ale Electorului şi ale soţiei acestuia.

- Vă potriviţi de minune, dragii mei, repetă Electorul, fiţi binecuvântaţi şi să încercăm să vă facem o nuntă frumoasă.

- Cu bine, dragii mei, ţinu să spună şi Sophie, trebuie să vă grăbiţi dacă vreţi să rămâneţi discreţi, curând va fi plin de lume pe aici, de fapt şi eu trebuie să mă retrag curând.

- Mulţumim pentru amabilitatea de a ne primi, pentru mine a fost o deosebită onoare şi plăcere să vă întâlnesc şi să vă cunosc, spuse Amelie.

Cele două gazde strălucite zâmbiră, iar apoi vizita se termină, fiecare plecând la treburile lui. Electorul totuşi mai rămase câteva momente singur gândindu-se mulţumit că acest copil al lui în faţa Domnului alesese bine, iar ziua începuse bine prin această scurtă vizită ce tocmai se sfârşise.

După ce cei trei vizitatori îşi luară rămas bun de la Sophie, soţia Marelui Elector, coborâră o scară ce dădea către uşa pe care intraseră. Când ieşiră la aer, lângă cupeul marchizului mai erau două trăsuri cu blazon, dar goale, deci vizita lor va rămâne neştiută de nimeni. Vizitiul duse perechea de logodnici acasă la tânăra fată, după care o duse pe contesă la ea acasă, căci avea multe de făcut. Acasă tinerii erau aşteptaţi cu nerăbdare, cele doamne se liniştiră însă când îi văzură urcând scările zâmbitori.

- A ieşit bine, Charlotte, uite, sunt fericiţi, cred că au fost primiţi bine, zise Anna Misard.

- Slavă Domnului, spuse mama Ameliei, oricum, această nuntă trebuie să iasă perfect. Când intrară în casă cei doi tineri primiră îmbrățișările celor două doamne.

- Mamă, chiar mi-a plăcut Marele Elector, apoi nici nu am stat atât de mult, ci doar cât trebuie și este de cuviință. Am întâlnit-o și pe soția lui, o doamnă deosebită.

- Mă bucur că ai fost acceptată, scumpa mea. Albert, rămâi la masă te rog, îmi ești atât de drag. Nici nu îți închipui acest lucru. Fata noastră este foarte fericită, după cum vezi. Mai avem trei luni pline ca să putem pregăti totul, ținutele, serbarea de după eveniment, biserica, florile. Of, va fi mult de muncă, dar ne va ajuta și Estelle, mama ei și Georges.

- Și contesa, mătușa mea. Din păcate nu a putut rămâne cu noi, dar ne vom întâlni foarte des de acum înainte pentru a pune la punct toate detaliile acestei nunți. Și eu sunt nerăbdător să terminăm odată cu hainele acestea cernite și să nu o mai văd niciodată pe draga mea Amelie îmbrăcată în doliu.

- Da, dragul meu, spuse Charlotte, așa este, și pe noi ne apasă acest doliu. Noi îi avem în suflet pe amândoi cei dispăruți și îi vom avea și după ce se va încheia acest doliu, ei vor rămâne mereu în inima noastră. Nu avem cum să-i uităm odată cu schimbarea hainelor negre. Dar hai să nu mai vorbim despre asta. Mergeți în grădină, e foarte plăcut acum, iar tinerețea voastră trebuie să se bucure de soare.

Cei doi tineri parcă atât așteptaseră, să rămână singuri. Următoarele luni fură pline de vizite de toate felurile. Contesa își pusese la dispoziție croitoreasa care inițial ridicase mâinile în sus a neputință, dar când auzi despre cine este vorba se înmuie și promise să lucreze zi și noapte la rochiile viitoarei marchize, adică nu numai la ținuta ce o va avea pentru nuntă ci și la ținutele ce le va purta după această perioadă de doliu.

Toate aceste pregătiri o amuzau pe Amelie care devenise o păpușă pe care toată lumea o trăgea de sfori. Părul îi fu aranjat de nenumărate ori și împodobit cu tiarele celor două familii, după care doamnele își dădeau cu părerea, apoi încercau o altă nouă coafură. Când scăpa din mâinile familiei era tare fericită și se refugia în camera ei sau în grădină alături de Estelle și Georges. Când era și Albert cu ei nu scăpa ocazia de a i se plânge de câte trebuia să îndure, dar mai ales din cauza părului. Acesta o consola mereu și îi promitea că după nunta lor părul ei va sta întotdeauna desfăcut ori cum va dori ea, în felul acesta Ameliei îi mai trecea din supărare și se înarma cu răbdare pentru o nouă zi.

Contesa dorea ca nepoata ei prin alianță să fie minunea acelei zile speciale, din această cauză supraveghea cu mână de fier vestimentația pentru nuntă. Tot în acea perioadă începuse a se ocupa de sala de bal a palatului lui Albert, luând în calcul și deschiderea ușilor acestuia spre parc în cazul în care invitaţii vor dori să se plimbe. Parcul arăta bine, dar poruncise totuşi să se aranjeze din loc în loc făclii care în noaptea nunţii să ardă şi să lumineze aleile pentru plimbările invitaţilor. În toată această organizare contele fusese uitat cu desăvârşire, spre marea lui mulţumire, căci în afară de ţinuta specială pentru această zi pe care trebuia s-o aibă şi s-o poarte impecabil pe el nu-l interesa nimic. Soţia lui avea obiceiul de a se ocupa de tot întotdeauna.

De flori se ocupau Anna şi Charlotte. Albert nu avea nicio preferinţă, dar Amelie îşi dorea să aibă trandafiri albi în biserică, dar şi în buchetul ei, îşi dorea să predomine culoarea albă peste tot, chiar şi în biserică florile urmau a fi legate între bănci cu voal alb. Văzând preferinţa Ameliei contesa se hotărî să se folosească de aceleaşi flori şi tip de voal şi pentru decorarea parcului şi a sălii de bal. Îşi adusese de acasă toţi servitorii, lăsându-i contelui doar servitorul lui personal. Frenezia de care dădea dovadă dovedea că nu mai făcuse asta de mult timp.

În ziua de 24 august, pentru ultima dată, toată lumea îmbrăcă veşmintele negre şi merse la cimitir unde se ţinea o slujbă pentru cei doi conţi Langarde. Până şi contele Oppenheim participă ieşind din bârlogul lui, stând demn lângă soţia lui, contesa Frederika. Porţile cimitirului fuseseră închise pentru discreţia cuvenită evenimentului.

- Mă simt atât de liniştită după această slujbă, îi spuse Amelie viitorului său soţ, parcă i-am simţit pe cei doi împăcaţi acolo sus în ceruri, cred că ne putem vedea de viaţa noastră acum. Vreau să te rog să vii de ziua mea la noi, Albert, vom serba ambele zile de naştere în intimitate. Mătuşa ta mi-a comandat o mulţime de rochii, iar acum nici nu ştiu ce voi purta, nu e amuzant? Dulapul meu a devenit un adevărat curcubeu. Toate trebuiesc duse la palatul tău înainte de nunta noastră, contesa chiar mi-a atras atenţia să nu iau cu mine nicio rochie neagră. Cred că s-a săturat să mă vadă în culorile astea închise. Le voi lăsa în camera mea de aici de la părinţii mei şi sper să nu mai am niciodată nevoie de ele.

- Nu-ţi fă griji, rochiile şi tot ce doreşti tu vor fi duse în camera ta din palatul nostru. Am ales pentru noi două camere care comunică între ele printr-o uşă. Totul este pregătit să te primească, este loc suficient pentru toate lucrurile tale. Da, pe 30 august voi veni cu siguranţă şi cred că ne vom sărbători de acum înainte zilele de naştere împreună, în aceeaşi zi. Şi eu mă bucur că de mâine te voi vedea îmbrăcată în alte ţinute. Aştept să fii a mea odată pentru totdeauna. Toată lumea a primit invitaţiile, iar totul este pregătit aşa cum trebuie, nu mai rămâne decât să trecem împreună de acest eveniment, iar apoi vom fi doar noi doi. Uitasem să-ţi mai spun că mătuşa mea a aranjat deja o cameristă pentru tine pe care o vei cunoaşte atunci când vei veni la noi acasă. Sincer să fiu, nici nu ştiu cum o cheamă. Ştii,

176

seara mă plimb prin ambele camere şi aştept clipa când nu voi mai fi singur. Uşa dintre camere e deschisă întotdeauna.

- Mi-e puţină teamă, Albert, spuse Amelie închizând ochii, plec de acasă, iar tu o să trebuiască să umpli tot golul lăsat de ai mei, dar voi fi fericită cu siguranţă. Simt asta.

- Îţi promit asta, scumpa mea, spuse Albert luând-o în braţe.

Până la ziua de naştere a Ameliei toate lucrurile ei erau în dormitorul pe care trebuia să-l ocupe ca soţie a lui Albert. Rochia de bal precum şi tiara marchizului aşteptau bine aranjate să fie puse în valoare. Albert se amuza privind sertarele pline de culoare ale tuturor lucruşoarelor Ameliei, toate bijuteriile caselor Langarde şi von Hesse erau deja împreună într-un scrin în cutii de catifea neagră şi roşie. Stătu ceva vreme şi le studie mai ales pe cele necunoscute lui. Lipsea doar tiara Langarde pe care Amelie decisese s-o aibă la nuntă pe cap. Dădu de asemenea peste diadema ce o purtase la logodna lor, apoi peste acel accesoriu pe care-l purtase la cina când pusese pentru prima dată piciorul în casa lui. Nu găsi brăţara ce i-o dăduse el, dar se gândi că poate tocmai o poartă la mână draga lui logodnică.

În seara zilei de 30 august intimii celor două familii se aflau în casa medicului Corday sărbătorind, până şi mândra contesă Oppenheim, aflată pentru prima dată în casa Corday, fu impresionată. Nimeni nu mai purta acum doliu şi se simţea că reţinerea se dusese odată cu acea slujbă ţinută la un an de zile de la moartea conţilor Langarde. Amelie strălucea într-o rochie de culoarea fildeşului şi purta brăţara dăruită de marchizul ei drag, acesta fiind extrem de fericit să o vadă la încheietura mâinii iubitei sale Amelie. Masa a fost excelentă, fiind servit un meniu franţuzesc, o simplă dorinţă a Charlottei, lucru care a încântat pe toată lumea. Merseră apoi în grădină unde se servi ceaiul alături de prăjiturele franţuzeşti. Spre surprinderea tuturor, contesa Oppenheim chiar a cerut reţetele acestor delicatese, căci îi plăcură foarte mult. Cei patru logodnici erau surâzători şi aşteptau cu nerăbdare nunta. Estelle trebuia să mai aştepte doi ani până la marele ei eveniment, dar se obişnuise, iar acum era veselă ca de obicei. Rolul ei de domnişoară de onoare o captiva şi vibra de nerăbdare, socotea nunta Amelie ca un fel de repetiţie pentru nunta ei. Acest lucru i-l împărtăşise şi lui Georges care o aprobă imediat cu un zâmbet larg.

- Ne vom mai vizita, doamnă Corday, spuse contesa la plecare din trăsură, totul a fost minunat! Franţa are o gastronomie de neegalat, dar ce păcat că atacă negreşit siluetele doamnelor. Ne vom vedea pe întâi septembrie, mai spuse ea când trăsura se puse în mişcare.

Georges plecă şi el cu familia marchizului de Bruy pentru a mai petrece puţin timp alături de Estelle. Avea să se întoarcă îndată căci şi el avea nevoie de odihnă. Rămăsese doar Albert musafir la ziua lor de naştere de naştere, aşa cum mai spunea el în glumă. Între timp medicul Corday încercă să discute cu el despre dota Amelie, însă fu oprit imediat.

- Nu mă interesează decât Amelie, ştiu că nu va pleca de la părinţi cu mâna goală, dar pentru mine acest lucru chiar nu contează. Sunt suficient de bogat să ne putem descurca într-un mod strălucit.

- Cum zici tu, Albert, însă într-adevăr nu va pleca cu mâna goală. Spune-mi, ţi-a plăcut serbarea de azi?

- Da, chiar foarte mult. Aşa va fi în fiecare an, ambele zile de naştere le vom serba pe 30 august.

- Amelie, fata mea, spuse Lucien, ai obosit? Amelie tocmai cobora scările casei către grădină.

- Puţin, dar parcă aş vrea să nu se mai termine. Mi-a plăcut mult contesa, mama şi doamna Misard au cucerit-o, cred că va trebui să mai organizăm cine în stil franţuzesc.

- Da, la noi acasă, spuse Albert luând-o de mână.

- Da, dragul meu Albert, însă aş vrea să fie deja 2 septembrie, sunt un pic nervoasă. Toată curtea va fi cu ochii pe noi peste tot, la biserică, la bal. Of...

- Nu avea grijă, spuse tatăl său, ai un cavaler care te va îndruma foarte bine, ne ai pe noi precum şi mândria şi încăpăţânarea sângelui ce-ţi curge prin vene.

Seara se termină cu bine, iar când intrară în casă totul era rearanjat după petrecerea ce tocmai se încheiase. Amelie îl conduse pe Albert până la trăsură, iar acesta o trase brusc înăuntru şi o sărută, nevrând să-i mai dea drumul.

- Te iubesc! De-abia aştept să fii a mea! Sărutul o ameţise pe Amelie şi îi băgă foc în vine. Simţea că tremură, dar avu totuşi puterea să se desprindă şi să ia în mâini chipul drag al lui Albert.

- Ai idee cât de mult te iubesc? întrebă ea încet.

- Dar tu ştii cât de mult te iubesc eu? zise şi marchizul desprinzându-se şi sărutând-o pe gât. De-abia aştept să te văd alături de mine în biserică în faţa lui Dumnezeu. Amelie oftă şi îşi făcu loc să iasă din strânsoarea viitorului ei soţ.

- Cu bine, dragul meu, să ai vise plăcute.

- Voi avea vise şi voi dormi doar lângă tine, dar până atunci mai am o zi de aşteptat.

- Aşa e, dragul meu, mâine voi mai trimite din lucruri la tine.

- Adică la noi, e casa ta acum, marchiza mea dragă, spuse Albert prinzându-i iar gura.

Când într-adevăr coborî fata era de-a dreptul ameţită. „Oare cum va fi când vom împărţi aceeaşi cameră?" se întreba ea simţind buzele arse ale marchizului pe pielea fină a gâtului ei. Îi mai făcu un semn cu mâna când trăsura ieşi din curte, iar apoi intră în casă. Toată lumea rămasă era strânsă în salon şi aştepta venirea fetei pentru a se retrage la odihnă. O mai felicitară încă odată, iar mai apoi ecourile zilei începură să se stingă încet. Somnul puse stăpânire pe ambele laturi ale casei.

Ziua de 31 august fu hotărâtă zi de odihnă pentru toată lumea, doar Albert îi mai trimise un bileţel viitoarei lui soţii. Contesa era strictă, toată lumea trebuia să se odihnească şi să fie proaspătă, fără cearcăne sau orice urmă de osteneală. După ce şi ultimul cufăr fusese pus în trăsură pentru a fi trimis către palatul lui Albert, Amelie avu timp să-i răspundă iubitului ei. Îl iubea, simţea că dorea să fie a lui şi îi cerea răbdare până a doua zi.

Iată că zorii primei zile de septembrie veniră plini de soare şi lumină. Cununia era fixată pentru după-amiaza acelei zile, urmând ca programul evenimentului să se deruleze la casa celor doi tineri până dimineaţa. Totul era verificat în amănunţime pentru a fi perfect. Elisa venise şi ea cu familia ei din seara precedentă şi locuia la mătuşa ei. Biserica era splendid decorată şi era pregătită să găzduiască ceremonia celor doi tineri.

Nu trebuie să uităm curiozitatea întregii clase nobiliare din Potsdam şi Berlin, căci nimeni nu o cunoştea pe viitoarea mireasă, astfel că se inventaseră diverse poveşti pe seama ei. Nu înţelegea nimeni cum frumosul şi distinsul marchiz alesese o necunoscută când toate domniţele de la curte şi-ar fi dat viaţa pentru un zâmbet de-al lui. Mamele acestor domnişoare erau însă cele mai triste, fiind unite în aceste momente atât de uimirea ce le domina cât mai ales de amărăciunea acestei mari pierderi, astfel nu mai erau rivale, ba din contră dovedeau compasiune una pentru cealaltă. Marchizul lor la care sperase fiecare era acum luat. Se mai ştia de asemenea că viitoarea mireasă îi fusese deja prezentată Marelui Elector şi soţiei acestuia făcându-le o impresie foarte bună. De la contesa Oppenheim nu reuşiseră să scoată mare lucru datorită promisiunii făcute nepotului ei drag.

- Discreţie, dragele mele, mi s-a cerut discreţie. O veţi vedea în ziua nunţii, iar mai apoi la bal. Ce pot să vă spun e că este franţuzoaică, iar la cununie o veţi vedea purtând diadema casei Langarde, la bal va apărea în schimb cu diadema casei nepotului meu. Altceva nu vă mai pot spune, îmi pare rău, dar Albert m-a rugat stăruitor asupra acestui fapt. Naşi le vor fi Friedrich şi Sophie, după cum bine ştiţi deja, iar acum vă rog să mă scuzaţi căci voi pleca, am o mulţime de treabă.

Amelie în acea dimineaţă dormi mai mult decât de obicei.

- Las-o să doarmă, Charlotte, spuse Anna, trebuie să facă faţă unei zile încărcate plus unei nopţi în care trebuie să arate proaspătă chiar dacă pică de somn. Nu mai pui că după prânz o vom chinui cu îmbrăcatul şi cu aranjatul părului.

179

- Ai dreptate, spuse Charlotte închizând încet uşa. Uite, rochia e chiar minunată.

- Mie îmi place şi rochia aceea roşie pentru bal, presimt că va face impresie bună cu ea, iar lui Albert îi va plăcea cu siguranţă. După cum ştii, e deja la el în cameră de multă vreme, zâmbi Anna.

Cele două doamne coborârâ scara împreună şi se hotărârâ să împodobească caleaşca Ameliei în care va merge alături de Lucien, Estelle şi Georges. Trandafirii albi erau pregătiţi, iar ele începură să-i prindă panglici de roţi, de uşi, dar şi de capra vizitiului care le ajută şi el cum putu. Caii fură şi ei aranjaţi, iar la final caleaşca arăta ca o adevărată grădină de roze.

- Minunat, strigă contesa Frederika din trăsură, nemaiavând răbdare să coboare pentru a spune aceste cuvinte.

- Amelie încă doarme, spuse Charlotte salutând-o pe contesă care venise între timp lângă ele. Nu am vrut să o trezim, căci cu siguranţă a adormit târziu aseară.

- Nu e rău că doarme. Va fi o zi minunată azi, e soare de dimineaţă. Vin de la Albert, el nu a prea dormit. Se plimbă prin salon, cred că va ajunge să facă şanţuri. L-am obligat până la urmă să mănânce ceva, iar Elisa nu are nicio trecere în faţa lui. Cât despre conte, cumnatul său, dă din umeri neputincios. I-am inspectat şi uniforma şi e chiar impecabilă, vor arăta splendid amândoi. Trăsura lui e împodobită cu trandafiri albi, iar eu am dat ordin să se împodobească şi trăsura mea. Doamna Sophie a dat cu gura ei ordin în prezenţa mea să se aranjeze caleaşca ducală, până şi caii vor avea îmbrăcăminte cu blazon.

- Şi trăsura noastră va purta blzaon, iar caii vor fi aranjaţi şi ei. Prin testament Amelie e singura moştenitoare a contesei Langarde, aşadar ea este contesă de Langarde acum. Sora mea i-a lăsat totul ei, parcă a presimţit ce va urma.

- Cu alte cuvinte, începu Frederika, primul băiat al acestui cuplu care se va uni astăzi va fi marchiz, iar al doilea conte?

- Exact, casa de Langarde nu va muri dacă tinerii noştri vor avea urmaşi băieţi. Nu am făcut vâlvă mare în jurul acestui lucru din delicateţe faţă de Amelie, i-a fost logodnică vărului ei Marc.

- Am înţeles, făcu contesa de Oppenheim, preotul ştie?

- Da, el ştie de titlul Ameliei şi va citi rugăciunile şi jurămintele ca atare.

- Splendid, zise Frederika satisfăcută. Acum plec. S-o treziţi totuşi pe Amelie.

- Dar iat-o la fereastră, zise Anna. S-a trezit. Acolo a stat când l-a văzut prima oară pe marchiz, e camera ei.

Amelie, cu părul desfăcut, le făcea cu mâna zâmbind tuturor. Toată lumea o salută. Contesa Frederika plecă încântată, căci trebuia să ajungă acasă cât mai degrabă. Avea de luat masa, apoi urma să se îmbrace, lucru de altfel foarte migălos și care cerea timp. După ce era gătită și întru totul gata, urma să plece la nepotul ei de unde, alături de cele două trăsuri ale nepoților ei, urma să meargă în alai să-l ia pe elector împreună cu care aveau s-o pornească spre biserică unde trebuia așteptat alaiul miresei. Asta mai însemnând încă trei trăsuri. Cofetarul făcea și el parte din alaiul miresei, Amelie își dori nespus acest lucru. Băiețelul Elisei împreună cu băiețelul cel mare al lui Weber duceau unul din ei coșul cu petale de trandafiri iar celălalt verighetele, fiind amândoi în grija cavalerului și a domnișoarei de onoare, adică a lui Georges și a Estellei. De invitați nu prea îi păsa contesei, totul arăta perfect în palatul von Hesse, iar aici se termina pentru ea munca ei. Pregătirile se terminaseră, mâncarea și băutura erau îndestulătoare, contesa ceru doar ca apartamentul mirilor să fie încuiat din prevedere, căci erau o mulțime de lucruri acolo. Până la urmă nimic nu-i scăpă ochiului ei ager și a toate cunoscător.

Chiar începând cu orele patru ale după-amiezii invitații au început să sosească la biserică unde erau afișate la intrare steagurile Marelui Elector, cele ale marchizului von Hesse, precum și cele ale conților de Langarde, acestea din urmă fiind necunoscute majorității invitaților, dar după câteva întrebări adresate lacheilor postați la intrarea în sfântul lăcaș s-au lămurit pe deplin. Aproape de ora stabilită sosiră contesa von Bromberg cu soțul ei, contesa von Oppenheim alături de soțul ei, marchizul de Bruy, domnul Weber precum și familia Misard alături de mama miresei. Înainte cu câteva minute sosi marchizul într-o splendidă uniformă de gală, mândru și fericit, făcând multe inimi să tresalte.

Marele Elector și soția sa veniră înaintea miresei, iar toți invitații se ridicară pentru intonarea imnului. Trăsura Ameliei venea încadrată de călăreți din garda Marelui Elector oferind privitorilor și tuturor invitaților o priveliște minunată. Cei doi copii ce o însoțeau făceau cu mânuțele lor durdulii semne celor ce priveau, stăteau amândoi în brațele lui Georges, fiecare pe câte un genunchi. De pe margini se auzeau urale, iar Amelie făcea și ea semn cu mâna tuturor.

Mireasa era o adevărată frumusețe, apărând lumii îmbrăcată într-o rochie minunată ce avea umerii brodați din dantelă scumpă și a cărei croială îi evidenția talia și întreaga finețe a trupului ei tânăr. La gât purta un colier lucrat cu mare finețe ce strălucea în soarele vesel de afară, chiar dacă un voal îi acoperea fața. Într-adevăr toți cei prezenți fură de acord că era o prezență cum rar le-a mai fost dat să vadă. Sosirea miresei la biserică fu anunțată de gorniștii care mai înainte intonaseră imnul Brandenburg al Prusiei. Alături de Amelie, cei doi copilași ce o însoțeau erau încântători.

181

Thomas Bromberg, mai micuţ, împrăştia flori pe covorul roşu, iar fiul cel mare al lui Weber, Karol, venea cu pernuţa albă pe care se aflau inelele de cununie.

Albert era emoţionat peste măsură, iar acum se întoarse spre uşă şi aştepta intrarea iubitei sale. Amelie stătu cuminte până ce Estelle îi aranjă trena, apoi porni la braţul tatălui ei şi urmată îndeaproape de prietena ei şi logodnicul acesteia. De peste tot se auzeau voci ce spuneau vădit încântate: „minunată", „e nemaipomenită", „ce rochie". Mireasa nu făcea decât să zâmbească cu ochii ei frumoşi către Albert, apoi când ajunsese lângă el, tatăl ei îi ridică voalul în timp ce mulţimea aplauda încântată. Lucien Corday îl îmbrăţişă pe marchiz şi i-o încredinţă pe Amelie.

- Eşti atât de frumoasă, draga mea, spuse abia auzindu-se Albert în timp ce-i sărută mâna. Te iubesc!

Amelie îi zâmbi uitându-se drept în ochii lui. Cel ce oficia slujba lăsase un moment între începerea acesteia şi venirea miresei tocmai pentru a da tinerilor un mic răgaz, fiind copleşiţi de mari emoţii. Citirea jurămintelor a fost foarte emoţionantă, iar cei prezenţi aveau să şi-o amintească multă vreme.

- Albert, marchiz de von Hesse, iei în căsătorie pe tânăra Amelie Corday, contesă de Langarde, la bine şi la rău, în sărăcie sau în bogăţie până când moartea vă va despărţi?

- Da, spuse ferm şi răsunător Albert.

- Amelie Corday, contesă de Langarde, iei în căsătorie pe tânărul Albert, marchiz de von Hesse, la bine şi la rău, în sărăcie sau în bogăţie, până când moartea vă va despărţi?

- Da, răspunse ferm şi Amelie.

- Dragii mei, promiteţi că vă veţi iubi, că vă veţi respecta şi că vă veţi creşte copiii în bună înţelegere în numele Domnului?

- Promitem!

Verighetele binecuvântate de preot erau deja pe degetele mirilor emoţionaţi ca de altfel toată lumea prezentă la măreţul eveniment.

- În numele Sfintei Biserici şi al Domnului nostru vă declar soţ şi soţie, mai spuse preotul. Albert, poţi să-ţi săruţi aleasa inimii tale.

Acesta o luă în braţe pe Amelie şi o sărută delicat pe buze. Noua marchiză von Hesse strălucea de fericire. Când ieşiră din biserică lumea aplauda fericită şi le striga celor doi tineri să fie fericiţi după care începură să arunce cu flori asupra lor. Cele două mame îşi regăsiră copilaşii ce-i însoţiseră pe cei doi tineri până atunci, iar în acest timp mirele îşi conducea soţia la trăsura lui plină de trandafiri albi. Suita de călăreţi conduse convoiul de trăsuri până la palatul von Hesse unde balul avea să înceapă imediat. Orschestra era pregătită, mâncarea şi băutura de asemenea.

- Eşti a mea!

- Şi tu eşti al meu! spuse râzând Amelie. Nu voi zăbovi mult pentru pregătirile pentru bal, totul e dinainte stabilit, aranjat şi adus în noua mea casă, ştiu asta de la mătuşa ta.

Tânăra doamnă fu îndrumată şi însoţită de prima ei cameristă către apartamentul conjugal unde avea s-o ajute la pregătirile pentru bal. Pentru petrecerea ce urma Amelie avea pregătită o rochie de culoarea roşie, destul de decoltată la care îşi lăsă părul desfăcut. Noua coroniţă ce o purta alături de bijuteriile cu pietre roşii primite în dar de la soţul ei o împodobeau ca pe o zeiţă şi completau fericit întreaga ei ţinută de bal.

- Mulţumesc, Tania, cred că sunt gata.
- Doamnă, arătaţi minunat.
- Mulţumesc din nou, cred că acum pot coborî, spuse Amelie surâzându-i celei din oglindă.

Când apăru pe scara de ceremonii a palatului se opri pentru o clipă să privească lumea care încă nu apucase să o vadă pe deplin. Soţul ei stătea lângă Marele Elector căruia îi povestea câte ceva, iar acesta dădea din cap zâmbind. Vraja se rupse însă odată ce fu văzută. Atunci Albert veni către scară şi o aşteptă în timp ce ea cobora încet, apoi îi dădu la final mâna când se întâlniră.

- Eşti o minune, draga mea! Să mergem la naşii noştri mai întâi.

Amelie fu apoi plimbată prin toată sala făcând cunoştinţă cu toţi invitaţii prezenţi, dar pe care îi uită imediat. Se vedea că făcuse o impresie mai mult decât plăcută tuturor, iar Albert era foarte mândru de doamna sa. Nici o doamnă nu mai avea acum ceva de comentat, marchizul a ştiut ce să aleagă. Charlotte plângea încetişor, iar Anna o bătea uşurel pe mâini.

- Fata mea dragă, e măritată acum, spunea ea printre lacrimi. Nu apucă însă să-şi spună amarul prietenei ei căci se auzi strigând cel ce se ocupase de ceremonie:

- Dansul mirilor!

Cei doi tineri frumoşi şi fericiţi zâmbiră, apoi porniră să danseze, la început singuri, iar apoi toată lumea se prinse în bucuria dansului. Era între ei o chimie nevăzută, o magie pe care toată lumea o sesiza. Cu adevărat cineva devenise favorita curţii odată cu acest eveniment.

Au dansat toată seara, iar imediat după ce se termină balul după miezul nopţii îşi petrecură invitaţii, dând fiecăruia din fericirea lor, din tinereţea şi entuziasmul lor. Urcară apoi singuri în apartamentul lor în timp ce încetişor servitorii curăţau totul, închideau ferestrele şi uşile şi stingeau făcliile din parc. Totul se cufundă în linişte, însă despre această nuntă avea să se vorbească multă vreme în toate casele nobililor. Marchiza von Hesse era foarte discretă, la început primea foarte puţină lume, dar apoi se obişnui, iar de acum se ştia că în fiecare zi se făcea muzică şi se citeau poezii în salonul Ameliei. Toată lumea se lupta pentru o invitaţie în casa ei. Albert era fericit cu adevărat, era la fel de bun şi la fel de frumos doar că îi dispăruse ceva: tristeţea. În locul ei zâmbetul se aşezase pe faţa acestui frumos bărbat cucerit de dragostea femeii pe care ştiuse să o cucerească prin răbdare, dar şi prin puţin noroc şi ajutor din partea domnului Lucien Corday.

CAPITOLUL 20

Tinerii soţi Martin, Jerome şi Marie, schimbaseră total spiritul casei în care locuiau. Se auzeau râsete, mai mult zgomot făcut de urcatul şi coborâtul scărilor, iar fata nu-şi uitase cântecele învăţate în satul ei. Nu aveau servitoare, căci Marie gătea şi se îngrijea de toate cele necesare prin casă. Aveau doar aceeaşi spălătoreasă la care duceau hainele săptămânal, iar uneori aduceau pe cineva care să facă curăţenie, însă foarte rar, Marie se ocupa singură, nu-şi deranja familia ei cea nouă în atelierul unde lucrau, făcea cumpărăturile singură descurcându-se destul de bine. Avea camera ei plină de ghivece cu flori, iar dimineaţa, înainte de a coborî şi a pregăti masa, stătea câteva momente să privească strada. Câtă forfotă, câtă lume pe stradă care încotro: trăsuri, călăreţi, câteodată şi câte o ambuscadă.

Era august. Soţul ei şi tatăl acestuia erau foarte ocupaţi. În septembrie urma sărbătorirea zilei regelui şi a soţiei acestuia, aşadar trebuiau să facă tot felul de decoraţiuni spre bucuria şi amuzamentul celor bogaţi. Marie nu înţelegea toate aceste lucruri şi anume de ce oamenii cu bani, nobilii, nu iubeau viaţa simplă şi aveau nevoie de tot felul de artificii şi maimuţăreli pentru a le trece plictisul. Mai observă într-o dimineaţă nişte oameni prinşi în lanţuri şi duşi cine ştie unde. Nu păreau a fi hoţi sau ucigaşi. Această întâmplare o şocase băgând frica în ea. Când îi povesti lui Jerome, acesta îi explică diferenţa dintre Paris şi satul ei.

- În Paris, draga mea, poţi vedea strălucirea şi suferinţa în acelaşi loc, una lângă alta pe aceeaşi stradă. Nu trebuie să te înspăimânţi, însă trebuie să te dai la o parte. Te voi însoţi eu la piaţă de acum, nu vom lipsi mult, iar tata va aproba acest lucru. E mai sigur acum în perioada asta.

Marie se liniştise de când soţul ei o însoţea peste tot unde avea treabă, însă cel mai bine se simţea privind strada de la fereastră, din siguranţa casei sale.

185

Vizitele la moşie odată pe lună îi binedispuneau pe toţi, descopereau câmpul acum ars de soare, sălciile care aşteptau toamna, râul care se umflase de ploi. Etienne şi Nicolette erau fericiţi când aveau oaspeţi. De când fata plecase, totul revenise la liniştea dinaintea venirii ei la moşie, cei doi băieţi primeau dulciuri întotdeauna, precum şi tot felul de jucării făurite cu migală şi pricepere de către Jerome pentru ei. Calitatea de stăpână nu schimbase caracterul Mariei, era la fel cu toată lumea, acelaşi om simplu şi firesc. Avea lungi discuţii cu sora sa despre lucruri specifice femeilor, despre copii mai ales.

- Îmi doresc atât de mult unul, Nicolette, casa aceea este atât de mare şi goală, e atâta linişte în ea, noroc că e animată de zgomotul străzii. Spălătoreasa vine odată pe săptămână, iar de ieşit la piaţă ieşim de vreo două ori. Nu mi-am făcut prietene, lumea e diferită de mine acolo, uneori îmi iau ceva de cusut şi merg în atelier unde stăm cu toţii acolo parcă uitaţi de lume, însă mie îmi place. Întotdeauna am fost o singuratică. Duminica la biserică e multă lume, dar necunoscută mie. Pe tatăl lui Jerome îl salută oamenii şi mereu sunt prezentată unor oameni pe care îi uit imediat. Uneori mergem la casa medicului, unchiul lui Jerome, cel plecat peste graniţă. Casa aceea este şi mai mare şi mai luminoasă, are şi pian doar că husele acoperă totul. Unchiul acesta are şi o fiică. Am găsit lucruri de-ale ei în sertare, lucruri pe care nu a putut să le ia cu ea.

- Ştiu de medicul Corday, socrul tău a fost căsătorit cu sora lui Lucien Corday. Alice a murit la naşterea lui Jerome, soţul tău. Sunt protestanţi, de aceea au plecat. Casa trece drept a lui Jerome care, catolic fiind, dar şi furnizor al nobilimii, nu va avea probleme s-o întreţină. Cu siguranţă că după ce vor trece toate acestea medicul se va întoarce, răspunse Nicolette.

- Jerome are mare grijă de casă, pentru el e ca o biserică, acolo au stat oameni foarte buni pe care i-au alungat stăpânirea şi vremurile acestea tulburi. A fost foarte nefericit când a trebuit să-şi ia rămas bun de la toţi cei ai casei. Crede că se vor întoarce, măcar Amelie. Sunt singurele lui rude din partea mamei lui. Mergem des şi la cimitir la mormântul ei, facem curat, punem flori, spunem rugăciuni.

- Jerome nu se întristează? întrebă Nicolette.

- Nu, cred că are doar o mare duioşie în inimă. Nu a cunoscut-o niciodată, îi mângâie piatra de pe mormânt şi îi şopteşte cuvinte dragi. E încredinţat că ea îl aude, apoi plecăm întotdeauna împăcaţi, răspunse Marie. Medalionul pe care îl am de la el nu îl voi da niciodată jos de la gât, uneori îmi surprind soţul privindu-l mulţumit.

Discuţiile acestea dintre cele două surori le umpleau inimile cât să le ajungă pe o lună întreagă. În septembrie Nicolette primi o scrisoare de la Marie prin care o anunţa că aşteptau şi ei un copil, astfel că visul lor s-a

186

îndeplinit. Marie povestea cum soţul ei se transformase într-un copil neastâmpărat la aflarea veştii. Angajase o servitoare, iar ea nu făcea acum mai nimic, o cocoloşeau şi o îngrijeau cu exagerare câteodată. Pentru că nu mai stătea la bucătărie se apucă să facă hăinuţe pentru cel mic ce avea să vină, dar nici asta prea mult timp, căci trebuia să doarmă, să mănânce şi să stea liniştă. Nicolette mai citi cum sora sa surprinsese o discuţie între tată şi fiu în care fiul îşi liniştea tatăl care părea că retrăia situaţia lui şi a lui Alice ce îi revenise vie în minte odată cu aflarea acestei minunate veşti a venirii unui copilaş în casa lor. Parcă timpul se dăduse înapoi şi era el în locul fiului său. Bătrânul încerca să se stăpânească în prezenţa ei, dar ea, ştiindu-i acum temerile, îi simţea tensiunea. „Dacă voi naşte o fetiţă am să-i pun numele Alice, iar dacă va fi băiat Lucien. Nu le-am spus încă nimic, dar aşa îmi doresc şi cred că nici ei nu vor avea nimic împotrivă", mai spunea Marie în scrisoarea ei.

Această scrisoare ajunsese şi la părinţii celor două fete, mai bine zis la preotul care le-o citea cu răbdare de câte ori părinţii îl rugau. Toată lumea se bucura de veştile bune. Marie credea că va naşte în luna mai, iar apoi îşi va reveni cu timpul la moşie la aer curat. Spera de asemenea să-şi petreacă Crăciunul lângă ei după ce soţul şi socrul ei îşi vor termina comenzile.

Nicolette înţelesese prin asta că până la Crăciun nu vor mai veni la moşie, era şi normal, căci trebuia întâi să se gândească la cel mic. Îi scrisese surorii sale că toată lumea se bucură pentru această veste şi că îi aşteaptă pe toţi de Crăciun. Îi mai dădu de asemenea sfaturi din experienţa ei proprie, astfel că scrisorile curgeau dintr-o parte în alta în fiecare săptămână. Jerome era atât de emoţionat, avea şi de ce, urma să devină tată în curând. Stătea uneori cu Marie în braţe şi se surprindea mângâindu-i pântecul.

- Vreau să fie o fetiţă, iubito, spunea el.
- Alice, răspunse Marie, aşa ar trebui s-o cheme. M-am gândit şi mi-ar plăcea şi mie să avem o fetiţă.
- Ca pe mama..., şopti Jerome.
- Când ar creşte i-aş da medalionul să-l ducă mai departe în familie.
- Mi-ar plăcea mult acest lucru, spuse Jerome, însă cred că trebuie în primul rând să fiţi amândoi sănătoşi, cred că nu contează prea mult ce va fi. Veţi merge la moşie, acolo e linişte şi sunt şi vaci. Apoi, când o să meargă şi o să se ţină pe propriile picioare, îl vom aduce aici unde îi vom face o cameră minunată până atunci.
- De-abia aşteptăm venirea acestui copilaş pe lume, zise şi Marie. Familia mea vrea să ne vadă de Crăciun, vor fi cu toţii acolo la ţară să ne felicite, apoi nu ne vom mai duce la moşie. După ce voi naşte, dacă totul

va fi bine, iar când doctorul ne va spune că putem s-o facem în siguranţă, atunci ne vom duce.

- Ai dreptate, iar eu am să vin sâmbăta şi duminica, apoi când vă veţi întoarce la Paris, camera copilaşului va fi gata, iar vizitele la moşie vor fi reluate odată pe lună ca şi până acum. Of, de-abia aştept, spuse Jerome strângându-şi soţia în braţe.

Marie se simţea bine, sarcina îi îngroşase mijlocul puţin, dar în rest nu avea nimic. Hotărâră să petreacă sărbătorile aşa cum discutaseră cu câteva luni înainte. Duceau cadouri la toată lumea, dar mai ales celor doi copii. Clipele revederii fură pline de lacrimi de fericire, toţi o binecuvântau pe Marie.

- Aşteptarea acestui copil te face foarte frumoasă, sora mea dragă, spuse Nicolette. De-abia aştept să te îngrijesc până te vei înzdrăveni. Ţi-a fost frig pe drum?

- Nu, Jerome m-a învelit bine. Medicul mi-a spus că totul decurge bine, atât eu cât şi copilaşul suntem bine, sunt doar nerăbdătoare. Îi fac o grămadă de hăinuţe, mă mai ajută şi servitoarea când are timp.

Cele două femei uitaseră de ceilalţi şi începuseră să discute de-ale lor. A doua zi familia fetelor trebuia să apară la masa de Crăciun, astfel că toată lumea merse la culcare după cină, avea totuşi să fie multă agitaţie pentru câteva ore în prima zi de Crăciun. Toată lumea se bucura de revedere, dar mai ales de sarcina Mariei. Masa de Crăciun fu îmbelşugată şi udată din plin, aşa cum doar francezii o fac, cu vin mult şi bun. Copiii primiseră o mulţime de jucării şi de la bunici şi stăteau sătui şi toropiţi de căldură pe o canapeluţă aproape de foc. Într-un târziu chiar adormiră cu toate că veselia se ţinea vie şi zgomotoasă. Mama lor îi lăsase în pace acolo unde adormiseră, se bucura şi ea de mulţumirea lor. Se ţinură toast-uri, îşi urară cele bune şi ani mulţi înainte. Spre seară părinţii celor două doamne plecară către casele lor şi totul se linişti după cum fusese înainte. După ce totul fu strâns, cele două doamne rămaseră singure în salon. Copiii dormeau de mult în pătuţurile lor la etaj, iar bărbaţii ieşiseră afară să se mai răcorească şi să admire cerul senin.

- O să fie ger la noapte, prea sticleşte, zise Etienne aprinzându-şi luleaua. Noroc că toate sunt solide. A fost odată un vânt de credeam că ne ia cu totul, dar au rezistat toate, nimic din hambar nu a fost dus de vânt. Cred că pomii plantaţi în jurul clădirilor ţin mult din asprimea vântului, sunt încă tineri şi elastici, nu se vor rupe încă. Dar să intrăm, parcă mi-a ajuns în oase frigul.

- Şi mie, spuse bătrânul Martin.

Intrară în salonaş aducând cu ei frig şi aer proaspăt.

- O să fie ger, repetă Etienne doamnelor. Ce cald e aici, imediat m-am toropit.

- Păi să mergem să ne culcăm, spuse Marie. M-au cam obosit toate felurile de mâncare.

- Totul a fost minunat astăzi, un Crăciun de neuitat, spuse Jerome. Ultimul în care vom fi doar noi doi, la anul pe vremea asta vom fi trei, spuse el uitându-se cu drag spre Marie.

- Să dea Dumnezeu, fiule, spuse şi domnul Martin. Să ne îmbrăcăm atunci şi să mergem la culcare, nopţile astea lungi nu-mi plac, aştept primăvara să crească iar ziua, mai zise el.

Vacanţa trecu repede ca orice timp liber petrecut în tihnă. Când ajunră din nou la Paris se simţeau de parcă nici nu plecaseră de acolo vreo clipă. Era frig şi înnegurat la Paris, totul părea murdar şi nici măcar vreo rază de soare pe cer.

Marie nu mai ieşea din casă, stătea la fereastră şi citea într-un fotoliu potrivit anume să poată vedea mai bine afară. Era mereu obosită, astfel că o mai prindea uneori somnul chiar fără să bage de seamă. Se îngrăşase de atâta stat pe scaun ori pe pat şi, cu cât se apropia sorocul şi lunile treceau, cu atât bărbaţii deveneau neliniştiţi şi se străduiau să-şi acopere grija faţă de ea. Doctorul îi liniştea spunându-le că totul decurge normal, însă ei purtau în suflete amintirea soţiei şi a mamei dusă de mult dintre ei.

Veni şi luna mai cea plină de flori. Marie însă nu îngăduia mirosul lor şi era din ce în ce mai ostenită de sarcina ce o ducea. Sufla din greu, iar drumul până în grădină i se părea mai lung decât cel de la Paris până la moşie. Jerome o ţinea de mână, pe când tatăl lui nu ieşea din atelier de frică. Avea de lucru şi încerca din răsputeri să-şi alunge amintirile nefericite despre soţia sa. Medicul le spusese să se aştepte ca în orice moment Marie să nască şi le mai spusese să o mute pe aceasta singură în cameră.

Într-o noapte, când casa era cufundată într-o linişte deplină, Marie simţi că îi veni vremea să nască, durerile începură prima dată mai uşoare, iar mai apoi o făcură să ţipe. Strigătele ei treziră pe toată lumea, iar în câteva clipe Jerome plecă după medic în timp ce servitoarea încălzea apă. Domnul Martin o ţinea pe Marie de mână, aşa cum făcuse şi cu Alice odată. Medicul veni curând şi îi scosese pe toţi din cameră rămânând doar cu servitoarea pentru a-i ajuta. Cei doi bărbaţi stăteau pe treptele scării şi la fiecare ţipăt se ridicau în picioare ca trăsniţi de fulger.

- Doamne, să fie sănătoşi, te rog din suflet, se ruga Jerome.

Tatăl său nu avea cuvinte, se ţinea de balustradă gata s-o rupă nu alta. După vreo oră de chin un plânset puternic de copil se auzi, iar cei doi săriră de pe trepte diect pe uşă lipindu-şi urechile de ea. Nu îndrăzneau să se gândească să intre, dar spre bucuria lor, peste un sfert de ceas ieşi medicul.

- Aveţi o fetiţă, să vă trăiască, e sănătoasă tun!

- Şi ea? întrebară cei doi bărbaţi deodată.

- Se simte bine, îi dă să mănânce fetiţei. Eu plec, mai spuse medicul. Pentru orice consideraţi a fi nevoie vă rog să mă chemaţi, însă nu cred că e cazul. Felicitări însă încă odată!

Peste câteva minute servitoarea deschise uşa şi îi pofti înăuntru. Marie stătea cu fetiţa în braţe fericită, micuţa făptură luase în primire un sân, iar pe celălalt îl avea în stăpânire cu o mânuţă atât de mică.

- Marie, spuse Jerome sărutându-i mâinile.

- Sunt bine, dragul meu, spuse ea uitându-se la socrul său care plângea cu capul în plapumă, căci tensiunea ultimelor ceasuri îl epuizaseră. Să-i punem numele Alice, continuă ea. Domnul Martin ridică atunci privirea, îi luă mâna norei sale şi îi spuse scurt:

- Mulţumesc! apoi ieşi fericit închizând uşa după el.

Durerea se spulberase, iar speranţa renăscu odată cu noua Alice care creştea ocrotită şi alintată de toată lumea. Marie îşi reveni şi ea şi parcă se făcuse mai frumoasă. Jerome era un soţ şi un tată fericit, iar domnul Martin un bunic tare mândru când îşi ţinea nepoţica în braţe la biserică. Nimeni nu mai era ca Alice a lui.

PARTEA A II-A

CAPITOLUL 21

Moartea lui Ludovic al XIV-lea, înfiorătoare prin durerile și agonia sa, se petrecu în 1715, în luna în care acesta trebuia să împlinească 77 de ani. Pentru începutul acelui secol vârsta trecerii lui în neființă era una destul de rară, regele trăise prea mult, ajungând să-și îngroape copiii legitimi și mulți dintre cei nelegitimi. Toată bătrânețea sa a fost mândru de mulțimea de delfini pe care casa de Bourbon o avea, asigurând continuitatea acestei familii conducătoare. Sfârșitul vieții însă îl sperie, nu numai din cauza bolilor specifice unei vieți trepidante, cum fusese a lui, ci și prin faptul că, unul după altul, acești urmași la tron au murit, spre bucuria caselor rivale, cum este cea de Orleans, spre exemplu. Supărarea lui ajunse la culme când nepoții lui favoriți, ducele de Burgundia și soția sa, Marie Adelaide de Savoia, au murit în același an de scarlatină Această nepoată prin căsătorie era prin felul ei de a fi fericirea bătrâneților regelui, era favorita lui datorită veseliei și poftei ei de viață, tinereții și spiritualității ei. Infernul atinse cotele paroxismului când doi dintre copiii acestui cuplu minunat au muritși ei. Din cei trei copii, a rămas în viață cel mai mic, un copilaș de 5 ani pe care bătrânul rege, la moartea lui, l-a binecuvântat, lăsându-l în grija unui Consiliu de Regență condus de Philippe, duce de Orleans, cu care se împăcă în prealabil.

Toate aceste întâmplări ne arată că, oricâte precauții ne-am lua în viață, destinul nu ni-l putem schimba, mâna ce stă deasupra noastră hotărăște totul. Acum, după atâta vreme ce s-a scurs de atunci, ne putem pune întrebarea firească: dacă Ludovic al XIV-lea nu ar fi trăit atât de mult ce s-ar fi putut schimba ținând cont că delfinul, fiul său, a murit în anul 1711? Oare care ar fi fost politica Franței sau mai bine zis atitudinea acesteia față de Papă, de Spania sau de țările cu care a purtat atâtea războaie inutile uneori doar din ambiția „regelui Soare"? Care ar fi fost situația protestanților care erau atât de chinuiți și care, în ultimă instanță, la

191

sfârşitul puterilor se converteau la catolicism gândindu-se la viaţa copiilor lor care nu înţelegeau mare lucru din aceste dispute religioase. Aceşti protestanţi, care nu putuseră pleca, rămăseseră să suporte toanele unui rege care, catolic fiind în faţa lumii, nu respecta nimic din poveţele şi perceptele acestei religii, nici măcar pe Papă. Probabil că protestanţii au fost pentru Franţa acelor vremuri ceea ce erau aşa zişii vrăjitori pentru Inchiziţie în Spania şi Portugalia: carne pentru preamărirea bisericii a cărei turmă avea ochii închişi, tainele slovelor neştiindu-le în marea majorităţii ei. Oamenii erau buni la războaie, la câmp, iar inocenţa şi ignoraţa erau atuuri pentru conducători, căci trebuiau ţinuţi în această stare.

Vestea morţii marelui şi trufaşului rege ajunsese până la Berlin şi Potsdam, mai întâi pe căi diplomatice, iar apoi se răspândi ca focul într-o pădure uscată în timpul unei arşiţe. Două doamne, dintre care una părea a fi foarte în vârstă, stăteau într-un salon încălzit şi vorbeau încet una cu alta bând ceai. Cea mai tânără, trecută şi ea, dar căreia îi rămăsese din frumuseţea care i se mai întrezărea pe chip şi trup, dar mai ales se distingea prin blândeţea ochilor şi albul pielii, ţinea în poală o carte desfăcută. Pesemne se plictisise de citit. Afară ploua cu găleata, vreme normală la Potsdam în septembrie. Dacă le priveai cu atenţie, îţi dădeai seama că erau mamă şi fiică.

Cele două femei erau Amelie şi mama ei, Charlotte. De când murise Lucien doamna Corday îi vânduse partea ei de casă lui Georges Misard şi se mutase la fiica ei în palatul von Hesse. Nu putea să mai stea singură cu atâtea amintiri ce o înconjurau. În palatul von Hesse locuiau doar trei persoane, se făceau cinci când copiii Ameliei şi ai lui Albert veneau de la Berlin în vizită. Ei stăteau mai mult la mătuşa lor, contesa Bromberg, având diferite funcţii la curte unde erau mai tot timpul reţinuţi. Le mai făceau vizite Estellei şi lui Georges care aveau şi ei un fiu al cărui naş îi era familia von Hesse. Fiul acestora se numea Alexander şi era născut în anul 1685, în acelaşi an cu Gustav, primul fiu al Ameliei. Cel de-al doilea fiu al Ameliei şi al lui Albert, născut în 1687, se numea Henry şi era conte de Langarde moştenindu-şi astfel mama.

Soţii Misard şi cei doi marchizi de Bruy muriseră, din vechea generaţie rămânând doar Charlotte Corday, acum ajunsă la 70 de ani. Fiica ei ajunsese şi ea la vârsta de 50 de ani, iar soţul ei la aproape 60 de ani. Erau cu toţii la vârsta la care sperau la nepoţi şi strănepoţi, însă niciunul dintre băieţi nu era încă însurat. Dintre rude doar Thomas, fiul Elisei şi acum conte de Bromberg, era logodit, urmând ca nunta să se desfăşoare în decembrie după Crăciun. Tatăl său murise de mult, lăsându-i titlul şi o parte din avere. „Era şi timpul", spunea Elisa mereu, căci Thomas avea 36 de ani, iar ea aproape 62 de ani şi îşi dorea şi ea nepoţi în jurul ei. Acesta locuia separat de mama lui, în casa pe care o cumpărase special pentru el şi şi soţia lui. Se înţelegea bine cu verişorii lui, bucurându-se de faptul că îi erau mai tot timpul aproape.

Liniştea salonului fu curmată de intrarea marchizului la care doamnele tresăriră şi se ridicară.

- Amelie, zise el, Ludovic a murit, cred că putem să mergem în Franţa la anul.

- Franţa? Aproape că am uitat de ea, zise Amelie zâmbind şi aşezându-se la loc pe canapea.

- Amelie, zise mama ei, ai putea să-i trimiţi scrisori lui Jerome la Paris, poate ţi se va răspunde, iar la Nancy ar putea scrie Estelle, cred că nu o să ni le mai trimită înapoi de la graniţă ca până acum. Am putea vinde tot ce avem acolo şi să îi înzestrăm mai bine pe Gustav şi Henry, poate aşa li se va naşte şi lor dorinţa de a avea o familie a lor. Eu nu pot merge, voi merge doar la Elisa să stau cu ea cât veţi lipsi voi. Sunt atâtea lucruri de rezolvat în Franţa şi cine ştie cât va ţine libertatea dată de un nou rege.

- Regele are 5 ani, completă Albert.

- Tocmai de aceea, dragul meu, continuă Charlotte, există un regent sau poate vreun consiliu de regenţă, iar religia nu e prioritară pentru ei acum, ci puterea, faima şi banii.

- Aveţi perfectă dreptate amândoi, spuse Amelie, îi voi trimite chiar acum un bilet Estellei în care îi voi propune călătoria asta pentru anul viitor. După 35 de ani ne vom revedea ţara în care ne-am născut, vom rezolva problemele şi ne vom reîntoarce aici. Copiii sunt obişnuiţi cu ţara lor, nu cred că s-ar adapta acolo, îmi aduc aminte de mine şi de greutatea de a mă adapta aici.

Amelie sună şi ceru hârtie şi ustensile de scris după care se ridică şi începu să se plimbe încet prin încăpere. „De-ar fi totul în regulă cu averea mea", gândea ea. Când lacheul sosi, îl opri, scrise biletul, apoi îi porunci să i-l ducă marchizei de Bruy.

- Ştii unde trebuie să ajungi, aştept răspuns, termină marchiza cu servitorul, acum du-te. Cred că m-am agitat cam prea mult, continuă Amelie. Să-mi văd patria, am 50 de ani... Nici nu mă gândeam la asta la bătrâneţe, dar dacă totul e posibil vom merge.

- Linişteşte-te, Amelie, spuse Albert ocrotitor, acum vom merge de plăcere în Franţa, nu va mai exista teama unui eşec. De acte mă voi ocupa eu, trebuie să verific întâi dacă se poate trece graniţa în siguranţă.

- Mulţumesc, Albert, zise soţia lui zâmbindu-i, cred că-i voi scrie şi Elisei la Berlin ca băieţii noştri să îşi poată lua o permisie la vară pentru a ne însoţi. Cred că şi Alexander va merge cu părinţii lui, astfel am putea fi şapte persoane, dar să aşteptăm răspunsul de la Estelle.

- Va merge cu siguranță, zise Charlotte, trebuie să fie atentă la averea fiului ei care s-ar putea mări dacă ar vinde și ei tot ce au lăsat acolo în grija rudelor.

- Doar așa poate că îi voi vedea și eu pe toți căsătoriți, adăugă Amelie. Ne vom bucura cu toții de copii mici și grăsuți, nu-i așa Albert?

Albert îi zâmbi soției sale care îl făcuse atât fericit în toți acești ani, îi dăruise doi băieți minunați și o viață tihnită. Gustav, primul născut, era aidoma mamei lui ca și fire, în timp ce Henry era asemenea tatălui său, deși îi semăna fizic mai mult mamei sale. Țineau mult unul la celălalt, se sfătuiau mai tot timpul și dădeau culoare casei surorii lui Albert din Berlin.

- De ce ai rămas pe gânduri, Albert? întrebă Amelie.

- Mă gândeam la viața noastră împreună, a fost minunată și sper să fie și de acum încolo, mi-am amintit crâmpeie din ea. Nici că se putea viață mai frumoasă.

- Ai cheltuit ceva mai mult să încălzești locuința noastră, îl întrerupse soția sa zâmbindu-i apoi, ca la un semn, începură toți să râdă.

Servitorul pe care îl trimiseseră la marchiza de Bruy se întoarse și, înclinându-se respectuos, îi dădu biletul stăpânei sale. Estelle îi scria că e o idee bună această vizită în Franța, dacă acest lucru e posibil și mai spunea că va scrie și ea o scrisoare la Nancy. „Sper, draga mea, să poată trece granița și să primim răspuns de la Louise, totul depinde de faptul acesta, de a primi înapoi un răspuns. Sper ca sora lui Georges să trăiască și să ne putem revedea la anul.” Estelle îi mai scria că o va vizita în cursul dimineții următoare, iar dacă și ea intenționează să scrie în Franța atunci își vor putea pune împreună misivele la poștă „cu propriile lor mâini”.

- Cred că ai treabă în seara aceasta, fata mea. Trebuie să compui scrisoarea, doar știi că Estelle e foarte matinală.

- Da, știu, dar o voi scrie repede, căci e din toată inima, iar acum am speranțe cu adevărat, au renăscut și sunt fericită, spuse Amelie. Îi voi scrie o scrisoare lui Jerome și una lui Elisa, cred că mă voi duce la mine în cameră chiar acum, apoi plecă repede fericită.

- Parcă are iar 15 ani, spuse Charlotte, e fericită și s-a înviorat. Sper să nu fie dezamăgită din nou.

- Nu, nu va fi, fiți fără grijă, spuse Albert începând să citească o publicație pe care nu apucase toată ziua să o răsfoiască.

Charlotte, făcându-se liniște, ațipi, nu se auzea decât zgomotul pendulei și lemnele ce trosneau în șeminee. Întotdeauna seara, începând cu septembrie, se făcea focul în palatul von Hesse, obicei ce dăinuia deja de mult timp. A doua zi dimineață marchiza de Bruy intră val vârtej în casa prietenei sale, era la fel de zglobie ca în tinerețe. Servitorii o cunoșteau și se dădeau cu iuțeală din calea ei. O găsi pe Amelie singură așteptând-o.

- Bună dimineaţa, Estelle, răspunse Amelie la salutul prietenei sale, stai jos şi bea nişte ceai. Ce spui de ideile noastre?

- Cred că acum vom avea noroc, spuse Estelle punându-şi singură ceai şi muşcând dintr-un biscuit. Şi Georges spune la fel. Am merge cu două trăsuri. Când am venit aici eram cu toţii nişte copii. Ştiu că tata a lăsat în grija unui nepot ce nu a putut vinde la repezeală, apoi mai e casa lui Georges. Noi ne vom opri la Nancy, dar voi vă veţi continua drumul până la Paris şi rămâne să ne revedem la întoarcere. Pentru mine Franţa nu mai înseamnă mare lucru. Vom vinde totul, iar banii îi vom da copiilor. Doamne, sper să ni se răspundă!

- Şi eu mă rog pentru asta şi pentru încă ceva, pentru băieţii noştri, să se însoare odată! Atâtea baluri la curte, atâtea domnişoare în jurul lor şi ei nimic, zise Amelie.

- Da, chiar că e adevărat ce spui, noi îmbătrânim, iar ei nici nu realizează acest lucru. Să mergem, draga mea, spuse Estelle ridicându-se.

Până la poştă pălăvrăgiră fericite şi pline de speranţă. Puseră cele trei scrisori la poştă cu cele mai mari speranţe şi se întoarseră înapoi oprind prin diverse prăvălii. Se integraseră amândouă foarte bine, domni foarte respectuoşi le salutară cu mult respect, iar ele răspunseră la fel. Când nădăjduieşti la ceva în visele tale firea se înveseleşte şi gândeşte doar pozitiv. Acum erau încredinţate că îşi vor revedea ţara pe care, la drept vorbind, nu o cunoşteau foarte bine, trăind mai mult în Prusia decât în Franţa, dar aveau o datorie faţă de cei care muriseră cu speranţa ca măcar copiii să reuşească să vizeteze ţara în care ei au iubit şi au fost fericiţi o vreme. Merseră apoi cu cupeul Estellei care însă o lăsă pe Amelie acasă fără a mai coborî, se sărutară vesele la scara casei şi se despărţiră. Marchiza întrebă unde este mama ei pentru că nu o zărise în salon.

- Este la cimitir, doamnă, spuse unul din lachei.

- Ah, da, Marc... e 9 septembrie. Mulţumesc, poţi pleca.

Anul acesta uitase, cu bucuria pe care o întrevedea pentru anul următor, dar mama sa nu. Soţul său era plecat cu diverse lucruri, astfel că putea sta să se gândească în linişte. Subreta ei, Tania, intră şi o întrebă dacă doreşte ceva.

- Nu, mulţumesc, vreau doar să rămân singură, te voi suna eu dacă voi avea nevoie de ceva, spuse Amelie zâmbindu-i Taniei.

Tania îşi găsise alesul printre servitorii marchizului, se căsătorise şi avea un copil. Îi plăcea Ameliei, era credincioasă şi statornică în slujba ei, lucru minunat şi de apreciat. Peste un ceas apăru şi mama sa.

- Ei, cum a fost la poştă şi unde e marchiza? întrebă ea.

- A plecat imediat. A fost bine, cred că vom reuşi de data aceasta. Am uitat anul acesta de Marc. Îmi pare tare rău, dar mă bucur că măcar tu nu ai uitat şi te-ai dus.

- M-am dus la toţi ai noştri, am simţit aceeaşi linişte şi împăcare ca şi până acum. Veţi merge în Franţa şi pentru ei, cum altfel?

- Da, cu siguranţă, spuse Amelie, acum nu avem decât să aşteptăm vreun răspuns, iar între timp să ne pregătim de nunta de la Berlin. Elisa e tare fericită, speră ca la anul să aibă un nepoţel. Thomas are 36 de ani, e mai mult decât timpul.

- Înainte de toate e Crăciunul, Amelie.

- Da, dar imediat e nunta, sărbătorile se vor ţine lanţ. I-am scris şi ei şi am pus şi două bileţele pentru băieţi, aştept deci o mulţime de răspunsuri pozitive.

- Eu cred că voi sta cu Elisa, căci nu vreau să o lăsăm singură şi nici eu să stau stingheră pe aici, spuse Charlotte.

- Bineînţeles, i-am scris despre asta cumnatei mele, cred că e o idee bună şi va fi încântată, te-a plăcut dintotdeauna. Cred că veţi avea ocazia de a croi hăinuţe pentru vreun nepoţel, cine ştie?!

- Mi-ar plăcea să fac hăinuţe pentru nepoţii tăi, dar încă nu sunt hotărâţi tinerii la căsătorie. Thomas e mai în vârstă decât ei, iar mama lui a stăruit atâta vreme pe lângă el. Cred că va trebui să faci şi tu ceva ca să-i convingi. Gustav are 30 de ani!

- Ştiu, mamă, crezi că eu nu mă gândesc mai ales seara când mă culc? Am 50 de ani, iar Albert 60, cred şi eu că ar fi timpul.

Se făcuse octombrie şi nu venise niciun răspuns din Franţa. Marchiza von Hesse mai avea ceva speranţe, dar puţine, ce-i drept. În fiecare zi calcula cam cât ar fi făcut scrisoarea până la Paris şi de acolo înapoi, era aproape o lună întreagă. Răspunsuri primise doar de la Berlin de unde cei doi copii îi scriau că pot rezolva o eventuală permisie pe timpul verii, dacă va fi cazul. Elisa era mai încântată ca oricând de pregătirile nunţii, dar spera şi ea ca scumpa ei Amelie să primească răspunsul aşteptat. Mai adusese de asemenea vorba de nişte simpatii ce ar fi între Gustav şi Henry şi nişte domnişoare pe care nu le numise însă în scrisoarea sa. „Secretoaso!" îşi spuse Amelie zâmbind. Elisa continua să povestească despre flori, despre biserică, despre trusoul viitoarei sale nurori, despre casa în care vor locui şi pe care o vizitase de curând. Dar marchiza nu mai era atentă.

- Uite, mamă, spune despre copiii noştri că iubesc nişte domnişoare de la curte, dar nu ne dă amănunte, iar scrisorile băieţilor nu amintesc despre nicio idilă. Foarte discreţi... Cred că-l voi întreba pe Henry, el nu mi-ar putea ascunde aşa ceva. Eu cred că bileţelele sunt scrise sub influenţa lui Gustav.

- Henry este copilul tău, iar Gustav parcă ar fi al mătuşii lui Albert, Frederika, spuse Charlotte zâmbind. Este foarte sigur pe el şi deloc sentimental.

- Şi eu cred asta uneori, însă îl înţeleg şi cred că mă iubeşte, chiar dacă are un mod original de a mi-o arăta, spuse Amelie.

- Bineînţeles că te iubeşte, amândoi te adoră de altfel şi sunt şi buni prieteni, parcă s-ar completa, unul mai sentimental, iar altul mai raţional.

Mama plină de speranţe îi răspunse Elisei în plicul căreia pusese şi două scrisori pentru copiii săi şi îl rugă pe Henry să-i confirme zvonurile dătătoare de speranţe. Le scrisese la toţi că încă mai aşteaptă o minune cu privire la Franţa. Henry îi răspunsese că zvonul ar fi adevărat, dar că rămâne surprins de rapiditatea cu care s-au aflat aceste noutăţi. „Şi eu şi Gustav am dansat la câteva baluri cu două domnişoare care ne-au lăsat o impresie bună, cum ar spune mai rezervat fratele meu. Părinţii lor sunt încântaţi, astfel că la fiecare întâlnire şi la fiecare dans parcă ar încuviinţa o eventuală relaţie între noi şi fetele lor. Situaţia asta nu durează de multă vreme, astfel că deocamdată nu ne obligă la nimic, dar se văd în ochi speranţele părinţilor şi ale fetelor. Gustav parcă e altul când o întâlneşte pe domnişoara lui, parcă independenţa şi seriozitatea lui se închină în faţa ei. De mine ce să-ţi spun? Îmi place fata, dar deocamdată vom mai dansa şi vom mai face câteva vizite până ce ne vom hotărî. Sunt nişte fete bogate, din familii bune şi cred că sunt verişoare. Am participat la câteva dineuri în casele lor, atâta tot. Anunţă-ne, te rugăm, dacă vei primi veşti din Franţa, căci suntem şi noi tare curioşi." Amelie era fericită. „În sfârşit", îşi zise ea, „de-abia aştept să dau vestea tuturor." Se bucurară cu toţii de veştile de la Henry, dar se şi distrară pe seama lui Gustav.

- Ce secretos este fiul nostru cel mare, zise Albert amuzat, oare cum va arăta la nunta lui?

- Fericit, cu siguranţă, chiar dacă va rămâne foarte serios, zise Charlotte. Viitoarea lui soţie va avea grijă să-i topească gheaţa din jurul caracterului. Iar acum cred că mă voi duce în camera mea şi cred că şi voi aţi face bine să mergeţi la culcare. E destul de târziu şi parcă mi s-a făcut frig. De acum va fi tot frig câteva luni la rând.

Bătrâna se ridică şi plecă din salon urcând scările către camera ei. Nici marchizii nu mai stătură mult, iar focul din şemineu era deja pe trecute când plecară ei la culcare. Se culcară bineînţeles gândindu-se la viitoarea situaţie a copiilor lor, îi doreau căsătoriţi cât mai repede, dar asta nu mai depindea de ei.

A doua zi dimineaţă Estelle se afla cu Georges în salonaşul unde de obicei luau ceaiul, era o încăpere drăguţă şi oarecum nu în calea tuturor. Liniştea le fu întreruptă de bătăile scurte în uşă ale unui servitor care adusese corespondenţa.

- O scrisoare din Franţa, Georges! zise soţia sa. Unde este poştaşul? Dacă a plecat ajunge-l din urmă şi pofteşte-l aici. Repede!

Deschide-o pentru numele lui Dumnezeu! Georges o deschise până la urmă, era tare emoționat.

- E de la Nancy, de la sora mea. Are un băiat, Emilien, iar marchizul a murit. Spune că averea conților este în bună stare, iar casa părintească la fel. Vorbește despre domolirea represiunilor datorată morții regelui și mai spune că a încercat să ne scrie, însă i s-au returnat toate scrisorile.

- Ca de altfel și nouă, completă Estelle.

Servitorul, răsuflând greu după goana pe care o făcuse după poștaș, intră mândru, urmat de omul cu corespondența. Acesta se închină respectuos și întrebă cu ce ar putea fi el de folos.

- Vreau să vezi dacă în tolba dumitale nu este o scrisoare pentru marchiza von Hesse, o scrisoare cu expeditorul din Paris, mai adăugă Estelle agitată. Poștașul începu să caute și drept la fundul sacului său găsi o scrisoare adresată marchizei.

- E din Paris doamnă, aveți dreptate, spuse el.

- Lasă-mi-o mie, o voi duce eu la destinație, zise Estelle dându-i câteva monede poștașului. Poți pleca, m-ai făcut foarte fericită și îți mulțumesc! Îi spuse Estelle poștașului care radia de fericire, căci adusese atâta bucurie unei asemenea doamne. Estelle se adresă apoi servitorului său poruncindu-i să înhame degrabă caii la trăsură. Mergem la marchiza von Hesse imediat! Doamne, de când aștept momentul acesta? Să vezi ce se vor mai bucura Amelie și doamna Corday! 35 de ani, Georges! E prea mult pentru noi! Trebuie să ne rezolvăm problemele de acolo cât mai grabnic și ne vom liniști, ne vom revedea rudele și vom purta o corespondență normală de acum înainte.

- Uite, ăsta e un bun motiv să-ți începi ziua bine, zise și soțul ei. Trebuie să mergi la Amelie, e o cruzime să întârzii.

- Ai dreptate. La revedere, dragul meu, ne revedem la prânz.

Estelle intră val-vârtej în casa von Hesse, nici măcar nu mai așteptă ca vizitiul să-i deschidă portiera trăsurii, ci sări din mers. Servitorii se dădură ca de obicei la o parte nestingheriți, iar doamna intră în salon ca la ea acasă.

- Amelie, uite ce îți aduc! O scrisoare de la Jerome Martin, vărul tău! Am primit și noi o scrisoare din Franța de la Louise. Ne-a povestit o mulțime de lucruri, dar cel mai important fapt e că are un băiat, Emilien, de care e tare mândră. Marchizul ei a murit însă în acest timp.

Amelie, ușor speriată de intrarea prietenei sale, luă din mâinile acesteia scrisoarea vărului ei. Se aflau doar cele două doamne în salon în acel moment.

- S-a căsătorit cu Marie și au o fată, Alice... Ca și pe sora dragului meu tată. Fata are 32 de ani și e căsătorită cu un negustor bogat, iar acum are şi ea un băiat, Francoise, de 14 ani... „Cât priveşte casa ta, scumpa mea verişoară, totul este în ordine acolo, ca şi atunci când eraţi voi aici. E curată şi renovată. Marie s-a îngrijit în mod special de acest lucru. Tata a murit de mult, însă meşteşugul nostru e la fel de căutat. Sunt fericit că ne vom putea scrie şi că aveţi intenţia de a veni la anul în Franţa. De abia aştept să-ţi văd băieţii despre care spui că nu sunt încă însuraţi, se vor căsători nu avea grijă. Aştept cu nerăbdare un răspuns la scrisoarea mea! Fă-l mai repede şi trimite-l! Suntem tare fericiţi de această neaşteptată regăsire!" Estelle, nu-mi vine să cred! Când va afla mama şi Albert... pe mama va trebui să o iau cu binişorul.

- E puternică, nu-ţi fă probleme. Te las acum să-i răspunzi vărului tău pentru că şi eu am de compus o scrisoare.

Aceeaşi uimire şi fericire simţiseră şi rudele lor de la Nancy şi Paris când primiseră prima scrisoare după 35 de ani. Marchiza de Saint Claire le informase la rândul ei pe rudele în viaţă ale familiei de Bruy, iar acum toţi aşteptau cu emoţie. Din partea marchizului de Bruy mai erau în viaţă la Nancy doar două fete ale surorii acestuia, măritate dar în rit catolic. Sora îi murise de mult, dar fiicele acesteia, verişoarele Estellei, îşi aminteau de ea, ceruseră adresa să-i scrie şi ele Estellei la Potsdam.

Amelie scrisese la Berlin despre fericirea ei, iar Elisa îşi manifestase bucuria. Gustav şi Henry erau şi ei curioşi de ce va ieşi din acest drum lung spre Franţa, însă înţelegeau că va trebui făcut pentru mama lor. Henry îi strecură în răspunsul lui către duioasa lui mamă câte ceva şi despre relaţiile lor cu cele două domnişoare, relaţii ce evoluau de la zi la zi. „Cred, mamă, că în curând va trebui să veniţi la Berlin pentru logodne, poate după nunta lui Thomas. Sunt sigur că Gustav nu o să-ţi împărtăşească nimic în scrisori, dar fii încredinţată că e îndrăgostit până peste urechi, ca de altfel şi eu." Într-adevăr Gustav îi povesti despre orice altceva decât despre cea pe care o iubea, după cum afirma fratele său.

Elisa, pe de altă parte, confirma şi ea relaţiile nepoţilor ei, spunând la urmă: „Să fiţi pregătiţi pentru două logodne în preajma sărbătorilor. Mie îmi plac fetele, le cunosc atât pe ele cât şi pe părinţii lor şi sunt fără pată." Aceste veşti minunate încălzirea atmosfera la Potsdam, astfel toţi aşteptau nunta lui Thomas pentru a se încredinţa cu adevărat.

CAPITOLUL 22

Până de sărbătorile de iarnă schimbul de scrisori dintre Franţa şi Potsdam continuă într-un ritm susţinut. Amelie îi povestea Mariei, pe care o simţea o fiinţă bună şi cu suflet cald, despre cei doi fii ai ei şi despre sentimentele lor. Îi scria că la anul cu siguranţă se vor vedea, probabil pe timpul verii. „Sunt atât de nerăbdătoare... din păcate mama, care e trecută de o vârstă, de altfel şi eu mă consider deja bătrână, nu va putea călători. Se va muta la cumnata mea de la Berlin până ne vom întoarce căci, fiind singure amândouă, se vor ajuta una pe cealaltă şi mai ales îşi vor ţine companie." Erau scrisori calde, vesele, pline de optimism, dar şi de o curiozitate ascunsă, iar nota generală era dominată de nerăbdarea revederii. Marie scria şi ea frumos, simplu şi curat, îi povestea Ameliei despre întâlnirea ei cu Jerome, de bunătatea şi de frumuseţea sufletului său.

Acelaşi lucru, adică schimbul alert de scrisori, îl făcea şi Estelle în casa ei, dar ea, spre deosebire de Amelie, le scria atât Louisei cât şi verişoarelor sale care o aşteptau numărând lunile până ce aveau să se revadă. În decembrie toată lumea plecă la Berlin. Elisa era cea mai fericită acum căci casa ei, de obicei goală, era acum plină, încă şase persoane animau atmosfera. Estelle însă nu era întrecută de nimeni, era curioasă din cale-afară de balul de Crăciun şi de nunta lui Thomas.

- Din păcate nu putem rămâne şi de Anul Nou, Elisa dragă, te vei mulţumi doar cu familia fratelui tău. Se pare că Alexander coace ceva de câtăva vreme cu privire la o fată din Potsdam şi se va logodi, asta ar trebui să fie o surpriză pentru noi, mai ales vizita la această domnişoară, însă eu m-am dumirit asupra acestor lucruri şi nu m-am lăsat păcălită.

- Da? zise Amelie surprinsă, dar bucuroasă în acelaşi timp. Şi noi sperăm să ne prelungim aici şederea din aceleaşi motive, adică prezentările domnişoarelor alese de copiii noştri. Henry ne-a povestit mai multe, cât şi pentru fratele său şi, pe cât se pare, se va întâmpla după nunta nepotului nostru. Noi vom rămâne aici şi după Anul Nou.

- Înseamnă, adăugă Estelle, că vom avea despre ce vorbi acasă şi s-ar părea că vom fi tare ocupate în anul ce va veni după întoarcerea din Franţa. Ar fi bine să aranjăm nunţile una după cealaltă să nu ne zăpăcim de tot. Vai, deja cred că visez prea mult, dar se va îndeplini, veţi vedea! Ne vom umple de nepoţi şi dădace şi va fi chiar minunat.

De Crăciun Frederick Wilhelm I dădea un bal special pentru această sărbătoare minunată. Sophie de Hanovra dorea să-l scoată în lume pentru prima dată pe Frederick, fiul lor şi moştenitorul tronului, care în ianuarie 1716 împlinea 4 ani. Copilul, cât a stat, nu prea mult bineînţeles, a fost în centrul atenţiei tuturor şi nu părea stingherit de ceva anume, ba mai mult le zâmbea tuturor din braţele mamei sale, fericit parcă de onoarea ce i se făcea şi atenţia maximă ce i se acorda. Curtenii îi întindeau jucării pe care mânuţele lui plinuţe le apucau imediat cu bucurie. La un moment dat însă, după ce muzica se porni, adormi pe acordurile ei, înfrânt de oboseala datorată evenimentului la care asistase pentru prima dată. Sophie împreună cu dădaca strânseră jucăriile micuţului Frederick apoi îl duseră la culcare.

Thomas era împreună cu logodnica lui, o frumuseţe de fată care peste două zile avea să-i fie soţie. Cei doi fraţi von Hesse dădeau prilejul familiei de a le studia pe cele două fete pe care cei doi nu le mai lăsau de la dans.

- Sunt frumoase, spuse bunica lor uitându-se cu binoclul la cei care dansau. Chiar şi Amelie şi Albert arată mai tineri, parcă nici nu au trecut anii. Întotdeauna s-au potrivit la dans. Tinereţea e minunată în compania persoanei pe care o iubeşti, iar ea poate dăinui veşnic, chiar dacă trec anii. Între timp, înfierbântaţi şi obosiţi, Amelie şi Albert îşi ocupară locurile lângă cele două femei.

- Am obosit, dar mi-a plăcut să dansez, căci a trecut mult timp de când nu am mai făcut-o. Estelle are mai multă energie, văd că încă mai dansează. Chiar şi Georges se ţine destul de bine, spuse Amelie respirând mai rapid.

- Şi mie mi-a plăcut, dar cred că nu voi mai dansa, sunt bătrân, spuse Albert începând să râdă zgomotos, însă inima mea are tot 20 de ani, nicidecum 60. Vreau să cred că voi trăi mult şi bine, mai ales că băieţii noştri au gânduri mari în viitorul apropiat. Aştept să fiu invitat în casele celor două fete pentru logodne, iar tu, Amelie, vei pregăti bijuteriile şi cele două tiare ale familiei. Cred că va fi o ocupaţie încântătoare pentru toată lumea. Uite-l şi pe Alexander în cercul acesta de tineri, fără aleasa lui e cam stingher.

- Lasă-l, sunt ultimele lui clipe înainte de logodna de la sfârşitul anului, zise Estelle care între timp venise şi se aşezase îmbujorată lângă ei, făcându-şi aer cu evantaiul cu gesturi delicate, dar rapide în acelaşi timp. Eu am ales bijuteriile, m-am liniştit. Doar să se facă. Pe Georges în afară de avocatura lui nu-l mai interesează nimic altceva. Fiul lui îi urmează la cabinet, dar bineînţeles aşteaptă şi el nepoţi. Am încercat să-l fac să mă ajute cumva cu inelul de logodnă, dar a plecat dând din umeri. Întotdeauna a privit cu sfială bijuteriile marchizilor de Bruy.

Georges, în timp ce soţia lui vorbise despre aceste lucruri, se mulţumi să zâmbească pe sub mustăţi dând din umeri, era modul lui de a se eschiva când soţia sa povestea câte ceva despre el. Toată lumea începu să râdă când două perechi tinere şi obosite se opriră lângă ei, erau Gustav şi Henry alături de partenerele lor. Se făcură prezentările, apoi se începu o conversaţie uşoară adaptată momentului. În timpul acestei conversaţii veniră şi părinţii celor două domnişoare şi astfel fură şi ei prezentaţi. Se plăcură din primul moment cu toţii, astfel că greul unor asemenea clipe fu trecut cu uşurinţă. Gustav era atât de solemn încât cu greu Estelle se putu abţine să nu râdă. Fusese un bal minunat care adusese multe schimbări şi noutăţi pentru toată familia.

Peste câteva zile, când toată lumea se reîntâlni la nunta lui Thomas, nu mai exista nicio urmă de stânjeneală între familia von Hesse şi cele două familii ale fetelor. Chiar şi Gustav era mai degajat în mişcări, iar despre Henry se putea spune la fel, fericirea la el se arăta pe tot chipul său, dar mai ales în privirile aruncate partenerei sale. Doar Alexander aştepta să se sfârşească pentru a ajunge la Potsdam la scumpa lui domnişoară cu care urma să se logodească de Anul Nou.

La sfârşitul banchetului dat în onoarea mirilor, aceştia plecară la casa lor special construită de Thomas pentru el şi aleasa lui. Toţi aruncară în ei cu flori înconjurându-i pe cei doi tineri cu afecţiune şi bucurie, iar mai apoi balul se sparse şi, rând pe rând, cei ce nu erau de-ai casei plecau spre casele lor. Alexander era fericit, ştia că a doua zi plecau spre Potsdam. Îi plăcuse şi lui banchetul, dar făcuse totul doar din datorie. Elisa era înlăcrimată şi cuprinsă în întregime de emoţia acelui nou început pentru fiul ei, dar şi pentru că soţul ei nu era lângă ea în acel moment fericit, căci era mort de multă vreme. Amelie o înţelese şi o îmbrăţişă ca pe o soră.

- Elisa, Peter ne vede şi el de acolo de sus, ne-a trimis în linişte mesajul său. Te ocroteşte şi te învăluie cu dragostea lui, chiar dacă nu-l vezi. E fericit şi el pentru Thomas. Trebuie să te stăpâneşti şi să te gândeşti că în curând nişte copilaşi vor alerga pe aici cu picioruşele lor durdulii.

- Ai dreptate, Amelie, ce m-aş face fără tine? Eşti sora pe care nu am avut-o.

Cele două femei se îmbrăţişară şi merseră apoi la culcare. Doar servitorii mai rămaseră să strângă şi să cureţe sala de bal. A doua zi dimineaţă marchizii de Bruy îşi luară rămas bun de la toată lumea şi porniră către Potsdam, aveau de pregătit logodna lui Alexander, de fapt cadourile, toaletele, bijuteriile fiind alese deja. La micul dejun Gustav şi Henry erau atât de veseli şi de flămânzi încât îi făcură pe toţi să zâmbească.

- Întotdeauna sunt atât de înfometaţi? O întrebă Albert pe sora sa.

- Nu, mă miră şi pe mine acest fapt, poate că sunt emoţionaţi de vreun fapt, de ceva, spuse contesa zâmbind şi uitându-se cu simpatie la cei doi nepoţi, poate au ceva pe suflet, cine ştie?

În timp ce Elisa vorbea, Gustav se înroşi şi se înnecă, era nervos din această cauză, el nemaitrăind niciodată această situaţie. Sigur era ceva. Toată lumea începu să zâmbească veselă.

- Hei, ne spuneţi ce este? întrebă Amelie. Henry, dragule, tu nu te-ai înnecat, spune tu până îşi revine fratele tău mai mare. Henry, dregându-şi vocea, spuse râzând şi privind către fratele său:

- Ştiţi că cele două fete pe care le plăcem sunt verişoare? Aseară, când ne-am dus la culcare, eu şi Gustav am hotărât să le cerem oficial mâna chiar azi. Cu siguranţă vor accepta, iar apoi ne vor face invitaţia oficială din partea lor de a le vizita. Aleasa mea este din Potsdam şi se află în vizită cu familia ei la verişoara sa, deci la iubita lui Gustav, vom merge cu toţii. Nu ne-am orientat greu, după cum vedeţi sunt două porumbiţe în acelaşi cuib. E mai simplu şi întotdeauna mergem împreună. Toată lumea îl privea pe Gustav întrebându-l parcă din priviri dacă poate confirma.

- Este adevărat, spuse el hotărât şi serios, spre hazul tuturor. Toţi cei prezenţi începură a-i felicita şi îmbrăţişa din toată inima, chiar şi Gustav deveni în final zâmbitor.

- Linişteşte-te, fiule, îi spuse tatăl său, e un lucru minunat pentru care te felicit. Nu mai sta atât de încordat, bucură-te de aceste momente cu adevărat unice din viaţa ta, nici nu ştii ce greu mi-a fost mie la vremea mea. O franţuzoaică sadea, frumoasă foc şi mereu cu părul despletit!

- A trecut atât de mult de atunci, spuse Amelie dusă pe gânduri.

- Dar nu s-a schimbat nimic, chiar dacă a trecut vremea, zise Albert.

- Aşa este, timpul ne-a unit mai mult, spuse Amelie. În cazul acesta, dragii mei, nu avem decât să aşteptăm să veniţi în seara aceasta acasă cu veşti, dar sigur veţi avea acceptul aşteptat de voi. Vom merge cu toţii, vei veni cu noi, mamă, şi vei veni şi tu, Elisa. Trebuie să aibă susţinători numeroşi dragii noştri băieţi, să se simtă puternici şi stăpâni pe ei, să simtă aproape familia şi puterea ce o degajă.

După masă fiecare îşi găsi de lucru. Primiră vizita scurtă a lui Thomas şi a minunatei sale soţii şi se vedea foarte bine cât de fericiţi erau. Nu zăboviră prea mult, căci mai aveau şi nişte cumpărături de făcut. Albert urcă în camerele fiilor săi vrând să vadă cu ce se vor îmbrăca la un asemenea eveniment. La întoarcere spuse zâmbind:

- Şi-au ales o ţinută potrivită pentru această seară, au gust şi sunt mulţumit. Vor fi acceptaţi cu siguranţă, astfel că, doamnele mele, pregătiţi-vă toaletele cele mai frumoase căci trebuie să ne impunem, să avem prestanţă.

- Fiii marchizului von Hesse vor avea întotdeauna prestanţă, spuse Elisa, avem o istorie însemnată la curte de multă vreme.

La prânz cei dou fraţi, ferchezuiţi cu multă atenţie, plecară către casa celor două verişoare. Fetele erau delicioase în rochiile lor roz şi cu o coafură lejeră ce li se potrivea de minune. Îi primiră fericite, parcă ghicind ce le aştepta. Anna, cea pe care o iubea Gustav, era brunetă cu nişte ochi căprui minunaţi, adumbriţi de nişte gene lungi şi dese. Avea o guriţă roşie şi micuţă, precum au păpuşile de porţelan, cel puţin aşa gândea Gustav care nu era prea creativ. Era o fire veselă şi o găseai zâmbind mai tot timpul, era asemenea Estellei într-o oarecare măsură. Lui Gustav îi plăcea, căci erau diferiţi şi mereu îl uimea şi-l surprindea cu câte ceva, îi plăcea viaţa din ea, precum şi faptul că-l scosese din bârlogul lui atât de drag până atunci. Nimeni nu mai reuşise acest lucru. Verişoara ei din Potsdam era însă liniştită şi suavă, aşa cum doar unei blonde i se potriveşte. O chema Luiza. Cele două verişoare se înţelegeau foarte bine şi se completau reciproc în mai toate privinţele, aproape că te întrebai dacă nu cumva or fi surori, căci aşa de bine le stătea împreună. Calmul uneia liniştea vulcanul celeilalte, dar una peste alta amândouă erau încântate de curtea ce le-o făceau cei doi tineri, căci la urma urmei cine nu şi-ar fi dorit o alianţă matrimonială cu băieţii marchizului von Hesse. Părinţii fetelor erau de asemenea în al nouălea cer, vanitatea lor era minunat mângâiată de o asemenea posibilitate, iar acum aşteptau oarecum cu emoţie deznodământul pe care toţi şi-l doreau a se împlini.

Fetele îi primiră pe cei doi în salonaşul lor privat, o încăpere frumoasă, intimă, decorată după bunul gust al unei femei aristocrate şi în care fetele stăteau şi vorbeau de-ale lor nestingherite. Era prima dată când cele două erau chiar singure cu tinerii von Hesse. Vorbiră despre nunta lui Thomas, despre vreme şi vremuri, despre balul de Crăciun şi despre cel ce urma să vină de Anul Nou, astfel îşi făcură curaj unii altora. În acest salonaş erau doar două canapele, fetele se aşezară pe una dintre ele, iar băieţii pe cealaltă. Gustav însă, parcă aducându-şi aminte pentru ce erau ei acolo, se ridică şi se îndreptă către cealaltă sofa. Henry se ridică şi el şi îşi urmă fratele, îndreptându-se spre Luiza pe care o luă de o mână şi o îndreptă spre canapeaua de unde plecase. Astfel fiecare cuplu avea locul său acum.

Îşi expuseră amândoi cu multă convingere dorinţele, vădit emoţionaţi de misiunea lor, fiind răsplătiţi cu reacţii diferite, dar aşteptate din partea fetelor. Din partea Annei veni un râs fericit, urmat de aşezarea mâinilor sale frumoase în jurul gâtului lui Gustav care nu mai era el în acel moment, iar din partea Luizei veni un zâmbet blând, precum şi faptul că-şi aşezase capul său frumos pe umărul lui Henry.

- Luiza, izbucni râzând Anna, care e răspunsul tău?

- Răspunsul meu e „Da", Anna, spuse verişoara sa şoptind.

- Şi al meu e tot „Da"! Sunt fericită, spuse Anna bătând energic din picioruşe, cred că ar trebui să-i lăsăm aici şi să ne chemăm părinţii. Nu vom zăbovi mult, mai puneţi-vă ceai între timp. Şi fetele plecară din cameră cu iuţeală pentru a-şi chema părinţii.

- Nu a fost greu? îl întrebă Henry pe Gustav.

- Nu, nu a fost, după cum vezi Anna este cea care mă dezmorţeşte.

- Şi bine face, să ne felicităm acum, frate dragă.

Şi cei doi fraţi se îmbrăţişară sincer şi cu emoţie din toată inima, erau nu doar fraţi, ci şi foarte buni prieteni. Când în cameră sosiră părinţii fetelor, acordul lor li se citea în priviri, nu mai trebuia spus prin vorbe. Se apropiară de fereastra unde cei doi tineri stăteau şi abia apucară a le spune cât de bucuroşi sunt.

- Vă felicităm, copii, căci ne-aţi făcut cu adevărat fericiţi astăzi, spuse tatăl Annei gâtuit de emoţie.

- Chiar dacă noi ne aşteptam la acest lucru, căci trebuie să recunoaştem şi acest lucru, adăugă zâmbind şi tatăl Luizei.

- Acum trebuie să învităm familia von Hesse aici pentru a ne cunoaşte cu adevărat, spuse mama Annei, gazda casei.

- Ce bine că suntem cu toţii aici, spuse şi mama Luizei.

- Mâine, 30 decembrie, spuneţi-le tuturor membrilor familiei von Hesse că sunt invitaţi la cină aici, suntem nerăbdători şi fericiţi totodată să îi întâlnim. Vom fi doar noi, în familie, mai adăugă mama Annei.

- Vom fi aici cu toţii, spuse Gustav, şi noi suntem fericiţi.

Henry se abţinea cu greu să nu izbucnească în râs văzând atitudinea solemnă a fratelui său, „chiar seamănă cu mătuşa Frederika", îşi mai spunea el lăsând totuşi să-i scape un zâmbet nevinovat. Într-un târziu fură lăsaţi din nou singuri, doar o servitoare îi mai deranjă aducând mai multe prăjuturi. De partea cealaltă, în palatul contesei, era o nerăbdare şi o curiozitate care creşteau pe cât de greu se târau acele ceasornicului.

- Oare cum va fi? Sper să fie acceptaţi, se frământa Amelie.

- Vor fi, stai liniştită, îi spunea Charlotte, mai degrabă am merge să căutăm o ţinută pentru invitaţia cu care cu siguranţă vor veni acasă copiii noştri.

205

- Nu pot face asta, mamă, până nu voi şti exact, spuse Amelie chinuită de emoţii.

- Să ştii că nu vei fi dezamăgită, continuă mama ei pe acelaşi ton optimist. În acest timp trăsura celor doi tineri opri în curtea palatului.

- Au venit, spuse râzând Elisa şi sunt logodiţi amândoi, uite-i, spuse ea chemându-şi nerăbdătoare cumnata la fereastră. Nu sunt trişti deloc, chiar şi Gustav pare extrem de mulţumit cu toată sobrietatea lui. Când intrară în salon cei doi spuseră într-un glas:

- S-a făcut! Mâine avem invitaţie cu toţii la cină, amănuntele ce vă vor privi probabil, spuse Gustav dând din umeri.

- Sunteţi fericiţi, copiii mei? întrebă şi Albert scoţându-şi nasul din carte.

- Da, suntem fericiţi, iar ele sunt la fel, spuse Henry, doar ca ni s-au scurs puterile din cauza emoţiilor. Totul a fost cât se poate de bine şi de simplu, noi am cam supraevaluat această întâlnire.

- Dacă cina e gata vom mânca, apoi ne putem retrage, spuse Elisa. Mă duc să verific, cotinuă ea.

Toţi îşi traseră scaunele în jurul şemineului şi stăteau liniştiţi, fiecare în sinea lui era mulţumit în singurătatea propriei fericiri trăite în acea zi. Erau o familie frumoasă şi fericită, iar când Elisa intră şi le spuse că masa e gata feţele lor arătau vădit acest lucru.

Forfota de a doua zi nu poate fi descrisă în cuvinte, două logodne în aceeaşi seară era prea mult pentru doamne. Aceeaşi atmosferă domnea şi în casa Annei care însă se distra de grijile celorlalţi şi aştepta fără emoţii familia logodnicului ei. Când cele două trăsuri intrară în curte, Anna pândea de la fereastra camerei sale, apoi dădu semnalul celorlalţi coborând scările în fugă şi intrând în salonul în care era toată lumea, asemenea unei furtuni dezlănţuite, speriindu-i aproape pe toţi cei prezenţi:

- Au sosit! În sfârşit! zise ea zâmbind după ce observă feţele tuturor. Sunt două trăsuri.

- Anna, pleacă de la fereastră, spuse mama ei ştiind totuşi că nu va fi ascultată decât doar dacă fata va dori acest lucru, ceea ce se şi întâmplă, Anna plecă şi respiră adânc, apoi se transformă lângă verişoara ei într-o domnişoară cuviincioasă şi scoasă ca din cutie de frumoasă.

Oaspeţii fură poftiţi în salonul mare ce fusese iluminat într-un mod deosebit pentru acest eveniment, astfel că totul strălucea în jur. Se făcură politeţurile de rigoare, aşa cum se obişnuieşte între oamenii educaţi şi cu poziţii importante în societate, apoi atmosfera deveni mai relaxată şi mai intimă, asemenea unei seri în familie. Luiza şi familia ei erau oarecum cunoscuţi cu familia von Hesse, căci şi ei erau din Potsdam, astfel că le veni mai uşor să înfiripe o conversaţie. Nici cu familia Annei nu a fost mai greu, căci toată lumea se simpatiza, iar discuţiile despre vânătoare, Anul

206

Nou, precum şi despre balul de la Palat au devenit însufleţite asemenea celor ce se poartă între prieteni. Totuşi, parcă toţi ocoleau subiectul sau motivul acelei vizite. Albert, observând prelungirea discuţiilor lăturalnice, luă atunci iniţiativa şi le vorbi.

- Am venit în această casă pentru a le cere în căsătorie, în numele fiilor mei aici de faţă, pe fiicele dumneavoastră, de asemenea prezente aici alături de noi. Am înţeles că ieri cele două domnişoare şi-au dat consimţământul şi am dori să ne încredinţaţi că este adevărat, în acest caz trebuind să hotărâm datele logodnelor şi a nunţilor ce vor urma, logodnele aş spune să le organizăm chiar în luna ianuarie a anului ce va veni. Vreau să mai adaug faptul că este o onoare pentru familia mea de a primi în cadrul ei aceste două domnişoare distinse pe care şi noi le apreciem din toată inima.

- Domnule marchiz, este adevărat că fiica şi nepoata mea au acceptat propunerea de căsătorie a fiilor dumneavoastră, suntem de acord cu aceste căsătorii, confirmă cu emoţie tatăl Annei. Logodna oficială a Annei şi a tânărului marchiz o vom face aici la o dată pe care o vom stabili acum împreună.

- Iar logodna Luizei cu contele de Langarde se poate face la Potsdam, noi fiind din acelaşi oraş şi cunoscându-ne mai bine, adăugă şi tatăl Luizei.

- Atunci, spuse Albert, logodna de la Berlin să fie făcută odată cu sărbătoarea Domnului nostru pe 6 ianuarie, căci vom fi pregătiţi cu siguraţă cu toţii până atunci, iar logodna de la Potsdam pe 4 ianuarie, adică repede şi fără multă oboseală. Fetele dumneavoastră ştiu deja că noi vom face o călătorie în Franţa în luna iunie pentru a lichida proprietăţile pe care soţia mea le-a lăsat în grija rudelor atunci când a părăsit Franţa acum 35 de ani. Mulţumim cerului că am primit în sfârşit răspuns de la rudele noastre de acolo, situaţia fiind acum mai permisivă putem merge. Fiii mei au obţinut permisii pentru această călătorie, aşadar vom merge împreună. De asemenea, pentru că toţi ne-am dat acordul, în această dimineaţă am cerut mutarea lui Henry la Potsdam pentru a fi mai aproape de logodnica lui şi de noi, iar pentru Gustav am cerut înaintarea în funcţie.

- Asta chiar este o surpriză, tată, nu am ştiut! Mulţumim! spuse Henry bucuros.

- Nu ai pentru ce, fiule, spuse Albert, vreau să continui ce doream să spun. Fiul meu, Gustav, va locui la moşia lui de lângă Berlin cu soţia sa după nunta lor, iar Henry în palatul mătuşii mele la Potsdam. Cât despre bani, vor fi înzestraţi cum se cuvine şi cu siguranţă mai mult de atât după voiajul din Franţa. Fiul meu mai mare îmi va moşteni titlul de marchiz, iar fiul cel mic va moşteni titlul mamei sale, adică va fi conte. Propun de asemenea ca nunţile să aibă loc în luna august la o distanţă de o săptămână una de alta. Gustav şi Anna se vor căsători la Berlin, iar Henry şi Luiza la Potsdam. Eu atât am vrut să spun, am vorbit doar numai eu, fiind tatăl celor doi băieţi, consider că aveam acest drept. Cele două proprietăţi sunt în bună stare, totul fiind pus la punct cu privire la ele.

După acest lung discurs începură cele ale celor doi taţi ai fetelor. Fetele erau şi ele înzestrate, căci părinţii erau şi ei bogaţi. Erau de acord ca nunta să aibă loc în luna august şi sperau în reuşita călătoriei în Franţa, nu neapărat pentru bani, cât pentru revederea cu rudele. Seara continuă în sufrageria casei, toată lumea fiind foarte mulţumită de alianţele făcute, astfel că orele au trecut pe nesimţite şi nici nu-şi dădură seama că pendula ceasornicului începuse să bată de miezul nopţii. Atunci petrecerea se termină, iar cei patru tineri se sărutară fericiţi căci trecuseră cu bine de un moment important din viaţa lor. În trăsură Henry îi spuse lui Gustav că tatăl lor pare a fi un adevărat vrăjitor, căci prea le aranjase bine pe toate.

- Aşa este, însă vezi tu, asta înseamnă că ne vom despărţi, ne vom vedea mai rar din păcate, continuă Gustav. Eu voi rămâne la mătuşa Elisa, iar tu te vei întoarce acasă. Oricum sunt mulţumit cu împărţirea averii, ador moşia de lângă Berlin, apoi 7 leghe se fac repede şi ne putem vedea şi scrie oricând cu uşurinţă.

- Ai dreptate, nu m-am gândit atât de departe, spuse Henry gânditor. Oricum, ne vom căsători şi totul se va aşeza altfel în vieţile noastre. Despărţirea asta a noastră era inevitabilă, indiferent când ar fi fost fixate nunţile noastre. Tata a stat întotdeauna la Potsdam, iar mătuşa la Berlin, iar asta nu i-a împiedicat niciodată să se înţeleagă şi să se viziteze destul de des, se iubesc la fel chiar dacă locuiesc de atâta amar de vreme în oraşe diferite. Mâine seară e balul de sfârşit de an, precum şi logodna lui Alexander. Toţi ne vom aşeza la casele noastre la anul, cum se spune. Vom fi prezentaţi la curte ca logodnici, apoi toţi se vor uita la noi, dar ne vom obişnui şi cu acest lucru. Bănui că primele momente vor fi mai stânjenitoare, dar odată cu începerea dansului şi a muzicii totul va fi uitat. Mâine seară vom merge după logodnicele noastre, căci vom intra în sala de bal împreună. Mă gândesc că dacă tata a făcut deja aceste demersuri pentru noi, cu siguranţă Friedrich Wilhelm I ştie totul.

- Şi toată curtea, după părerea mea, confirmă Gustav.

Într-adevăr balul de sfârşit de an avu ca centru de interes aceste două logodne făcute în surdină. Toată lumea îi felicită, care din toată inima, care cu jumătate de gură, din obligaţie, dar protagoniştilor nu le-a păsat, au dansat, au zâmbit şi s-au simţit bine până ce au plecat acasă obosiţi, dar doar după ce au admirat focurile de artificii de la miezul nopţii. Trebuiră să plece mai repede pentru a se odihni, căci ziua de 4 ianuarie bătea la uşă. Luiza şi familia ei plecau pe 1 ianuarie din Berlin către casă şi hotărâseră să meargă împreună. Mai rămaseră puțin Gustav cu Anna și părinții acesteia, dar către ceasurile 3 ale nopții erau în pat și ei.

La plecare toată lumea promise că va fi pe 4 ianuarie la logodna lui Henry cu frumoasa lui logodnică. Drumul fiind mai liber dar și fără prea multă zăpadă a făcut să ajungă cu toții cu bine la Potsdam. A doua zi Estelle veni și povesti despre logodna lui Alexander, căci era bucuroasă că se realizase acest măreț lucru în familia lor. Primi cu bucurie invitația la logodna lui Henry de pe 4 ianuarie și la cea a lui Gustav de pe 6 ianuarie. Cele două vechi prietene erau singure, căci Henry era ocupat să-și preia noua lui obligație de stat.

- Alexander se va căsători în septembrie, spuse Estelle, după ce vom veni din Franța.

- Iar băieții mei în august, uite așa vom deveni bunici în curând, adaugă bucuroasă Amelie.

- De-abia aștept, spuse repede marchiza de Bruy sorbindu-și ceaiul cu grația ei obișnuită. Va trebui să vindem tot ce avem în Franța prin intermediul rudelor noastre. Moșia mea și casa lui Georges.

- Și eu m-am gândit să le scriu în Franța lui Jerome și Louisei Saint Claire să se ocupe de vânzarea bunurilor noastre până în vară când vom veni, spuse Amelie.

- Le vom scrie împreună atunci, spuse Estelle după ce se gândi puțin, cred că o vom face după cele două logodne.

- Să vină și Alexander împreună cu logodnica lui la logodna lui Henry, noi toți ne cunoaștem și suntem de atâta amar de vreme ca o familie.

- Cu siguranță, draga mea, nu avea grijă, vom veni cu toții, spuse Estelle în timp ce se ridica de pe canapea, apoi își luă rămas bun.

După plecarea prietenei sale Amelie urcă în camera sa, pregătise tiara cu care ea se căsătorise, inelul pe care îl primise de la Albert, precum și un rând de bijuterii din perle, apoi deschise ușa unui dulap și căută înăuntru până dădu de rochia ei de mireasă, era neatinsă de timp, întocmai ca în ziua nunții ei. Găsi alături și rochia pe care o purtase la balul ce urmase cununiei sale. „Oare să îndrăznesc să-i dăruiesc rochia aceasta fetei lui Henry? Oare ce ar spune Luiza? Poate mă bag în sufletul ei prea mult... Nu cred. Le voi duce pe toate, nu se poate întâmpla nimic." Astfel că în seara zilei de 4 ianuarie, pregătită cu toate cele necesare, marchiza plecă împreună cu toată familia, dar și cu Estelle, Georges și Alexander alături de logodnica lui către casa Luizei. Venise și Gustav care era așteptat de Anna ca o prefață a logodnei lor ce va urma cât de curând.

- Draga mea Luiza, aici este rochia pe care am purtat-o atunci când m-am căsătorit cu tatăl lui Henry, îmi cer iertare pentru că am îndrăznit să

ți-o aduc, poate că te-ai gândit la o altă rochie pentru nunta ta, însă eu....
Dar Luiza nu o lăsă să continue.

- Vreau să o văd! Putem merge dincolo? Toate doamnele pot veni, adăugă ea.

- Minunată rochie, spuseră toate atunci când fu desfășurată pe una din canapele.

- Nu mă așteptam ca mama să aducă rochia, tată!

- Nu trebuie să încerci să o înțelegi, Henry, Luizei o să-i placă. Dacă o va îmbrăca la nunta voastră gândește-te cum mă voi simți eu. Câte amintiri...

Luiza insistă și o probă chiar atunci, nemaiținând seama de așteptarea domnilor, curioși și ei de ce se întâmpla în camera doamnelor.

- Anna, ce spui?

- Îți vine foarte bine, pentru mine ar fi cam scurtă, dar ție ți se potrivește de minune. Ești foarte frumoasă! Ce noroc ai, nu vei avea bătăi de cap cu croitoreasa.

- Aici mai am o surpriză pentru voi, este rochia de bal de după cununia noastră, spuse emoționată Amelie.

- Ei, dar chiar ești pregătită, zise Anna râzând. Și chiar sunt ca noi, ce frumoase sunt!

- Luiza, întrebă mama ei, le vrei...?

- Din toată inima, spuse fata vizibil emoționată și ea, căci nu se așteptase să primească asemenea cadouri cu o asemenea însemnătate. Haideți să le băgăm înapoi în cutii, cred că domnii s-au cam plictisit, să mergem la ei.

Camerista duse cele două cutii în camera Luizei, iar doamnele reveniră lângă domnii ce le așteptau nerăbdători. Henry o ceru oficial pe Luiza în căsătorie punându-i inelul pe deget apoi dăruindu-i bijuteriile și tiara conților Langarde.

- Tiara trebuie s-o porți în biserică, ca semn al intrării în această familie de conți, spuse Amelie, de asemenea o vei purta la baluri și orice alte recepții oficiale arătându-ți astfel cu mândrie casa nobiliară franceză. Trebuie să dai la rândul tău mai departe bijuteriile copiilor voștri, e o frumoasă tradiție de familie.

- Contesă de Langarde! exclamă Anna bătând din palme bucuroasă. Minunat!

- Ce emoționant e totul, spuse Luiza aproape fără glas, promit că voi avea grijă de toate și voi fi mândră să le port așa cum se cuvine apoi să le transmit mai departe copiilor noștri, mai spuse ea roșind și uitându-se pe furiș la Henry, care era cu totul vrăjit de logodnica lui.

- Ei, să nu începi să plângi, spuse repede Anna.

210

- Lasă că te voi vedea eu pe tine poimâine, îi răspunse repede Luiza cu lacrimi pe obraji, dar fericită.

- Ai dreptate, va fi şi rândul meu, zise verişoara ei, oarecum mai domol, dar eu nu voi plânge, mă voi emoţiona şi atât.

Noi am spune că nu, căci atunci când îi veni sorocul şi Gustav se aşeză în genunchi şi îi ceru mâna cu mare emoţie, Anna începu să plângă asemenea unui copil. Gustav de-abia îi nimerise degetul Annei şi abia reuşi să împingă inelul pe deget, căci Anna tremura de mama focului. Veni apoi rândul Ameliei care îi dădu bijuterii de familie alături de tiara marchizilor von Hesse.

- O vei purta la nuntă, draga mea, fii mândră de rangul tău. La fel ca şi Luiza vei avea datoria de a transmite mai departe aceste bijuterii de familie. Să dea Domnul ca multe fete să o poarte de acum încolo. Ţie, draga mea, nu am ce rochie să-ţi dau pentru că eşti ceva mai înaltă, dar vei găsi tu una potrivită la care să aşezi tiara şi aceste bijuterii minunate.

Anna nu găsi nimic altceva mai bun de făcut decât să o îmbrăţişeze cu emoţie pe Amelie şi să plângă mai cu foc până când, într-un final, lacrimile îi secară şi începu să râdă fericită, astfel toată lumea putu merge la masa dată în onoarea celor doi logodnici. Anna redeveni cea mai exuberantă şi plină de o fericire pe care o împărţea cu dărnicie tuturor celor din jur, era genul de fată neastâmpărată dar încântătoare şi foarte iubită. Tot acum Alexander de Bruy ceru permisiunea marchizilor von Hesse să-l cunune împreună cu logodnica lui ca şi pe părinţii săi, moment emoţionant în care Amelie şi Estelle cedară şi începură să plângă şi ele, năpădite de nostalgii frumoase ale trecutului lor. Albert acceptă bucuros spunând că nici nu se putea altfel.

Cu părere de rău toţi cei din Potsdam plecară în dimineaţa următoare, rămaseră doar cei ce locuiau la Berlin. Gustav îşi vizită în una din zile moşia din apropierea oraşului şi fu mulţumit. Hotărî să se mute acolo pentru ca totul să fie perfect în august la venirea miresei lui. Henry stătu în trăsură lângă frumoasa lui zâmbindu-i mereu şi ţinând-o aproape tot drumul de mână. Luase hotărârea să-şi imite fratele şi să se mute singur în palatul mătuşii tatălui său. Doar Alexander rămase încă în casa părinţilor săi, se obişnuise acolo. Ştia că se va muta după însurătoare în casa bunicilor săi, însă fiind atât de aproape, la doar două străzi distanţă, putea să o inspecteze oricând voia.

Henry îşi reluase munca care îi plăcea mai mult acum căci o simţea aproape pe draga lui logodnică, pe care o putea vedea aproape în fiecare zi, iar dacă nu se putea întotdeauna găsea un bilet parfumat de la ea. Luiza se apucase să pregătească rochiile dăruite de Amelie, să poată străluci atunci când va veni vremea lor. Croitoreasa ei începu să

211

muncească de zor la crearea trusoului, lucru care o făcea de asemenea tare fericită.

În timp ce tinerii își vedeau fericiți de dragostea lor, părinții lor purtau o corespondență constantă cu rudele din Franța, dându-le indicații asupra vânzării grabnice a bunurilor lor până în luna iunie a acelui an, precum și asupra trimiterii banilor printr-o bancă cu corespondență la Berlin. Abia așteptau să se revadă cu toții în iunie, așa cum au plănuit după atâția ani, li se părea cu adevărat o minune.

În ultimele scrisori trimise după sărbătorile de Paște rudele din Franța îi informară că vânduseră totul, iar banii erau deja trimiși după instrucțiunile primite, atașând și tot felul de documente necesare. Cu toții își lichidaseră proprietățile din Franța, adică orice i-ar mai fi legat material de țara lor natală. Gustav verifică la banca din Berlin și le confirmă tuturor primirea banilor. Toți considerau că au avut noroc și s-au rezolvat toate așa cum și-au dorit, acum fiecare avea mai mulți bani pentru a-și înzestra copiii.

Amelie și Estelle le mulțumiră din suflet celor din Franța și le confirmară cu entuziasm începerea pregătirilor pentru călătorie. Cei tineri își luară o lună de permisie pentru a putea călători și ei, dar mai ales pentru a vedea și vizita și ei locurile unde se născuseră părinții lor. Charlotte puse cu grijă în cuferele Ameliei săculeții de pământ de pe mormântul soțului său și de pe mormintele nepotului și a surorii sale, pentru ea era o datorie de suflet unirea pământurilor, evident simbolică, de pe mormintele celor șase dispăruți: Alice, Jerome Martin, Lucien, Marc și Florance, precum și a bătrânului conte Langarde. Era ca o împăcare. Amelie împachetă și ea diverse cadouri fără să uite pe careva, apoi se puse pe numărat zilele până pe 1 iunie când trebuiau să plece în călătorie. Logodnicele se despărțiră cu greu de cei trei băieți, dar înțeleseseră însemnătatea acestei călătorii pentru ei și mai ales pentru părinții lor. Oricum pe 25 iunie aveau să fie înapoi, iar în august urmau să fie uniți în fața Domnului, Alexander urmându-i pe cei doi tineri von Hesse în septembrie, astfel că Marianne, logodnica lui, mai avea de așteptat o lună în plus. Oricum fetele erau destul de ocupate pregătind tot ce era necesar pentru a se muta cu aleșii lor în noile lor case după căsătorie, astfel că sperau ca timpul să treacă mai repede pentru ele și să îi aducă teferi și degrabă înapoi pe băieți.

CAPITOLUL 23

La începutul lui iunie două trăsuri mari şi foarte robuste luau drumul Franţei. Starea celor dinăuntru era una senină, lipsită de grijile actelor, a controalelor de la graniţe sau a frigului. Era o vreme plăcută, fără pic de nor pe cer. Mai erau câteva deosebiri: cei ce călătoreau aveau vizitii, câte doi de fiecare berlină, puteau astfel să admire peisajele şi să se bucure de tot ce vedeau. Doar Georges îşi aminti cum stătea în urmă cu atâţia ani sus pe capră, alături de Marc, şi conduceau echipajul lor în timp ce tatăl său şi domnul Corday pe cel de-al doilea. Când se opreau în aceleaşi oraşe vedeau cât de multe schimbări se petrecuseră în acest timp. Locurile unde puteau trage erau mult mai comode, iar servirea li se părea superioară celei de acum 35 de ani. Amelie îşi aduse aminte de pisica ei fugită după un motan atrăgător, un animal nerecunoscător după părerea ei.

În ziua în care ajunseră la Nurnberg nu pierdură ocazia de a merge la Fântâna Schonen Brunnen şi de a-şi pune fiecare o dorinţă învârtind inelul. Amelie îşi aminti de Marc şi de speranţele acestuia, acum avea doar un săculeţ cu pământ de la el şi nimic mai mult, dar asta era istorie şi destin. Nimic nu se mişca în lumea asta fără ca divinitatea să ştie sau să îndrume, fiecare cu ghemul de aţă al vieţii sale, depeni, depeni până ajungi la capăt. Îl luă pe Albert de mână şi rămaseră tăcuţi în faţa acestei fântâni a dorinţelor. Lui Georges i se îndepliniseră dorinţele, dar soarta lui Marc ce era? Din ce era făcută? Ce dorinţe îşi pusese acel copil atunci? Fântâna aceasta era evident o fantezie, o minciună frumoasă pentru oamenii locului şi pentru turiştii care o vizitau încântaţi să-şi învârtă inelele. Băieţii priviră cu mai multă fantezie fântâna, râdeau şi învârteau inelul. Până şi Gustav se porni pe râs, el care era atât de sobru şi de calculat. Se afla în vacanţă, deci îşi putea permite, apoi considera această vizită ca fiind finalul burlăciei sale, nu voia să ştie acum decât de relaxare. Toţi trei le scriau fetelor din fiecare oraş unde staţionau, le promiteau cadouri cât mai haioase şi interesante la întoarcerea lor. Ele erau încântate de aceste scrisori, dar nu le puteau răspunde din cauza mobilității celor trei tineri, ei urmându-și drumul.

Ajungând la Saarbrucken, constatară că nu era nicio urmă de francezi. Din 1697, prin Tratatul de la Ryswick, pământurile reveniseră conților de Nassau-Saarbrucken, iar contele cel inteligent, Louis Crato, care știuse să se descurce cu francezii atât de strălucit, murise în 1713, lăsându-l pe fratele său la conducerea teritoriului. Acest genial conducător murise lăsând în urma sa două fete, astfel că Charles Louis, fratele său, îi luase locul cu trei ani în urmă. Pământurile erau pline de resurse, de minereuri, astfel că oamenii erau bogați, ca de altfel și domeniul conților de Fornbach prin orașul cărora trecusera înainte de a ajunge la Chateau Salins. Acest drum lung le făcu plăcere tuturor. Cei trei francezi prin naștere se frământară în momentul când au trecut granița, nu își mai găseau locul. Aveau să locuiască cu toții la marchiza de Saint Claire căreia îi scriseseră din Saarbrucken înștiințând-o asupra parcursului călătoriei lor.

- În curând vom ajunge la Nancy, Estelle, zise Georges, aici ne-am născut. A trecut atâta amar de vreme... Păcat că doamna Corday nu este cu noi, dacă ar fi putut veni cu noi cu siguranță că ar fi sărutat pământurile Nancy-ului.

- O vom face noi pentru ea, spuse marchiza, îi vom aduce pământ de aici. Știi că Amelie a adus cu ea pământ de pe mormintele conților Langarde? Vrea să-l pună pe mormântul contelui rămas aici. Are și de la Lucien, tatăl ei, pe care îl va duce la Paris să-l presare pe mormântul surorii sale și a cumnatului său, zice că așa se va liniști și ea și o cred. Cine știe dacă vom mai pune vreodată piciorul în Franța după această vizită, eu cred că nu, mai ales că am vândut tot ce mai aveam pe aici. Cred că e o călătorie prin care ne vom rupe definitiv de Franța și apoi cine știe ce va mai fi atunci când Ludovic al XV-lea va prelua coroana, poate va urma iarăși asuprirea celor ca noi. Îmi doresc totuși o bătrânețe liniștită.

Era prima dată când Estelle vorbea cu durere în glas și atât de veridic, își dădea seama că, trecută de 50 de ani, viața ei se reducea la o lungă așteptare, nici ea nu știa a cui și la evenimentele din viața lui Alexander. Georges urmărea pe fereastra trăsurii drumul către Nancy și încerca să-și aducă aminte de locurile pe unde trăise odinioară, să regăsească semne ale copilăriei lui, însă era greu, căci se schimbaseră multe între timp. Se gândea la râul acela iubit unde mergea cu Marc, negreșit era neschimbat, deci trebuia să meargă să-l vadă de aproape.

Ajunseră în Nancy, oraș care li se păru tare aglomerat față de cum îl lăsaseră ei în urmă în trecut, acum denumiri mari colorate ale magazinelor sau birourilor comerciale arătau care mai de care semnificația lucrurilor cu care se ocupau acei negustori. Călătorii noștri stăteau cu privirea pe fereastra trăsurilor, mai ales cei tineri, li se părea altfel decât mediul pe care ei îl cunoşteau.

- E diferit, nu-i aşa Gustav? Ne vom simţi bine cu siguranţă aici, spuse Henry cu un oarecare entuziasm.

- Iată şi palatul Louisei Saint Claire! Porţile se deschideau deja pentru a lăsa trăsurile să intre pe dalele din piatră ale curţii.

Louise şi cele două verişoare ale Estellei stăteau cu batistele în mâini pe scările casei şi plângeau de emoţie şi de bucurie bineînţeles, căci cine şi-ar mai fi închipuit că se vor mai revedea vreodată aceste verişoare. Când s-au întâlnit cu toţii, emoţia era generală cuprinzându-i pe toţi, chiar şi pe cei tineri pentru care totul era prea nou pentru a nu le stârni curiozitatea şi interesul. Intrară apoi cu toţii în salon unde fiecare vorbea continuu cu cine apuca, dorinţa de a povesti şi de a întreba era de nestăvilit. Louise era în braţele lui Georges pe care îl întrebă de prima dată de părinţii lor.

- Diseară îl veţi vedea şi pe Emilien, nepotul pe care nu l-au văzut niciodată părinţii noştri, este căsătorit de anul trecut, iar acum soţia lui aşteaptă primul lor copilaş. Şi Alexander, nepotul meu, ce mare este! Se va căsători, iar eu nu voi putea fi acolo. Cât de rău îmi pare! Alexander, îţi vei cunoaşte verişorul în curând. Şi tu, Amelie... Mare păcat că mama ta nu va mai vedea Franţa.

- Da, Louise, spuse marchiza von Hesse într-o franceză excelentă, dar cu un evident accent german, este la Berlin, din păcate nu a putut veni, căci nu ar fi făcut faţă drumului.

- Să nu vă mai reţin, aveţi camerele pregătite, bagajele vă sunt duse deja în camere. Odihniţi-vă puţin, apoi puteţi coborî la masă. Louise sună dintr-un clopoţel şi nişte slujnice îi acompaniară pe oaspeţi până în camerele pregătite pentru ei.

De atâta emoţie şi bucurie pe care o încercară din belşug călătorii noştri aproape că uitară de oboseala lor, acum de-abia o mai simţeau. După ce se primeniră şi se odihniră puţin coborâră la masă. Erau cu toţii mai învioraţi, dar cu siguranţă aşteptau somnul de noapte pentru a se reface pe deplin.

- Amelie, spuse Louise, mai rămâneţi vă rog şi mâine, mai odihniţi-vă, căci timp aveţi destul, ar fi prea mult să plecaţi de mâine iar la drum, căci nu sunteţi întremaţi.

- Vom pleca atunci poimâine, Louise, cel puţin eu şi Albert nu mai avem vârsta la care să călătorim într-un ritm mai alert. Când am plecat atunci din Franţa am mers neîntrerupt o perioadă, am dormit în trăsuri, mi-am pierdut chiar şi pisica care a preferat ca o ingrată un motan de la un han unde trăsesem, dar acum nu se mai poate. Unde mai pui că atunci mai era şi iarnă.

- Soră dragă, întrebă deodată Georges, cui i-ai vândut până la urmă casa mea?

- Ei, a rămas în familie, e casa lui Emilien şi a dragei mele nurori.

- Da? Asta e chiar minunat, spuse Georges bucuros.

- O poţi vizita oricând, unchiule, deşi sună cam ciudat să-ţi vizitezi casa în care te-ai născut. E mai bine însă aşa decât să aparţină unor străini, spuse cu entuziasm Emilien.

- Da, ai dreptate, încuviinţă Albert luând cuvântul şi el pentru prima dată. Dar casele soţiei mele? Ce s-a mai întâmplat cu ele?

- Una am vândut-o unui om pe care voi nu-l cunoaşteţi, s-a îmbogăţit şi avea nevoie de ceva măreţ. I-am vândut casa contesei Langarde. Cealaltă am vândut-o contelui de Nevers, nepotului meu pe care domnul Corday l-a salvat vindecându-l. Acum trăieşte la Paris în casa tatălui său, iar aici s-a stabilit însă sora lui cu familia ei. E o doamnă tare liniştită şi foarte discretă. Casele sunt astfel pe mâini bune şi pot fi întreţinute şi renovate mai mereu, căci proprietarii lor sunt oameni cu stare. Sora contelui de Nevers ştie că locuinţa aparţinea soţiei doctorului Corday, salvatorul fratelui ei, ne-am întâlnit chiar de curând la biserică. Ştie că veniţi, ar dori chiar să vă vadă, poate chiar mâine. Are o singură fată care cântă mai mereu la pian, a fost căsătorită acum câţiva ani, însă soţul ei a fost ucis în război. A fost destul de tristă multă vreme, dar are trei mângâieri: mama, pianul şi băieţelul rămas de la soţul ei. S-a retras, nu prea iese în societate, iar noi toţi o înţelegem. Nu are decât 30 de ani, iar băieţelul vreo 5 sau 6 ani. Poate că s-ar găsi careva s-o ia căci urâtă nu e deloc, însă nu s-a aflat încă acel bărbat care s-o scoată din liniştea şi starea de apatie în care se află. Moşia ta, Estelle, a cumpărat-o Emilien, a rămas deci tot în familie. Aşa a dat Dumnezeu şi aşa am făcut!

- Ăsta e chiar un lucru bun, spuse Estelle, uite aşa ne rupem cu totul de Franţa şi ne întoarcem cu mâinile pline de bani dar cu sufletele deşarte la Potsdam. Cine ştie dacă vom mai vedea Franţa, cine ştie ce politică va avea regele acesta mic atunci când va creşte mare? Eu cred că e doar o stare de acalmie...

- Ce doriţi să faceţi mâine? întrebă Emilien.

- Eu, spuse Amelie, vreu să merg la cimitir şi la familia contelui de Nevers, iar tinerii cred că trebuie lăsaţi în voie.

- Iar eu, spuse repede Estelle, vreau să le fac o vizită verişoarelor mele aici de faţă, apoi să-ţi văd casa, Emilien, şi să arunc o privire şi la moşie. Nu e departe de Nancy, deci cred că le putem face pe toate, de altfel noi nu plecăm de aici. Vom aştepta ca familia von Hesse să revină de la Paris, iar până atunci, dragă Louise, vom sta doar în jurul tău.

- Sunt fericită cum nu-ți poți închipui că pot fi! Ne cunoaștem de atâta vreme, dar nu ne-am văzut iarăși de tot atât de multă vreme, spuse marchiza Saint Claire.

La sfârșitul mesei, după ce se servi ceaiul în salon, verișoarele Estellei plecară acasă, apoi le urmă imediat și Emilien alături de soția lui, vădit obosită dar emoționată și zâmbitoare. Către final toți se retraseră în camerele lor și se culcară, căci de mult nu o mai făcuseră ca acasă. Un somn adânc îi ținu adormiți până dimineață când cocoșii începură să cânte și zorile să intre prin ferestrele larg deschise. După ce se treziră, mai leneviră puțin, apoi coborâră cu toții aproape la unison la micul dejun.

- De multă vreme n-a mai fost atâta zarvă la mine în casă, spuse Louise fericită, voi avea o lună plină, chiar dacă tu, Amelie, vei pleca pentru o săptămână la Paris, căci tot aici te vei întoarce și tot aici ne veți găsi cu toții. După ce veți pleca către casă ne vor rămâne doar scrisorile și mă voi mulțumi cu ele.

Amelie zâmbi cu duioșie, simțea peste tot unde pășea că este în Franța, unde totul era altfel, oamenii mai veseli și mai senini la chip.

- Louise, i se adresă ea surorii lui Georges, poți trimite te rog un servitor la casa mea cu cartea de vizită, poate vom putea fi primiți astăzi. Să aștepte răspuns, poate nu încercăm prea mult dacă spui că doamnele sunt cumsecade.

- Îndată, draga mea, iar marchiza de Saint Claire sună dintr-un clopoțel aflat pe masă lângă ea. Servitorul care fusese trimis cu această misiune se întoarse cu răspunsul că oricând sunt cu toții bineveniți pe timpul șederii lor în Nancy.

- Mergem astăzi, Albert? Cred că ar fi potrivit după ce ne vom întoarce de la cimitir.

- Desigur, vom merge amândoi, sunt și eu curios să văd casa mamei tale. E chiar frumos în Franța și ceva mai cald.

- Observ că fiecare are planurile făcute, spuse Georges cu un vădit accent german în franceza lui nativă, noi vom merge prin parc, apoi vom colinda prin oraș, iar când ne va răzbi foamea ne vom întoarce către casă.

- Iar eu, spuse și Louise în completarea celorlalți, voi merge la nora mea, este atât de înfricoșată de naștere încât mereu trebuie s-o liniștesc. Emilien este mai tot timpul plecat, iar ea rămâne cu doamna ei de companie care uneori o plictisește teribil cu diverse lucruri.

Totul fiind stabilit de fiecare în parte ce avea de făcut nu le rămânea decât să se reîntoarcă în camerele lor pentru a se pregăti să iasă și să redescopere orașul de care fiecare era atât de mult legat. Noi îi vom urmări doar pe marchizii von Hesse care se grăbiră să urce cei dintâi în camerele lor pentru a se pregăti. Ameli scoase săculeții de pământ cu

217

numele mătuşii şi a vărului ei, apoi îi aşeză pe amândoi în coş, iar după ce se mai găti puţin era gata pentru a coborî.

Era linişte acum, toată lumea plecase, avidă fiind să regăsească Franţa. Luându-şi soţul de braţ ieşiră din curte îndreptându-se către cimitir. Aveau ceva drum de mers până acolo, însă vremea fiind minunată te îmbia la plimbare, astfel uitai de drumul lung dar uşor de străbătut căci era drept şi bine întreţinut. Amelie era fericită, iar tăcerea ei exprima cel mai bine acest sentiment. Albert păstra şi el tăcerea privind la toate aceste lucruri noi pe care nu le văzuse niciodată. Îi plăceau casele de aici sesizând diferenţele între stilurile arhitecturale, lumea se uita de asemenea la ei cu o oarecare uimire şi nedumerire, căci nu ştia cine sunt. Unii se opreau în loc şi-i priveau, alţii se mulţumeau doar să întoarcă privirea, însă niciunul dintre marchizi nu se simţea stingherit.

- Albert, îţi dai seama câţi ani s-au scurs de când nu am mai fost pe aici? Eram atât de tânără şi înfricoşată când am plecat... Mă întreb ce impresie va lăsa Nancy-ul copiilor noştri. Dar Parisul, oare le va vorbi sufletelor lor? Mă gândesc iarăşi la mine, oare ce voi simţi când voi reintra în casa din Paris, dacă vom putea face asta, desigur.

- Te vei simţi la fel ca în acest moment când duci acest pământ la cimitir, consider că te vei simţi împăcată şi liniştită pe deplin, spuse soţul ei, oarecum liniştit.

- Nu mai e mult, uite, la stânga pe strada aceea drept în capătul ei se află mormântul contelui. Groparul îşi are casa chiar la intrarea în curtea cimitirului. Vom avea nevoie de o lopată să putem face o micuţă groapă în mormântul contelui al cărui titlu îl duc mai departe.

Când ajunseră la porţile cimitirului trebuiră să bată de câteva ori. Un bătrânel le deschise poarta şi îi pofti înăuntru. Mare îi fu acestuia mirarea când află cine îl caută.

- Sunteţi nepoata contelui de Langarde?

- Da, sunt Amelie Corday, am plecat acum foarte mult timp din Franţa, iar acum am revenit pentru puţină vreme. Aş dori să pun aceşti săculeţi de pământ în pământul contelui. Bătrânul dădu încet din cap a înţelegere.

- Este un mormânt îngrijit. Dar ce fel de pământ este?

- Este pământ de pe mormintele soţiei şi fiului său: Florance şi Marc de Langarde, astfel vor fi într-un fel împreună şi mă pot linişti şi eu. Le-am moştenit întru totul, fiind acum contesă de Langarde, iar prin căsătorie marchiză von Hesse, iar soţul meu este aici de faţă. Bătrânul se înclină respectuos, iar Albert îi strânse mâinile aspre într-ale sale. Se înduioşase de tot ce vedea.

- Veniţi să vedeţi mormântul, spuse bătrânul, iar între timp voi căuta o lopată să facem o scobitură pentru pământul dumneavoastră.

218

Cei doi marchizi îl urmară pe bătrânul paznic către un mormânt aflat pe o alee din partea dreaptă a cimitirului. Mormântul contelui de Langarde era străjuit de doi îngeri cu aripile plecate, avea o cruce simplă din marmură care, deși îmbătrânită, încă păstra numele contelui. Amelie lăsă coșul jos și îngenunche pe iarba dimprejurul mormântului. Începu să plângă. Albert o cuprinse în brațele sale în care soția sa întotdeauna și-a găsit liniștea. Nici nu sesizară că bătrânul plecase de lângă ei.

- Liniștește-te, Amelie, ușurează-ți inima și sufletul, unchiul tău este în ceruri alături de ai lui, sunt împreună așa cum vom fi și noi. Uite, l-am neliniștit și pe bătrânul acesta cumsecade.

- S-a dus după vreo lopată cu siguranță, spuse Amelie ștergându-și lacrimile și ridicându-se.

- Cred că da, dar iată-l. Voi săpa eu, spuse deodată marchizul. Bătrânul se mulțumi să încuviințeze din cap, dar nu plecă de lângă ei.

Albert începu să sape pentru a putea îngropa săculeții de pământ aduși atât de departe. Când termină, Amelie sărută săculeții, apoi îi așeză încet în mica scobitură făcută. Se opri din plâns. Albert începu apoi să acopere scobitura după care înapoie unealta bătrânului paznic alăturând și un ban de aur. Mai stătură puțin în fața mormântului, apoi se îndreptară spre ieșire.

- Vom mai veni odată la sfârșitul lunii, spuse Albert încet, apoi niciodată, ne vom întoarce în țara noastră.

- Vă aștept atunci să reveniți pe la sfârșitul lunii, spuse bătrânul zâmbind știrb, drum bun și noroc, le mai spuse el.

Albert îi mai strânse odată mâinile, iar apoi porțile se închiseră în urma lor. Se făcuse. Pământul se amestecase acum.

- Ești mai liniștită acum? întrebă Albert.

- Da, acum să mergem către casa în care am stat la Nancy înainte de a pleca.

Casa nu se schimbase cu nimic, totul era însă îngrijit, fără ca vreun lucru să arate trecerea timpului. Erau așteptați.

- Bine ați venit acasă, spuse doamna mai în vârstă, sora lui Philippe de Nevers. Amelie intră și nu observă nicio schimbare.

- Dar e la fel, șopti ea uimită.

- Da, într-adevăr ne-a plăcut atât de mult cum era totul aranjat și decorat încât nu am făcut altceva decât să întreținem tot ce am găsit, se auzi o voce mai tânără și apoi se văzu o siluetă cum coboară scările. Era tânăra văduvă. Nu vă spunem să vă grăbiți, puteți admira în voie totul, apoi vom merge în salon, continuă această tânără care nu era deloc dezagreabilă.

Se vedea că suferise, însă durerea o înfrumusețase resemnând-o la viața pe care o ducea acum. Amelie vizită toată casa mânată de nostalgii și

219

curiozitate, arătându-i lui Albert camera ei pe care o găsi neschimbată. Se așeză pe pat și închise ochii.

- Parcă am 15 ani, Albert... uite, candelabrul e același, draperiile sunt la fel, covorul de asemenea... Oare dacă m-aș uita în scrin? Dar ăsta e trecutul meu, nu am ce scormoni în el, zise ea ridicându-se. Să mergem în salon.

- Cum vi s-a părut? întrebă doamna mai în vârstă.

- Face parte din trecutul și din viața familiei mele, nu pot nega acest lucru, însă nu-mi mai aparțin, nici nu știu dacă voi mai veni în Franța vreodată. Mâine vom pleca la Paris la un verișor de-al nostru care este în viață, apoi ne vom întoarce acasă. Aceasta nu mai este casa mea, a fost odată, demult, casa mamei mele. Nu poți privi cu claritate în viitor dacă nu te lepezi de trecut.

- Așa este, spuse tânăra gazdă a casei, pesemne cu gândul la soțul ei mort de ceva vreme. Scrieți-ne când veți ajunge înapoi acasă la Potsdam, mi-ar face o mare plăcere să purtăm o corespondență. Noi sperăm într-un rege rațional în viitor pentru care religia să nu constituie motiv de nedreptăți.

- Vă promit că am să vă scriu, răspunse Amelie însuflețită și ea de această idee. Vă mulțumesc că ne-ați primit!

- Vă asigurăm că noi suntem mai fericite că ne-ați vizitat. Am să vă scriu la adresa de pe cartea dumneavoastră de vizită, o asigură tânăra doamnă.

- Iar eu am să aștept cu nerăbdare scrisorile dumneavoastră, mai spuse Amelie, apoi se despărțiră.

- Avem un drum lung mâine până la Paris, îi spuse Albert în timp ce le făceau încă semn cu mâna doamnelor din depărtare.

- Oare cui i-or fi vândut casa verișorii mei de la Paris? întrebă sau mai bine zis se întrebă Amelie.

- Vom afla mâine seară, draga mea, până atunci să ne pregătim pentru această călătorie.

Ajungând în casa Louisei își pregătiră bagajele pentru această călătorie la Paris, restul lucrurilor rămâneau să-i aștepte până se vor întoarce. Într-un târziu apărură cu toții din vizitele ce le întreprinseseră, fiecare împărtășindu-le celorlalți din noutățile aflate. După cină însă s-au retras fiecare în camere pentru odihnă. Cum vara ziua își face mult mai repede apariția, toată lumea se trezi destul de devreme fără mare efort. La orele 5 ale dimineții trăsura care avea să-i ducă pe cei patru la Paris era pregătită, iar peste puțin timp se urni din loc. La Paris urmau să zăbovească aproape o săptămână.

- De Alexander îmi pare rău, spuse Henry, e cam stingher. Îi este dor de logodnica lui și nici nu cunoaște pe nimeni în Nancy. Verișorul lui,

Emilien, e cam tot timpul ocupat, soţia lui e însărcinată, iar părinţii lui nu pot fi entuziaşti precum la 30 de ani.

- Noroc cu biblioteca mătuşii lui care e destul de vastă, adăugă Gustav, sigur va citi destul de mult şi bineînţeles va aştepta întoarcerea către casă. Sincer, Nancy mi-a trezit curiozitatea dar cam atât, casa noastră e departe de aici.

- E normal să fie aşa, dragii mei, le spuse Amelie celor doi copii ai săi, faceţi acest lucru doar pentru că toţi trei mă iubiţi, iar dacă nu am fi făcut acest lucru acum nu l-am mai fi făcut niciodată. Suntem destul de bătrâni, tatăl vostru şi cu mine, iar acesta este ultimul meu drum în Franţa. Am să mă obişnuiesc doar cu drumul între Potsdam şi Berlin, apoi sunt fericită că vă veţi căsători şi că suntem naşii lui Alexander. Ce cald este aici! Câmpiile acestea verzi sunt atât de frumoase, le-aţi remarcat? Uitaţi cum ţâşnesc păsările acelea din lanurile astea întinse, cred că s-au speriat de zgomotul făcut de noi. Toţi priveau pe ferestrele trăsurii şi admirau frumuseţile ce se înşirau în faţa privirilor lor.

- Oare ce-or fi? Se poate vâna prin locurile acestea? întrebă curios Gustav. De-abia aştept să mă mut la moşia de lângă Berlin. Îmi place mult la ţară şi totuşi, în acelaşi timp, să fiu la Berlin atât de repede. Voi vâna în voie, apoi voi veni seara obosit de la cancelarie, iar soţia mea mă va aştepta fericită.

- Fratele meu a început să viseze cu ochii deschişi, se amuză Henry. Mie îmi place la oraş precum şi casa mătuşii Frederika, întotdeauna îmi plăcea să mă ascund sub scară.

- Da, într-adevăr, confirmă Albert, scara este grandioasă, gândită şi construită impecabil.

- Voi vorbiţi despre palate, dar când îmi veţi vedea casa în care m-am născut ce veţi spune? întrebă Amelie cu o mină nostimă. Nu seamănă cu niciun palat, e o casă frumoasă într-adevăr, dar nu este mare, e încăpătoare, dar nu grandioasă. Oare o mai fi pe acolo pianul la care îmi plăcea să cânt?

- Casa ta rămâne casa ta, nu contează cum arată, acolo te-ai născut şi ne va plăcea cu siguranţă, nu-i aşa băieţi? îşi întrebă marchizul băieţii liniştindu-şi între timp soţia.

- Daaa, se auzi un duet nostim.

Drumul istovitor luă sfârşit, într-un final, aproape de ora cinei şi se dovedi adevărat faptul că erau aşteptaţi cu mare nerăbdare în casa în care Lucien Corday îl îmbrăţişase pe cumnatul său ultima oară cu atât de multă vreme în urmă. Imediat se deschise poarta, iar trăsura călătorilor noştri intră.

- Doamne, ce bătrân e Jerome, zise Amelie, ca şi mine de altfel... Şi aceea e soţia lui, Marie, care scrie atât de frumos.

- Amelie, strigă Jerome luând-o în braţe de-a dreptul din trăsură.
- Jerome, Doamne Dumnezeule şi începu apoi să plângă.

Marie îmbrăţişă pe toată lumea. Era acolo să-i întâmpine pe oaspeţi şi Alice alături de soţul său şi copilaşul ei. Dură ceva vreme până intrară în casă şi începură a împărţi cadourile pregătite cu atâta drag.

- Ce fericire, verişoară dragă, spuse emoţionat Jerome, dar în acelaşi timp ce durere ştiind că pleci peste câteva zile, dar să ne bucurăm de ce avem şi să ne mulţumim mai apoi cu scrisorile. Sperăm că acest copil, pus pe tron acum, va fi mai înţelept decât străbunicul său. Acum e bine, se ceartă în Consiliul de Regenţă, nu au treabă cu Dumnezeu, dar cine ştie ce va fi când Ludovic va prelua puterea? Măcar scrisori să ne mai putem scrie.

- Mulţumim că ne-aţi ajutat şi aţi vândut casa atât de repede, spuse Amelie, banii sunt deja la Berlin.

- Nu am vândut-o, a rămas în familie. Banii ţi i-a dat ginerele meu, Francois, care pur şi simplu s-a îndrăgostit de această casă. Au stat împreună cu noi până ce afacerile i-au permis să strângă banii necesari pentru casă, apoi a venit scrisoarea ta şi totul s-a terminat înainte de a începe să caute, acum locuiesc acolo, dar să ştii că nu au făcut schimbări importante.

- Doamne, este întocmai cum s-a întâmplat la Nancy, ce bucurie, exclamă Amelie, înseamnă că pot s-o vizitez fără a fi stingherită, continuă ea.

- Bineînţeles, spuse Francois încântat de asemenea vizită. În faţă am construit un magazin, e afacerea noastră de pe urma căreia trăim, dar nu este legat de casă. Casa a rămas la fel, doar cu mici modificări făcute de Alice, care şi-a adus contribuţia ca orice femeie la casa ei.

- Înţeleg şi vă mulţumesc încă odată, spuse Amelie cu emoţie.

- Camerele vă sunt deja pregătite, spuse Marie intrând în salon, vă rog să vă aranjaţi cât puteţi de bine şi să răsuflaţi uşuraţi căci aţi ajuns, apoi să vă pregătiţi pentru masă. Nu vă rămâne apoi decât să vă odihniţi. Mă întorc să văd dacă e totul gata şi mai ales dacă e destul fân pentru cai.

Familia von Hesse se instală în două camere spaţioase cu ferestrele spre grădină. Era linişte, iar zgomotele străzii nu ajungeau până la ei. Totul te îmbia la odihnă, căci oboseala începea a ieşi la iveală.

- Minunată familie, Amelie, mi-a plăcut tare mult bucuria lor de a te revedea, francezii sunt pasionali după câte văd, observă Albert în timp ce se pregătea de cină.

- Aşa este, Albert, parcă şi eu îmi aduc aminte câte ceva, spuse zâmbind marchiza.

- Ce interesant e Parisul, observă Henry, iar rudele noastre îmi par atât de diferite.

- Au alt temperament, parcă sunt mai calzi, completă şi Gustav, atent la discuţia părinţilor săi. Aţi observat că nu a zâmbit nimeni la auzul accentului nostru german? La Nancy se făcuse o referire odată la vorba noastră.

- Fireşte că a fost o glumă atunci, dragul meu frate, nu te mai bosumfla pentru nimic.

- Ei, fireşte că nu mă necăjeşte acest fapt nesemnificativ, făceam doar o comparaţie, se apără Gustav, apoi să nu uităm că aici ne aflăm la rudele noastre, ale mamei, pe când cei de la Nancy nu ne sunt rude, doar simple cunoştinţe.

La cină se vorbi despre o mulţime de lucruri, dar mai ales despre îndeletnicirile lui Jerome care stârniră şi curiozitatea celor tineri, chiar Amelie îşi arătă curiozitatea de a afla dacă mai face acele minunăţii decorative pentru cei de la curte.

- Mai fac, dar nu chiar aşa de multe cum făceam odinioară. Am strâns suficient cât să pot trăi decent, comenzi sunt, însă ochii nu mă mai ajută ca înainte, dar tot nu renunţ la pene şi alte lucruri din astea căci îmi place să lucrez la ele.

- Mâine am vrea să mergem la cimitir, dacă se poate, spuse Amelie.

- Desigur, de ce nu, confirmă Marie, apoi în altă zi vom merge la moşie, acolo unde ne-am cunoscut noi, continuă aceasta zâmbind amintirilor şi soţului ei.

- Iar într-o altă zi aş dori să veniţi la noi, adăugă repede şi Alice zâmbind.

- Mai aveţi pianul? o întrebă Amelie cu curiozitate.

- Perfect acordat, spuse micul Francois, iau eu lecţii de două ori pe săptămână, astfel că este în perfectă stare.

- Asta mă bucură mult, dragul meu, îi răspunse Amelie cu duioşie.

După cină se retraseră în camerele lor şi adormiră imediat, nefiind de mirare după un astfel de drum pe care îl săvârşiseră. Aveau să petreacă o săptămână la Paris, plină de evenimente în fiecare zi. Se treziră în dimineaţa următoare plini de vigoare şi cu puterile refăcute. Era atâta linişte acolo. Gustav şi Henry mai leneviră puţin în pat, apoi coborâră şi ei în salon, toată lumea îi aştepta cu masa, căci părinţii lor luaseră deja micul dejun.

- E vacanţă, mamă, nici nu mai ştiu de când nu m-am mai dat jos din pat atât de târziu, zise Henry zâmbind.

Cei doi tineri mâncară asemenea celor de vârsta lor, observând în continuare că totul era diferit în jurul lor, dar în acelaşi timp delicios. Marie se distra pe seama lor, căci uneori erau cam stingheri, Gustav era chiar să dărâme o vază, dar îl salvase Henry prinzând-o, dar şi amuzându-se în acelaşi timp pe seama fratelui său.

- Se completează bine cei doi fraţi, observă şi Jerome în timp ce se amuza de situaţia lui Gustav care începu să roşească, dar şi să pălească în obraji. Aşadar vom merge la cimitir la mama şi tatăl meu, continuă el, dar ar fi bine să ne grăbim căci ne va prinde zăpuşeala.

- Jerome, am doi săculeţi cu pământ de pe mormântul tatălui meu, poţi lua vreo unealtă ca să-i putem îngropa pe fiecare mormânt? Jerome o înţelese din priviri şi îi răspunse:

- Merg chiar acum să caut o lopată, tu să ai doar săculeţii cu tine.

- Sunt pregătiţi deja într-un coş de la Nancy, doar cât să iau coşul din cameră, mă duc chiar acum, mai adăugă Amelie, apoi se ridică şi plecă spre camera ei.

Când coborî avea deja pălăria pus,ă deci nu mai zăbovirăpentru alte pregătiri. Parisul se mărise, iar acum Amelie avu greutăţi să localizeze încotro ar putea fi cimitirul. Se construise, se dărâmase, iar se construise, se făcuseră drumuri noi, doar Sena era aceeaşi. Oamenii erau numeroşi pe drumuri, echipajele nobililor treceau în grabă pe lângă ei aproape călcându-i.

- Ce simţi, Amelie? o întrebă deodată vărul ei.

- Nu simt nimic sau mai bine zis nu mai simt nimic, doar un gol şi parcă o neplăcere, spuse Amelie îngândurată.

- Te-ai rupt de locurile astea, aşa e?

- Da, nu voi uita că am fost izgonită, acum e un oraş care nu-mi inspiră nimic. Sunt fericită că v-am văzut pe voi, dar Parisul şi Franţa nu mai au loc în inima mea, cred că s-a terminat de mult şi nu acum.

- Uite, am ajuns, sesiză Henry, pare a fi un cimitir înaintea noastră.

- Aşa este, confirmă Jerome.

Aici cimitirul era deschis, astfel că intrară nebăgaţi de nimeni în seamă, apoi căutară mormintele celor doi soţi care erau aşezate unul lângă altul.

- Ei, îmi aduc aminte acum, spuse Amelie deodată când se pomeni ţintuită în faţa celor două moviliţe de pământ înconjurate cu gărduleţe din fier ornamentate după cum era obiceiul. E frumos aici, spuse ea în continuare, cimitirul ăsta e imens şi liniştit.

Când gropile fură gata, Amelie aşeză în fiecare din ele câte un săculeţ, iar mai apoi Jerome le acoperi cu pământ.

- Gata, am terminat, spuse la final Amelie.

- Până la masă, interveni Marie, ne putem plimba cu trăsura şi nu cred că va fi obositor. Mergem apoi acasă şi ne vom odihni. Va veni apoi Alice cu familia ei, iar mâine va fi rândul nostru să-i vizităm şi să rămânem la cină la ei. După câte ştiu se pregătesc pentru o cină specială, dar e o surpriză şi nu mai dau alte amănunte, deja am fost suficient de indiscretă, încheie zâmbind Marie.

- Atunci haideţi să vedem Parisul, spuseră Gustav şi Henry în cor, astfel putem pune şi scrisorile acestea la poştă, avem sentimentul că şi Alexander face la fel la Nancy.

- În sfârşit copiii mei se aşează la casele lor şi poate voi avea curând parte de nepoţi, zise oarecum nostalgică Amelie. Sunt de asemenea bucuroasă că fetele băieţilor noştri sunt de condiţie foarte bună şi cred că a meritat aşteptarea, vreau să fiu optimistă.

- Aşa şi trebuie, mamă, o consolă Henry, am ales greu noi doi ce-i drept, dar am ales bine.

Treceau cu toţii pe străzile Parisului pe lângă impozantele palate ale nobilimii cu o arhitectură minunată, chiar dacă puţin cam prea încărcată, dar Franţa şi Parisul o cereau. Unele străzi străzi erau suficient de largi cât să încapă mai multe echipaje alături, erau pline de zarvă şi de acea sevă a Parisului ce-l făcea unic faţă de alte capitale ale Europei în acel moment.

- Să mergem în zona magazinelor, poate nişte ţesaturi sau dantelă, o îndemnă Marie pe Amelie.

- Mai bine nu, am pierde timpul. Să ne plimbăm în continuare mai curând. Uite şi catedrala şi Sena cea veşnic nepăsătoare, îi răspunse Amelie.

- Uitaţi-vă ce echipaj strălucitor trece pe lângă noi, zise deodată Albert, cine este?

- După blazon este şeful Consiliului de Regenţă, ducele D'Orleans în persoană. Dar goneşte nu glumă spre palat! Nu cred că s-a întâmplat ceva, ci doar îi place să i se facă loc şi să i se arate respectul cuvenit în orice chip, spuse Jerome.

- Nici în Berlin şi nici în Potsdam nimeni nu aleargă aşa, remarcă Gustav. Acest oraş seamănă cu un furnicar, este prea mult pentru mine, e prea mare. Nu cred că aş putea locui aici, de fapt după ce mă voi căsători voi locui la o moşie apropiată de Berlin aflată într-o zonă liniştită ce-ţi poate reface puterile ostenite. Viitoarei mele soţii i-a plăcut acolo căci am dus-o odată şi pe ea în vizită la moşia noastră, oricum noi ne vom petrece viaţa în Berlin unde mă cheamă datoria şi afacerile, dar vom avea mereu la îndemână acel colţ de linişte unde ne putem retrage ori de câte ori vom simţi nevoia.

- Iar eu, spuse Henry, voi avea parte de tot zgomotul din Potsdam, dar nu mă deranjează, am aranjat dormitoarele în partea din spate a casei noastre astfel că ferestrele noastre dau către grădină pe unde nu trece nici măcar o roată, darmite o trăsură.

- Haideți să mergem către casă, cred că masa este gata și prânzul poate fi servit, le spuse Marie. Trebuie ca și Marie să fi ajuns acolo cu soțul ei Francois. Întoarseră trăsurile și porniră agale către casă unde Alice ajunsese deja și nu pierduse vremea ci începu să inspecteze pregătirea mesei pentru a se asigura că totul este perfect.

- Hei, cum a fost? întrebă ea când îi văzu venind.

- Obositor, e un oraș prea mare pentru noi. Am fost însă la cimitir și ne-am făcut datoria, draga mea, îi răspunse marchiza luându-i mâinile Alicei într-ale sale. Ești o fată tare de treabă, o să ne scriem destul de des, ți-ar plăcea?

- Bineînțeles, vă rog să-mi povestiți totul despre nunțile ce vor urma, trei parcă sunt, continuă Alice.

- Da, așa este, se căsătorește și Alexander, marchiz de Bruy. Noi i-am cununat părinții și l-am botezat, iar acum a venit vremea să-l și cununăm.

- Ce frumos, mi-ar plăcea să fiu și eu acolo, spuse Alice cu tristețe, căci distanța era un obstacol peste care nu putea trece. Atâtea nunți, atâtea mirese...

- După nunțile acestea doar Gustav va rămâne la Berlin cu Anna, ceilalți doi vor fi la Potsdam, fetele lor fiind din Potsdam, așadar vor rămâne cu noi, mă gândesc la faptul că Gustav ne va uita, oricum va veni la noi de câte ori va putea. Nu e totuși rău, căci astfel o poate ajuta și pe mătușa Elisa, sora soțului meu care locuiește la Berlin.

Masa se lungi mult datorită discuțiilor dintre toți mesenii, zâmbeau și povesteau cu toții și astfel timpul zbură cu repeziciune. Când Alice și familia ei plecară era deja târziu.

- Mâine seară veniți cu toții la noi, trebuie să vedeți casa și să luați masa la noi. Sunt tare emoționată să vă primesc și sper din toată inima ca totul să iasă bine Soțul meu Francois, aici de față, a trebuit să mă ajute și el cu pregătirile, l-am chinuit puțin, dar e prima noastră masă cu atâta lume bună. Noroc că a trebuit să plece să mai inspecteze magazinele lui astfel a putut să mai tragă nițel chiului, dar fiul nostru însă ne-a ajutat cu adevărat, mi-a dat chiar și idei în unele cazuri. Acum la revedere și somn ușor! Am vorbit cam mult, termină Alice râzând.

- Ești încântătoare, o liniști Amelie cu blândețe și apoi îi făcu semn cu mâna.

După ce toată lumea se liniști, Amelie găsi de cuviință să-i vorbească lui Albert despre simplitatea și bucuria sinceră a Alicei.

- Normal, draga mea, este o fată simplă și binecrescută, apoi nu circulă în mediile înalte de la curte pentru a fi obișnuită a se comporta într-un anume fel în funcție de împrejurări. Este cât se poate de firească, ca de altfel toată familia ta. Îmi plac foarte mult...

- Mă bucur să aud asta, spuse Amelie aproape în somn. Albert zâmbi şi apoi se întinse şi el adormi pe dată, ca de altfel toată lumea.

Ziua următoare era cea pe care Amelie o aştepta cel mai mult, căci avea tot felul de sentimente cu privire la casa în care s-a născut şi a stat cinsprezece ani. Până seara se tot gândi străbătută de diverse idei. Cobora în grădină unde toată lumea era adunată la soare, apoi urca sub diverse pretexte la ea în cameră, iar la masă nu mânca prea mult. În afară de soţul ei nimeni nu sesiză însă nimic cu privire la ea. Când privirile li se întâlneau Albert îi arăta că îi înţelege neliniştea şi nerăbdarea şi încerca din ochi s-o liniştească. Amelie îi mulţumea de asemenea din priviri. Se hotărâse să îmbrace o rochie închisă la culoare la care să asorteze nişte perle micuţe dăruite de Albert cu mult timp în urmă şi care ei îi plăceau atât de mult. Veni până la urmă şi momentul vizitei. Când ajunseră în faţa porţilor, acestea se deschiseră pe dată, căci erau, după cum se vede, aşteptaţi. Stăpânii casei erau pe scări şi îi aşteptau.

- Iată şi casa mea, spuse Alice îmbrăţişând-o pe Alice şi apoi sărutându-i copilul. Pare neschimbată, nici grilajele nu le-aţi scos, cred că e mai bine pentru siguranţă. Tata mereu spunea asta.

- Am făcut nişte mici reparaţii, dar casa este solidă, spuse şi Francois. Să intrăm!

Amelie intră prima, iar ceilalţi o urmară. Începu să-şi amintească totul, scara, salonul, bucătăria, camerele de sus, pianul la care învăţase să cânte, camera ei minunată de fetiţă care era liberă acum.

- E perfect acordat, zise ea oarecum uimită de descoperirea făcută, uite, recunosc şi zgârietura aceasta, am făcut-o cu un cuţit. Vărsasem ceară de la o lumânare şi am vrut să curăţ totul fără ca mama să ştie şi într-adevăr nici nu a observat, draga mea mamă, atât de bună şi de blândă... Alice se apropie de ea simţind că e un moment mai delicat.

- Hai în grădină, nu te supăra, nu are rost. Trandafirii au crescut destul de mult încât i-am lăsat să se caţere pe nişte cupole de fier făcute de Francois, ai să vezi cât de mult s-au lungit.

- Chiar aşa, se minună Amelie?

- Uite, vino să vezi, e chiar frumos ce a ieşit din ideea lui Francois, sunt nişte bolte minunate de trandafiri acum, zise Henry luând-o înainte.

- Era grădina noastră secretă, îşi aminti zâmbind Amelie, nimeni nu ne vedea din afara ei, căci gardurile sunt prea înalte. Mama stătea întotdeauna şi îşi lua ceaiul aici când era cald. Un servitor intră pe uşă şi nu o lăsă pe Amelie să devină melancolică, îi anunţă că totul era aranjat pentru masă.

- Dragii mei, haideţi cu toţii în sufragerie, îi invită cu o oarecare emoţie stăpâna casei.

În acea seară nimeni nu o lăsă pe Amelie să devină tristă. Faptul că petrecu timpul în ceea ce fusese odată casa ei îi dădea un amestec ciudat de sentimente pe care cei din jur încercau să-l risipească ca să nu o sufoce în cele din urmă. Ea observă acest lucru, cu toții erau foarte atenți, chiar și Gustav vorbi mult la masă și mai apoi în salon. Toți se străduiau să-i facă seara cât mai frumoasă pentru ca ea să rămână cu o amintire plăcută și fără nostalgii care să o tulbure mai apoi.

Ajunseră acasă la Jerome aproape de miezul nopții, obosiți, dar foarte bine dispuși, cu toții fiind convinși că Amelie era fericită, iar acest lucru i-l spusese marchiza soțului ei în camera de culcare.

- Voi avea ce să-i povestesc mamei când ne vom întoarce.

- Nu-ți pare rău că pleci iar din Franța? o întrebă mai atent Albert.

- Drept să-ți spun, nu. Am văzut totul sau mai bine zis am revăzut totul, iar acum abia aștept să mergem acasă la noi. Legăturile mele s-au rupt, iar dacă până acum mai aveam îndoieli, iată că acum ele nu mai există. Chiar mă bucur că le aparține lor casa și mă voi bucura de vizita la moșia vărului meu unde vom sta o noapte, dar voi fi mereu de acum înainte cu gândul la întoarcerea la Nancy și apoi la Potsdam. Nu mai am ce simțăminte să-mi răscolesc, e asemenea unui lanț care s-a rupt și mi-a redat libertatea. Iar acum îmi este atât de somn... dar mă voi odihni cum trebuie la Potsdam.

Albert zâmbi și îi sărută mâna, era doar a lui. Se treziră târziu cu toții după acea seară, iar Franța se dovedi pentru călătorii noștri o adevărată încercare a puterilor lor. Acum se înhămau caii pentru călătoria de două zile la moșia lui Jerome, iar toți erau voioși și binedispuși. Băieții doreau să pescuiască și erau nerăbdători să ajungă acolo. Drumul le fu vesel și nimeni nu își mai dădu seama când se scursese timpul căci ajunseseră deja la moșie. Etienne și Nicolette îi așteptau pe vizitatori pregătiți să le facă toate poftele și să-i facă să se simtă cât mai bine. Băieții chiar prinseră pește, așa cum și-au dorit, iar acum îl găteau pe jar. Nu mai stătură mult pe gânduri și se și apucară să-l mănânce cu mâna, ceva neobișnuit la ei. Vizitară apoi cu toții locurile aparținând moșiei, uimiră niște țărani ce lucrau la câmp și care nu erau obișnuiți cu atâta lume la casa stăpânului. Chiar și căpițele de fân pe după care începură să alerge băieții li se părură a fi altfel făcute. Părinții lor nici nu-i mai recunoșteau văzându-i atât de veseli. Într-un târziu se opriră și țăranii din lucru și începură să râdă și ei cu poftă, dar îi salutară cu mult respect ridicându-și pălăriile.

- Asta e un fel de zburdălnicie înainte de nuntă, spuse Albert zâmbind și privindu-și băieții.

- E uimitor cum s-a schimbat Gustav aici și mă gândesc că va reveni iar foarte serios la Berlin, parcă l-aș vrea vesel ca azi mai mereu. Îți vine să crezi că sunt doi băieți de 10 ani, spuse marchiza.

- Sunt plini de viaţă, i-a îmbătat simplitatea traiului de la ţară, însă cred că dacă ar fi obligaţi să rămână s-ar îmbolnăvi căci nu e mediul lor firesc, afirmă Jerome. Omul în societatea noastră se limitează la prea puţină umanitate sinceră, totul e doar prefăcătorie, etichetă precum şi legături pentru eventuale profituri.

- Aşa este, confirmă Albert, aici lumea parcă s-a oprit în loc, nu interesează pe nimeni aici ce face copilul rege la palat sau mai ştiu eu ce contesă decăzută.

Seara veni cu câţiva stropi răzleţi de ploaie, astfel că mirosul prafului ud se împrăştie peste tot.

- Voi fi fericit la moşie, tată, zise Gustav. Îmi place, nici că se putea o alegere mai fericită pentru mine, e chiar lângă Berlin, asemenea moşiei unchiului Jerome care e apropiată Parisului. Scapi imediat de zgomotul oraşului şi dai de liniştea naturii.

- Unde te va aştepta frumoasa Anna fericită că te-ai întors, completă imediat Henry. Da, este o moşie încântătoare pe care ai descoperit-o oarecum astăzi prin comparaţie cu locul unde ne aflăm acum.

- Ai dreptate, frate, confirmă Gustav, şi unde mai pui că am o poftă de mâncare...

- Pe care trebuie s-o ţii în frâu înainte de nuntă, se amuză mama lui.

- Dar şi după aceea, spuse Albert luând parte la veselia ce se stârnise. Păcat că această vacanţă minunată se va termina curând, peste două zile vom pleca la Nancy. Parcă mă şi văd deja acasă, iar vizita în Franţa un vis dintr-o noapte.

Albert spusese aceste cuvinte luând în mâna lui mâna frumoasă a soţiei sale. Tăcerea se lăsă, iar mai apoi toată lumea se retrase pentru odihnă cu un gol în suflet. Totul era efemer, totul trecea în zbor asemenea păsărilor ce pleacă toamna să ierneze în ţinuturi mai calde. Dimineaţa ploaia devenise de mult o amintire, nu se mai găsi nicio urmă să mai amintească de ea. Păsările cântau vesele printre crengile copacilor, găinile începură şi ele să cânte vesele lăudându-şi ouăle făcute, cocoşul se mişca ţanţos printre ele, iar doi ochi, ai lui Gustav, priveau încântaţi viaţa orătăniilor din curtea moşiei lui Jerome. Parcă se hrănea sufleteşte cu ceea ce trăia la ferma unchiului său. Totul însă se termină, seara veni şi trebuiau să se întoarcă la Paris unde mai aveau de zăbovit doar în ziua următoare pentru a-şi pregăti bagajele. După aceasta va urma reîntoarcerea la Nancy, apoi „Adio" Franţa. În timp ce el gândea lucrurile acestea descoperindu-şi latura sentimentală pe care nu o cunoscuse niciodată, păsărilor din jurul lui nici nu le păsa de el, îşi aveau timpul lor, viaţa lor scurtă până când ajungeau în vreo oală şi erau fericite în curtea lor. Nu doreau să vadă Berlinul. „Ce comparaţie între oameni şi păsările acestea!" se trezi el zicându-şi încercând a se scutura de propriile-i copilării. Parisul nu-i plăcuse, era un sentiment ciudat când toată lumea lăuda această capitală strălucitoare. Îl admirase, dar oarecum de la distanţă, fără să-l atingă cu inima şi sufletul. Îi era dor de Anna şi dori deodată să plece.

Plecară întâi de la fermă, dar cu ochii înlăcrimaţi, apoi din Paris, mai tulburaţi ca niciodată de faptul că nu se vor mai vedea niciodată şi ajunseră la Nancy unde aveau să se despartă a treia oară de Franţa. După ce mai zăbovirâ o zi şi o noapte la Nancy, mai vizitară încă odată cimitirul şi pe moşneagul cel amabil care-i recunoscu imediat, apoi îşi luară rămas bun de la toţi cei cunoscuţi. Amelie vărsă lacrimi când merse pentru ultima dată la casa vândută contelui de Nevers făcându-le pe cele două femei să se înduioşeze şi să plângă cot la cot cu marchiza. Estelle îşi luă rămas bun de la verişoarele ei în aceeaşi manieră, iar în final o lăsară pe marchiza Saint Claire plângând în hohote în braţele copilului ei. Fratele ei era la fel de tulburat în trăsură şi flutura o batistă pe fereastră, strigându-i că-i va scrie curând. Toată deznădejdea călătorilor noştri dură la aceeaşi intensitate până la ieşirea din Franţa apoi, după ce trecură graniţa, durerea parcă începu să treacă.

- Ne aşteaptă două nunţi, o adăugăm apoi şi pe cea a lui Alexander în septembrie, nu putem rămâne atât de trişti. Ne dorim nepoţi, adică viitor. Franţa aparţine trecutului, ajunge! Ajunge! spuse hotărât Amelie. Nici nu mi-am închipuit o asemenea durere, acum sunt bucuroasă că mama nu a putut veni cu noi, nu cred că ar fi ţinut piept acestor despărţiri. Uneori mă gândesc că nici noi nu trebuia să facem această călătorie. Banii îi aveam deja la Berlin, deci ne puteam rezuma la a ne scrie doar....

- Amelie, ştii bine că nu ţi-ai fi iertat-o niciodată, spuse Albert, iar marchiza oftă acoperindu-şi faţa cu mâinile.

- Ai dreptate, nu mi-aş fi iertat-o, dar nu vă mai gândiţi la asta, ne vom reveni cu toţii. Mă cunoşti atât de bine, spuse Amelie zâmbindu-i soţului ei. Vreau să mă gândesc la faptul că atât cât voi trăi voi avea grijă de nepoţeii mei, de copiii mei şi voi fi fericită în ţara care ne-a adoptat alături de întreaga mea familie. Nu am să uit Franţa, voi scrie, voi povesti, îmi voi aminti, dar ea este departe şi oarecum închisă într-un cufăr bine zăvorât în inima mea. Acest cufăr s-a deschis, acum însă am pus lacătele la loc, chiar dacă m-a durut. Prusia mă aşteaptă pentru restul vieţii mele.

Aceste cuvinte au fost ca o confesiune a întregii călătorii pentru familia marchizului von Hesse. Cu toţii erau aşteptaţi cu nerăbdare la Potsdam, adică „ACASĂ".

CAPITOLUL 24

Oricâte scrisori şi-ar fi trimis logodnicii, nimic nu se compara cu bucuria revederii care li se citea pe chipuri. Fetele ciripiră cum că trusoul este gata, rochiile la fel, iar toate aşteaptă luna august pentru a putea fi folosite. După îndatoririle sale oficiale şi înainte de a merge la moşie Gustav se oprea la logodnica lui. Serile erau astfel minunate pentru amândoi. Luna iulie se dovedi atât de prielnică plimbărilor prin grădină încât cu greu se mai despărţeau.

Pe de altă parte Gustav pregătea cuibuşorul pentru el şi iubita lui, aşa cum ştia şi considera el mai bine. Adusese un grădinar care să se ocupe de împodobirea terenului din jurul casei, astfel ca draga lui Anna să nu aibe nicio şansă să se poată plictisi vreodată. Construise şi o seră care iarna putea fi încălzită şi în care aceasta putea sta cu câte o carte în mână înconjurată de plante şi flori ca şi pe timpul verii.

Heny era mai norocos, el nu trebuia să plece din Potsdam după ce îşi isprăvea îndatoririle, iar Luiza putea să o viziteze pe Amelie ori de câte ori dorea. De altfel Amelie fu prima căreia i se arătă rochia modificată după formele fetei, modificări neînsemnate, ce-i drept. Seara contele de Langarde avea de asemenea de ales între a dormi în palatul părinţilor săi sau a merge la el acasă, se putea considera favorizat din această privinţă. Dacă ar fi să gândim prin prisma fratelui său, s-ar putea spune că nu prea era atât de favorizat. După părerea lui Gustav, unor tineri îndrăgostiţi le-ar trebui linişte şi singurătate, iar nu plimbări între casele părinţilor. Ce să mai spunem despre Alexander?! El locuia în căsuţa unde bunicii lui au locuit la începuturile lor în Potsdam şi, asemenea lui Gustav, şi el îşi dorea să fie doar cu aleasa lui. Marianne nu se sfia uneori să apară subit în biroul lui, făcându-l să râdă pentru câteva minute. Ştia că nu avea voie să-l deranjeze, dar o făcea pentru câteva minute, apoi dispărea. Alexander fu contrariat la început, dar apoi începură să-i placă cele câteva minute pe care Marianne îşi permitea să i le răpească, apoi aceasta îşi continua

231

plimbările ei obişnuite prin oraş pe la magazine alături de mama sa şi uneori doar cu camerista ei. Alexander abia aştepta să treacă cele două luni pentru ca Marianne să fie pentru totdeauna la casa lor, dar mai întâi de acestea trebuiau să fie cavaler şi domnişoară de onoare la cele două nunţi din august, ale lui Gustav şi Henry. Cu siguranţă aveau să se distreze straşnic.

Amelie îi scrisese scrisori de mulţumire familiei Martin, căci petrecuseră atât de plăcut în Franţa şi transmisese mai ales salutările mamei ei tuturor, precum şi părerea de rău că nu a putut veni şi ea. O lăudase pe Alice şi pe soţul acesteia, Amelie fiind plăcut impresionată de faptul că Jerome îşi botezase fiica după numele mamei sale. „Sunt conştientă", spunea ea, „că nu mă vor mai ţine puterile să vă mai văd vreodată în carne şi oase, însă mă voi consola cu ideea că nu am închis ochii înainte de a vă vedea. Ne vom scrie şi ne vom ţine la curent cu tot ce se întâmplă în viaţa noastră. Avem aceste două luni înainte pline de evenimente şi prinşi în vâltoarea acestora vom mai uita că timpul trece. Logodnica lui Henry va purta rochia mea de mireasă, va fi ca o întoarcere în timp pentru mine şi Albert. Henry, Gustav şi Alexander, aceasta este rânduiala nunţilor lor şi nădăjduim să avem şi noi nepoţi în curând. Tu, dragă Jerome, ai deja nepotul mare şi, după câte băgăm de seamă, amândoi băieţii mei au cam pierdut vremea."... Marie îi răspundea Ameliei şi îi întărea speranţa că va avea în curând nepoţei prin grădină. Îi povestea întâmplări din pruncia nepoţelului ei făcând-o pe marchiză să râdă în hohote. Astfel trecu luna iulie, însorită şi minunată perioadă a anului. Se făcuseră invitaţiile şi fuseseră deja şi trimise, se mai verifică absolut totul, apoi alte sume de bani fură date copiilor. Pentru nunta ce va avea la Berlin puneau umărul foarte serios şi părinţii Annei împreună cu Gustav. Nici Alexander nu se lăsa mai prejos ţinând şi el pasul cu pregătirile, în prima săptămână din septembrie îi venea şi lui rândul.

Nu are rost să lungim această descriere a perioadei de aşteptare a acestor evenimente ale anului 1716 mai mult decât se cuvine. Inima celor trei logodnice nu ar rezista, iar mamele ar avea prea multă emoţie de îndurat, astfel că, luând-o uşurel, începem cu Luiza, pe care ne-o imaginăm în ziua nunţii înconjurată de cameriste, prietene, de mamă, de Marianne şi de Anna. Toate aceste femei se învârteau în camera fetei ameţind-o pe aceasta mai tare decât era datorită emoţiilor cu diversele lor păreri pe care şi le expuneau cu privire la toate nimicurile. Luiza stătea oarecum liniştită în faţa oglinzii pentru a suporta crearea coafurii care să fie în ton cu ţinuta ei, dar mai ales cu diadema de contesă de Langarde. Mama ei era tare mândră de acest luru şi nu izbutea niciodată să-şi reprime emoţiile cu privire la noua poziţie a fiicei sale. Luiza ar fi preferat să nu-şi prindă părul, pentru ea fiind suficiente diadema şi voalul, dar un cor de voci feminine izbucni imediat dezaprobând-o, astfel că renunță la ideea ei și se resemna privind în oglindă cum se înălța încet și sigur o coafură demnă de bijuteria ce trebuia purtată cu tot fastul. În final, Luiza își dădu și ea acordul asupra rezultatului, arăta minunat, acum își dădea și ea seama de farmecul diademei, precum și de faptul că nu se putea asorta cu o coafura simplă. Cu rochia a fost ceva mai simplu, toate din jurul ei doriră s-o ajute și fiecare reuși până la urmă s-o îmbrace câte puțin cu acea rochie greoaie și bogat împodobită așa cum se cuvenea unei nobile. Ce-i drept, Luiza era bogată, dar nu nobilă, această nuntă îi aducea și ce-i lipsea, adică noblețea.

Luizei însă nu-i păsa de acest aspect, ea îl iubea sincer pe Henry și de-abia aștepta să meargă la casa ei, adică la palatul soțului ei unde urma serbarea acestei uniuni. Amândoi tinerii își terminaseră gătelile în același timp, așadar puteau pleca într-un sfert de ceas către biserica special împodobită pentru evenimentul care îi aștepta.

La scară pe Luiza o aștepta caleașca familiei, iar tatăl ei era tare mândru. Acesta coborî scările către caleașcă și începu să plângă ca un copil.

- Ce frumoasă ești, draga mea, spuse el printre lacrimi, apoi e bine că nu-l vom face pe conte să aștepte. Vei fi contesă Luiza! Să-ți iubești soțul și să-ți respecți rangul în nobilime. Sper să ne vizitezi des și să ai copii curând, mai adăugă el gâtuit de emoții.

- Doamne, ne face pe toate să plângem, îl apostrofă soția lui.

- Tată, uiți că nu voi pleca din Potsdam? Câteva străzi ne despart de voi.

În acest timp un servitor abia suflând intră val vârtej anunțând că mirele a plecat de la palatul von Hesse împreună cu alaiul său. Se produse pe moment puțină învălmășeală, dar se liniștiră când își aduseră aminte că mireasa poate întârzia puțin, chiar se recomanda acest lucru, căci emoțiile așteptării erau de fapt sarea și piperul unui asemenea eveniment. Luiza își luă minunatul ei buchet de mireasă, apoi se îndreptă spre caleașca ce o aștepta bogat împodobită cu flori roz și panglici albastre. Anna și Marianne, alături de mama Luizei, mergeau împreună într-o caleașcă, iar mireasa, alături de tatăl ei, în alta.

De partea cealaltă Henry era la fel de nervos și nerăbdător, suindu-se în trăsură cu gândul să se termine totul odată. Poporul se aduna pe marginea drumului curios din cale-afară și le făcea semne cu mâna celor din trăsuri. Henry, ce-i semăna Ameliei, era îmbrăcat într-un costum de gală ce-l prindea foarte bine. Drumul până la biserică i se păru lung cât o zi de post negru de care nu avusese totuși parte până atunci. Când zări biserica răsuflă ușurat, spera să ajungă primul, așa cum se și cuvenea să fie, neştiind că fusese spionat de servitorii miresei lui tocmai pentru a evita venirea Luizei prima la biserică.

Coborî sprinten din trăsura lui şi salută vesel pe toată lumea apoi, alături de cavalerii săi şi de familie, intră în sfântul lăcaş. Dădu mâna cu preotul, după care se aşeză la locul cuvenit rugându-se să nu aştepte prea mult, căci orice clipă i se părea acum a fi un vreac, iar un minut putea fi chiar o eternitate. Datorită prevederilor familiei Luizei aceasta intră în biserică după numai cinci minute de la sosirea mirelui. Când tatăl ei îi ridică voalul, lui Henry i se păru a fi cea mai frumoasă fiinţă de pe faţa pământului, neputându-i spune doar că este foarte frumoasă, cuvintele îi dispărură din minte în timp ce ochii sorbeau cu nesaţ frumuseţea Luizei. Ameliei îi dăduseră lacrimile văzându-şi rochia, iar Albert îi şopti atunci că parcă îi vine a crede că sunt ei acolo amintindu-şi de cum erau ei odată. Slujba li se păru lungă celor doi tineri, dar într-un final inelele fură puse, jurămintele schimbate şi binecuvântarea preotului dată, astfel că cei doi se treziră căsătoriţi. De fericire, Henry începu să-şi învârtă proaspăta soţie, spre groaza soacrei sale, temătoare pentru coafura fetei sale. Se consola cu ideea că diadema fusese prinsă destul de zdravăn în părul fetei, astfel avea un motiv în plus de mulţumire, căci ea insistase pentru siguranţă şi uite că avusese dreptate. Henry, în loc să o sărute, o învârtea ca pe un fulg în faţa altarului.

După emoţiile destul de intens pe care le trăiră cu toţii la biserică, veni momentul destinderii, astfel că balul ce urmă la palatul Langarde fusese minunat şi ţinuse aproape de cântatul cocoşilor. Luiza purtase rochia roşie a Ameliei, spre deliciul şi încântarea acesteia. Reuşise să se menţină vioaie şi proaspătă toată seara, deşi nimeni nu o cruţase de la dans, privirea îi rămăsese neobosită, chiar şi după ce toţi îşi luaseră rămas bun şi cei doi miri rămăseseră singuri alături de servitorii lor.

Anna şi familia ei locuiau până la întoarcerea la Berlin în casa lui Gustav. Şi ei erau pentru prima dată sub acelaşi acoperiş şi urmau şi ei peste o săptămână a se căsători. Erau teribil de emoţionaţi, Gustav îi promisese însă că el nu o va învârti deloc şi se va mulţumi doar să o sărute, aşa cum cere obiceiul.

După petrecere Henry şi Luiza intrară în salonul unde toţi invitaţii lăsaseră discret câte un cadou.

- Oare când le vom deschide pe toate? întrebă Luiza zâmbind.

- Te priveşte, iubito, îi răspunse Henry amuzat, când eu voi fi ocupat în oraş cu afacerile mele, tu vei avea timp suficient să le poţi deschide pe toate.

- Răule, ştiam eu că nu mă vei ajuta, îi reproşă Luiza strâmbându-se şăgalnic ,după care închise uşa salonului. Urcară scara spre camerele lor fericiţi, zâmbindu-le senin şi servitorilor ce roiau în jurul lor.

Nunta lui Gustav a decurs la fel de normal ca cea a fratelui său mai mic, însă din greşeală sau nu, cine poate cunoaşte sentimentele şi trăirile unui bărbat în faţa altarului, mirele făcu acelaşi lucru cu Anna, o învârti în faţa tuturor.

- Ce au bărbaţii aceştia de-şi ameţesc nevestele din prima clipă, se întrebă uimită mama Luizei, o fi vreun ritual. Însă nimeni nu auzi comentariul ei, parcă soţul ei dădea semne că ar fi prins un cuvânt din ce spusese, dar se dovedi că nu pricepuse nimic şi se mulţumi să dea doar uşor din umeri.

Balul dat la moşia lui Gustav a fost de asemenea o petrecere sclipitoare, parcul fusese luminat de multe făclii aruncând în jur o lumină feerică. Toţi au petrecut de minune, dar au şi lăudat casa lui Gustav, acel loc minunat şi verde aproape de Berlin, menit să-ţi aducă liniştea după zbuciumul cotidian din marele oraş. Distracţia a fost deplină, toată lumea a dansat pe rupte, cei doi fraţi cu partenerele lor, părinţii acestora între ei, cadourile au venit în valuri, care mai de care mai interesante, iar la sfârşit Albert ţinu un discurs de mulţumire tuturor celor care participaseră la nunţile copiilor săi.

- Acum va fi rândul finului nostru, Alexander de Bruy, peste două săptămâni la Potsdam. Este un adevărat tur de forţă pentru mine, dar vom reuşi, de data aceasta nu voi mai fi organizator, ci doar naş...

A fost aplaudat de toţi cei prezenţi care se gândeau deja la următorul eveniment, fiind deja obişnuiţi cu aceste nunţi. Acest nou eveniment, al marchizului de Bruy, promitea la fel de mult. Diferenţa între nunta lui Alexander şi a tinerilor von Hesse a fost că acesta a fost mai rezervat şi nu o învârti pe Marianne asemenea prietenilor săi, ci o sărută de-a dreptul pe gură, acompaniat de ropote de aplauze. Mama Luizei trăsese concluzia că tinerii francezi sunt în general băieţi buni, dar cam fără perdea în manifestările lor exuberante. Se obişnuise deja cu nunţile tinerilor von Hesse, iar acum nu-şi mai arăta uimirea faţă de gestul lui Alexander.

Celebrarea căsătoriei lui Alexander avu loc în casa cea mare a Estellei şi a lui Georges. Casa lui Alexander a fost rearanjată de Amelie şi Estelle până la ultimul detaliu, Marianne fiind încântată de tot ce văzuse şi devenise acum casa ei. Acum era marchiză de Bruy, un titlu francez care o onora nespus. Tiara marchizilor era bătută cu diamante roz care sclipeau fericite când erau mângâiate de lumină. Marianne refuzase, spre tristeţea mamei sale, să mai poarte vreo altă bijuterie la biserică, doar pe deget îi sclipea inelul de logodnă şi mai apoi verigheta pusă alături. La fiecare dans putea citi fericirea în ochii celor trei perechi şi ale familiilor lor. Nunta în sine a fost un eveniment foarte plăcut, savurat de toţi cei prezenţi, ajutaţi de asemenea de vinurile alese doar din podgoriile franceze, astfel lumea a fost de două ori mai mulţumită, iar cadourile umpluseră salonul Estellei, după nuntă ele fură mutate în casa celor doi tineri, rămânând să se ocupe doar ei doi cu despachetatul muntelui de cadouri. Mariannei îi trebuiră vreo trei zile să le desfacă şi să le stabilească un loc anume, Alexander îşi reluase îndatoririle şi nu o putu ajuta, se mulţumea doar să o consoleze sau să se minuneze din când în când la vederea vreunui cadou mai deosebit. Marianne era ca un copil în mijlocul unui morman de jucării, era cu adevărat încântată de tot ce găsea în cutiile frumos împodobite. Din când în când mai intra un servitor şi mai strângea cutiile goale, căci altfel ar fi sufocat-o de-a binelea, nelăsându-i niciun loc să se mai mişte.

După trei zile salonul se goli şi putea fi astfel folosit în scopul lui normal, dar până atunci însă nimeni nu intră acolo. Casa îi plăcea Mariannei, era frumoasă dar mai ales era a lor. Nu era mare, dar avea tot ce le trebuia, iar grădinile din faţa şi din spatele casei o încântau. Aveau camere destule şi pentru servitori, astfel că totul i se părea aşezat şi liniştit.

Cei din Franţa primiseră plicuri groase „cu însemnări", aşa cum observase mama Luizei. În luna februarie a anului 1717 primiră cu bucurie vestea despre soţia lui Thomas, fiul Elisei von Bromberg, că aşteaptă un copil care, după cum spuneau medicii, urma să nască în luna octombrie a acelui an.

- Un botez anul acesta! S-a spart gheaţa, Albert, spuse Amelie năpustindu-se asupra soţului său bucuroasă de aceste veşti pe care i le împărtăşea, Elisa e încântată peste măsură de această minunată veste, aşadar va fi bunică în curând. Ce sentiment minunat, doar mama îl mai cunoaşte, vorbi Amelie referindu-se la mama ei, Charlotte Corday. Ar putea şi ea să devină străbunică dacă Dumnezeu o va ţine în viaţă. Îmi pare rău că nu prea mai are putere să coboare din cauza picioarelor, dar eu sper să mai trăiască, căci ar fi tare fericită.

- Amelie, cred că mama ta e obosită de viaţă. De când a murit socrul meu ea nu mai e la fel, se bucură de toate, dar parcă ar dori să plece la el. Tu nu ai sesizat acest lucru?

- Ba da, mi-am dat seama de acest fapt atunci când o zăream privind portretul tatei, dar totuşi am speranţe că o să mai stea cu noi.

- Cum va dori cel de sus, concluzionă Albert, nu putem decât să sperăm. Ar trebui să urci până la ea.

Într-adevăr, în ultima vreme doamna Corday nu mai ieşea din camera ei, se ridica cu greu din pat, apoi se aşeza în fotoliu la fereastră şi stătea privind cu gândurile departe. Uneori ţinea în mâini portretul doctorului, soţul ei, şi îl mângâia adeseori, dar nu vedeai nicio lacrimă în ochii ei deveniţi cenuşii de bătrâneţe. Mesele le lua tot la ea în cameră, căci nu mai cobora, uneori cu servitoarea ei sau alteori cu Amelie. Nu-i plăcea de fel iarna ce i se părea că nu se mai sfârşeşte vreodată, iar de când nu mai cobora îi era din ce în ce mai greu să suporte clima ţării ce o adoptase. Tânjea după Franţa. Amelie îi citea toate scrisorile pe care le primea de la Marie şi de la Alice, iar doamna Corday închidea ochii şi îşi imagina totul. Marie povestea cum la fermă se născuse un viţeluş sănătos şi foarte arătos, iar atunci Charlotte îşi amintea de tinereţea ei în care de atâtea ori mersese la moşia cumnatului său, mort şi el de mult. Numai ea rămăsese din generaţia ei şi se simţea singură cu toate atenţiile fetei sale care îmbătrânise şi ea.

Tânăra contesă de Bromberg născuse la sfârşitul lui octombrie un băieţel grăsunel şi frumuşel ca o garofiţă. Îi puseseră numele bunicului său, Peter, iar acest gest o făcu pe contesa Elisa să plângă de fericire, căci în sfârşit i se împlinise voia. Atât mama cât şi copilul se simţeau bine şi erau înconjuraţi de multă dragoste şi simpatie din partea tuturor. Bunica îşi părăsi casa şi se alătură celor trei tineri, parcă întinerise. Thomas era fericit de vivacitatea mamei sale şi de familia lui acum mai numeroasă. Încerca un sentiment deosebit de când se născuse micul Peter, ceva era diferit acum. Cu toţii aşteptau ca mama să se mai întremeze, iar băieţelul să mai crească putin pentru a-l boteza. Elisa îi ajuta mult în această perioadă, iar sentimentul că le era utilă era formidabil pentru ea.

Nicio bucurie nu vine singură, asemenea răului care vine şi el întovărăşit întotdeauna, astfel că şi tinerii familiei von Hesse anunţară că soţiile lor sunt însărcinate. Amelie era foarte fericită, dar oarecum mai rezervată, căci se gândea că naşterile vor fi atât de apropiate încât nu ştia cum se va putea împărţi între cei doi fii ai săi pentru a-i ajuta. La vestea că va fi străbunică Charlotte nu reacţionă prea mult, era din ce în ce mai cufundată în reveriile sale, uneori nici nu se mai ridica din pat până la fotoliul ei de lângă fereastră. Îi pierise cheful de viaţă. Nu o durea nimic, picioarele îi erau cam nesigure, dar în afară de acest neajuns totul ar fi trebuit să fie bine, însă spiritul ei pierise, murise pofta ei de viaţă. Ţinea din ce în ce mai mult în mâinile ei portretul lui Lucien, mânca puţin, iar în camera ei intra doar camerista care avea grijă de ea. Uneori Amelie nu era dorită în cameră, iar acest fapt o îndurera profund. Accepta, dar era tristă când se întâmpla. Albert o consola spunându-i că mama ei nu mai trăia în lumea aceasta, era de mult în lumea ei. Camerista era cea care le povestea despre doamna Corday, căci ea era acceptată şi era singura legătură reală şi continuă. Într-o zi, când Amelie intră în camera mamei sale, aceasta îi spuse:

- Vezi, Amelie, o altă generaţie se naşte şi toţi de aceeaşi vârstă. Vor fi prieteni buni, nu mă îndoiesc, însă eu nu simt nevoia să văd carne fragedă şi tânără în jurul meu. Cred că am trăit prea mult.

Amelie nu o contrazicea niciodată, căci nu ar fi folosit la nimic. Vizitele erau atât de scurte încât prefera să-şi privească doar mama şi nu o

237

întrerupea niciodată când vorbea. O lăsa pe ea întotdeauna să-şi aleagă subiectul conversaţiei, iar când se plictisea făcea un semn din mână şi marchiza ieşea din cameră, consolată de buna cameristă care îi strângea mâna pe ascuns cu o atitudine încurajatoare. Amelie suferea, dar trebuia să uite, nurorile ei erau însărcinate, urma „o nouă generaţie ...”, cum spunea mama ei.

Anna născu tot un băiat pe la sfârşitul lunii iulie. Naşterea a decurs normal şi cei doi erau sănătoşi. Era vară şi putură să stea în grădină la căldură. Băieţelului îi puseră numele Friedrich, iar Amelie asistă la naştere aşa cum îşi dorise. Minunea cea mare se întâmplă cu Luiza care se pare, după consultul doctorului, avea să aibă gemeni. Aici situaţia părea a fi mult mai dificilă, dar tot pe atât de măreaţă. Soţia lui Henry obosea foarte repede, îi era greu, dar îndura cu un zâmbet duios pe faţă. O speria naşterea şi se ruga în inima ei să trăiască, nu voia să moară ci din contră, să-şi crească copiii. Henry era înspăimântat de-a dreptul, se gândea că medicul s-a înşelat, dar când acesta îşi chemă un coleg pentru a se consulta se convinse că Luiza purta doi copilaşi în pântec. Se simţea vinovat de ce i se întâmpla soţiei sale, dar mai ales de ce avea să îndure în curând. La sfârşitul lunii august cele două bunici îşi abandonară soţii acasă şi se instalară în casa contelui de Langarde. La naştere aveau să asiste trei medici, după cum aranjase Henry pentru siguranţa Luizei şi a celor doi copii. Henry fu îndepărtat în biroul de lucru, apoi se puseră pe aşteptat. Făceau cu schimbul lângă patul contesei pentru ca la cel mai mic semn să se poată mobiliza. În primele zile nu se întâmplă nimic, dar la începutul lunii septembrie, într-o dimineaţă, un ţipăt scurt o făcu să tresară pe Amelie.

- Ţi-a venit sorocul, draga mea, mă duc să o trezesc pe mama ta şi să trimit după doctori. Bine că este zi acum şi nu noapte. Ar putea lua ceva timp, dar în acelaşi timp nu.

Amelie chemă repede trei servitori şi-i trimise repede la casele medicilor, în timp ce mama Luizei îl expedie pe Henry la treburile lui după ce acesta reuşi să scape vigilenţei lor şi intrase la soţia sa. Era ciufulit şi cu lacrimi în ochi îi striga ca un nebun: „Iartă-mă pentru ce ţi-am făcut!”. Se urcă apoi aproape nebun în trăsură şi plecă năucit către treburile lui. Se ruga să nu moară Luiza, de copii uitase. Comandantul său, aflând despre ce este vorba, încercă să-l liniştească şi să-l îmbărbăteze. Îi dădu un coleg care să-i ţină de urât în cabinetul său până când cineva de acasă ar fi venit cu veşti. Henry se plimba prin cabinet continuu şi număra pe ceasuri. Venise şi tatăl lui care trecuse şi pe la el pe acasă, totul era în regulă, medicii erau acolo, iar toată lumea era gata pentru orice. Henry se mai linişti puţin, dar ar fi dat orice să fie lângă Luiza.

238

Acasă doamnele pregătiseră paturi pentru doctori. căci ele doreau ca aceştia să rămână acolo peste noapte. Gemenii erau rari pe atunci şi era o datorie de onoare să asiste la o astfel de naştere. Pe la orele cinci ale după-amiezii un servitor veni în grabă mare să-l vestească pe Henry că:

- Doamna a născut, Stăpâne, un băieţel şi o fetiţă, sunt sănătoşi toţi trei! Medicii, din precauţie, vor dormi la palat, totul este aranjat. Puteţi veni acasă.

- Slavă Domnului! spuse comandantul intrând în cabinetul lui Henry. Am crezut că vei naşte tu până la urmă, dragă Langarde. Dacă vă cheamă atunci plecaţi degrabă. După câte vezi, dragă Henry, nu mai eşti alungat. Comandantul ieşi apoi, dar nu înainte de a se saluta şi a da mâna cordial cu marchizul von Hesse. Henry stătea năucit într-un fotoliu şi începea încet încet să-şi revină.

- Am crezut că va muri, mi-a fost teribil de frică. Doi copii deodată!

- Henry, a trecut. Vor fi îngrijiţi aşa cum trebuie, atenţia doctorilor este toată asupra lor, iar în curând toţi trei se vor pune pe picioare. Hai să mergem acasă acum.

Contele se sui în trăsură ca prin vis şi tot ca prin vis, ajuns acasă, urcă scările într-un suflet şi intră în camera Luizei.

- Luiza, şopti el.

Soţia lui îi zâmbi şi îi spuse că este bine. Doctorii se străduiau şi ei să-l liniştească. Contesa îi arătă cu un semn cele două pătuţuri în care doicile aşezaseră copii abia lăsaţi de la sân. Dormeau fără griji. Lui Henry îi fu teamă să-i atingă, i se părea că erau prea mici şi prea firavi să poată fi atinşi. Amelie îşi îmbrăţişă fiul zâmbindu-i Luizei care închisese ochii istovită.

- S-o lăsăm să doarmă, spuse ea.

- Dar nu înainte de a-i săruta mâna, spuse Henry.

Luiza simţi sărutarea pe mâna ei şi apoi adormi. Respiraţia îi era regulată şi somnul odihnitor. Cei doi plecaseră din cameră lăsând-o în companiei mamei Luizei care era şi ea nespus de fericită că trecuseră peste tot ce putea fi mai greu.

Copiii erau sănătoşi, mâncau şi dormeau mult ca orice alt copil de vârsta lor. Luiza se ridică din pat după trei săptămâni, câte puţin în fiecare zi. Focurile ardeau în şemineu făcând o atmosferă plăcută în toată casa. Gemenii erau pe zi ce trece tot mai frumuşei, iar Henry îi adora şi îi plăcea nespus să-i aibă pe amândoi în braţele sale. Băieţelului îi puseră numele Lucien, iar fetiţei Frederika. La mijlocul lui octombrie Luiza era pe deplin întremată şi îşi părăsi camera pentru a coborî la masă sau pentru a sta în salon cu familia. Atunci plecară acasă şi cele două bunici, încredinţate pe deplin că cei trei sunt într-adevăr sănătoşi şi viguroşi. Copilaşii fură mutaţi într-o cameră spaţioasă unde stăteau cu doicile în permanenţă.

Fericirea Ameliei de a fi bunică era oarecum umbrită de mama ei, Charlotte. Aceasta aproape că nu mai vorbea, iar de mâncat o făcea doar după multe insistenţe ale credincioasei sale servitoare. Pe Amelie o primea din ce în ce mai rar acum, iar faptul că nu mânca o pusese pe gânduri pe marchiză. Venită în vizită pentru a-i da o veste bună, Estelle trebuia să o consoleze însă pe prietena ei.

- Amelie, s-ar putea să se fi săturat de viaţă, dar s-ar putea s-o mai ducă destulă vreme aşa. Va trebui însă să te aştepţi şi la ce e mai rău. Mă întristează durerea ta mai ales că venisem bucuroasă să-ţi spun că voi fi bunică! Cred că Marianne va naşte la începutul verii, după cum spun medicii.

- Mă bucur tare mult pentru finii mei, vor fi o generaţie de copii de vârstă apropiată. Într-adevăr, Estelle, sunt pregătită pentru orice când e vorba de mama mea. Nu este de ieri în situaţia asta, ci de mai multă vreme. Şi e bătrână, noi două suntem bătrâne, darămite ea. Stă tot timpul cu portretul tatălui meu în mâini, nu mănâncă şi nu prea doarme şi mai ales refuză să mă vadă. Se duce. E o chestiune de zile.

- Ei, dar cine mai e bunică a doi gemeni frumoşi şi sănătoşi? zise Estelle zâmbind şi încuranjând-o pe Amelie cu privirea.

- Ah, de-ai şti ce frică mi-a fost, dar slavă domnului sunt sănătoşi, iar Luiza s-a refăcut destul de bine. Probabil va urma o nouă serie de nopţi nedormite datorită mamei, dar nu voi avea ce face. Poţi să-i confirmi lui Alexander că-i vom boteza noi copilaşul, ne-ar face o mare plăcere.

- Am să-i spun, spuse Estelle ridicându-se. Încearcă să te menajezi puţin, atâtea naşteri şi stări de veghe sunt cam multe, chiar şi pentru o franţuzoaică.

Cele două se sărutară şi se îmbrăţişară luându-şi rămas bun. Amelie rămase singură în salon, căci Albert era plecat cu afaceri până la Berlin. Nu voia să urce la mama ei, o durea privirea aceea care o scotea din cameră de fiecare dată. Toţi ştiau că va muri, dar mai ales camerista care venise într-o zi la Amelie şi-i spusese:

- Doamnă, mama dumneavoastră doreşte un preot, puteţi trimite după unul?

- Spune-mi, te rog, dacă ăsta e sfârşitul?

- Cred că da, doamnă. Eu am pregătit de multă vreme o lumânare sub pat.

După ce preotul veni, Charlotte dori să o vadă pe Amelie. Îi zâmbi şi îi strânse mâna după multă vreme. În cealaltă mână avea portretul soţului ei, erau astfel împreună toţi trei. Muri în acea noapte, iar un servitor plecă în goana calului la Berlin pentru a anunţa decesul doamnei Corday.

240

Sosiră cu toţii, Gustav şi Anna, Elisa, Thomas, precum şi celelalte rude din Potsdam. O zi friguroasă fusese aceea în care o conduseseră pe ultimul drum. O aşezaseră lângă Lucien, apoi totul se linişti, apăru chiar şi soarele în semn că asta îşi dorise Charlotte. Îşi linişti dorul după soţul ei care o adusese în această ţară care mai apoi îi devenise patrie adoptivă şi în care trăise mai mult decât în ţara în care se născuse.

Amelie purtă doliu o bună bucată de timp până în vara anului 1719. Odată cu botezul copilului lui Alexander renunţă la el. Era un băieţel frumos şi sănătos căruia îi puseseră numele Sebastian. Se liniştiră apoi cu toţii, viaţa continua neîndurătoare faţă de cei bătrâni, dar veselă şi fericită pentru cei tineri.

Cei din Franţa aflaseră şi ei toate aceste veşti, bucurându-se aflând de copilaşii ce s-au născut şi întristându-se gândindu-se la Charlotte. Încercau pe cât le era la îndemână să-i consoleze pe cei din Potsdam, dar ştiau că e în zadar, nu mai rămăsese nimeni în viaţă din generaţia părinţilor lor. Cei doi marchizi von Hesse erau singuri acum, iar moartea Charlottei Corday îi îmbătrânise şi mai mult. Locuiau doar ei în imensul palat unde era atâta linişte şi totul era atât de gol. Copiii veneau în vizită regulat, Gustav şi Anna împreună cu băieţelul lor stăteau de obicei câteva zile, apoi inevitabil se întorceau la Berlin. Henry venea mai des, dar despărţirile erau din ce în ce mai grele pentru cei doi marchizi. Se bucurau nespus că erau vizitaţi, dar imediat gustul amar al despărţirii îi otrăvea. Deveniseră mai ursuzi, mai interiorizaţi, Estelle obosise şi ea să fie cea care intra val-vârtej oriunde trezind pe toată lumea. Odată cu vârsta îi crescu şi greutatea, astfel că acum mergea mai greu. Reuşeau totuşi să se viziteze ca pe vremuri, însă ceva nu mai era la fel, era ideea pe care o subliniase şi Marie într-una din scrisorile ei. Şi totuşi Amelie avea doar 54 de ani, nu se considera atât de bătrână, mama ei trăise destul de mult, însă tatăl ei nu, oare ea cu cine va semăna? Ar fi vrut să trăiască. Nepoţii ei erau atât de mici şi drăgălaşi şi era abia anul 1719. Iarăşi o cuprinse frigul Prusiei. Se obişnuise într-un fel, însă parcă nu întru totul. Atât timp cât fusese tânără nu o duruse nimic, era asemenea unei căprioare ce aleargă la izvor să se adape, însă acum, când treburile erau rânduite, nu-i rămăsese mai nimic de făcut. Stătea mult cu Tania, servitoarea ei de când se măritase şi care îi rămăsese credincioasă. Albert mai ieşea uneori cu trăsura, dar se întorcea repede.

Anna avu minunata idee de a-şi invita socrii la moşia lor de lângă Berlin, asta să fi fost la începutul lunii decembrie. Amelie şi Albert se bucurară mult, mai ales că nu-şi mai văzuseră nepoţelul de ceva vreme, de-abia aşteptau să se joace cu el şi să-l alinte. Era deja mărişor, mergea şi începuse să vorbească atât de caraghios, asemenea copilaşilor de vârsta lui. Era sarea şi piperul familiei. Îi cumpăraseră o mulţime de cadouri şi ajunseseră la moşie chiar de Sfântul Nicolae, nici că se putea mai bine.

Petrecură minunat câteva zile. Adunați acolo în salon, cu toții se distrau copios pe seama micuțului Friedrich care întotdeauna îi binedispunea pe toți.

- Astăzi, Gustav, am fost la grajdul cu cai, sunt foarte frumoși. Nu am mai călărit de atâta vreme, dar cred că sunt prea amorțit s-o mai fac. De fapt, medicul mi-a interzis acest lucru, însă tare aș vrea să-l păcălesc și apoi să-i spun ce am făcut. Ar face niște ochi mari și ar da din cap nemulțumit, iar eu aș râde cu toată gura.

- Nici să nu te gândești la așa ceva, îi spuse imediat soția sa. Medicul ți-a interzis și să stai în frig, nu numai să călărești. Ce copilării îți mai trec prin cap!

- M-am gândit s-o fac totuși, măcar puțin, răspunse el timid, la pas.

Amelie știa că dacă se împotrivea o făcea degeaba, astfel că se consolă cu ideea că, dacă va fi ajutat și va merge la pas cu calul, nu va fi mare lucru. A doua zi un servitor îl urcă pe cel mai liniștit cal al lui Gustav și porni încet cu calul ținut de omul ce trebuia să-i aibă în grijă.

- Amelie, strigă el de pe alee, uită-te la mine! Nu se întâmplă nimic...

Amelie îi făcu semn cu mâna și îi zâmbi. „Ce copil, ce bucurie, asemenea micuțului Friedrich când primește ceva. La urma urmei, cine sunt eu să-i interzic?" Rămase uitându-se pe fereastră. Văzu niște gesturi făcute de marchiz și servitor, acesta din urmă se împotrivea și nu lăsa frâul calului. Amelie înțelese că soțul ei nu putuse rezista ispitei, îl dăduse la o parte pe servitor care ridică supărat din umeri uitându-se către fereastra marchizei și așteptându-l pe Albert să revină. Acesta mări viteza cu care călărea și ieși de pe alee chiuind. Calul alergă iute până ieși în câmp pe drumeagul pe unde umblau de obicei carele. Deodată Amelie îl zări pe servitor punându-și mâinile în cap și fugind către locul către care galopase marchizul. Înțelese că se întâmplase ceva. Calul nu putuse alerga pe gheața aceea groasă și căzuse aruncându-l astfel pe călăreț cât colo. Ajunseră cu toții acolo în grabă, însă trebuiră să împuște calul. Albert nu se mai putea mișca, căci își rupsese coloana vertebrală. A fost adus cu mare grijă în casă și a fost chemat medicul, iar Amelie îi stătea alături în permanență plângând în hohote.

- Nu plânge, iubito, am avut cea mai frumoasă viață și m-am bucurat ca un copil astăzi că am putut călări. Iartă-mă, am să te las singură...

Amelie dădea din cap deznădăjduită, dar nu putea să-l învinovățească pe scumpul ei Albert. Închise ochii și în minte îi veni chipul lui Marc. Și acesta murise dintr-o copilărie. Urma să rămână singură, doar cu Tania. Plecă din cameră doar după ce veni medicul, iar acesta din urmă ieși și el după un timp pe care toți îl considerară un veac.

- Domnul marchiz nu mai poate fi ridicat din pat, în curând îl vor apuca durerile acelea insuportabile care-l vor doborî. Nu vreau să vă întristez, dar nu prea sunt şanse de revenire. Am aici câteva sticluţe cu calmante care-l vor ajuta în ultimele clipe, încercaţi să i le faceţi cât mai frumoase. Vă rog să nu fiţi trişti cât timp îi veţi sta alături. După câte se pare, s-a împăcat cu situaţia, a fost atât de fericit pe cal... Se desparte de această lume fericit.

Către seară sosi şi Henry cu soţia sa Luiza şi cei doi gemeni ai lor şi făcură mari eforturi pentru a nu-şi arăta durerea. Amelie însă era doborâtă de efortul de a se preface, nu suporta gândul că pe Albert îl va înneca acuşi pământul de la Potsdam.

Marchizul se chinui o săptămână întreagă pentru a pleca pe cealaltă lume. Fusese un om sănătos şi robust, iar viaţa luptă multă vreme cu moartea. Durerile erau insuportabile, nici medicamentele nu le mai puteau alina. Nu dormi mai deloc, iar de mâncat nici atâta, doar foarte puţin din mâinile Ameliei. Moartea învinse în cele din urmă şi chipul i se linişti, suferinţa plecase. Amelie se chinuia să găsească în sufletul ei puterea de a rezista. Îl duseseră pe marchiz la Potsdam unde fusese depus în salon. Multă lume care l-a iubit sau urât a trecut să-i aducă un ultim omagiu şi să le strângă mâna văduvei şi copiilor săi. Estelle îi propuse prietenei sale să se mute în casa în care trăiseră la începutul şederii în Potsdam.

- E şi casa ta, spuse ea, Georges ar fi bucuros.

- Nu, Estelle, mulţumesc, nu mai plec nicăieri de aici. Am obosit. Gândeşte-te la Marc, a murit la fel. Dacă el nu s-ar fi dus la lac, dacă Albert ar fi stat liniştit cu o carte în mână...

- Gata, ajunge, nu dezgropa nimic. Lasă trecutul în spate, spuse Estelle cu convingere în timp ce-şi lua prietena în braţe. Voi veni cât voi putea de des, nimeni nu te va lăsa singură. Suntem o familie, vom veni cu toţii la tine dacă tu nu vei mai ieşi.

Când marchiza aruncă cu acel pământ îngheţat peste sicriu simţi că nu va mai veni liniştea în sufletul ei, ca şi în cazul lui Marc, ştia că îşi va duce tristeţea în suflet câte zile va mai avea. Îi mai rămăsese de la soţul ei Tania, credincioasa ei servitoare pe care o căpătase de când se căsătoriseră. Cu ea va trebui să împartă de acum înainte palatul acela auster şi rece. Se hotărî să poarte mereu doliu, astfel îşi aruncă toate rochiile ce erau de altă culoare. Trăia doar din amintiri, fără să mai aştepte nimic de la viaţă. Îl iubise atât de mult pe Albert. Îşi aduse aminte de prima lor întâlnire la fereastră când mama lui era pe moarte, apoi cum Albert îşi ţinuse pentru prima dată copiii în braţe plin de delicateţe şi mândru nevoie mare, cum el o sărutase pe fruntea plină de broboade de transpiraţie după ce născuse. A iubit-o, a fost o norocoasă, acum îşi înţelegea mama care trăise în ultima

243

parte a vieţii ei cu portretul soţului ei în mână, dar ea nu-şi dorea să facă la fel, dorea să poată trece peste acest eveniment, iar durerea să se transforme în linişte şi o duioasă aşteptare. Trebuia să se îmbărbăteze singură, să se gândească la Henry şi Gustav, precum şi la nepoţeii pe care îi adora. Va trebui să accepte totul şi să-şi ducă crucea până la capătul vieţii sale. Ghemul vieţii ei avea să se mai desfacă multă vreme, iar memoria celor morţi să rămână veşnică în inima ei asemenea unei flăcări mereu aprinsă.

CAPITOLUL 25

Din scrierile personale ale marchizei Amelie von Hesse, contesă de Langarde

„...Dumnezeu m-a pedepsit să trăiesc mult, să văd cum strănepotul Regelui Soare este înscăunat, să primesc scrisori din Franţa, iar după 1722 din ce în ce mai greu şi mai apoi deloc. Tot El m-a lăsat să-mi văd toţi prietenii închizând ochii pentru totdeauna, însă mi-am văzut şi nepoţeii crescând, iar asta a fost pentru mine o mare consolare. Am vrut şi am trăit singură în palatul soţului meu doar cu Tania care şi ea, după câţiva ani de la moartea soţului meu, s-a dus în lumea celor aşa-zişi drepţi. Copiii mei m-au vizitat mereu, nu am a le reproşa nimic aici, au fost şi încă sunt bucuria vieţii mele singuratice şi plictisitoare. Nepoţii ne duc mai departe numele şi onoarea şi sunt fericită că am avut parte de copilăria lor.

Soţul meu, sufletul meu pereche, s-a dus de mult în ceruri, încă îl mai plâng, iar uneori aştept să deschidă uşa salonului şi să intre aducând cu el aerul acesta îngheţat al Prusiei cu care nu m-am obişnuit defel. Focul în salon arde continuu, iarnă sau vară, căci îmi este frig mereu, iar şemineul îmi este ca un al doilea prieten, prima fiind Tania care stă cu mine ca o adevărată doamnă de companie. A obosit ca slujitoare, iar acum am alta, sprintenă şi iute. Tania îmi stă alături şi împleteşte ciorapi pentru toată lumea. În salon nu se aud decât andrelele ei şi paginile pe care le dau eu la cărţile mele. Vorbim puţin şi ne înţelegem mai mult din priviri. A rămas aceeaşi femeie bună ca pâinea caldă care m-a primit când m-am măritat cu soţul meu. O dor picioarele mereu şi le acoperă cu un pled să-i ţină cald. Eu sunt sănătoasă tun, doar frigul ăsta îmi este inamic. E adevărat că nu mai sunt atât de sprintenă, dar sunt mulţumită de mine.

Spuneam că scrisorile mele către Franţa capătă răspuns înapoi destul de greu. Sunt oprite şi cercetate la graniţă, apoi ajung la Potsdam. Aşa am aflat cu părere de rău în 1725 de moartea lui Jerome, vărul meu drag, după două luni de la tristul eveniment. Din scrisoarea Mariei am înţeles că şi ei doi fuseseră suflete pereche şi am simţit că şi ea a trecut prin aceleaşi clipe când Jerome s-a dus. Îmi spunea apoi că Alice şi familia ei i-au fost alături în durerea ei, însă n-a contat prea mult, căci s-a simțit singură. Cum să-i spun oare că și eu simt la fel? Copiii pleacă, au treburile lor, odraslele lor te vizitează, dar nu rămân mai mult, de fapt așa am făcut cu toții.

În același an au mai murit două ființe dragi nouă, Elisa, sora soțului meu și Tania, buna mea prietenă. Le-am plâns pe amândouă și le-am pus în inima mea pe picior de egalitate. Elisa doarme lângă soțul ei la Berlin, rămânând din ce în ce mai puțini acum. Tania a dorit să fie îngropată în satul ei, acolo unde s-a născut, lângă Potsdam. Am fost și eu acolo. Nu prea a fost lume la înmormântarea ei, cine o mai cunoștea acum în satul ei? Îngropăciunea a fost însă simplă și bine făcută, nimic nu a fost uitat. S-a găsit totuși un văr de-al ei, bătrân și el, care o plânse sincer alături de mine. Restul erau adunați din curiozitate, probabil din cauza blazonului trăsurii cu care venisem. Am mai adăugat astfel un motiv de a purta doliu, negrul acesta pe care nu l-am mai scos de la moartea lui Albert.

Uneori mă trezeam uitându-mă în oglindă și căutând fata aceea cu părul în dezordine, de-abia fugită din Franța. Acum părul meu se subțiase și stătea perfect. Îmi împărțisem toate bijuteriile copiilor mei, păstrasem doar brățara, inelul de logodnă și cel de căsătorie, toate de la Albert. Nu mai ieșeam, iar acum nici în salon nu mai era nimeni. Trăiam, treceau lunile și eu nu aveam nimic, mă simțeam bine și așteptam scrisorile din Franța care veneau în cele din urmă.

Știu că Estelle m-a vizitat într-o dimineață și a băut o ceașcă de ceai cu mine. Era fericită că avea un motiv în plus de gândire, găsise o nouă modalitate de a-și izgoni plictisul: o excursie pe mare până la o destinație ce acum nu mi-o amintesc. Georges consimțise să-și lase pentru o lună munca lui, doar Alexander încercase să se opună cu toată timiditatea lui, dar nu avu niciun efect asupra energicei sale mame. Se hotărâseră să facă o călătorie de plăcere pe Marea Baltică, astfel trebuiau să traverseze ducatul Mecklenburg Schwerin până la Rostock, iar de acolo să ia o corabie cu care se vor plimba pe mare și care apoi să-i readucă la Rostock. Nu era mare lucru. Eu i-am refuzat politicos, căci preferam să stau la căldură, chiar dacă afară era cald, fiind vară. Și apoi ei erau un cuplu, iar eu eram singură, parcă nu mă simțeam în largul meu. O invidiam pe Estelle. În ajun de plecare le-am făcut o vizită scurtă, căci ei erau ocupați cu pregătirile pentru plecarea la Rostock. Am revenit acasă nemulțumită, ceva atârna parcă negru în fața ochilor mei. Mă primiseră bine, ca de obicei, dar ceva totuși m-a determinat să am acest sentiment. Tot frământând această idee în minte ațipisem lângă foc, mă trezi servitoarea cea nouă să merg la masă. astfel că am dat la o parte acea idee și îmi căutai de treburile mele obișnuite.

După câteva zile am primit o scrisoare de la Rostock de la Estelle în care descria fericirea, bucuria și nerăbdarea de a face această plimbare pe mare. Totul îi părea minunat acolo, îmi povestea despre pescari, despre câtă captură făceau și cu cât vindeau peștele proaspăt. Mai spunea că îi scrisese și lui Alexander care între timp mă vizitase să-mi spună că ideea i se părea absurdă. dar era neputincios în fața caracterului mamei sale. Apoi tot finul meu mă mai vizitase odată. însă în haine de doliu mare. Mi se așeză în genunchi și cu capul în poala mea plângea ca un copil. Estelle și Georges se înnecaseră, corabia lor naufragiase în mijlocul mării. Cine să-i salveze? Rămăseseră hrană peștilor. Mă ruga să merg cu el și cu Marianne la Rostock să aruncăm flori în mare. Între timp servitorii mutau totul din casa lor mică în palatul bătrânilor marchizi de Bruy. Acum înțelegeam norul din ziua în care am văzut-o pentru ultima dată pe Estelle. Nerăbdarea ei de a se duce la moarte, de a se descotorosi de toate, de a fi doar cu Georges. Au murit astfel împreună, gândeam eu pe drumul de întoarcere de la Rostock, ce norocoși! Eu, obosită să îngrop pe toată lumea, mă gândeam că voi ajunge albă la păr ca zăpada și tot în viață voi rămâne.

Băieții mei erau însă fericiți să mă știe în viață, nici prin cap nu le trecea ce gândeam eu. Alexander mă vizita des de când se mutase în palatul marchizilor de Bruy. Sebastian, fiul său, avea șapte ani și era acum un băiat mare și frumos. Copiii lui Henry și băiatul lui Gustav aveau opt ani, toți erau de-o vârstă. Uneori se aflau cu toții în vizită la mine, le plăcea teribil să se joace pe scări. Se ascundeau, râdeau și făceau o zarvă plăcută și cu toate acestea eu tot ațipeam lângă focul meu, râsetele lor era ca o melodie plăcută pentru mine.

Marie îmi scria că îi părea rău de soarta marchizilor de Bruy, era înfiorător ca trupul lor să nu odihnească într-un cavou. ci pe fundul mării. Eu îi răspundeam că nu mai cred că dorm pe undeva, nici măcar în burta vreunui pește uriaș. De Crăciun am primit o scrisoare de la Alice. venită târziu la destinație. Marie murise și cu ea întreaga noastră generație. Îi numărăm pe degete pe toți, nu mai era niciunul în viață, toți se duseseră căci își încheiaseră socotelile cu viața. Am rămas doar eu. Alice mă întreba dacă ar mai putea să-mi mai scrie, bineînțeles că da, îi confirmasem eu în altă scrisoare. Din păcate însă totul se opri aici, Franța își închisese din nou porțile. Nu mai primeam scrisori, dar continuam să trăiesc ca și până atunci. Aveam 61 de ani. Mă obișnuisem să stau când era soare în grădină, însă când era frig nu ieșeam niciodată. Iarna priveam lumea de la fereastră, copiii veneau la mine și mă rugau să locuiesc la ei, mai ales Henry, dar îi refuzam. Singurătatea aparținea gândurilor mele, mă obișnuisem cu felul acesta de a număra pe zile, pe luni, pe ani văzând că Dumnezeu nu mă mai cheamă la el. O învățasem pe servitoarea mea să scrie și să citească. O ascultam citind dintr-o carte și mi-am dat seama că avea glas frumos. Eu nu mă mai bucuram de vederea mea din tinereţe, vedeam cu uimire cum băieţii mei deveneau mai cărunţi, iar nepoţii mei mai mari şi mai frumoşi. Am asistat în anul 1738 la nunta Frederikăi, singura mea nepoată. Purta acea tiară pe care o purtasem şi eu, bijuteria bietului Marc de care îmi aduc aminte mereu, însă nu are rost să mă întreb acum ce ar fi fost dacă nu murea...

... sunt atât de slăbită, de-abia mai văd să pot scrie. Mâinile îmi tremură tare de asemenea. Mă ridic cu greu din pat, iar de coborât scările e şi mai greu. Parcă aş fi aidoma mamei mele în ultima ei perioadă de viaţă şi îmi dau seama cu bucurie că sfârşitul e aproape. Viaţa m-a obosit, îmi trebuie odihnă şi am nevoie de Albert, de dragul meu care cât a trăit m-a făcut să fiu cea mai fericită femeie din câte pot exista.

... îndrăznesc să continui eu câteva rânduri. Marchiza s-a stins în somn pe 31 august 1740. Nu a suferit şi nici nu a durut-o ceva anume, atât doar că vederea îi era înceţoşată. Copiii şi toate celelalte rude au condus-o pe ultimul drum aşezând-o în final lângă soţul ei, marchizul. Ţin să mai spun că avea un zâmbet minunat pe faţă, o linişte deplină, parcă găsise ceva şi se liniştise. Ei trebuie să-i mulţumesc că pot citi şi scrie. De acum înainte voi lucra în casa fiului ei, Henry, iar aici vor rămâne doar câţiva oameni ce vor trebui să întreţină palatul. Unii au plecat cu lacrimi în ochi, gândindu-se că niciodată nu vor mai găsi o stăpână atât de bună cum a fost ea. Nu prea mai am ce să mai adaug în afară doar de faptul că îi doresc odihnă veşnică!"

~Clara, camerista d-nei Amelie~

Sfârşit

Octombrie 2012

De acelaşi autor, au mai apărut la Editura Infarom următoarele romane:

"Destine"
"Lucia; Tatăl meu este soarele şi mama mea este luna"
"Un fluture cu aripile arse"
"Am fost odată rege"

www.ingramcontent.com/pod-product-compliance
Lightning Source LLC
Chambersburg PA
CBHW061433030726
47503CB00005B/1389